Дарья Донцова

Записки безумной оптимистки

АВТОБИОГРАФИЯ

• • •

"Записки безумной оптимистки"

«Прочитав огромное количество печатных изданий, я, Дарья Донцова, узнала о себе много интересного. Например, что я была замужем десять раз, что у меня искусственная нога... Но более всего меня возмутило сообщение, будто меня и в природе-то нет, просто несколько предприимчивых людей пишут иронические детективы под именем «Дарья Донцова».
Так вот, дорогие мои читатели, чаша моего терпения лопнула, и я решила написать о себе сама».

Дарья Донцова открывает свои секреты!

Читайте романы
примадонны иронического детектива
Дарьи Донцовой

Сериал «Любительница частного сыска Даша Васильева»:

1. Крутые наследнички
2. За всеми зайцами
3. Дама с коготками
4. Дантисты тоже плачут
5. Эта горькая сладкая месть
6. Жена моего мужа
7. Несекретные материалы
8. Контрольный поцелуй
9. Бассейн с крокодилами
10. Спят усталые игрушки
11. Вынос дела
12. Хобби гадкого утенка
13. Домик тетушки лжи
14. Привидение в кроссовках
15. Улыбка 45-го калибра
16. Бенефис мартовской кошки
17. Полет над гнездом Индюшки
18. Уха из золотой рыбки
19. Жаба с кошельком

Сериал «Евлампия Романова. Следствие ведет дилетант»:

1. Маникюр для покойника
2. Покер с акулой
3. Сволочь ненаглядная
4. Гадюка в сиропе
5. Обед у людоеда
6. Созвездие жадных псов
7. Канкан на поминках
8. Прогноз гадостей на завтра
9. Хождение под мухой
10. Фиговый листочек от кутюр
11. Камасутра для Микки-Мауса
12. Квазимодо на шпильках

Сериал «Виола Тараканова. В мире преступных страстей»:

1. Черт из табакерки
2. Три мешка хитростей
3. Чудовище без красавицы
4. Урожай ядовитых ягодок
5. Чудеса в кастрюльке
6. Скелет из пробирки
7. Микстура от косоглазия
8. Филе из Золотого Петушка

Сериал «Джентльмен сыска Иван Подушкин»:

1. Букет прекрасных дам
2. Бриллиант мутной воды
3. Инстинкт Бабы-Яги
4. 13 несчастий Геракла

Дарья Донцова

Маникюр для покойника

Москва
ЭКСМО
2004

ИРОНИЧЕСКИЙ ДЕТЕКТИВ

Я тучи разведу руками
И в прошлое закрою дверь.
Я спрячусь за семью замками,
Ты не найдешь меня теперь.

Песня

ГЛАВА 1

Я ненавижу своего мужа. Вот и сегодня, когда в десять утра он с ласковой улыбкой вошел в мою спальню, держа в руках поднос, на котором выстроились в ряд чашечка кофе, молочник со сливками и сахарница, мне отчего-то захотелось запустить в его голову ночником и разрыдаться. Справедливости ради следует отметить, что так начинаются не все мои утра, а только те, когда Михаил дома. Тысячи и тысячи женщин не задумываясь отдадут правый глаз, чтобы иметь такого супруга — нежного, доброго, щедрого, богатого, понимающего... Но меня отчего-то тошнит, даже когда он ест суп, а на запах сигарет началась аллергия, хотя до этого спокойно прожила возле отца, не выпускавшего изо рта папиросу.

— Милая, — ласково сказал супруг, устанавливая на кровати специальный столик, — что-то ты сегодня бледненькая! Голова не болит? Выпей горяченького, сварил арабику, надеюсь, не переложил сахара...

Я покорно начала хлебать коричневую жидкость, абсолютно не ощущая вкуса. Тем временем Миша подошел к окну и раздвинул портьеры. Серенький денек заглянул в комнату.

— Ну надо же! — восхитился муженек. — Только-только ноябрь начался, а снег уже выпал и холод стоит зверский. Наверное, ты поэтому не слишком хорошо себя чувствуешь! Знаешь что, оставайся в постельке. Сейчас велю Наташе быстренько убрать у тебя тут, и отдыхай. Хочешь, за пирожными съезжу?

Я медленно покачала головой.

— Так плохо? Даже эклерчиков не съешь? — расстроился Миша и выскользнул в коридор.

Я безнадежно смотрела ему вслед. Михаил хорош собой настолько, что хоть снимай его для журнала мод. Рост под метр девяносто, вес около восьмидесяти, глаза голубые, вьющиеся кольцами белокурые волосы... А еще в юношестве он занимался бодибилдингом, и, когда снимает рубашку, женщины восторженно ахают, а присутствующие мужчины втягивают животы.

Миша богат. Только не подумайте, что сколотил состояние, бегая с автоматом по улице, или обманывал доверчивых людей, создавая финансовые пирамиды. Нет, он просто крайне удачлив. Лет десять тому назад вместе со своим ближайшим другом Лешей начали заниматься торговлей компьютерами. Весь офис помещался в одной комнатке, а сегодня у них целая сеть магазинов и сервисных центров. Прибыль муженек тут же вкладывает в дело, но на жизнь нам тоже остается вполне достаточно. Во всяком случае, имеем квартиру, дачу, две машины, домработницу, ездим несколько раз в год отдыхать за границу... Хотя почему это я говорю «имеем»? Все записано на Мишино имя, я абсолютно нищая и, если супруг разведется со мной, останусь без копейки. Более того, я нигде не работаю и имею необыкновенно «нужную» и «хлебную» в наше время профессию музыканта.

Но я не играю на гитаре и не прыгаю с микрофоном по сцене. Я арфистка, причем более чем посредственная, хотя училась игре на арфе долгие годы. Ну не заладились у меня отношения с арфой, я ненавижу этот струнный инструмент так же, как своего мужа. Причем — одна пикантная деталь: Михаилу тридцать лет, а мне тридцать шесть, и я внешне похожа на больного кузнечика. Там, где у других женщин выдаются приятные округлости, у меня торчат кости, росточком я не дотянула до метра шестидесяти и вешу чуть больше лягушки. Остается только удивляться природе, которая наградила меня при этом тридцать девятым размером ноги. Глаза у меня голубые, близко посаженные к носу, рот маленький, а с волосами постоянная беда: завиваться они не хотят, укладываться тоже, по большей части торчат в разные стороны. К тому же не могу похвастаться хорошими зубами, и, когда Миша, демонстрируя безупречные клыки, ловко откусывает яблоко, в моей душе невольно вспыхивает зависть: ну почему одним все, а другим ничего?

Впрочем, мне катастрофически не везло с самого детства. Родилась я в более чем обеспеченной семье у достаточно пожилых людей. Папе, профессору, доктору наук, стукнуло пятьдесят пять, маме, оперной певице, было ровно на десять лет меньше. Детей в молодые годы у них не случилось, и родители думали, что бесплодны. Но тут вдруг господь решил одарить их милостью, и на свет появилась я.

Если думаете, что быть объектом великой, всепоглощающей любви легко, то ошибаетесь. Мое детство было ужасным. Никогда, ни при каких обстоятельствах меня ни разу не оставляли одну. В младенчестве приставили няню, в школьные годы — гувернантку Розу Яковлевну. Когда другие дети, раскрасневшись, летели на санках с горки, я, почти неподвижная в шубке, валенках, двух шапочках, варежках и шарфике, с завистью смотрела им вслед. Мама запрещала все детские забавы, причем делалось это ради моего же блага. Ведь, катаясь с горки, можно повредить шею, бегая с мячиком — ногу, а прыжки через скакалку грозили переломом позвоночника. Впрочем, купаться летом в речке тоже не разрешалось, а в школу Роза Яковлевна водила меня вплоть до десятого класса. Школьный буфет и столовая были объявлены в нашем доме зоной отчуждения. Моя нога не должна была туда даже ступать, потому что в недрах пищеблока гнездились страшные болезни — желтуха, дизентерия и т. д. И вообще, меры по охране меня от бактерий и микробов принимались невероятные.

Мороженое сначала должно было растаять на блюдце, и только потом ребенку вручали ложку, яблоки и апельсины тщательно мылись с мылом, а следом ошпаривались кипятком, влажную уборку в детской делали дважды в день, и все равно всевозможные болячки липли ко мне стаями. Начиная с первого класса я постоянно хворала, плавно переходя от кори к ветрянке, а потом свинке. Если в городе начиналась эпидемия гриппа, я ухитрялась заболеть им дважды, пожалуй, не осталось ни одной детской инфекции, миновавшей меня: ложный круп, скарлатина, коклюш... Школу я посещала урывками, училась отвратительно и никаких друзей не имела.

Потом встал вопрос об игре на музыкальном инструменте. Мама-певица подошла к его решению творчески и скрупулезно изучила все. Рояль отмели сразу — пианистов мучает жесточайший остеохондроз, от скрипки на подбородке возникает уродливая мозоль, виолончель не дает правильно развиться грудной клетке... В конце концов папа, уставший от бесконечных маминых стонов, изрек:

— Похоже, что самый лучший инструмент — деревянные ложки. Легкие и звучат громко!

Все-таки у отца было чувство юмора, но у мамочки оно отсутствовало начисто, поэтому она замахала руками и заявила:

— Народные инструменты? Никогда.

Но тут у нее случился спектакль, и, окидывая взглядом оркестровую яму, мамуля приметила арфистку. Все моментально стало на свои места.

— Чудесный инструмент, — восторгалась мама, — большой, значит, сама не пойдет с ним в школу, нужен провожатый! Очень хорошо, всегда под присмотром!

Так начался крестный путь ребенка — будущего гения. Долгие часы провела я, тупо сидя за арфой. Впрочем, случались и тихие радости. Изредка мама уезжала на гастроли, и тогда можно было сачкануть:

лечь на диван с книжкой и елозить ногой по струнам. Звуки при этом получались чудовищные. Но, с одной стороны, папе, профессору математики, было не дано чувство ритма, а с другой — из-под моих пальцев, как правило, лились отнюдь не дивные мелодии. Правда, мама-певица разом бы поняла, в чем дело!

Арфу я ненавидела, как человека, пинала ногой и щипала, но в восьмом классе мамочка сообщила:

— У тебя, детка, талант, будем готовиться в консерваторию.

Я пожала плечами. В дневнике стройной чередой теснились тройки по всем предметам, наверное, консерватория — лучший выход в таком случае. Мамуся нажала на всевозможные кнопки и педали — меня приняли.

Многие вспоминают годы студенчества как лучшее время в жизни, но мне учеба представляется одним монолитным куском темно-серого цвета. Подруг не нашлось, а преподаватели, сразу разобравшись в моей «талантливости», не слишком старались. Кое-как переползая с курса на курс, я добралась до диплома. Впереди маячила жизнь в обнимку с ненавистной арфой.

Папа к тому времени скончался, а обидеть маму, сказав ей, что бросаю занятия музыкой, я не могла. Шел 1984 год, предтеча перестройки. Мамуля еще разок тряхнула связями, и меня взяли на работу в филармонию. В месяц выходило пять-шесть концертов. Помните, в те годы было распространено понятие «нагрузка»? Покупаете, допустим, в магазине книгу, остродефицитного В. Пикуля, и должны еще оплатить в придачу сборничек стихов поэта Пупкина «Широко шагает рабочий класс». Не хотите Пупкина? Не получите Пикуля! Вот так и я со своей арфой. Народ ждал эстрадную песню, юмориста, на худой конец, жонглеров или дрессировщиков с собачками. Но тут конферансье, закатывая глаза, сообщал:

— Сен-Санс, пьеса для арфы.

И на сцену, тяжело ступая лаковыми лодочками, выбиралась я в белом концертном платье и принималась не слишком споро щипать несчастную арфу. Сейчас бы, наверное, меня закидали гнилыми помидорами, но в середине восьмидесятых публика была иной, более интеллигентной и жалостливой. Все понимали, что арфистка идет в придачу к Кобзону или Лещенко, и даже скупо хлопали.

Так прошло семь лет. Потом мама спохватилась. Любимой доченьке подкатывало к тридцати, а кавалеров все не получалось. Да и как я могла их завести? В гости мы ходили только с мамой, отдыхать ездили вместе, а подруг у меня так и не организовалось! Мамуся вновь кинулась к телефонной книжке. В нашей жизни начался новый период — меня выставили на ярмарке невест! И вновь никто не поинтересовался: а хочу ли я замуж? С мамочкой просто было бесполезно спорить...

Одного за другим мамуля отвергала предлагаемых кандидатов. Семен слишком стар, к тому же вдовец, с детьми. Петр уродлив, Константин пьет, Алексей всем хорош, но беден, словно церковная мышь. Мамусечка хотела совершенно невероятного жениха — красивого, умного, богатого, интеллигентного, непьющего и желательно — круглого сироту с квартирой и дачей. Самое интересное, что через год интенсивных поисков такой кандидат был найден — Михаил Громов. Он приходился племянником мамулечкиной ближайшей подруге и крайне успешно занимался бизнесом. Было только одно «но». Жениху едва стукнуло двадцать четыре, я же справила в июне тридцатилетие. Правда, вопрос о возрасте недолго волновал высокие договаривающиеся стороны. Аделаида Максимовна, Мишина тетка, хотела побыстрей избавиться от ответственности за племянника, которого опекала после смерти родителей, а моя мамусечка была готова на все, чтобы надеть мне на правую руку простое обручальное кольцо. Нас познакомили и поженили.

Через полгода после свадьбы с чувством выполненного долга скончалась моя мама. Аделаида Максимовна пережила ее ровно на месяц. Естественно, что я бросила концертировать и целыми днями валяюсь дома на диване. Домашнее хозяйство ведет Наташа, детей у нас с Мишей нет. Иногда в голову приходит мысль: собачку, что ли, завести? Пару раз мы даже ездили смотреть щенков, но возвращались домой разочарованными. И потом, с собакой придется гулять, кормить по часам, возить к ветеринару и на выставки — сплошная докука. К тому же где-то года четыре назад у меня неожиданно началась обвальная аллергия, и вопрос о домашних животных завял сам по себе.

Дни мои проходят одинаково. Встаю около десяти, принимаю ванну, потом завтракаю, пью кофе и усаживаюсь перед телевизором. Затем обед и примерно полуторачасовой сон, потом отправляюсь либо в парикмахерскую, либо по магазинам... Одно время пробовала ходить в бассейн, но моментально заболела воспалением легких, а на занятиях шейпингом здорово растянула ногу. Так что со спортом было покончено. Вот массаж принимаю с удовольствием, люблю баню, только никогда не прыгаю после парной в бассейн с водой — береженого бог бережет.

Однако в моей беспросветно скучной жизни есть луч света. Это детективные романы. Я обожаю чтение на криминальную тематику и скупаю книги мешками. Маринина, Дашкова, Серова, Яковлева, Полякова — вот они и стали моими настоящими подругами. С какой радостью я хватаю новинки! Одна беда — книги хватает ровно на день. Ну отчего эти дамы так медленно пишут! Вот сегодня совершенно нечем заняться, а по телевизору показывают такую чушь, что скулы сводит.

Уютненько устроившись на диване в горе пледов и подушек, я развернула шоколадку и велела Наташе:

— Сделайте любезность, дорогая, дойдите до проспекта и купите газеты: «Криминальная хроника», «Петровка, 38» и «Мегаполис».

Наташа кивнула и опрометью кинулась выполнять приказание. Я вытянулась на софе. Все-таки хорошо, что не приобрели собаку, сейчас бы пришла, залезла ко мне, помешала отдыхать...

Резкий звонок заставил вздрогнуть. Часы показывали около полудня. Очевидно, растяпа Наташа, торопясь выполнить поручение, забыла ключи. Я сползла с дивана, рывком распахнула дверь и вместо довольно крепкой белокурой Наташи увидела стройную черноволосую девушку.

— Вы жена Михаила Громова? — спросила она.

Недоумевая, я кивнула. Девчонка протянула мне пакетик и быстро-быстро застучала каблучками по лестнице.

— Кто вы? — запоздало поинтересовалась я, но внизу уже хлопнула дверь подъезда.

В пакете оказалась видеокассета и записка: «Смотри одна».

Видик у нас стоит в кабинете. Сначала на экране телевизора мелькали серые полосы, потом раздалось страшное сопение, и перед моими глазами предстали два обнаженных тела. Меня передернуло. Терпеть не могу порнографию, и кому пришло в голову прислать подобную мерзость?! Пока я приходила в себя, действие набирало обороты, в какой-то момент мужчина повернулся, а я чуть не свалилась на пол — прямо на меня смотрело лицо Михаила.

В оцепенении наблюдала я за событиями. Камера равнодушно запечатлела все — от начала до конца. Потом возникло лицо черноволосой девушки, той самой, только что выбежавшей из подъезда, и полился очаровательный грудной голос, настоящее меццо-сопрано:

«Здравствуйте, мы незнакомы, но тем не менее связаны невидимой нитью. Разрешите представиться — Таня Молотова. Возраст — двадцать пять лет, переводчица. Владею английским, немецким, французским, арабским, отлично зарабатываю и очень хороша собой».

Следовало признать, что девчонка права. Копна смоляных кудрей обрамляла узкое лицо с безупречно белой кожей. Огромные карие глаза, пушистые ресницы, четкие полукружья бровей... Нос маленький, рот как у великой актрисы Брижит Бардо. И фигура чудная — тонкая талия, длинные ноги, высокая грудь.

«Да, я красавица, — продолжала девица, усмехаясь, — чего о вас не скажешь, к тому же молода. Роман с Михаилом длится у нас год, и согласитесь, во всех отношениях я подхожу ему больше, чем вы. Есть еще одна деталь. Скоро у меня родится ребенок, у него должен быть отец. Миша никогда не разведется с вами, он патологически порядочен и боится сказать правду. Но мне нет необходимости пресмыкаться перед вами, поэтому слушайте. Вы бездарная лентяйка, абсолютно бесцельно проводящая жизнь под одеялом. К тому же ухитрились вложить в голову несчастному Мише, будто смертельно больны. Но меня провести трудно — вы захребетница, бесполезное существо, даже неспособное родить ребенка, и из-за вас мой сын может лишиться отца. Так вот. Немедленно подавайте на развод сами. Можете оставить себе материальные блага, Миша уйдет с одним чемоданчиком, и он станет выплачивать вам щедрое денежное содержание. Вы ведь не способны и копейки заработать... Не волнуйтесь, мы как-нибудь прокормим с ним нахлебницу. Поймите, между вами любви нет, а половые отношения столь редки, что их даже нельзя назвать отношениями. Если не согласитесь на эти условия, пеняйте на себя. Развод все равно состоится, только вы останетесь на бобах в коммунальной квартире, в комнатенке. А сейчас взгляните еще разок, как нам хорошо».

На экране вновь завозились обнаженные тела. Я почувствовала, как по щекам катятся слезы. Черноволосая девица оказалась полностью права. Очевидно, мне от природы достался крайне слабый темперамент. Правда, первые месяцы после свадьбы мы спали в одной кровати, но потом Миша перебрался в другую комнату, мотивируя переезд нежеланием будить меня по утрам, собираясь на работу. Когда же мы были с ним в последний раз близки? В июне, девятого числа, как раз перед его поездкой в Лондон. А сейчас уже ноябрь! И остальное все верно — захребетница, лентяйка, неспособная заработать ни копейки...

Раздался стук входной двери и радостный голос Наташи:

— Принесла газетки!

Я быстренько выключила видик, вытерла щеки и крикнула:

— Положите на зеркало!

Но Наташа, естественно, не услышала и вломилась в кабинет. Увидав мои покрасневшие глаза, она тут же поинтересовалась:

— Плакали? Чего случилось? Розу убили?

Ну надо же быть такой дурой, чтобы предположить, будто хозяйка может рыдать из-за смерти героини мексиканского «мыла»!!!

— Вы плохо вытряхиваете пледы, — разозлилась я, — вот у меня и началась аллергия.

— Давайте постираю, — тут же предложила Наташа и принялась стаскивать одеяло.

Я тупо смотрела, как ловко и быстро действуют ее маленькие руки.

— И то верно, — пробормотала домработница, — ну с чего вам расстраиваться? Ни забот, ни хлопот, муж — красавец, дом — полная чаша. Эх, не жизнь, а сказка.

Это оказалось слишком, и, когда она вышла за дверь, я зарыдала в полную силу. Вообще я не принадлежу к племени истеричек и последний раз плакала на похоронах мамы, но сегодня слезы текли сами собой, словно я нанюхалась лука.

Часа через два, успокоившись, я оказалась в состоянии думать. Ну и как поступить теперь? Сделать вид, будто ничего не произошло, выбросить кассету и жить спокойно дальше? Нет, подобное не для меня. Мамочка всегда твердила:

— Детка, у супругов не должно существовать тайн друг от друга. Муж и жена — единый организм.

Хорошо ей было так рассуждать, имея дома папу, который, по-моему, даже и не подозревал, что на свете существуют другие женщины, кроме обожаемой супруги! Нет, следует поговорить с Мишей.

Я пошла за телефонной книжкой. Ну где вы найдете жену, которая не помнит наизусть номера телефонов супруга? Полюбуйтесь — она перед вами. Я никогда не звоню Мише ни на работу, ни на мобильный.

Сотовый не отвечал, и пришлось набрать другие цифры.

— Фирма «Вихрь», — раздался приятный женский голос, — слушаем внимательно.

— Позовите Мишу.

— Это ты, Танечка? — обрадовалась невидимая собеседница.

— Нет, — тихо ответила я, чувствуя, как к горлу подкатывает комок, — нет, скажите, жена беспокоит.

Голос моментально стал холодно-официальным:

— Михаил Анатольевич уехал в филиал, позвоните на мобильный.

Трясущимися пальцами я принялась вновь тыкать в кнопки. Танечка! Видали? Да вся контора знает про любовницу! Большего позора мне до сих пор не приходилось переживать.

Я упорно пыталась дозвониться и наконец услышала:

— Алло!

— Миша, пожалуйста, приезжай домой.

— Что случилось? — испугался супруг. — Ты заболела?

— Абсолютно здорова, — заверила я его, — поговорить надо.

— Милая, извини, страшно занят, никак раньше девяти не получится.

— Пожалуйста, приезжай немедленно, тут неприятность случилась!

— Что? С Наташей поругалась?

Муж был, как всегда, приветлив и ласков, но в последнем вопросе мне послышалась издевка. Да, самая большая неприятность, которая могла со мной приключиться, — это скандал с домработницей.

— Не расстраивайся, дорогая, — утешал Миша, — выгоним нахалку, другую наймем, тебе вредно волноваться, мигрень начнется. Вот что, сейчас же вели ей идти домой, а сама ложись и отдохни.

Я зашвырнула трубку на диван и принялась смотреть в окно. По тротуару бежали люди: мужчины с портфелями, женщины с сумками, бабки с колясками... Все куда-то спешили, только мне на этом празднике жизни не нашлось места, мне было незачем выходить из дому, да и некуда.

Дальше я действовала автоматически.

Сначала положила Мише на кровать кассету. Потом написала записку: «В моей смерти прошу никого не винить» — и пришпилила ее булавкой к подушке, потом пошла в прихожую и тщательно оделась. Нечего и думать о том, чтобы свести счеты с жизнью дома, Наташа моментально вызовет «Скорую», и трагедия превратится в фарс.

Я медленно брела по проспекту, чувствуя, как промокают тонкие замшевые сапоги. В первый раз не испугалась простуды, да и зачем? У трупа насморка не бывает.

Несколько часов я бесцельно бродила по Москве и все никак не могла придумать себе достойную смерть. Броситься из окна? Очень боюсь высоты. Отравиться? Чем? Повеситься? Так веревки нет, а купить не могу, так как сумочка лежит дома на зеркале вместе с сотовым, кошельком и ключами.

Внезапно город кончился, и потянулось длинное шоссе. Темные ноябрьские сумерки медленно наползали на столицу. В носу зачесалось, и я отчаянно расчихалась, чувствуя, как начинает болеть горло. Нет, следует немедленно заканчивать затянувшееся прощание с тусклой жизнью, а то вконец разболеюсь. На пустынном шоссе возник свет фар, водитель, увидав меня, предостерегающе бибикнул, но я уже неслась наперерез капоту. Раздался дикий скрежет, визг, потом земля кинулась к глазам. Лежа лицом в ледяной луже, я услышала крик:

— Нет, о боже!

И вяло подумала: «Надеюсь, это все».

ГЛАВА 2

Отчего-то моя кровать мерно покачивалась. Я разлепила глаза, и взор уперся в низко висящий потолок, затянутый искусственной кожей. Через секунду включился ум — меня везут в машине!

Морщась, я села и с ужасом обнаружила на ногах абсолютно мокрые сапоги, напоминающие компрессы. Впрочем, и юбка, и колготы, и пальто выглядели не лучше.

— Очнулась? — раздался высокий голос.

Сидевшая за рулем худощавая блондинка резко свернула вправо и припарковалась на обочине.

— А теперь отвечай, мерзавка, какого черта ты кинулась под мою машину? Почему из всех автомобилей выбрала именно мой? Хоть понимаешь, дурья башка, что могла погибнуть?

Я размеренно кивала, глядя в ее злое лицо. Довольно большие голубые глаза спасительницы воткнулись в меня, словно ножи. Светло-коричневая помада на губах размазалась, а на голове во все стороны дыбились коротко стриженные прядки. Наверное, моя прическа выглядит не лучше. Я подняла руку и попробовала пригладить торчащие вихры.

— О красоте вспомнила! — всплеснула руками женщина. — Ну ты и скотина! Решила покончить с жизнью — топись в собственной ванне. Прикинь, как меня подставила? А если б я задавила тебя? Все, конец, получила бы срок; а у меня, между прочим, дети, ну гадина...

Внезапно ее гневные речи перестали долетать до моих ушей. Боже, какая я неудачница, даже покончить с собой не смогла! Тяжелые слезы полились из глаз...

— Ладно, ладно, — забормотала женщина, перебираясь на заднее сиденье, — хватит сопли развешивать.

Неожиданно она обняла меня за плечи. Я уткнулась лбом в ее пахнущий духами кроличий полушубок и завыла белугой.

— Прекрати, — разозлилась добрая самаритянка, — давай выкладывай свое горе.

Взвизгнув последний раз, я, захлебываясь, принялась рассказывать незнакомке все: про маму, арфу, Мишу и видеокассету...

Около получаса из моего рта лились бессвязные речи. Наконец блондинка вздохнула:

— Да уж, значит, идти тебе некуда?

Я затрясла головой.

— Ладушки, тогда поедем.

— Куда?

— Ко мне, не на улице же спать!

«Жигули» довольно долго неслись по переулкам и

наконец встали у девятиэтажной блочной башни. Подъезд смотрел на мир окнами без стекол, а в лифте угрожающе топорщились выжженные кнопки. Мы поднялись на шестой этаж, блондинка порылась в сумке и, чертыхнувшись, позвонила. Моментально раздался многоголосый лай, и дверь тут же распахнулась.

— Мамочка пришла! — завопил мальчишка лет одиннадцати.

Я невольно отшатнулась назад. В тесной прихожей толкалось дикое количество животных, кошки и собаки вперемешку.

— Иди давай! — Кулак хозяйки уткнулся в спину. — Чего застряла, они не кусаются!

Кое-как я влезла в сантиметровое пространство. Мальчишка прыгал около блондинки.

— На, — сунула она ему большую хозяйственную сумку, — тащи на место.

Радостно гикая, парнишечка понесся в глубь длинного коридора. Собаки вкупе с кошками погалопировали за ним.

— Пришла наконец, — довольно сердито заметил молодой мужчина, — иди скорей, картошка стынет.

— Сейчас, — пропыхтела блондинка, стягивая ботинки. Потом повернулась ко мне: — Давай раздевайся, чего стоишь!

Я покорно стянула с ног «компрессы» и робко спросила:

— Где тапочки?

— Там поищи, — махнула хозяйка рукой в сторону Монблана из обуви, — и топай в ванную.

Кое-как разыскав две разномастные тапочки, я добралась до ванной комнаты. Да уж, видок — лучше некуда! Из зеркала глянула бледная, перепачканная грязью физиономия, волосы торчат вверх, словно забор, тушь размазалась.

— Эй! — постучали в дверь.

Я приоткрыла дверь. Невысокий мужчина протягивал старенькое, но чистое полотенце.

— Это мне?

— Тебе, тебе, чем вытираться думала? Тряпкой? — хихикнул хозяин и испарился.

Кое-как приведя себя в порядок, я поплелась на кухню.

В большой комнате с двумя окнами было приятно тепло. За круглым столом восседало несколько человек: блондинка, молодой мужчина, девушка и мальчик. Вокруг толкались собаки, кошки нагло устроились на мойке.

— Так, — командным тоном велела хозяйка, — сейчас познакомимся! Я — Катя. Это мой старший сын Сережа.

Молодой мужчина улыбнулся и, лихо подкрутив усы, сказал:

— Здрасьти!

— Его жена Юля.

Девушка глянула на меня быстрым взглядом и тоже улыбнулась.

— А я Кирюшка, — влез мальчишка, — мамин младший сын и брат этого...

Указательный палец, перемазанный чернилами, ткнулся в Сережу.

— Ешь давай, — велела Юля, — не отвлекайся!

Из-под стола раздалось недовольное ворчание.

— А ну, быстро закончили чеченскую войну, — велела Катя.

Собаки разом примолкли, зато заорали кошки.

— Сколько у вас животных, — вздохнула я, — целый зоопарк.

— Ну, вовсе не так уж много, — радостно сообщил Кирюша, — всего три собаки да две киски. Глядите, мопсы Муля и Ада.

Две совершенно одинаковые морды уставились на меня круглыми, блестящими глазами навыкате. Жуткие уродины. Нижняя челюсть выдается вперед, носа почти нет, на лбу кожные складки...

— Еще стаффордширская терьерица Рейчел, — тарахтел, не умолкая, мальчишка, выталкивая ногой из-под стола довольно крупную, задастую, рыжую собаку с нехорошим тяжелым взглядом. — Вон та киска, черно-рыжая, Семирамида, а совершенно белого кота зовут Клаус... А еще...

Полный энтузиазма, он рванулся в угол к холодильнику и вытащил большой аквариум, где суетились тучные хомяки.

— Серый — Кеша, рыжий — Петя, черный — Леонардо, а в корзинке — жаба Гертруда, хотите, принесу?

— Гертруду покажешь завтра, — отчеканила Юля и водворила Кирилла за стол. — Вы ешьте, а то остынет.

Я окинула взглядом угощение. Эмалированная кастрюля с отварной картошкой и сковородка с жирными жареными куриными окорочками, рядом, в красной миске, горкой громоздился салат, щедро залитый майонезом... У нас дома не едят подобных вещей, куриные окорочка содержат сплошной холестерин. Миша употребляет только грудки, желательно без панировки, с цветной капустой...

— Не стесняйтесь, — опять улыбнулся Сережа, — налетайте.

Вздохнув, я принялась за яства. Интересно, удобно попросить у хозяйки в качестве десерта таблетку фестала? Моя печень не вынесет окорочково-майонезную бомбежку. И потом, какая странная семейка. Старшему сыну подкатывает к тридцати, младшему по виду не больше одиннадцати, а возраст самой хозяйки определить невозможно...

— Как тебя зовут? — прервала мое глубокомысленное размышление Катя.

Я невольно вздрогнула. Мой папа был большой оригинал, и, когда я появилась на свет, недолго думая нарек дочь именем своей покойной матери. Все

бы ничего, носи бабушка простое имя, типа Мария,
Татьяна, Елена... Так нет, крестили... Ефросиньей.
Естественно, в школе и консерватории меня всегда
звали Фрося, и никак иначе. Самый тяжелый момент
наступает, когда следует представиться незнакомым
людям.

— Ефросинья, — бормочу я.

— Ну да, — следует ответ, — отличное, редкое
имя. Фрося, значит. Фамилия случайно не Бурлакова?

Просто плакать хочется, до чего одинаково все реа-
гируют. Кстати, фамилия у меня чисто царская —
Романова.

Сережа, Юля, Катя и Кирилл выжидающе примолкли. Даже собаки разинули пасти. Еще раз подивившись уродливости мопсов, я открыла было рот...
Ну нет, ни за что не скажу настоящее имечко. Ефросинью я ненавижу так же, как мужа и арфу, лучше сообщу первое, что придет в голову. Язык моментально
ляпнул:

— Евлампия.

— Ну надо же, — восхитился Сережа, — какое
редкое имя! А как сокращенно?

— Лампа, наверное, — хихикнул Кирюшка, за что
моментально огреб от матери подзатыльник.

Я безнадежно запихнула в рот ложку отвратительного салата из крабовых палочек. Господи, ну почему
мне так не везет?

На ночь меня положили в гостиной на диване. Ло-
же оказалось страшно неудобным, узким и жестким,
подушка комковатой, а одеяло «кусалось», просовы-
вая сквозь слишком тонкий пододеяльник жесткие
ворсинки. Провертевшись с боку на бок, я наконец
задремала, но не тут-то было.

Дверь комнаты, протяжно заскрипев, приоткрылась. Я посмотрела в ту сторону. Никого, наверное,
сквозняк. Сон начал медленно заползать под веки, и
вдруг что-то тяжелое, горячее, с угрожающим звуком
плюхнулось прямо на грудь.

— А-а-а! — заорала я.

Послышался топот босых ног, потом вспыхнул свет.

— Ну? — спросил Сережа, щурясь. — Ты всегда орешь во сне или только в гостях?

— Кто-то напал на меня, — пролепетала я, пытаясь сесть.

— Боже, — вздохнул парень, — в нашем доме невозможно отдохнуть! Это всего лишь Муля. Ты лежишь в гостиной, а она привыкла тут ночевать, на диване, вот и пришла на свое место, подумаешь, ерунда какая, подвинься чуток.

— Кто такая Муля?

— Английский мопс, — напомнил парень. — Есть еще Ада, но та с хомяками дрыхнет. Да не бойся, Мулька не кусается, храпит только немножко, спокойной ночи.

Свет погас, я осталась в гостиной. Мопс, абсолютно не стесняясь, развалился на мне. Маленькая с виду собачка оказалась на редкость тяжелой и горячей. Я попробовала спихнуть ее вбок, но Муля даже не вздрогнула, лежала камнем, вытянув лапы. Я брезгливо оглядела животное. Спать в одной кровати с грязной собакой! Хотя на первый взгляд Муля выглядела довольно чистой, и пахло от нее ментоловой жвачкой. Внезапно ее передние ноги быстро задвигались, задние задрожали, и, не открывая глаз, мопсик начал повизгивать. Мне стало смешно: надо же, оказывается, собаки тоже видят сны. Песик продолжал плакать. Я осторожненько погладила его жирный бок. Муля вздохнула и успокоилась. Шерстка у мопсика оказалась нежной, просто шелковой на ощупь. Я машинально погладила ее еще разок, удивляясь приятному ощущению, потом вздохнула. Ну вот, трогала пса, теперь следует идти мыть руки. Но вставать не хотелось, внезапно диван показался страшно удобным, от мопса шло ровное тепло, и он сопел, тихо, совсем не противно. Я послушала несколько минут

мерное дыхание и неожиданно вновь погладила Мулю. Пальцы случайно наткнулись на мордочку. Соба-
чонка распахнула огромные сонные глаза и лизнула
мою руку язычком, розовым и ужасно длинным.
Прикосновение было моментальным и не слюнявым,
словно кто-то очень нежно провел по ладони мокрой, теплой, замшевой тряпочкой. Я вздрогнула, мне
говорили, что у животных глисты... Муля вздохнула и
вновь поглядела на меня. Неожиданно стало спокойно и как-то хорошо, словно с души упал камень. Навряд ли у этой собачки паразиты, все-таки в семье
живет... Осторожно повернувшись на бок, я закрыла
глаза. Раздалось сосредоточенное сопение, и в ту же
секунду мопсиха нырнула под одеяло и прижалась к
моим ногам спинкой. Я попыталась выпихнуть ее наружу, но незваная гостья только сопела. Через пару
минут ледяные ступни согрелись, и наконец пришел
крепкий и глубокий сон.

ГЛАВА 3

— Дай сюда, немедленно отдай! — кричал Миша.
— Сам возьми, — отвечала ему Наташа.
«Интересно, что это стряслось с мужем и прислу-
гой?» — вяло подумала я, открывая глаза. В ту же секунду из груди вылетел вопль. На подушке, возле
самого лица, покоилась мордочка обезьянки. Одним
прыжком я подлетела к двери, рванула ручку и во-
ткнулась головой в Сережин подбородок.
— Ой! — вскрикнул парень и схватился за лицо.
— Простите, — залепетала я, — но там макака,
прямо в постели...
— Обезьян у нас, кроме Кирюши, конечно, нет, —
отрезал Сережка и, глянув на диван, дико захохотал: — Это же Муля! Тебе спросонья причудилось.
Я обернулась: мопсиха сидела посреди дивана. Не
поверите, она улыбалась во всю омерзительную пасть.

— Ладушки! — хмыкнул Сережка и исчез в коридоре.

Оттуда незамедлительно донесся его крик:

— Ну, сколько можно собираться! Я из-за тебя опоздаю!

— Сапоги куда-то подевались, — ныл Кирюша, — и шапка. Мам, я поеду без шапки.

— Ни за что, — вплелся в скандал Катин голос. — Менингит захотел?

— Да, — возмутился мальчишка, — а почему Юльке можно?

— Доживи до моих лет и ходи в ноябре голым, — парировала девушка.

— Так, прекратили базар, — заявила Катя. — Все немедленно вон!

Послышалось шуршание и возня.

— Минутку, кто пойдет с собаками? — спросил Сережа.

— Я, — ответила Катя. — Ладно уж, бегите.

Дверь хлопнула, воцарилась тишина. Мой взгляд упал на часы — восемь утра. Они что, всегда встают в такую рань?

Вдруг с улицы донесся вопль:

— Мама, скинь ключи от машины, забыл на вешалке.

— Вот олух! — в сердцах сказала Катя и завопила: — Держи!

Интересно, что думают по этому поводу соседи, или они все встают ни свет ни заря?

Внезапно Муля соскочила с дивана и, цокая когтями, унеслась в коридор.

— Девочки, гулять, — сообщила Катя и заглянула в гостиную.

Без косметики ее лицо выглядело моложе и как-то проще, волосы по-прежнему топорщились в разные стороны.

— Проснулась?

Я кивнула.

— Давай беги завтракать, кофе на столе, остальное найдешь сама в холодильнике.

— А вы куда? — робко поинтересовалась я.

— Гулять с крокодилами, — пояснила Катя.

Я невольно попятилась. Оказывается, в этом доме есть еще и аллигаторы.

— Муля, Ада, Рейчел! — завопила хозяйка.

Клубок прыгающих собак покатился на лестничную клетку.

На кухне царил разгром. На столе громоздились в беспорядке тарелки с остатками чего-то желтого, початая банка «Нескафе», пустая вазочка и несколько кусков сыра. Эмалированный чайник совершенно остыл.

Я уселась у стола и пригорюнилась. Примерно через полчаса Катя вернулась и сообщила:

— Холодно, жуть! А чего кофе не пьешь?

— Чайник остыл.

— Подогрела бы.

— Не умею зажигать газ спичками.

— Как это? — изумилась Катя.

Я принялась бестолково объяснять:

— Ну, у нас электрическая плита...

— Неужели у всех подруг тоже? — продолжала удивляться хозяйка, поворачивая ручку.

Я молчала, глядя на синее пламя.

— Ну вот что, — отрезала Катя, — понимаю, что домой не хочешь, ведь так?

— Да уж, лучше умереть.

— Ладно, мы решили поселить тебя пока у нас, поживешь немного, отойдешь, освоишься, а там поглядим, как жить дальше.

— Но у меня нет денег, и платить за постой не могу...

— Я что, плату попросила? — ухмыльнулась хозяйка. — Только учти, тут за тобой ухаживать никто не станет.

— Нет, я так не могу, — промямлила я.

— Да погоди, — разозлилась Катя, — предлагаю пойти ко мне в домработницы. Квартира, видишь, огромная, мы ее из двух сделали, дети, собаки, да еще гости постоянно приезжают, родственники, чокнуться можно. Меня дома никогда нет, ухожу в семь тридцать, прихожу к программе «Время». Едим кое-как, убираемся через пень-колоду, а стираем вообще раз в году. Давно думала помощницу нанять, а тут ты на голову свалилась. Словом, получилось лучше некуда, сразу хороший выход для двоих. Тебе есть где жить и заработать, мне прислуга.

— Видите ли, — попыталась я охладить Катин пыл, — я совершенно не умею готовить...

— Подумаешь, — фыркнула хозяйка, — научишься! Дел-то! И потом, в будние дни дома до ночи никого нет. Кирюшка сначала в школе, потом бежит на секцию, гимнастикой занимается. Сережка раньше восьми не появляется, Юлька тоже. Забот немного. Утром всех растолкала, выпроводила, с собаками погуляла, покормила их и кошек, продукты купила, приготовила — и отдыхай.

От перечисления обязанностей у меня закружилась голова.

— Платить буду сто долларов в месяц, — сообщила Катя, — еда и все остальное, естественно, бесплатно. А насчет вещей не беспокойся. Вечером Сережка с антресолей чемоданы стащит, найдем и брюки, и свитер, и куртку.

Сто долларов?! Интересно, сколько Мишка платит Наташе, неужели такие же копейки?

— Ну? — поторопила Катя.

Мне некуда было деваться, и моя голова сама собой кивнула.

— Отлично, — подскочила на стуле Катя, — значит, так. Сейчас убегу часов до четырех, а ты тут осваивайся. Деньги в спальне, в комоде, ключи на вешалке. Кстати, машину водишь?

— Нет, — пробормотала я.

— Ничего, — бодро сообщила Катя, — научишься. И давай перейдем на «ты».

Она побежала в коридор, натянула черненькую курточку и схватилась за ручку двери.

— Да, вот еще...

— Что? — безнадежно спросила я, ожидая услышать от хозяйки какие-нибудь указания. — Что?

— Никогда не сдавайся. Выход из безвыходного положения там же, где вход, — выпалила Катя и унеслась.

Я пошла бродить по квартире. Она и впрямь оказалась большой. От длинного коридора влево и вправо отходили комнаты. Первая — гостиная, потом кухня, которую явно сделали из двух помещений. Напротив — детская. Там царил жуткий беспорядок. Все пространство было забито разбросанными вещами. Книги и игрушки вперемешку валялись на письменном столе, полу и полках. Возле кровати громоздились обертки от шоколада... Следующей шла спальня Сережи и Юли. Там тоже было не слишком чисто, но все же аккуратней, чем у Кирюши. Вплотную к кухне прилегали апартаменты хозяйки. Я отметила, что это помещение самое маленькое, едва ли десять метров. Диван, кресло, шкаф... Места для жизни просто нет. У изголовья стопкой высились книги. Я ухватила верхнюю — Маринина, следующая — Дашкова. Надо же, тоже любит детективы. Интересно, кем она работает? Похоже, что в этом доме не слишком нуждаются. Мебель, правда, простая, но новая, у всех в спальнях стоит по телевизору, и вроде у них две машины.

Последние две комнаты оказались прибранными. Кровати были застелены пледами, и никакой одежды. Наверное, одну можно занять мне.

Следующие два часа я безуспешно пыталась прибраться. Вынесла мусор, помыла посуду и застелила кровати. Устала так, что затошнило. Сев на кухне, я развела холодной водой отвратительный растворимый кофе и, чувствуя, как желудок противно сжимается, подумала: «Надо все-таки научиться зажигать плиту». И тут громко и резко зазвонил телефон. Я вздрогнула и схватила трубку.

— Слышишь, Лампа, — донеслось из мембраны, — это я, Катя. Быстро одевайся и отправляйся в Володаевский проезд, квартира семь, дом девять, метро «Театральная». Там живет Костя Катуков.

— Зачем? — удивилась я.

— Не перебивай, — возмутилась Катя, — возьмешь у него портфельчик, небольшой, черный, кожаный, и привезешь на метро «Динамо». Буду тебя ждать у первого вагона в сторону центра ровно в полдень.

— Прямо так войти и потребовать чемодан?

— Именно. Скажи: «Костя, меня прислала Катя за документами» — он и отдаст.

— Но я не приготовила ужин, только чуть-чуть убрать решила.

— Плевать, давай быстрей, — отреагировала Катя и отсоединилась.

Я принялась бестолково одеваться. Деньги и впрямь нашлись в спальне, а ключи на вешалке, хуже обстояло дело с одеждой. Пальто оказалось безнадежно испорчено, сапоги так и не просохли. Пришлось открыть большой шкаф у входа, там отыскалась темно-розовая куртка, а в спальне у Кати нашлись подходящие по размеру брюки и пуловер. Я натянула пахнущие чужими духами вещи и чихнула. Однако странно, что до сих пор не заболела, и аллергия почему-то не пришла.

Из обуви мне подошли лишь весьма обтрепанные кроссовки, и, завязав шнурки, я выползла на лестницу. Собаки молча глядели вслед влажными глазами, и непонятно почему я сказала:

— Ладно, девочки, не скучайте, скоро вернусь.

Муля и Ада зашевелили толстыми, свернутыми в кольцо хвостами, Рейчел тихо гавкнула.

Метро оказалось в соседнем доме. Надо сказать,

что данным видом транспорта я не пользовалась много лет, а если честно, то, выйдя замуж, ни разу. Миша нанял шофера, который возил меня везде, куда надо.

У кассы я порылась в чужом кошельке и, вытащив десятку, попросила:

— Дайте четыре пятачка.

— Чего? — рявкнула из окошка старуха. — Какие пятачки?

— Для автомата, — ответила я. — Хочу в метро попасть.

— Ты, милая, никак проспала пять лет, — неожиданно ласково ответила бабка, — теперича карточки, и на твои денежки могу дать на две поездки.

Я кивнула и через секунду держала в руках бумажный прямоугольничек. Ехать оказалось минут двадцать, и дом стоял недалеко от метро, в глубине за телеграфом. Радуясь, что так легко достигла цели, я позвонила в дверь. В ответ — тишина. Пришлось нажать кнопку снова, в «глазке» мелькнула тень, словно кто-то разглядывал непрошеную гостью.

— Вам кого? — глухо донеслось из квартиры.

— Здравствуйте, Костя, — вежливо сказала я, — мы с вами незнакомы, но не волнуйтесь, открывайте. Меня прислала Катя за черным портфелем, кожаным.

Приоткрылась неширокая щель. Я продолжала улыбаться изо всех сил.

— Подожди, — велел голос, и дверь захлопнулась.

Подивившись на странную манеру принимать гостей, я прислонилась к косяку. Дверь вновь приоткрылась, и рука, на запястье которой сверкнули дорогие золотые часы, просунула нечто, больше похожее на планшет.

— Бери и уматывай.

— Большое спасибо, — ответила я.

Дверь хлопнула. Нет, все-таки в нашей стране много хамов!

У метро торговали хот-догами. Бойкая толстая

тетка, уже успевшая нацепить валенки, подмигнула мне и крикнула:

— Горяченького не хочешь? Иди, с горчичкой!

Я демонстративно отвернулась, подобную дрянь, набитую токсинами, не возьму в рот даже под страхом смерти. Все-таки одежда играет огромную роль: когда выходишь в красивой норковой шубке из «Мерседеса», наглые торговки не бросаются с предложением купить малосъедобные продукты.

До «Динамо» я добиралась минут пятнадцать, хорошо хоть, не понадобилось делать пересадку. На платформе на скамейке сидела Катя, около нее пристроился крупный мужик, просто гора. На толстой, колонноподобной шее красовалась маленькая, плоская, словно змеиная, голова. При виде меня Катя не встала. Лицо ее выглядело изможденным, каким-то серым, глаза глубоко ввалились, губы побледнели. Хозяйка казалась больной и какой-то пришибленной.

— Давай! — велел мужик, увидев, что я притормозила возле Кати.

— Отдай ему портфель, — прерывающимся шепотом пробормотала женщина.

Я протянула планшетик. Толстяк ухватил вещицу левой рукой и, неловко орудуя, открыл. Правая рука его неподвижно висела. Инвалид, значит.

— Ну, падла, — прошипел мужик, показывая абсолютно пустую сумку, — ну дрянь, обмануть решила.

Катя побледнела еще больше и опять шепотом спросила:

— Это тебе дал Костя? Внутрь заглядывала? Ничего не потеряла?

Я почувствовала себя оскорбленной до глубины души. Ну за кого меня принимают?

— Именно Костя и именно данный портфель. И потом, я не имею привычки лазить по чужим сумкам.

— Закрой хлебало! — велел мужик.

Я осеклась.

— Это вы мне?

— Тебе, вошь убогая, — последовал ответ.

Катя вздрогнула и сказала:

— Он обманул меня.

— Нет, кисонька, — неожиданно ласково пропел толстяк, — это ты меня обманула, и знаешь, что тебе за это будет?

Катерина напряглась, в ее больших голубых глазах плескался откровенный ужас, но голос звучал твердо:

— Отпусти меня, привезу сама.

— Три ха-ха, — заржала туша. — Нашла дурака! Нет уж, пусть эта ищет.

В мою сторону ткнулся сарделькообразный палец с довольно грязным ногтем, на котором нелепо, будто седло на корове, выделялся вульгарно дорогой золотой перстень с крупными камнями, издали сильно смахивающими на брильянты.

— Эта не сможет, — размеренно ответила Катя, — не тот человек. Разреши, Лене позвоню.

— Вот еще, стану я тут перед всеми твоими бабами светиться, — вызверился монстр, — сказал — эта, значит, эта.

Катя опустила голову.

— Слушай сюда, — велел мне мужик. — Здесь лежали бумаги, несколько листочков, и негативы. Найдешь и принесешь на это самое место, на «Динамо», ровно через две недели, 17 ноября в час дня. Не сделаешь — от Катьки рожки да ножки останутся!

Он сердито пошевелил правой рукой, в ту же минуту у Кати дернулась левая, лежащий между ними шарф упал, и я с ужасом уставилась на наручники.

Бедная Катюша оказалась прикована к горе сала.

— Чего буркалы выпятила? — прохрипел толстяк.

— Что? — не поняла я.

— Глаза закрой, на пол уронишь! — выплюнул мужик. — Подними шарф и прикрой браслеты.

— Что? — снова не поняла я.

— Слышь, фефела, ты не из Белых столбов бежала? — не успокаивался толстяк.

— Возьми шарф и брось на наручники, незачем внимание привлекать, — безнадежно сказала Катя, потом добавила: — Говорила же тебе, Слава, она не тот человек.

— Заткнись, быстро, — велел собеседник и вновь обратился ко мне: — Ну так понятно?

— Нет, — затрясла я головой. — Где я возьму документы?

— В сарае на полке, где воют волки. Ищи.

— Погоди, Слава, — попросила Катя, — дай ей объясню.

— По-быстрому только, — велел «кавалер», — недосуг тут жопу просиживать.

— Лампочка, — ласково завела Катя, — поезжай снова к Косте и попробуй узнать, куда он задевал документы. Очень постарайся, иначе, боюсь, последствия окажутся слишком тяжелыми.

Увидав мое вытянувшееся лицо, она быстро добавила:

— Не волнуйся, скорей всего Костик просто перепутал портфели, у него два одинаковых. Сереже и Юле скажешь, что я уехала в командировку, в Кемерово, они привыкли и удивляться не станут. Поняла?

Я закивала.

— Вот и умница, через две недели встретимся. Теперь запомни. Там три листочка, синего цвета, необычная такая бумага, не перепутаешь, и четыре фото с негативами. На них разные люди, в основном мужчины. Все положено в красную папочку, сверху написано «Комбинат». Поняла?

Я опять кивнула.

— Действуй, — велел жиртрест и резко встал. Катя тоже поднялась.

— Лампочка, — прошептала она, — ты уж постарайся. Впрочем, если, не ровен час, не получится и мы больше не встретимся, заклинаю, не бросай моих, у них никого, кроме меня, замени им мать...

— Пошли, — дернул мужик и поволок Катю.

Та покорно двинулась, но, отойдя на метр, обернулась и крикнула:

— Богом прошу, не бросай! Знай, я тебе их отдала!

— Давай, давай, — велел жирный пузырь, и они исчезли за колонной.

Я плюхнулась на скамейку и только сейчас поняла, как устала. День был заполнен незнакомыми, тяжелыми хлопотами — сначала уборкой, потом поездкой, теперь вот этой жуткой встречей. Постепенно заработал ум. И почему я не позвала милицию? Хотя здоровенный парень скорей всего не дал бы этого сделать... И что имела в виду Катя, говоря о детях? Внезапно мои уши загорелись огнем, а по спине потекли струйки пота. До разума только что дошел смысл сказанных ею фраз. Если не найду документы, Катю попросту убьют, и я должна стать матерью Сереже, Кирюше, Юле, трем собакам, двум кошкам, хомякам и жабе Гертруде. Боже, я даже не знаю их фамилию!

ГЛАВА 4

Часы показывали полпервого, и я вновь покатила на «Театральную». Но на этот раз на звонок никто не отзывался. Понажимав для порядка на пупочку, я легонько постучала кулаком в дверь, и та неожиданно подалась.

Я оказалась в довольно большом холле, обставленном дорогой кожаной мебелью цвета топленого молока.

— Здравствуйте! — крикнула я. — Костя, отзовитесь!

Но в ответ — тишина, лишь слышно, как в унитазе журчит вода. Ушел и забыл захлопнуть дверь?

На всякий случай я заглянула в комнату и увидела на широком темно-зеленом велюровом диване мирно спящего мужчину. Обрадовавшись, я подошла поближе и громко сказала:

— Костя, Катя просила забрать документы, красную папочку на завязочках с надписью «Комбинат».

Но мужик даже не вздрогнул. Надо же, как крепко спит!

Я первый раз оказалась в столь нелепой и двусмысленной ситуации: непрошеной гостьей в чужом доме, возле постороннего, незнакомого мужчины. Но делать было нечего, все равно придется его будить, мне очень нужны документы.

— Эй, — позвала я на тон громче, — здравствуйте и отзовитесь, пожалуйста!

Ноль эмоций, хозяин даже не вздохнул, как это обычно делают просыпающиеся люди. Поколебавшись, я потянула его за плечо. Неожиданно тело легко повернулось и опрокинулось на спину. Из моей груди вылетел крик. Когда-то красивые породистые черты мужчины искривила предсмертная гримаса. Лица почти нет, вместо носа жуткая дыра, один глаз прикрыт, другой остекленевшим взором уставился в потолок. Рот страшно съехал в сторону, но ужаснее всего были руки — из пиджака торчали окровавленные обрубки.

— Эй, — прошептала я, чувствуя, как сжимается желудок, — эй, вы что, умерли?..

Но хозяин продолжал молча глядеть на люстру. Господи, а я держу его за плечо!

Рука разжалась, ноги побежали к окну. В ту же секунду к горлу подступила тошнота, и я кинулась в туалет, второпях влетела в ванную и склонилась над раковиной. Тело довольно долго сотрясала судорога, кое-как придя в себя, я прислонилась к новой стиральной машине. Ну и как поступить? Вызвать милицию? Совершенно невозможная вещь. Во-первых, придется объяснять, как и зачем я попала в квартиру, а во-вторых, и это, пожалуй, самое главное, сотрудники правоохранительных органов потребуют документы... Нет, такое просто невозможно. Миша небось уже отнес заявление об исчезновении жены, а мне совершенно не хочется вновь встречаться с супругом. Выход один — бежать отсюда скорей, пока кто-нибудь не пришел. Хотя, судя по одинокой щетке в стакане и исключительно мужской парфюмерии на полочке, Костя был холостяк.

Собрав в кулак остатки воли, я, зажмурившись, чтобы не наткнуться взглядом на труп, доковыляла до входной двери. Руки сами собой схватили сумочку, ноги вынеслись на лестницу. Загудел лифт, испугавшись, я рванула к лестнице и перевела дух, только оказавшись в метро. Еще не хватало, чтобы какая-нибудь глазастая тетка запомнила мои приметы и доложила дознавателям.

Расслабившись на сиденье, я закрыла глаза и вытянула ноги. В ту же секунду мои ступни получили довольно ощутимый удар. Толстая бабка, тащившая грязную сумку на колесиках, злобно прошипела:

— Ишь развалилась, людям не пройти.

Я убрала ноги, сидевшая напротив меня бабища в жутком зеленом пальто заявила:

— И правильно, лапы таким ломать надо, не умеешь себя в транспорте вести, езди на такси, коли средствов хватит!

Ее красное лицо гневно хмурилось, а губы сжались в тонкую нитку. Я только вздохнула: нет, в «Мерседесе» с личным шофером куда лучше.

Дверь квартиры открылась с трудом, комок повизгивающих собак бросился в ноги. Мопсы встречали меня как родную, Рейчел проявила меньше энтузиазма. Сначала стаффордширица убежала в кухню, а затем принесла в пасти поводок и зачем-то положила на порог. Я тщательно помыла руки и как подкошенная рухнула на диван. Спать хотелось безумно, на тело навалилась дикая усталость, ноги налились свинцом, в горле першило. Следовало ради профилактики принять две таблетки аспирина, но сил встать не оказалось.

Меня разбудил громкий говор.

— Даже хлеба нет! — кричал Кирюша. — Жратеньки хочется, Юль, сваргань яишенку с гренками и луком.

— Сам же сказал, хлеба нет, — ответила девушка и велела: — Бегом в магазин, купи чего-нибудь для быстрого приготовления.

— Какое безобразие, — завопил Сережа, — кто написал в коридоре?

— У того большое горе, — отозвался бодро Кирюшка.

— Давай, гони за пельменями, поэт! — прикрикнул старший брат и добавил потише: — Лужа маленькая, значит, не Рейчел. Ну, мопсы, колитесь, чья работа?

Раздались сочные шлепки.

— Не трогай их, — велела Юля, — не виноваты собаки, с ними просто не вышли вовремя. Интересно, куда подевалась Катя? Говорила, целый день просидит, и улетела. Продукты не купила, собак не выгуляла...

С трудом оторвав голову от подушки, я крикнула:

— Катя уехала в командировку!

В коридоре на секунду стало тихо, потом Юля и Сережка влетели в гостиную.

— Куда? — спросили они хором.

Я растерялась: совершенно не умею врать. Впрочем, если задуматься, в моей жизни до сих пор не существовало тайн.

— Город такой назвала, вроде на К.

— А, понятно, — вздохнул Сергей, — Кемерово. Ну мать, ну пройда, специально вчера нам не сказала.

— Вот хитрюга, — подхватила Юля, — знала, что мы не разрешим в отпуске работать...

— Она в отпуске? — отчего-то спросила я.

— Ну да, — ответил юноша. — Вчера вышла, а сегодня, пожалуйста, умотала, за деньгами помчалась, сказал же, проживем чудесно без дурацких приработков. И ведь теперь даже звонить не станет, чтобы мы не ругались!

— Слушай, Лампа, — медленно спросила Юля, — а ты давно дома?

Я глянула на часы. Надо же, продрыхла почти четыре часа!

— Пришла около трех.

— Ну ничего себе, — вскипела Юля, — и собак погулять не вывела, и об ужине не подумала!

Я растерянно уставилась в ее рассерженное лицо.

— Надо было выйти с псами?

— Конечно, — ответил Сережка, — они унитазом пользоваться не умеют. Знаешь, какая там лужа в коридоре.

— Извините, — пролепетала я, — но я никогда не жила с животными...

— Ясненько, — бодро резюмировал Сергей. — Ладно, пойду прогуляю девочек.

Хлопнула дверь, и Кирюшка заорал:

— А кто пельмешки заказывал!

— Иду, — отозвалась Юля, и тут же из коридора понесся ее недовольный голос: — Чего такие дорогие взял, в следующий раз «Дарью» покупай.

— Они несъедобные, — сообщил Кирюшка, — тесто толстое, внутри веревки.

— Это натуральные, экологически чистые жилы, — хмыкнул Сережка. — Ну кто же в готовые пельмени мясо положит!

— Замолчи, а то меня сейчас стошнит! — выкрикнула Юля.

У меня заломило в висках, от этой семьи слишком много шума. Лягу-ка лучше спать, кажется, мигрень начинается. Но не тут-то было. На пороге появилась Юля и сообщила:

— Сережка гуляет с псами, Кирюшка пошел за хлебом, я варю пельмени, а ты вытри лужу.

— Чем?

Юля хихикнула:

— Тряпкой, конечно, чем же еще!

— Где она?

— Как у всех, в ванной. Ты дома половую тряпку в спальне держишь?

Чувствуя, как в голове ворочается боль, я побрела в коридор. Надо же, я даже не знаю, где Наташа хранит тряпки. Кусок старого полотенца нашелся под раковиной. Я как следует намочила его и шлепнула в коридоре. Вместо того чтобы исчезнуть, лужа отчего-то стала еще больше. Я принялась гонять воду по полу.

— Эй, послушай, — спросила увидевшая эту картину Юля, — ты полы никогда не мыла?

Конечно, нет, всю жизнь берегла руки, у арфистки должны быть чуткие пальцы, и потом, слабое здоровье не позволяет заниматься домашним хозяйством.

— Дай сюда, горемыка! — велела девушка и дернула тряпку.

Потом она принесла небольшое красное ведерко, ловко выжала бывшее полотенце и в мгновение ока ликвидировала «океан». Я стояла пень пнем, оказывается, надо было не мочить, а выкручивать тряпку.

— Ведро в унитаз вылить сможешь? — с издевкой спросила Юля и унеслась.

Выполнив приказ, я ушла в гостиную и вновь легла. Голова болела немилосердно.

— Лампочка, — раздался Кирюшин вопль, — иди ужинать!..

— Не хочу, — вяло отозвалась я.

— Иди быстрей! — не успокаивался мальчишка.

Пришлось подниматься. На столе исходила паром миска.

— Тебе сколько? — спросил Сережа и, не дожидаясь ответа, наполнил тарелку. — Кетчуп, горчица, сметана...

Я принялась вяло ковырять вилкой поданное. Остальные ловко и споро запихивали в рот клейкие куски отвратительного на вид теста. Причем ели они пельмени с хлебом. Очевидно, в этом доме даже не слышали о правильном питании.

— Хорошо как — в холод горяченького, — пробормотал Сережа, блаженно щурясь.

— Не вздумай заснуть, — пнула его в спину Юля, — надо посуду помыть.

— Кирка помоет, — отбивался муж.

— Индейское жилище фиг вам, — завопил мальчишка. — Знаете, сколько уроков назадавали! Пусть Юлька...

— Во-первых, не Юлька, а Юлечка, — прервала девушка, — а во-вторых, домой работу взяла, завтра номер веду. Так что, Сережка, берись за губку.

— Минуточку, — сказал парень, — помните, что мать вчера сказала?

— Что? — в один голос спросили домочадцы.

— Лампу прислала из Петербурга к нам Нинель Михайловна...

— Ну, и чего? — заторопила Юля.

— А зачем прислала? Чтобы она у нас трудилась на ниве домашнего хозяйства, домработницей. Мать ей оклад положила, сто баксов. Верно?

Все кивнули.

— Тогда и спорить нечего, — сообщил Сережа и повернулся ко мне: — Считай, твой рабочий стаж пошел, начинай. Да не бойсь, мы помогать станем, когда сможем.

— Ладно, — пробормотала я, чувствуя полную безысходность. — Где у вас посудомоечная машина?

— Нетуньки, — пропела Юля, — губочкой трем вместе с «Фейри». Ладно, мне некогда.

И она выскользнула за дверь. Следом вылетел Кирюшка, последним, зевая, ушел Сергей, я осталась наедине с горой посуды. Ну ни за что бы не подумала, что несколько человек, поев на ужин всего лишь пельмени, оставят столько грязи!

Четыре глубокие тарелки, три пустые и одна полная, чашки, блюдца, вилки, ножи, ложки, кастрюлька с противной жирной водой, шумовка...

На раковине в резиновой подставочке лежала омерзительного вида губочка, вся в кофейной гуще. И ЭТИМ предлагается мыть посуду. Да к данному предмету противно и щипцами прикасаться! Но альтернативы нет.

Я взяла кусок поролона двумя пальцами, словно дохлую мышь, и попыталась отскрести жир. Но тарелка и не собиралась становиться чистой. Она противно скользила и норовила упасть в весьма грязную раковину.

— Эй, Лампа! — донеслось из-за спины.

Я обернулась. Юля, ухмыляясь, глядела мне в лицо.

— Ты посуду когда-нибудь мыла? Возьми «Фейри», пусти воду погорячей. Кстати, подъем завтра в семь.

И, хмыкнув, она ушла. Я послушно налила жидкое мыло, дело пошло веселее. Примерно через час я оглядела плоды своего труда и осталась довольна. Из коридора не доносилось ни звука, мои хозяева спали. Я тихонько прокралась в гостиную и обнаружила на диване мирно сопящую Мулю. Кое-как подвинув каменное тельце недовольно ворчащей мопсихи, я рухнула на подушку и вытянула отчаянно ноющие ноги. Никогда так не уставала. Сквозь наплывающий сон пробилась мысль: сегодня не приняла, как всегда, ванну на ночь, не сделала маску. Да что там маска, даже зубы не почистила. Впрочем, и нечем, щетки пока нет. А на нет и суда нет.

Утро вновь началось с многоголосого крика.

— Кошмар, — вопила Юля, — девять утра! Сережа, быстрей!

— Девять! — заорал Сергей. — Скорей, Кирка, одна нога здесь, другая там.

Потом они влетели в гостиную и завизжали, как циркулярная пила:

— Лампа, ты почему нас не разбудила!

— Надо было будить? — ошарашенно спросила я, пытаясь спросонья сообразить, который час.

Взгляд упал на будильник. Пять минут десятого. Чего они так разволновались, ну кто встает в такую рань.

— Очень даже надо, — сообщил Сережка и унесся в коридор.

Потом хлопнула дверь. Я осталась одна с собаками. Не успела моя голова коснуться подушки, как раздался звонок в дверь.

— На, — сказала Юля и сунула мне в руки маленькую сумочку, — извини, по ошибке твою схватила!

Она подцепила небольшой ридикюльчик и крикнула:

— Собак выгуляй!

В изумлении я уставилась на сумку. Нет, она не моя, но и не Юлина, так чья, Катина?

С улицы донеслось:

— Лампа, брось ключи, на зеркале забыл!

Я высунулась в форточку и увидела Сережку возле старого белого «Форда».

— Собак выведи! — напомнил парень.

Я пошла на кухню и уставилась на чайник. Десять бесплодных попыток зажечь газ довели почти до истерики. Рука сама собой роняла спичку, и конфорка не желала вспыхивать. Наконец догадалась, нашла газету, подожгла ее и поднесла к горелке. Первая победа над бытом окрылила, и я села пить кофе. В холодильнике нашлась лишь пачка масла, они ждут, что я пойду за продуктами. Внезапно в голове появилась мысль. Сумочка! Вчера, убегая в ужасе из квартиры убитого Кости, я машинально схватила ее в прихожей, просто привыкла всегда появляться с элегантными аксессуарами... Значит, попросту украла чужую вещь. И что делать? Ладно, будем разрешать трудности по мере их поступления, сначала прогуляем собак.

Крикнув бодрым голосом: «Гулять!» — я вывела стаю во двор.

Мопсихи моментально присели у подъезда, Рейчел отошла к клумбе.

Надо же, как просто. Посчитав процедуру законченной, я велела:

— Домой!

Рейчел подняла на меня умные глаза и деликатно сказала:

— Гав.

— Домой! — повторила я.

Псы недоуменно переглянулись, но послушались. Интересно, чем они недовольны, вроде пописали.

Дома я вновь подожгла газету, подогрела чайник и развела кофе. Что делать? Что будет с Катей? Где взять бумаги? Может, наплевать на все и вернуться к Михаилу? Но тут перед глазами встали бегемотообразный парень и худенькая Катя, прикованная к нему наручниками. Вновь возникло ее бледное лицо, и в уши ворвался прерывающийся, нервный голос: «Лампочка, если больше не встретимся, не бросай детей, у них никого нет! Знай, я тебе их отдала».

Спина неожиданно вспотела. Да ее убьют, если я не принесу эти чертовы документы! И всю оставшуюся жизнь потом проживу с ощущением, что отправила человека на смерть? Пойти в милицию? Ну уж нет...

В самый разгар тягостных раздумий в кухню вошла Рейчел и вновь деликатно произнесла:

— Гав.

Я посмотрела на нее:

— Чего тебе?

— Гав.

— Уж извини, не понимаю.

Тут в кухню, переваливаясь, вошли мопсы и уставились на меня похожими на спелые сливы глазами. Собаки явно чего-то хотели.

— Гав, — повторила Рейчел.

Муля и Ада затрясли жирными хвостами. В довершение картины появились кошки и заорали как резаные:

— Мяу, мяу!

Просто Содом и Гоморра!

— Да что вам надо?!

В ту же секунду Рейчел ухватила пустую миску и бросила к моим ногам:

— Гав.

Все сразу стало на свои места — животные хотят есть.

В холодильнике нашлась пачка масла, а на столе батон белого хлеба, сделав бутерброды, я протянула первый Муле. Мопсиха подергала носом и схватила угощение. «Доярушка» и батон исчезли в мгновение ока. Правда, кошки даже не приблизились к кушанью и продолжали ныть, словно волынки.

Я пошла в прихожую. Ладно, съезжу еще разок в эту страшную квартиру, постараюсь не смотреть на диван и поищу документы. Небось лежат в столе или секретере, заодно верну сумочку.

ГЛАВА 5

Дверь оказалась запертой, и ее украшала бумажная полоска с печатью. Я безуспешно подергала ручку и растерянно прислонилась к косяку. Сумочка выпала из рук, жалобно звякнув. Я подняла ее, от падения она открылась. Внутри обнаружился паспорт на имя Волковой Маргариты Федоровны. С фотографии глядела довольно молодая и не слишком симпатичная женщина с дурацкой старомодной «халой» на макушке. Еще там лежали дешевая пудреница, расческа, не слишком чистый носовой платок и связка ключей.

Секунду я глядела на два причудливых ключика, потом сунула один в замочную скважину. Он подошел идеально и повернулся как по маслу. Бумажка упала. Дверь тихо-тихо растворилась. Я скользнула в квартиру и захлопнула замок. Если бы моя мамочка узнала о таком, ни за что бы не поверила!

В холле оказалось сумрачно, а в комнате темновато. Правда, день сегодня был слякотный, тучи прямо висели над головой. На диване — никого, и почему-то все вокруг засыпано мельчайшим порошком, смахивающим на тальк.

Стараясь не слишком шуметь, я подошла к письменному столу и принялась открывать ящики. Руки быстро перебирали содержимое, но ничего интересного не попадалось. Сигареты, скрепки, пачка счетов, упаковка анальгина, пара писем...

И вдруг до ушей донесся звук открывающегося замка. Сказать, что я испугалась, не сказать ничего. Тело действовало быстрей разума. Одним прыжком я взлетела на подоконник и затаилась за занавеской, так пряталась от преследователей одна из героинь обожаемых детективов, не помню какая.

Толстые портьеры не позволяли видеть вошедшего, только было слышно, как человек аккуратно ходит по комнате, следом донеслось шуршание и мерное пиканье.

— Алло, — долетел до уха мелодичный женский голос, — прикинь, мы опоздали. Здесь кто-то был. Дверь не заперта, а просто прихлопнута, ящики письменного стола открыты... Милиция? Вряд ли, ну зачем им семейные фото? Нет, это кто-то еще прознал, но кто?

Воцарилось молчание, потом невидимая незнакомка добавила:

— Думаешь, Ритка прихватила? Ну, вообще-то он мог ей рассказать, ладно, придется потрясти кретинку, вечером займусь, а сейчас на работу двину, пока, Славка, до связи.

Послышалось тихое шуршание, потом звук спускаемой воды, очевидно, гостья воспользовалась туалетом, следом легкие шаги и звук захлопывающейся двери. Постояв на всякий случай еще пару минут неподвижно, я попробовала сойти с подоконника. Честно говоря, удалось с трудом. Ноги окаменели, спина потеряла гибкость, да еще от окошка немилосердно дуло, и нижняя часть туловища превратилась просто в кусок льда. Только воспаления придатков не хватает! Хотя удивительно, но факт — начавшаяся вчера вечером мигрень испарилась без следа, не оставив о себе сегодняшним утром никаких воспоминаний. Как правило, головная боль посещает меня как по часам, раз в месяц. Приступ длится примерно три дня, и я провожу их в затемненной спальне, с тазиком у кровати, а Наташа постоянно ставит компрессы...

Оказавшись на полу, я на негнущихся ногах пошла к двери и тут поняла, что просто обязана посетить «уголок задумчивости». Туалет был отделан черными плитками, красиво, но слишком мрачно. А Константин, очевидно, был пижон. Все аксессуары подобрал в тон — щетку, полочку и даже держатель для туалетной бумаги.

Я отмотала полоску пипифакса и сунула в карман сотовый, лежащий под рулоном на полочке. Ну вечно я так, положу телефон, чтобы освободить руки, а потом забываю! Только не хватало оставить его в квартире убитого мужчины!

Прежде чем выйти на лестницу, я глянула в «глазок» и убедилась в полной безлюдности площадки. Секунду поколебавшись, взяла сумочку и побежала вниз.

Ледяной ноябрьский ветер ударил прямо в лицо. По тротуару мела юркая поземка, а на ногах у меня были кроссовки, другой подходящей обуви не нашлось. Замшевые сапоги сегодня высохли, но они совсем тонкие и не предназначены для похода по слякотным улицам. А грязь под ногами, несмотря на бодрый морозец, разливалась ужасная. Какая странная погода!

Поеживаясь, я влетела в метро и села на скамеечку. Вот оно как! Эти документы ищет еще какая-то женщина, и она заподозрила, будто их унесла Рита. Может, это Волкова Маргарита Федоровна, чья сумочка сейчас спокойненько висит у меня на плече?

Я вытащила паспорт и в две секунды узнала адрес — Тверская улица. Большие часы прямо над головой показывали ровно полдень. Я быстренько принялась соображать. На дорогу туда-назад двадцати минут хватит за глаза. Ну, предположим, часок на беседу с дамой... Возьму документы — и домой. Все равно никто раньше семи не появится, успею и собак выгулять, и продукты купить, а главное, добуду бумаги.

Полная энтузиазма, я влетела в вагон и, плюхнувшись на диванчик, поглубже запихала под сиденье ноги. В поезде почти никого не было, редкие пассажиры уткнули носы в книги. Надо же, мне и не пришло в голову, что в метро можно читать. Куплю на обратную дорогу детективчик и совмещу приятное с полезным.

Высокий дом постройки начала века радовал глаз нежно-розовым фасадом, со стороны же двора выглядел серо-унылым. То ли краски не хватило, то ли решили, что с изнанки и так сойдет. Как во многих старых домах, в этом не было лифта, и пришлось пешком подниматься по безразмерным пролетам.

Дверь распахнулась сразу, и весьма интересная женщина примерно лет сорока приветливо спросила:

— Кого ищете?

Я протянула сумочку и спросила:

— Ваша, Маргарита Федоровна?

Дама резко изменилась в лице, отступив в глубь коридора, неожиданно визгливо выкрикнула:

— Из милиции, да? За мной, да?

Я лихорадочно соображала, как поступить, но Волкова, очевидно, восприняла мое молчание неправильно, потому что рыдающим голосом заявила:

— Умоляю, не губите, выслушайте, я не убивала Константина, только послушайте...

Глаза ее лихорадочно блестели, шея и лоб покраснели, а щеки превратились в белые пятна.

— Пойдемте, пойдемте, — просила Маргарита, — все расскажу, и поймете, что я ни при чем. Да проходите!

В первую секунду я хотела ее успокоить, отдать сумочку и попросить бумаги. Но сейчас в голову закралась мысль: а что, если она их не отдаст? Наверное, лучше разрешить даме высказаться. Навряд ли она станет изливать душу перед незнакомкой, а сотруднице милиции уже готова выложить секреты...

Молча кивнув, я прошла на кухню. Маленькая комнатка просто блестела: чисто вымытый кафель, сверкающая мойка и плита, хорошенький беленький электрочайник...

— Кофе, чай? — засуетилась хозяйка.

— Чай, пожалуйста, желательно цейлонский, без сахара, — попросила я и без паузы поинтересовалась: — За что убили Константина Катукова?

Маргарита подскочила на месте:

— Боже, я не имею к нему никакого отношения!

Я хмыкнула. Если долгие годы читаешь подряд всю литературу на криминальную тематику, невольно научишься мыслить логически. К тому же у меня, как у всех музыкантов, отлично развита память.

— Не надо говорить неправду. Данная сумочка лежала в квартире у Катукова, а в ней ваш паспорт и ключи от его апартаментов. Не думаю, что он доверил бы их абсолютно посторонней женщине.

— Вы не так поняли, — принялась выкручиваться Маргарита, — я не имею ничего общего с убийством, а Костю отлично знала.

— Вот и расскажите все по порядку, — велела я, стараясь придать голосу уверенность, потом напряглась и припомнила необходимые слова: — Добровольное признание облегчит вашу вину.

Маргарита нервно ухватила пачку «Парламента», я хотела было попросить ее не курить, но, подумав, промолчала. Пусть расслабится. Клубы дыма поднялись к потолку, вместе с ними плавно потек и рассказ.

Маргарита работает кассиром в супермаркете, сутки сидит в магазине с полудня до полудня, сутки дома. Продукты у них дорогие, простому человеку не по карману, находится супермаркет в самом центре, поэтому его завсегдатаи люди более чем обеспеченные. Днем заглядывают дамы в таких нарядах и шубах, что никаких модных журналов покупать не надо, просто показ «высшей моды». К вечеру, ближе к полуночи, публика делается попроще, в основном актеры близлежащих театров. Отыграют спектакль и вспомнят о хлебе насущном, ну а после часа начинает подъезжать совсем специфическая публика. Молодые люди в черных кожаных куртках, на джипах и неприметных «девятках», чаще всего в обнимку с длинноногими раскрашенными девицами. Этим молочный отдел и бакалея ни к чему, крушат прилавки в винном, скупают гастрономию, но ведут себя вежливо и, как правило, оставляют Рите сдачу «на чай». Сменщица Волковой, хорошенькая двадцатилетняя Олечка, жаловалась, что братки пристают к ней, предлагают деньги и отдых за городом, но к Рите никто из бандитов не лез. К ней вообще не приставали покупатели. То ли была не слишком хороша собой, то ли вышла в тираж по возрасту.

Константин подошел к кассе в полпервого ночи. Поставил несколько банок консервов, положил сосиски и бутылочку кетчупа «Чили». Маргарита выбила чек и спросила:

— Знаете, что кетчуп невероятно острый? Просто пожар.

— Правда? — удивился покупатель. — Ну спасибо, пойду поменяю.

Потом разговорились, а через день Костя пришел вновь. С тех пор он начал ходить регулярно, и Рита поняла, что мужчина холостяк и не стеснен в средствах. К тому же он понравился ей с первого взгляда — темноволосый, кареглазый, мило улыбающийся. Пахло от Константина хорошим одеколоном, одежда явно была не с Черкизовского рынка, а расплачиваясь, он частенько клал у кассы сотовый телефон и ключи от машины. Словом, Рита принялась одеваться на работу, как на праздник, тщательно краситься и даже разорилась на настоящие французские духи.

Через месяц у них начался необременительный роман. Особых надежд ни одна, ни другая сторона не питали, но, встречаясь примерно раз в неделю, отрывались по полной программе, в основном на холостяцкой квартирке у Катукова. Он оказался отличным любовником, нежным, ласковым, и всегда старался доставить партнерше удовольствие. Причем не только в постели, дарил милые пустячки, цветы, сыпал комплиментами. Скорей всего у него были и другие женщины, пару раз Рита находила в ванной чужие заколки, но кассирша не делала из этого открытия трагедии.

Замуж за Константина она не собиралась, два неудачных брака начисто отбили охоту к семейной жизни. Не смущало Риту и то, что Костя очень мало говорил о себе. Любовница знала лишь о его работе в театре «Рампа», но никаких спектаклей там не видела.

— У меня не слишком большие роли, — усмехался Костя, — но надеюсь со временем пробиться.

Приятные отношения тянулись полгода. Все-таки, очевидно, актер выделял кассиршу из общей массы дам, потому что месяца два тому назад дал ей ключи от квартиры. По четвергам Рита, если не работала, приходила часам к одиннадцати, готовила ужин, гладила рубашки, иногда убирала... Потом они вместе ели у телевизора и укладывались в кровать. Этакая имитация семейной жизни, но большего им двоим и не хотелось. Впрочем, когда у кассирши случился приступ аппендицита, Костя проявил себя с лучшей стороны: отвез в больницу, заплатил хирургу и даже явился после операции в палату с передачей. Рита глянула на банку с паровыми котлетами и усмехнулась. Угощение явно готовила другая любовница, только женщина способна сначала провернуть мясо с хлебом, а потом довести до кондиции на пару. Костя скорей всего купил бы сосиски... Но ее это не обидело, а, как ни странно, порадовало. Значит, Константин и впрямь ценит их отношения, раз велел бабе сделать обед.

Вчера она, как всегда, пришла утром, где-то в районе двенадцати. Положила сумочку у входа и хотела слегка прибраться, но тут вдруг заметила на диване Костю. Рита удивилась и, подумав, что любовник заболел, окликнула его. Страшная правда открылась ей сразу, лишь только взор упал на лицо Катукова. Маргарита, сама не понимая почему, уложила несчастного вновь на бок и укрыла пледом. Дурацкий поступок, но руки действовали сами, помимо воли хозяйки. Разум заработал позднее, и он подсказал Маргарите: бежать. Вызвать милицию женщина побоялась. Она выскочила на лестничную клетку, хлопнула дверью и всю дорогу до дома пыталась сообразить, остались ли в квартире какие-нибудь улики против нее. Выходило, что нет. Вещей своих она у Кости не держала, разве что в книжке, наверное, записан ее телефон, но это не улика. И, только оказавшись дома, она сообразила, что сумочку с паспортом оставила лежать у Кости в прихожей. Еще хорошо, что ключи от своей квартиры она дала соседке и подруге Наденьке. Накануне вечером всех жильцов предупредили о необходимости сидеть дома, «Мосгаз» собирался менять в подъезде плиты. Но Рите не хотелось пропускать свидания, и Наденька пришла на помощь.

Весь день Маргарита Федоровна провела в ужасе, строя планы, как лучше проникнуть в захлопнутую квартиру, но в голову ничего не шло. Ночь прошла почти без сна, в девять утра она позвонила на работу и прикинулась больной. Мысли бились в голове, и с каждой минутой страх становился все сильней.

— Верите, ей-богу, не я, — повторяла Маргарита Федоровна, нервно подрагивая носом, — да и зачем мне его убивать? Никаких причин!

— Думаю, вы говорите правду, — сказала я, — теперь припомните, пожалуйста, он не давал вам на сохранение бумаги, несколько листочков синего цвета, да еще фотографии... Скорей всего это лежало в большой папке с завязочками с надписью «Комбинат».

— Нет, — покачала головой Рита, — он никогда и ничего не просил прятать.

— Знаете кого-нибудь из его женщин?

— Нет, — покорно ответила Рита и добавила: — Впрочем, мужчин тоже...

— Он ни с кем вас не познакомил?

— Нет, — обескураженно ответила кассирша, и я вновь ей поверила. Ведь за долгое время брака с Михаилом я сама свела знакомство лишь с двумя семьями, домой практически никто не звонил, все сообщения приходили к Мише на мобильный.

В метро я вновь села на скамеечку и перевела дух. Знаете, почему я не сомневалась в правдивости слов Волковой? Она сказала, будто пришла к двенадцати утра, открыла замок своим ключом, а потом в ужасе убежала, оставив сумочку и захлопнув машинально дверь... Потом и рада была забрать улику, да вход заперт! Но я второй раз явилась около часа и нашла квартиру открытой. Значит, кто-то вошел в промежутке от двенадцати до тринадцати, взял документы и отправился восвояси. Причем скорей всего это был близкий Константину человек, потому что он воспользовался ключом. Версию об отмычке я отмела сразу. Дело в том, что у Катукова на двери стоит крайне дорогое и хитрое запорное устройство фирмы «Аблоу». Так вот, такие замки украшают и двери квартиры Михаила. В свое время супруг, человек занудливый и дотошный, изучил массу запоров и остановился именно на этом. Ключ у данного «сторожа» похож на палочку, утыканную железными полосками, и действует он по принципу магнита, только не спрашивайте как, все равно не объясню. Важно другое: обычная отмычка бесполезна в данной ситуации. Она представляет собой, грубо говоря, крючочек, цепляющий пружинку. Но в «Аблоу» нет пружинок... Железную дверь в квартиру Константина пришлось бы резать автогеном, но красивая красная кожа была не повреждена... Следовательно, у кого-то еще существовал набор ключей. У кого?

Напрашивался ответ — у другой любовницы. Наверное, она забрала документы. Но где искать эту даму?

Внезапно мой взор упал на большие часы — ровно шестнадцать! Сколько же времени я сижу на скамейке, тупо шевеля мозгами? Следует поторопиться, дома ждут невыгулянные собаки и пустой холодильник. Поколебавшись несколько минут, я поднялась наверх и принялась искать лоток с книгами.

Замерзший продавец обнаружился у «Макдоналдса». Увидав потенциальную покупательницу, он оживился и принялся стряхивать щеточкой снег, налипший на полиэтиленовую пленку. Я в задумчивости уставилась на новинки. На столике лежало много интересного. Появилась очередная Маринина, да и Дашкова тоже, рядом манила яркой обложкой Малышева, чуть поодаль виднелась Полякова, тоже отлично пишет, не оторвешься!

В былые дни я, не задумываясь, ухватила бы все, и шофер, улыбаясь, понес бы пакет в «Мерседес». Но сегодня предстояло ехать одной в метро, а потом еще идти в магазин, значит, возьмем вон ту Серову, в бумажной обложке...

Вдруг за спиной послышался безумно знакомый голос:

— Танюша, ты уверена, что хочешь в это низкопробное заведение?

Я чуть повернула голову и собрала в кулак всю волю, чтобы не заорать от ужаса. Из припаркованного в двух шагах от лотка роскошного «Мерседеса» выбрался мой муженек. Около него стояла в небрежно распахнутой шубке черноволосая девица, та самая Таня Молотова, главная героиня видеозаписи, столь кардинально изменившей мою жизнь.

— Хочу гамбургер, — капризно протянула девушка, — жирный, отвратительный, холестериновый бутерброд...

— Твое желание — закон, — засмеялся Михаил и, обняв девчонку за плечи, повел ее ко входу.

Трясущейся рукой я натянула пониже на лоб шапочку. Хотя навряд ли супружник узнает меня. Так и вышло, скользнув безразличным взглядом по тетке, одетой в дешевую китайскую куртку и грязные кроссовки, муж прошел мимо, девица обдала меня шлейфом дорогих духов. Я невольно принюхалась: «Коко Шанель». В той, другой жизни это был мой любимый аромат...

Внезапно откуда-то из желудка к горлу поднялся горький комок. Вот, значит, как! Жена исчезла, скорей всего покончила с собой, а Михаил как ни в чем не бывало раскатывает с заместительницей по харчевням! «Макдоналдс», видали? Да со мной он никогда бы не поехал туда... Интересно, супруг обратился в милицию или просто, обрадовавшись, привез эту девку в квартиру и отдал ей мои вещи? До чего, однако, неразборчива его новая дама, согласилась «додушить пузырек»... Правильно, зачем добру пропадать.

Горечь добралась до рта, и из глаз потоком хлынули слезы. Господи, я никому не нужна, кроме Кати...

— Послушайте, женщина, — тихо сказал продавец.

Я уставилась на него глазами, полными слез.

— Не расстраивайтесь, — пробормотал мужчина, — если нет денег на покупку, подарю вам Серову.

Тут только я заметила, что судорожно прижимаю к груди слегка помятый томик.

ГЛАВА 6

Выйдя из метро, я нырнула в супермаркет. Так, предстоит сделать ужин. Мимо сырого мяса, кур и рыбы я пронеслась с гордым видом, путь лежал в отдел замороженных полуфабрикатов. Порывшись на полках, я нашла пакет картошки фри, потом до носа долетел аромат чего-то жареного. Куры-гриль!

Зачем мучиться самой, когда можно приобрести готовое. Одной курицы на такую ораву явно не хватит, а учитывая собак, следует купить как минимум три. Интересно, что жрут кошки? В голове мелькнула подцепленная где-то информация о рыбе и молоке. Прихватив два пакета «Милой Милы», я зарулила в рыбный и уставилась на малоаппетитные смерзшиеся тушки. В глаза бросились незнакомые названия — минтай, пикша... Слава богу, в углу нашлось филе семги...

Каталка медленно наполнялась: французское масло, пара пакетов с овощами, авокадо и банка крабов... К кассе я подрулила, отдуваясь. Миловидная девушка глянула на меня, потом на покупки и поинтересовалась:

— Пробивать или сначала посчитаем?

— Как лучше? — растерялась я.

— Лучше предварительно подвести итог, — вздохнула кассирша, — а то вчера одна тоже набрала под завязку, а денег не хватило, вот головная боль была, чек-то пробит.

Я хотела было бодро сообщить, что у меня кредитная карточка, но вовремя захлопнула рот. Теперь кредитки нет, в кармане кошелек, но я даже понятия не имею, сколько там бумажек, и, если честно признаться, вообще не подумала о деньгах, набивая каталку.

— Считайте!

Девушка ловко заработала калькулятором. Итог оказался не так уж и велик — в пересчете на доллары, где-то около ста, но мне все равно не хватило, и пришлось отложить три бутылки воды «Перье».

Сначала я расстроилась, потому что употребляю только эту минералку, но потом даже обрадовалась. Тяжеленные пакеты оттягивали руки, и нести их пришлось не до машины, а до дома, к тому же у одной сумочки отлетели ручки, и я прокляла все на свете, подхватывая выпадающие банки, бутылки и свертки.

Входная дверь не желала открываться. Потыкав безрезультатно ключом, я даже не успела удивиться, как дверь распахнулась. На пороге возник Сережка с рулоном туалетной бумаги в руках.

— Ну Лампадель, — произнес он, грозно нахмурившись, — отвечай, где шлялась?

Отличный вопрос, естественно, была на балу и вернулась с консервами! Я грохнула в прихожей пакеты и устало сказала:

— Продукты покупала.

— Молодец, — одобрил хозяин, — только почему собак не выгуляла!

— Как это? — возмутилась я. — Да они прямо у подъезда пописали...

— Только пописали, — ухмыльнулся Сергей. — Иди сюда.

Он распахнул дверь в гостиную, и я онемела. Штук десять ароматных куч расположились в самых разных местах. Тут только я запоздало сообразила, что ни Муля, ни Ада, ни Рейчел не вылетели в прихожую, небось спрятались в ужасе от содеянного...

— Одного не пойму, — задумчиво произнес Сережка, разглядывая пейзаж, — отчего их так понесло? Ничем жирным не кормили, а поди же ты, будто масла обожрались!

— Я дала им на завтрак бутерброды с «Доярушкой», — сокрушенно сообщила я.

— Собакам?! — пришел в полное негодование парень. — Ты что, с дуба упала? Да им сливочное масло в качестве слабительного предлагают!

— Но в доме не было никакой еды!

— А это что? — Сережа потряс перед моим носом пакетом.

Я поглядела на малоаппетитные темно-коричневые шарики и изумилась:

— Они едят такой ужас?!

— Это самый лучший сухой корм!

— Прости, не знала.

— Ладно, чего уж там, теперь убирай, — велел парень и ткнул мне в руки рулон туалетной бумаги.

Пока я собирала кучки, пришли Юля и Кирюша. Мальчик принялся потрошить продукты, восторженно вскрикивая:

— Курочка-гриль! Шоколадные конфеты!

— У нас что, Новый год? — выразила недовольство Юля.

Нет, все-таки отвратительный характер у этой девушки: не купишь продукты — плохо, притянешь полные сумки — вновь злится.

— А это что? — заорал Кирюшка.

— Авокадо, — ответила я, — фрукт такой.

Мальчишка моментально кусанул зеленый бок, пожевал и сморщился:

— Ну и дрянь, словно вату ешь!

— Его не употребляют в чистом виде, — пояснила я, — сначала очищают от кожуры, а потом режут на

две половинки и наполняют чем-нибудь, например
крабами.

Юля увидела у меня в руках банку с надписью
«Cnatka» и присвистнула:

— Сколько же ты денег истратила?

— Немного, сто долларов.

Повисло тягостное молчание, потом девушка сказала:

— Извини, конечно, но мы планируем на еду в неделю около двух тысяч.

Они живут целую неделю меньше чем на сто баксов? Интересно, как это у них получается!

— Но я купила только самое необходимое, масло...

— Французское, — хмыкнул Сергей, — шестьдесят два рубля пачка! Лучше купить отечественное за
тринадцать. Да если на то пошло, нечего ходить в супермаркет, на оптушке все на два-три рубля дешевле.

— А где находится оптовый рынок? — поинтересовалась я.

— Рядом, две остановки на троллейбусе.

Ради трех рублей экономии тащиться на общест-
венном транспорте бог знает куда, когда в двух шагах
от дома есть хороший магазин! Воистину, нет предела
человеческой жадности!

— Семга! — воскликнула Юля. — А ее зачем приволокла, двести рублей килограмм!

— Кошки голодные!

— Ты собралась кормить Семирамиду и Клауса
семгой!!! — воскликнула девушка.

А Сережка ехидно добавил:

— Слушай, Лампа, признайся честно, ты раньше
работала в прислугах у Березовского!

— Я хотела как лучше, — принялась я бестолково
оправдываться, — пельмени есть вредно, курица с
овощами полезней. Кстати, окорочка содержат сплошной холестерин, а грудки нет.

Опять повисло молчание. Потом Юля со вздохом сказала:

— Ты знаешь, где мы работаем?

Я помотала головой.

— Мама — хирург, — пояснила Юля, — Сережа служит в рекламном агентстве, а я пока учусь на факультете журналистики и подрабатываю в газете. Мы просто не можем позволить себе каждый день авокадо, семгу и шоколадные конфеты... Конечно, Кате частенько перепадают от больных конверты, да и Сережка неплохие деньги приносит, но нам нужно скопить на отдых, одеться, заплатить за квартиру, бензин, Кирюшкину секцию, да еще есть четыре бабушки, ну не бросить же их жить на одну пенсию!

— Почему четыре? — удивилась я.

Сережка развернул трюфель и сунул в рот.

— Мать четыре раза выходила замуж, прикинь, сколько у нее свекровей?

— Она помогает всем матерям бывших мужей? Но почему?

Юля улыбнулась:

— Так фишка легла. Просто пойми: две тысячи в неделю — предел на жратву.

— Ладно вам ее ругать, — неожиданно вступился за меня Кирюшка, — ну не знал человек, чего теперь, расстрелять?

— Но мы не доживем до зарплаты, — резюмировала Юля.

— У меня лежит сто долларов в копилке, сейчас принесу! — выкрикнул мальчишка и унесся.

— Кирка прав, — вздохнула девушка, — давайте съедим этих вкусненьких курочек, раз уж они все равно тут.

Но мне отчего-то расхотелось ужинать, и, сославшись на головную боль, я ушла в гостиную и легла на диван.

Наверное, придется всерьез пересмотреть свои

привычки. В прежней жизни сто долларов не значили ничего, в этой становились огромной суммой.

Дверь скрипнула, послышался цокот коготков. Я всхлипнула и уткнулась в подушку. В ту же секунду бархатные мордочки принялись тыкаться в затылок. Я повернула голову набок, и два язычка принялись быстро слизывать со щек слезы. Надо же, Муля и Ада пришли меня утешать, хоть кому-то жаль неумеху. Сейчас мопсихи мне не показались уродливыми. Наоборот, их тупорыленькие мордочки выглядели обаятельными. Удивительное дело, но от них совсем не пахло псиной, шкурка издавала слабый аромат ментола, а от морд исходил запах геркулесовой каши.

— Лампа, не плачь, — внезапно сказал один из мопсов. От неожиданности я подскочила и увидела в ногах Кирюшу.

— Не плачь, — повторил мальчик, — я тебе помогу.

— Как?

— Гляди, — он сунул мне в руки листок.

Глаза побежали по строчкам: «Распорядок дня. Подъем в семь, завтрак, гулять с собаками. Они должны пописать три раза, покакать один. Потом помыть посуду, убрать комнаты...»

Я с изумлением поглядела на Кирку, он скрупулезно расписал все мои обязанности.

— Дальше смотри, — велел мальчишка.

Следующий листок назывался «Меню». Завтрак — каша, хлеб, сыр; ужин — сосиски, пельмени, котлеты.

— Это я так, для примера написал, — сообщил Кирюшка, — можно иногда картошечку пожарить или яичницу сварганить.

Я с глубоким уважением покосилась на неожиданного помощника. Ему и впрямь пришла в голову отличная идея. Если постоянно держать перед глазами подобную шпаргалку, трудно что-нибудь забыть.

— Лампа! — заорал Сережка. — Давай сюда бегом, одна нога здесь, другая там!

Ожидая всего самого плохого, я влетела в кухню.

— Тебе ножку или грудку? — как ни в чем не бывало поинтересовалась Юля. — Куры — восторг!

— Кстати, масло отличное, — добавил Сережка, — на вологодское похоже.

Я почувствовала, как в груди будто лопнула туго натянутая веревка. Ребята явно старались приободрить меня. В эту секунду Кирюшка заорал:

— Глядите, у нас в прихожей мобильный, Сережка, тебе на работе выдали?

— Нет! — крикнул брат.

— А чей он тогда? — не успокаивался мальчик.

Я хотела было ответить: «Мой», но вовремя осеклась. У меня теперь нет сотового, он остался в прошлой жизни, вместе с ключами и кошельком. А этот я ухватила в квартире Константина, в туалете, на полочке, машинально, так как привыкла всегда иметь при себе трубку. Похоже, я становлюсь профессиональной воровкой: сначала сумочка, теперь «Сименс».

— Чей он? — продолжал настаивать Кирик.

— На улице нашла, — медленно ответила я. — Надо вернуть владельцу, но как узнать его имя?

— Очень просто, — ответил Сережа, разглядывая аппарат. — Подключен к «Билайн», нужно поехать на фирму и спросить, на кого зарегистрирован. Займись, Лампа. Вот хозяин обрадуется! Небось заплатит тебе за хлопоты!

Я молча вцепилась зубами в грудку. Определенно делаю успехи. Во всяком случае, я соврала так легко и естественно, словно занималась обманом всю жизнь.

Посуду сегодня помыла быстрей, чем вчера, потом, поколебавшись секунду, оттерла плиту. Без потеков и пятен она выглядела намного симпатичней.

Ночью никак не могла уснуть. На диван, кроме Мули, пришла еще и Ада. Я просто извертелась, пытаясь вытянуть между ними ноги. Но, честно говоря, в основном спать мешали мысли. Где найти любовницу Кости, женщину, имевшую ключи? И вдруг в голову пришло простое, как грабли, решение. Поеду завтра еще раз к Маргарите, возьму у нее ключи, вернусь к Константину, положу на место сотовый и поищу телефонную книжку. От радости я взбрыкнула ногами, и мопсихи возмущенно засопели.

Звонок будильника рухнул на мозги, как молоток. Собаки подскочили, меня сдуло с кровати. Вылетев в коридор, я заорала:

— Всем подъем, быстро!

Раздались стонущие звуки.

— Еще минуточку, — заныл Кирюшка, — чуть-чуточку, глазоньки не открываются.

Шатающаяся Юля пошлепала в ванную, следом поплелся Сережка. Я разожгла газ при помощи газеты, плюхнула на плиту чайник и заглянула в гостиную. Теперь на диване оказалась еще и Рейчел. Собаки явно не собирались вылезать из-под теплого одеяла.

На кухне Кирюшка быстро глотал чай, Сережка мазал хлеб маслом. Юля ткнула пальцем в кнопку, телевизор ожил и сообщил:

— С добрым субботним утром. Для тех, кто решил в выходной денек пораньше встать...

— Как, суббота?.. — завопил Кирюшка, роняя чашку. — Лампа, ты сдурела, какого черта подняла всех...

— И правда, — протянул Сережка, — давно никто не делал мне таких гадостей.

— Во, блин! — отозвалась Юля. — Ну удружила!

Чувствуя себя полной идиоткой, я выскочила в коридор и, невольно подчиняясь заведенным в этом доме порядкам, заорала:

— Муля, Ада, Рейчел, — гулять!

Собаки явились на зов, и мы быстренько выскочили во двор.

На этот раз мы гуляли почти полчаса, и псы сами побежали к подъезду.

Сережа, Юля и Кирюшка толкались в коридоре.

— Слышь, Лампа, — пропыхтела девушка, застегивая сапоги, — раз уж встали в такую рань, поедем на рынок. Зима пришла, а у Кирюшки ни куртки теплой, ни ботинок.

— Вернетесь когда?

— Часам к семи, не раньше, собак выгуляй, — велел Сережка, и троица вылетела во двор.

Я увидела на вешалке ключи и усмехнулась. Тут же послышался вопль:

— Лампа, брось ключики, дома забыли!

Не глядя, я зашвырнула связку в форточку и принялась одеваться. Съезжу быстренько и примусь за домашние делишки.

На этот раз у подъезда дома Маргариты толкалась уйма народа. Здесь же обнаружились две машины — «Скорая помощь» и микроавтобус с надписью «Милиция». Я пролезла сквозь толпу и хотела войти в подъезд. Но молоденький сержантик предостерегающе поднял руку:

— Погодьте, дайте тело снести.

Я послушно посторонилась и увидела носилки, на которых лежал неприятного вида черный мешок. Наверное, кто-то из жильцов скончался дома.

Дверь в квартиру Волковой была открыта нараспашку. Удивившись, я заглянула внутрь. Невысокий кряжистый мужчина с папкой в руках сердито спросил:

— Вам кого?

— Маргариту Федоровну.

— Кем вы ей приходитесь?

Командный, безапелляционный тон не оставил сомнений — передо мной представитель властей. Но говорить правду в этой ситуации мне было не с руки, и изо рта мигом вылетел ответ:

— С работы прислали узнать, почему не выходит...

— Имя?

— Чье?

— Мое, — усмехнулся милиционер.

— Не знаю, — удивилась я, — мы ведь незнакомы.

Секунду мужик глядел на меня настороженными глазами, потом вздохнул:

— Назовите свои паспортные данные.

Я вздрогнула: ну вот, влипла. Но привыкший за два дня врать язык сам по себе сболтнул:

— Татьяна, Татьяна Павловна Молотова...

Оперативник пометил что-то на бумажке и заявил:

— Езжайте в свой супермаркет и сообщите начальству, что Волкова больше никогда не придет.

— Почему? — глупо удивилась я.

— Она умерла, — пояснил следователь. — Давайте адрес и телефон.

— Чей?

— Мой!

— Не знаю!

На этот раз мужик вышел из себя:

— Хватит ваньку валять!

— Никого я не валяю, — возмутилась я. — Спрашиваете у меня свой номер телефона и адрес, а откуда я могу его знать?

Сыщик вздохнул:

— Гражданочка, назовите, где проживаете, и телефон.

Машинально я сообщила адрес Мишиной квартиры и только потом испугалась. Боже, что же я наделала! Мало того, что назвалась именем его любовницы, так еще и координаты дала, ну почему не придумала вымышленные?

— Отчего она умерла, от сердечного приступа?

Инспектор спокойно ответил:

— Вам сообщат, идите на улицу.

— Страшно все-таки, выглядела совсем здоровой...

Но милиционер молча подтолкнул меня к выходу, и тут зазвонил телефон. Я вытащила аппарат:

— Алло.

— Таня, ты?

— Извините, ошиблись.

В ухо понеслись гудки.

Милиционер подозрительно глянул на «Сименс» и неожиданно переспросил:

— Значит, в супермаркете работаете?

— Ага, — крикнула я, сбегая по лестнице, — кассиром.

У подъезда продолжали толпиться возбужденные жильцы.

— Ее Надька нашла, — рассказывала шепелявая бабка, — зашла в квартиру, а Ритка валяется между окном и столом, кровищи! Надька чуть богу душу не отдала! Интересно, кому теперича жилплощадь отойдет, у Маргаритки-то никогошеньки нету.

— Разве при сердечном приступе бывает кровотечение? — не выдержала я.

Бабулька примолкла, а потом ехидно спросила:

— Это кто же тебе про приступ наврал?

— Так ведь Рита умерла!

— Убили ее.

— Как? — помертвевшими губами спросила я.

Вопрос был задан риторический, но милая старушка поняла его буквально и принялась словоохотливо объяснять:

— Ножом, кухонным. Долго не мучилась, горемычная. Ну посуди, коли она сама бы померла, зачем тут столько милиции!

С трудом передвигая ставшие пудовыми ноги, я добралась до метро и плюхнулась на скамеечку. В последние дни данный вид транспорта нравился мне все больше и больше. Чисто, светло, тепло, а главное, никому нет до тебя дела, все бегут с высунутыми языками и не глядят по сторонам.

Я перебирала пальцами край куртки и мысленно подводила неутешительный итог — два трупа, и никаких документов. Пропала последняя надежда попасть в квартиру Кости и найти телефонную книжку. Хотя Рита обронила, будто он служил актером в театре «Рампа». Может, сходить туда, порасспрашивать коллег, вдруг что выплывет.

ГЛАВА 7

Я не слишком большая театралка и в храм Мельпомены хожу редко, но «Рампу» знаю. Несколько лет назад там поставили скандальный спектакль, и весь бомонд засветился на премьере, естественно, и мы с Мишей сидели в третьем ряду. В тот день на мне было черное платье, а из украшений — брильянтовые серьги. Я равнодушна к драгоценностям, но Миша частенько повторял: «Жена — витрина семьи. Надевай побольше камушков, а то подумают, что у меня дела плохо идут».

Парадный вход оказался заперт, пришлось идти со двора. У двери за столом читал газету крупный мужчина.

— Вам кого?

На секунду я растерялась, потом промямлила:

— Насчет Кости Катукова...

— Допрыгался, — неожиданно зло заявил дежурный, — добегался по чужим бабам, догулялся...

— Зачем вы так, человека убили...

Секьюрити махнул рукой:

— По нему давно пуля плакала, мразь, а не мужик, и чего к парню бабье льнуло — ни рожи, ни кожи, один гонор. Артист! Тьфу, слушать тошно. Да у него всех ролей три штуки, а в каждой — две фразы. Таких, с позволения сказать, актеришков пол-Москвы. Вон меня в прошлом году тоже на сцену выводили, сундук выносил в спектакле «Боярыня Морозова», и чего, тоже теперь нос задирать надо?

Да, похоже, Константин сильно чем-то насолил мужику...

— Идите в двенадцатую комнату, — неожиданно сменил гнев на милость стражник, — там администратор Лев Валерьянович, он похоронами занимается.

Я двинулась по узкому коридору, застеленному довольно потертой красной дорожкой. Пахло дешевой косметикой, пылью и потом. Двенадцатый кабинет оказался последним, я вежливо постучалась.

— Кто там такой церемонный? — раздался возглас.

Я толкнула дверь и оказалась в помещении размером с мой шкаф в бывшей моей спальне. Просто удивительно, как в таком крохотном пространстве уместились стол, стулья и допотопный сейф. Но самое большое удивление вызывал хозяин. Огромный мужик почти под два метра ростом, одетый в невообразимый кожаный костюм. Розовая рубашка совершенно не сочеталась с ярко-зеленым шейным платком, а золотой браслет и большая круглая серьга в левом ухе сильно напоминали о цыганах. Впрочем, и волосы у парня оказались «восточные» — темные, почти черные, вьющиеся мелкими кольцами. Сзади юноша стянул их резинкой, спереди на лоб падало что-то типа челки. Под стать внешности оказался и парфюм — тяжелый, удушливый запах неизвестного одеколона. Такой аромат издают загнивающие лилии, и у меня моментально заболела голова.

— Вы ко мне? — поинтересовался администратор.

— Дежурный сказал, будто похоронами Кости Катукова занимается Лев Валерьянович? — вопросом на вопрос ответила я.

— Да уж, — вздохнул «цыган», — приходится, Костя не имел семьи.

— Говорят, вокруг него крутилось безумное количество женщин.

— Страшное дело, — ухмыльнулся Лев Валерьянович, — сосчитать нельзя, ухитрялся одновременно крутить роман с пятью бабами! Вы только подумайте, пять сразу! Это же никакого здоровья не хватит! У него теория существовала: в каждой женщине есть изюминка, надо ее только отыскать... Погодите, — спохватился болтун, — а вы ему кем приходитесь?

Я удрученно молчала. Ответ на такой простой вопрос я забыла приготовить.

— Стойте, стойте, — воскликнул администратор, — догадался! Вы из милиции и пришли кой-чего узнать об убитом? Ведь я прав?

Интересно, чем я так похожа на представительницу правоохранительных органов? Вот уже второй человек принимает меня за оперативницу.

— Конечно, прав, — не дожидаясь ответа, ответил администратор. — Знаете, я обладаю экстрасенсорными способностями, могу головную боль убрать, а уж людей чую! Даже актеры врать перестали! Так что, если хотели скрыть факт своей принадлежности к славному племени синих шинелей, здесь это не пройдет.

И он противно захохотал, страшно довольный собой и своей проницательностью. Первый раз за всю жизнь мне пришла в голову мысль — врать очень просто, надо только чуть-чуть составить мнение о собеседнике и выложить ему то, что он желает услышать, подтвердить, так сказать, мнение о себе... Вот, например, Льву Валерьяновичу даже не придется ничего объяснять, сам придумал, сам поверил, сам страшно горд прозорливостью. Ну умела же я уходить, улыбаясь, со сцены, чувствуя в душе слезы и горечь? Отчего бы не попробовать чуть-чуть поиграть в жизни?

Я вздохнула и развела руками:

— Да, с таким человеком, как вы, непросто. Честно говоря, я придумала байку, будто являюсь одной из его бывших любовниц и хочу узнать день похорон, однако вы сразу меня раскусили!

Лев Валерьянович потер руки:

— Ну я бы вам не поверил! Совершенно не похожи на предмет Котькиного интереса!

— Почему, слишком стара? Кстати, сколько ему лет?

— Тридцать восемь, а насчет возраста вы не правы, годы для Котика не имели никакого значения, один раз он полгода провел с дамой, давным-давно отпраздновавшей пятидесятилетие. Просто всех его женщин объединяло одно — они были несчастненькие.

— Можно поподробней? — попросила я и устроилась поудобнее в продавленном кресле. — Желательно с именами, фамилиями и адресами...

Администратор хмыкнул:

— Я не вел его донжуанский список. Могу сказать только, что в театре полно молодых, красивых актрис, а Костя к ним даже не приближался.

— Почему?

— Ему нужны были дамы другого сорта, слегка ущербные, не слишком хорошо зарабатывающие, не больно умные и талантливые, с неустроенной личной жизнью. Знаете, такие аккуратно одетые, причесанные, абсолютно правильные, сидят в метро, кроссворды разгадывают. Они, как правило, отличные хозяйки и матери, жуткие зануды, не способные ни на какие экстравагантные поступки. Все у них по плану — покупка шубы, уборка, стирка... У меня от таких скулы сводит, а Котька только с ними дело имел, и еще ему нужно было, чтобы дама стояла чуть ниже по социальной лестнице, восхищалась им и закатывала глаза. С актрисами такое не проходит: тут подавай шубы, конфеты, букеты, терпи капризы, словом, стервы. А Котик сам желал быть объектом поклонения. До смешного доходило. Прикиньте на минуту: играем «Дон Кихота», три главные роли, пять второстепенных и куча проходных персонажей с двумя репликами типа: «Вот ваш обед». Костик имеет два выхода — в общей сложности находится на сцене полторы минуты. Потом занавес, все кланяются, зрители рукоплещут, и тут из зала выходит дама с огромной корзиной цветов. Наш Дон Кихот приосанился, думал, ему несут, да не тут-то было. Тетка прямиком к Костику и вручает розы. Народ чуть не умер со смеху, а он ничего, обрадовался...

— Назовите хоть какую-нибудь фамилию, — потребовала я.

Лев Валерьянович в задумчивости покрутил коробочку со скрепками, потом со вздохом произнес:

— Знаете, есть одна дама, которая может про него рассказать абсолютно все, ну прямо всю подноготную, только ключик к ней надо подобрать.

— Кто?

Администратор усмехнулся:

— Жена нашего охранника, Лена Литвинова. Костик с ней романчик завел, можно сказать, принципы свои нарушил. Он с замужними предпочитал не связываться, а тут оскоромился. Полгода такая любовь-морковь творилась. Сеня, муж, прямо черный ходил. Один раз даже подраться с Котькой хотел, мы их еле-еле растащили, ну а затем развод последовал. Ленка, наверное, надеялась, что кавалер из порядочности на ней женится, да просчиталась. С годок еще погужевались и — чао, бамбино, сорри! Так она за Котькой в три глаза следила, прямо гестапо! Хотите, я ей позвоню?

И, не дожидаясь моего ответа, он схватил телефон и затрещал в трубку:

— Ленуся? Занята? Сейчас к тебе женщина придет, вернее, сотрудница из уголовного розыска, ей поручили вести дело об убийстве Костика, ты уж ее встреть поласковее...

Из мембраны донеслись писк и гудки.

— Ладненько, — протянул администратор и повернулся ко мне: — Топайте в гладильню.

— Куда?

— Лена у нас костюмером работает, через сцену, налево вниз, потом по железной лестнице направо, у огнетушителя. Впрочем, пошли провожу...

Он резко встал, и я увидела у него на ногах ботинки на огромной, толстенной подметке, сантиметров десять, не меньше, обычно такую обувь носят низкорослые мужчины.

Путь по закоулкам длился минут десять. Сама бы

я ни за что не нашла нужное помещение. Наконец Лев Валерьянович притормозил у обшарпанной двери и, рывком открывая ее, крикнул:

— Ленуська, принимай гостей!

— Никого не жду, — донеслось из глубины.

Администратор подтолкнул меня в спину:

— Идите, у нее просто плохое настроение.

Мы вошли в большое помещение, сплошь завешанное всевозможными платьями, костюмами и пальто, в воздухе сильно пахло пылью, и я уже приготовилась начать чихать, но нос почему-то даже не зачесался...

У окна, возле широкой гладильной доски, с допотопным чугунным утюгом в руках стояла женщина. На первый взгляд ничего особенного, из таких теток неопределенного возраста и пятидесятого размера в основном состоит толпа в метро. Да и лицо не привлекало внимания: простоватое, круглое, с мягким носом-картошкой и маловыразительными голубыми глазами.

— Занята я, — отрезала тетка, плюхая чугунину на ярко-красный камзол, — некогда с вами лясы точить...

— Какой у вас утюг, прямо раритет, — невольно восхитилась я.

— А то, — отозвалась гладильщица, со вкусом поплевывая на раскаленную «подошву», — все эти «тефали» и «мулинексы» только для блузок и годятся, чтобы сукно в порядок привести, тяжесть нужна.

Она во вздохом поставила тяжеленный кусок железа на плитку и отрубила:

— Зря притопали, ничего не знаю и знать не хочу, умер — и ладно, значит, достал кого-то...

— Например, Сеню, — хмыкнул Лев Валерьянович, — или бабу какую, раз за ножик схватилась и молодца прирезала.

Я отметила, что администратор не в курсе, каким способом Костю отправили на тот свет, и вздохнула.

Тяжело разговаривать с женщиной, которая настроена агрессивно, и совершенно не представляю, как можно ее умаслить.

Лена тем временем отступила к подоконнику и прошипела, как разъяренная кошка:

— Что ты имеешь в виду?

— Ничего особенного, — кротко ответил Лев Валерьянович, — просто какая-то из баб, кого Костик водил за нос и обещал жениться, устала поджидать свадьбу и ухватилась за тесак. Или обманутый муж...

— Не смей даже намекать на Сеню, — продолжала шипеть Лена, — он святой...

— Угу, — хмыкнул администратор, — и поэтому ты от него удрала...

Круглощекое лицо Литвиновой украсилось красными пятнами, она закусила губу, но Лев Валерьянович как ни в чем не бывало вещал дальше:

— Ты, Ленка, кончай дурой прикидываться. Дело-то серьезное, о твоих отношениях с Котькой даже кошки знают. Спасибо мне скажи, что привел майора к тебе, сюда. Поговорите тихонечко, без протокола и свидетелей. А когда приятный разговор идет — это уже не допрос, а милая беседа, ведь правда?

Он выжидательно глянул на меня. Вот ведь хмырь, и звание мне походя присвоил, но все его действия были мне на руку, и я молча кивнула.

— Никто тебя ни в чем не подозревает, — продолжал петь администратор, — и лучше побалакать тут. На Петровке знаешь как неуютно — стол железный, стул железный, все к полу привинчено, на окошках решетки, а здесь — в своих стенах. А разговора все равно не избежать, не я, так другой про тебя растреплет. Только я к тебе хорошо отношусь и привел майора потихонечку, а другой, например Ленька Греков, по всему театру понесется с воплем: «Где Литвинова, к ней милиция пришла». Ну мало о тебе судачили, еще захотелось?

Лена шумно вздохнула, дурная краснота медленно

покинула ее лицо, к щекам вернулся нормальный цвет.

— Вот и умница, — похвалил администратор. — Поболтайте тут, а я испаряюсь!

С этими словами он ужом скользнул в коридор, и мы остались вдвоем. Неожиданно гладильщица шумно вздохнула, рухнула на табурет и, кивнув на пустой обшарпанный стул, безнадежно сказала:

— Чего уж там, садитесь. Левчик прав, давайте тут побеседуем, коли нужда заставляет. Только я его не убивала, и Сеня никогда бы не стал ножом резать, вот из пистолета мог в состоянии аффекта пальнуть, а ножом никогда.

— Отчего вы решили, что Константина ударили колюще-режущим предметом? — решила я подделаться под милицейский жаргон.

— Как? — оторопела Лена.

Я пожала плечами:

— Катукова убили выстрелом в голову.

Костюмерша вновь покраснела:

— Боже, Сеня не мог...

Я решила немного успокоить Лену и миролюбиво сказала:

— Мы подозреваем, что убийство совершила одна из любовниц жертвы, женщина, которая имела ключи от его квартиры.

Литвинова напряглась, потом полезла в карман жакетика и закурила длинную, коричневую, пахнущую ванилью сигарету. Странное дело, дым совершенно не раздражал меня, наоборот, даже показался приятным.

— Ну были у меня ключи, — размеренно сообщила Лена, — еще не сразу научилась ими дверь открывать, замки хитрые. Только потом он у меня их отобрал, для другой понадобились... Сволочь он, сволочь, кобель, ненавижу, терпеть не могу.

Внезапно она ухватилась руками за голову и завыла, словно пожарная сигнализация.

— Ах, какая сволочь, так ему и надо! — вылетало из ее перекошенного рта время от времени.

Неожиданно мне стало ее жаль, наверное, Лена до сих пор любила Костю... Я встала, подошла к костюмерше и обняла ее за плечи. Лицо Лены пришлось как раз на уровне моего живота. Женщина уткнулась в меня носом и глухо сказала:

— Вам не понять, небось живете замужем, без хлопот...

Я пожала плечами:

— Напротив, я очень хорошо знаю, что к чему. Недавно ушла от мужа, который мне изменял...

— Ну да? — удивилась Лена и подняла лицо.

— Да, — подтвердила я, — сама чуть с ума от злости не сошла, когда узнала... Вы расскажите все, легче станет.

Костюмерша вытащила носовой платок, высморкалась и сказала:

— Ну слушай, какие дуры на свете бывают.

Замуж Леночка Литвинова выскочила рано, едва-едва исполнилось восемнадцать. Муж попался замечательный, не пил, не курил, целыми днями мастерил на кухне какие-то устройства. Иван служил инженером и мечтал изобрести вечный двигатель. Лену немного раздражали грязь и инструменты, но, если посмотреть вокруг, у других супруги оказались совсем никуда: пили горькую, а потом дрались. Ленины соседки по подъезду частенько заскакивали к Литвиновой за деньгами, брали в долг до получки. Сунув требуемую сумму в карман, вздыхали с завистью:

— Ох, и повезло тебе с мужем.

Вздыхали, вздыхали — и сглазили. Как-то раз Леночка, придя домой, обнаружила мужа в слезах на кровати. На все вопросы жены мужик молчал, только кивал головой и рыдал. Испуганная Лена вызвала «Скорую помощь». Приехавший врач велел вызывать психиатрическую перевозку. Маниакально-депрессивный психоз — так мудрено называлась болячка.

Восемь лет бегала бедная баба из одной клиники в другую, но результат везде оказывался одинаков. Чуть подлеченного мужа выдавали на руки, за короткой фазой ремиссии следовала стадия глухой депрессии. Муж сидел, тупо глядя в одну точку, потом пытался покончить с собой. В конце концов ему это удалось, причем не дома, а в больнице. Знакомые советовали подать в суд, но Лена даже рада была, что за мужем недоглядели, потому что кончился многолетний кошмар. Года два она пожила в свое удовольствие, одна, благо квартиру имела отдельную и никто за ней не следил. Потом заволновалась. Возраст стремительно приближался к тридцати, следовало выйти замуж, устроить жизнь, родить ребенка... Но кавалеры все попадались несерьезные — с удовольствием приходили в гости, ели изумительные пироги, укладывались спать на крахмальных простынях, но замуж не звали, а время шло. Поэтому, когда наконец нашелся во всех смыслах положительный Семен, Лена, не задумываясь, тут же побежала в загс. Правда, червячок сомнения поднял накануне регистрации голову — жених был не слишком красив, не больно умен, не шибко богат, а главное, Леночка не испытывала никакого трепета, когда Сеня невзначай брал ее за руку...

Свадьба состоялась в январе, потом потекли будни. Разнились они только программой телевидения, Сеня оказался не большим охотником до гулянок и, хотя работал в театре охранником, никогда не смотрел спектакли.

Однажды он пришел домой и спросил:

— Слышь, Ленк, тебе в ателье не надоело?

Жена, всю жизнь проработавшая закройщицей, только вздохнула. Ей не просто надоело, а обрыдло щелкать ножницами.

— В театре ищут костюмершу, — пояснил муж, — оклад на сто рублей больше, пойдешь?

Если бы бедный охранник мог себе представить,

какие ужасные последствия повлечет переход жены в театр! Буквально на второй день Леночка столкнулась с Костей. Катуков пришел за камзолом. Робея от собственной неумелости, новоявленная костюмерша принялась застегивать крючки на сюртуке. А когда она закончила работу, Костя нежно взял ее ладошку и пропел:

— Ручка какая у тебя маленькая, как у принцессы!

Лена зарделась, за всю более чем тридцатилетнюю жизнь ей никогда не приходилось выслушивать комплименты. А Константин оказался большой мастер в деле обольщения, у нее начался безумный роман. Естественно, по театру тут же разнесся слух. Что только не делал Сеня, чтобы отвадить жену от любовника: запирал на ключ, отнимал одежду, пару раз даже поколотил!.. Но Леночка словно с цепи сорвалась. Тогда Семен кинулся с кулаками на Костю, но наглый любовник оказался сильней и в честном бою накостылял обманутому мужу по шее. После этого случая Лена категорично потребовала развод и через полгода оказалась свободна. Наверное, женщина ждала, что артист предложит ей руку и сердце, но в их взаимоотношениях ничего не изменилось.

Леночка приходила к любовнику по субботам, к одиннадцати утра. Втаскивала набитые продуктами сумки, готовила обед, убирала, потом либо ложились в постель, либо шли куда-нибудь развеяться... А поздно вечером, около двенадцати ночи, Костя на такси отправлял даму сердца домой. Раньше Леночка не спорила, она не хотела откровенно дразнить Сеню, не ночуя дома, но после развода стала намекать Косте на то, что может теперь приходить почаще, оставаться до утра...

Но Костя только ухмылялся и отвечал:

— Извини, всю неделю занят. Даже хорошо, что редко встречаемся, каждый раз словно праздник, а то надоедим друг другу...

Неизвестно, сколько бы продлилось подобное состояние, но однажды Леночка увидела в магазине огромное двуспальное одеяло из овечьей шерсти. Костя постоянно мерз и давно мечтал о таком.

Обрадованная Лена моментально купила одеяло. Продавщица выдала ей огромный, почти несминаемый и довольно тяжелый тюк. Женщина призадумалась. Тащить через полгорода к себе домой поклажу не хотелось, нести в находящийся в двух шагах театр тем более. Все начнут хихикать и спрашивать, скоро ли свадьба. Оставалось одно — доставить покупку сразу Косте. Катуков жил рядом с «Рампой», и у Лены в сумочке лежали ключи. Было только одно «но». Костик убедительно просил любовницу приходить исключительно по субботам.

— Это твой день, дорогая, — ласково щебетал мужик, — в остальные не появляйся. В будни частенько наведывается мама, она у меня дама серьезная, может наговорить гадостей...

Лена поколебалась и решила один раз нарушить неписаное правило. Уже захлопывая дверь, женщина поняла, что совершила глупость. Из кухни доносилось пение. Маменька явно готовила сыночку калорийный обед. Костюмерша хотела бросить одеяло у входа и убежать, но тут в прихожую вылетела тетка и грозно поинтересовалась:

— Кто там?

Литвинова замерла, как громом пораженная. Стоящая перед ней дама в цветастом фартуке совершенно не походила на вредную старушку, а если она все же являлась матерью Константина, то, очевидно, владела средством Макропулоса, потому что с виду элегантной блондинке можно было дать не больше тридцати.

— Вы к кому? — спросила «маменька».

Лена еле-еле отлепила язык от нёба и залепетала:

— Одеяльце тут вот купила, очень хотела...

— Ничего не понимаю, — всплеснула руками женщина и крикнула: — Костик, поди сюда!

Дверь из ванной распахнулась, и на пороге появился актер в махровом халате и с мокрой головой.

— Что такое, Ниночка? — бархатным, ласковым голосом поинтересовался он у блондинки.

Лена вздрогнула и почувствовала дикий укол ревности. До сих пор она считала, что подобным тоном Костя разговаривает только с ней. Тем временем Катуков отвел от лица полотенце, увидел Лену, вздрогнул и расхохотался:

— Говорил же, приходи только в субботу!

— Хочешь сказать, что это твоя мама! — злобно прошипела Лена, ткнув в сторону нагло улыбающейся блондинки пальцем.

— Нет, — вновь засмеялся Костя, — знакомься, это Нина. — Потом повернулся к женщине в фартуке и сказал: — А это...

— Погоди, погоди, — остановила его блондинка, — дай сама догадаюсь... Рита, правильно?

— А что, еще какая-то Рита есть? — помертвевшими губами спросила Лена, садясь в прихожей на стул.

Почему-то отказывались служить ноги, а в висках мелко-мелко застучали молоточки. Нина с жалостью глянула на Лену, потом тихонько толкнула Костика. Тот подошел к костюмерше и нежно произнес:

— Пойдем побалакаем.

Лена на ватных, непослушных ногах двинулась в кухню. Блондинка куда-то испарилась. Костя сел за стол и с укоризной выдохнул:

— Просил же только по субботам появляться, сама виновата!

Лена почувствовала, как по щекам поползли слезы.

— Ты меня не любишь!

Костик задумчиво повертел в руках зажигалку.

— Нет, люблю.

— Зачем тогда Нина?

Любовник отошел к окну, покачался на пятках,

потом взъерошил всегда аккуратно уложенные волосы и сообщил:

— Хорошо, попробую объяснить.

Почти полтора часа актер пытался вложить в голову Лены две простые мысли. Во-первых, он не приспособлен для житья с одной женщиной, во-вторых, кроме костюмерши, у него есть еще две — Нина Никитина и Рита.

— Они знали про меня? — всхлипнула Лена.

Котик кивнул. Костюмерша зарыдала. Катуков принялся капать в стакан валерьянку. Он уже смирился с мыслью, что день пропал и придется выслушивать истерику.

Успокоилась Лена к вечеру. Костик поймал такси и сказал:

— Спасибо за одеяло, жду в субботу.

Литвинова только кивнула, но в выходной не поехала по знакомому адресу, просто не могла переступить порог квартиры мужика и лечь на диван, где до нее весело проводили время другие. Пару раз Костя сам приезжал к ней в гости, но это было уже не то, очарование встреч пропало. Потом они примерно месяц не встречались, сталкивались только по работе. Затем Костя пришел в гладильную и прямо спросил:

— Я так понимаю, что нашим отношениям конец?

Лена лишь кивнула.

— Тогда верни ключи.

— Для другой понадобились? — фыркнула костюмерша, роясь в сумке. — Мне жизнь поломал, за следующую принялся?

— Ты сама не захотела больше встречаться, — отрезал Костик и ушел.

Впрочем, он попытался сохранить с костюмершей видимость добрых отношений. Всегда улыбался ей при встречах, осведомлялся о здоровье, иногда даже дарил букетики. Кое-кто в театре пребывал в уверенности, что у них до сих пор длится роман...

Я подождала, пока Лена выговорится, и осторожненько наступила на больную мозоль:

— Не знаете случаем, Нина и Рита где живут?

Литвинова принялась тереть нос довольно грязным платком. Молчание затянулось.

Я решила действовать, как милиционер:

— Кто-то из любовниц убил Костю, разве справедливо, если преступница останется безнаказанной?

Костюмерша уставилась в окно, потом с усилием выговорила:

— Нина — парикмахер, в салоне «Эльдорадо» работает, на Кустанаевской, фамилия ее Никитина. Рита — кассирша из супермаркета на Тверской, впрочем, есть и еще одна — Яна, в школе 2593 преподает, в новом районе, Куракино. Учительница младших классов, представляю, чему она детей научит! Наверное, у Катукова три бабы — это норма. Кобель он!

И она снова тихо заплакала. Я выскользнула за дверь и, проплутав по коридорам, вышла на слякотную улицу. Если любовь доставляет такие переживания, то слава богу, что я прожила, не ведая этого чувства.

ГЛАВА 8

Часы показывали ровно три, когда я вошла в ворота оптового рынка. Что ж, если уж живу у Кати дома, следует подчиняться заведенным порядкам.

Вдоль длинной улицы тянулись ларьки. Что приготовить на ужин? Внезапно глаз упал на курицу. Прекрасно, данную птицу даже я сумею отварить, будет сразу и суп, и второе. Наученная горьким опытом, я не стала хватать курочку французской фирмы «Ду» за пятьдесят рублей килограмм. В конце ряда нашлась наша, отечественная, всего по тридцать.

Правда, выглядел «цыпленок-бройлер» не слишком привлекательно — синенький, покрытый сморщенной кожей... Голова с прикрытыми глазами болталась на тоненькой тряпочной шейке, желтые когти угрожающе топорщились в сторону покупателей... «Бройлера» явно недокармливали при жизни, да и умер он скорее всего своей смертью, от старости.

— Чего сомневаешься? — спросила торговка, толстенная баба в грязном, заляпанном кровью фартуке. — Бери, дешевле нигде не сыщешь!

Цена и впрямь казалась привлекательной, но сам продукт не вызывал никакого желания его съесть.

— Бери, бери, — от души предлагала баба, — свежий, только что бегал, гляди, не замороженный, а охлажденный.

И она потыкала пальцем в беззащитную тушку.

— Может, лучше импортную купить?..

— Эти-то? — презрительно повела плечом торговка. — Покупай, коли здоровья не жаль. Ихнюю птицу гормонами пичкают и антибиотиками колют, а наша вся натуральная.

Вздохнув, я выбрала труп курчонка. Баба права, у российских птицефабрик небось нет денег на дорогостоящие лекарства, и птичка при жизни ела экологически чистый корм — зерно и червячков.

Засунув добычу в пакет, я попыталась вспомнить, что плавало у Наташи в супе, кроме курицы. Вроде морковка, лук, картошка и вермишель, а на гарнир можно сварить рис.

Обвесившись пакетами, я добралась до дома, выгуляла отчаянно радующихся собак и приступила к готовке.

Сначала тщательно вымыла тушку. При ближайшем рассмотрении она оказалась еще более убогой, ребра прощупывались под кожей, а ножки напоминали недозрелые сморщенные баклажаны. Так, ее положено класть в кипяток или холодную воду? Наконец кастрюля водрузилась на плиту, я принялась чис-

тить лук. Сколько овощей идет на суп? Надеюсь, пять
луковиц, шесть морковок и восемь картошек хватит.

Огонь бойко подогревал воду, я включила телевизор и принялась напевать. Выходило, что в готовке
нет ничего трудного, надо только начать. Изрезав по-
мельче овощи, я перевела дух и решила вознаградить
себя чашечкой кофе, но тут из кастрюли полезла желто-зеленая пена. Я попыталась выловить ее ложкой,
но противная субстанция лезла и лезла. Вода отчаянно булькала, обжигая руки, мне стало жарко, а пена
все никак не заканчивалась. В отчаянии я выключила
горелку. Суп, вздрогнув в последний раз, успокоился, противная желто-зеленая масса исчезла. В недо-
умении я уставилась на кастрюлю и вновь разожгла
газ на полную мощь. Незамедлительно на поверхнос-
ти появились противные пузыри... Поэксперименти-
ровав минут пять, я поняла — огонь не должен гореть
в полную силу. Крайне гордая собой, я набила кастрюлю под завязку овощами и задумалась о гарнире.
Килограммовый пакет риса показался очень маленьким, хватит ли его на ужин? Наверное, следовало купить два... Вытряхнув белые зернышки в ковшик, я
налила воды и закрыла емкость крышкой.

Никогда в жизни я еще не была так довольна собой. Чашечка растворимого кофе показалась восхитительной на вкус. Что ж, день удался. Всего несколько часов отделяют меня от разгадки тайны документов. Ясное дело, они либо у Нины, либо у Яны.
Завтра поеду сначала к парикмахерше... Тут от плиты
послышалось шипение. Я оглянулась да так и подскочила на месте. Над рисом угрожающе покачивалась крышка, а из самой емкости вываливались белые крупинки. В изумлении смотрела я на рис. Ну
скажите, каким таинственным образом он ухитрился
так увеличиться в объеме? Ковшик был явно мал.

Я переложила зерна в другую кастрюлю и долила
воды, но через десять минут риса стало еще больше, и
операцию пришлось повторить. Словом, через пол-

часа у меня получился огромный жбан отвратительной клейкой массы.

Я зачерпнула «гарнир» чайной ложкой и попробовала. Так, забыла посолить, но это ерунда, приправу можно добавить прямо сейчас, но почему у Наташи все рисинки лежали автономно друг от друга, а у меня представляли единый монолит? Нет, все-таки дешевые продукты и после приготовления гадки. Вот купила крупу по двадцать пять рублей за кило, и пожалуйста, есть невозможно.

Вздохнув, я уставилась на казан, набитый рисом. Может, надо сунуть в эту кашу масло?

Но тут в кухню влетел Кирюшка и оповестил:

— Ой, как есть хочется!

— Что-то ты рановато, — сказала я, поглядывая на часы.

— Тренер заболел, — сообщил Кирюшка. — А чем так странно пахнет?

— Куриным супом, — гордо оповестила я и сняла крышку.

Взору предстало нечто невообразимое, больше всего напоминающее жидкое овощное пюре с торчащими жилистыми ножками. Я зачерпнула жижу половником и шмякнула в глубокую тарелку. Овощи окончательно разварились, и понять, где морковка, где лук, а где картошка, оказалось невозможно. Кирюша аккуратно зацепил «рагу» и, пробормотав: «Густой какой супчик», — сунул ложку в рот.

В ту же секунду он подскочил, бросился к мойке и, выплевывая еду, закричал:

— Ну и гадость, ты сама пробовала?

Я аккуратно взяла губами «бульон». Моментально язык ощутил горечь, словно в воду добавили хинин.

— Что там лежит? — вопрошал Кирка.

Я тщательно прополоскала рот и ответила:

— Ничего особенного, курица и овощи.

— Ну и ну! — изумился Кирюшка. — У мамы в

супе вода бывает, и все отдельно плавает, а у тебя просто кошмар! Может, вместо соли чего сунула?

Я попробовала на язык содержимое солонки. Нет, тут все в порядке. Следующая неудача поджидала с курицей. Она совершенно не хотела резаться даже огромным тесаком, а когда мы с Кирюшкой, приложив все силы, кое-как отодрали грудку, выяснилась следующая деталь. Благородное куриное мясо оказалось не белым, а желтым, и на вкус больше всего напоминало резиновую калошу, обмазанную горчицей.

— Это не съедят даже собаки, — печально резюмировал мальчишка.

Так и вышло. Муля и Ада отвернули морды сразу. Рейчел сначала все-таки взяла курятину в пасть, но тут же выплюнула.

— Жуткая у тебя дрянь получилась, — подвел итог Кирюшка, — даже стаффордширица не жрет, а она из помойки вытащит и не поморщится.

Рис мальчик не стал пробовать, просто ушел в комнату, откуда донеслось бодрое пение. Я села у кухонного стола и в растерянности уставилась на кастрюли. И отчего вышла такая жуткая ситуация?

Минут через девять Кирка вошел в кухню и сунул мне потрепанный томик:

— На.

Красную обложку украшало изображение большого пирога, сверху шло название «Книга о вкусной и здоровой пище».

— Юлька купила, — пояснил мальчик, — только готовить ей некогда, может, тебе пригодится. Здесь все просто. Вот смотри — бульон куриный. Возьмите одну тушку, опалите над огнем, выпотрошите, будьте осторожны с желчным пузырем, так как суп может приобрести горечь...

Я слушала его как песню. Господи, оказывается, следовало сначала удалить внутренности и сварить саму курочку, а потом положить овощи!

— Слушай, Лампа, — хитро прищурился Кирюшка, — я тебя не выдам. Давай по-быстрому ликвидируем следы преступления.

— Что ты имеешь в виду?

— Выкинем и суп, и второе, а Сережке с Юлькой не расскажем, прикинь, как издеваться начнут!

Я с готовностью вывалила «вкусный» ужин в помойку и вытряхнула ведро. Кирюшка сбегал за пельменями, и, когда в прихожей появились Сережа и Юля, я ловко кинула кусочки теста в крутой кипяток. Слава богу, книга оказалась рассчитана на молодых хозяек, и процесс варки пельменей ее авторы описали детально.

На следующий день около двенадцати я входила в парикмахерскую. Четыре хорошенькие девушки, ловко орудовавшие фенами, даже не повернули голов. Наконец одна, черноволосая, недовольно процедила:

— У нас по предварительной записи.

Другая, светленькая, пухленькая, похожая на только что выпеченную булочку, надменно добавила, окидывая взглядом мою китайскую куртку и кроссовки:

— Прейскурант на стене, прочитайте вначале.

Я подошла к листочку. «Стрижка — 300 рублей, мытье — 150 рублей, укладка — 200 рублей».

— Рядом, через дорогу, другая парикмахерская, — сообщила темноволосая.

— Там дешевле, вам по карману, — добавила блондиночка.

Неожиданно мне стало страшно обидно: неужели я так похожа на нищую? А если и впрямь у меня мало денег в кошельке, так кто давал право этим наглым девчонкам разговаривать с клиенткой таким тоном. Небось предстань перед ними дама в норковой шубе, живо бы заулыбались.

Чувствуя, как от горечи сжимается горло, я кашлянула и слишком громко сказала:

— Разрешите представиться, майор Романова из

уголовного розыска, веду дело об убийстве Константина Катукова, кто из вас Нина Никитина?

Моментально стих гул парикмахерских орудий.

— Ой! — уронила фен черноволосая.

— Это я, — медленно пробормотала блондинка и быстро добавила: — Пойдемте в служебное помещение, не здесь же разговаривать.

Провожаемые любопытными взглядами, мы завернули за столик с маникюршей, прошли через коридор и оказались в крохотной комнатушке с маленьким холодильником и двумя стульями. На подоконнике стояли железная банка «Нескафе» и чайник, но Нина не собиралась предлагать мне напиток. Она прислонилась спиной к стене, скрестила на груди руки и резко проговорила:

— Ничего не знаю, виделась с Костей последний раз во вторник, он был жив и здоров, больше ничего не скажу.

Я постаралась улыбнуться как можно ласковей.

— Ниночка, он давал вам ключи от квартиры?

— Ну и что? — ощетинилась девушка. — Между прочим, у него несколько комплектов было...

Я согласно закивала головой.

— А ваш где?

Нина моментально буркнула:

— Потеряла еще на прошлой неделе. Сумочку у меня сперли, а там все: паспорт, права, косметика. Не верите, спросите в 12-м отделении, я заявление туда отнесла, лейтенанту Корнукову.

— И когда произошел сей прискорбный факт?

— Говорю же, на прошлой неделе, в воскресенье. Поехала на Ленинградский рынок, а кто-то и постарался...

— Вы давно знали Костю?

Нина повела плечом:

— А какая разница, сколько? Встречались мы с ним раз в неделю и никаких особых отношений, кроме постельных, не поддерживали. Ну обед иногда ему готовила, а так чистый секс, и все, потрахались и разбежались.

Я вспомнила администратора Льва Валерьяновича и, нахмурившись, процедила:

— Вот что, любезнейшая. Вы должны быть мне страшно благодарны за то, что пришла я к вам сама, а не вызвала на Петровку. Знаете, как там неприятно? Стол железный, стул железный, все к полу привинчено... А я пока без протокола разговариваю, по-дружески. Впрочем, если не нравится, могу вызвать повесткой.

В Нининых голубых глазах мелькнул откровенный страх, и она сразу сбавила тон:

— Не хотите чаю?

Я ухмыльнулась про себя и кивнула.

Минут через пять в моих руках оказалась кружка с невообразимой гадостью, фруктовым напитком «Пиквик». Данное пойло следует называть компотом из химических ароматизаторов, но Нине, очевидно, нравилось, потому что девушка с наслаждением отхлебнула из чашки и завела рассказ. Я слушала ее внимательно, хотя ничего нового не узнала.

Нина встречалась с Костей раз в неделю и, в отличие от Лены, великолепно знала о «соперницах». Наличие других женщин в жизни любовника ее не волновало. Замуж парикмахерша не собиралась, готовить, убирать, стирать не любила, впрочем, иногда варила для Кости суп, правда, без особого вдохновения. Необременительные свидания устраивали ее полностью: вроде и мужик есть, и особо стараться не надо. К тому же Костик оказался не жадным, охотно делал подарки, возил на машине, приглашал в ресторан. Он был еще и хорошим другом: когда Нинина мать сломала ногу, женщина, растерявшись, позвонила любовнику. Честно говоря, она ожидала услышать что-то типа «извини, занят», но Костя только буркнул: «Жди» — и через полчаса приехал, снес старушку на руках в машину, а в приемном покое сунул замороченному доктору пару бумажек, чтобы пожилая женщина не оказалась на койке в коридоре...

Больше я от Нины ничего не узнала. Выйдя из парикмахерской, я увидела рядом дверь в дверь магазин «Тюль» и зачем-то зашла внутрь, устроилась у большого окна и призадумалась. Кое-что в этой истории не стыковалось. И Рита, и Лена, и Нина говорили о щедрости Кости и о его привычке водить дам сердца в рестораны... К тому же он частенько покупал женщинам презенты, владел автомобилем, пользовался сотовым, да и квартира его выглядела вполне уютно, сверкая недавно отремонтированными стенами... Возникал естественный вопрос: а где мужчина брал деньги? В театре он скорей всего получал копейки, актером слыл никудышным, в кино и на телевидении не снимался.

Поразмыслив пару минут на эту тему, я набрела на другую, не менее интересную, мысль. А откуда Нина знает, что Костя мертв? Сама же говорила, что встречалась с ним раз в неделю, а в другие дни только звонила, да и то крайне редко? Кто же ей сообщил о кончине любовника? Милиция? Конечно же, нет, тогда бы она ни за что не стала со мной разговаривать.

Я стояла у окна, тупо наблюдая, как редкие прохожие бредут по улице. Погода сегодня была отвратительная. С неба валилось нечто, одновременно похожее на снег и дождь, под ногами чавкала жидкая грязь. Молодые мамаши с младенцами не рискнули выйти на прогулку, пенсионеры отложили до лучших времен поход в поликлинику и аптеку, все сидели на теплых кухнях, пили восхитительный ароматный кофе, а может, еще лучше, улеглись на диваны с книжечками про таинственные убийства... Так интересно следить за расследованием, скользя глазами по бумаге... На деле труд оперативника выглядит противно — мокрые ноги, голодный желудок и ничего не соображающая голова... В книге можно быстренько пролистать странички и заглянуть в конец, в жизни же...

Тут из парикмахерской быстро выпорхнула девушка в красивом рыжем полушубочке. Я пригляделась и ахнула — Нина. Интересно, что подвигло мастерицу бросить посреди дня работу? Не колеблясь, я натянула на брови вязаный колпачок и побежала за женщиной.

Никитина шла быстро, шлепая по лужам. Слежки она явно не ожидала, потому что ни разу не оглянулась. Через десять минут я устала и замерзла, но Нина упорно шла дворами к неизвестной цели. И только когда впереди замаячил знакомый дом, я поняла, куда так торопилась цирюльница. Прямо перед глазами возникло здание, где находилась квартира Катукова. Я притормозила у подъезда, досчитала до ста и поднялась наверх.

Все двери лестничной клетки смотрели на меня панорамными «глазками». Дверь Катукова не была опечатана. Достав из кармана подушечки «Орбита», я разжевала их до однородной массы и залепила окуляры. Нет, все-таки зря многие считают детективные романы литературой третьего сорта. Ну где еще можно набраться такого количества разнообразных сведений? Ладно, подожду под дверью, когда-нибудь же врунья, не мигнув глазом сообщившая, будто у нее украли ключи, выйдет наружу.

Минуты текли томительно. Примерно через полчаса дверь другой квартиры распахнулась, высунулась неопрятная бабка, отодрала от «глазка» жвачку и пролаяла:

— Чего выжидаешь? Помер твой хахаль, в морг сволокли.

Я отвернулась к окну.

— Ох и дуры же бабы, — не успокаивалась старуха, но тут из двери потянуло горелым, и бабулька, охнув, исчезла. Прошел час. Мне в голову закралась мысль: а вдруг Нина поехала вовсе не к Косте, вдруг просто сама живет в этом же доме? Но тут тихонечко щелкнул замок, Нина выскочила наружу и повернулась к окну.

— Куда мы так торопимся? — вежливо спросила я.

Никитина подпрыгнула на месте и выронила довольно объемистый пакет. От удара о пол бумага развернулась, и по площадке веером разлетелись стодолларовые купюры.

— Господи, — забормотала парикмахерша, присаживаясь на корточки и собирая дрожащими руками банкноты. — Господи, как только вы сюда попали...

— Очень просто, — спокойно ответила я, — ногами, а вы, выходит, ключики нашли? Оперативно работают, однако, в 12-м отделении милиции — и воришку поймали, и ключи успели вернуть... А денежки небось тоже из потерянного портмоне? Или решили в качестве последнего презента забрать отложенное Катуковым на черный день?

Внезапно Нина зарыдала:

— Теперь вы ни за что мне не поверите.

— Это точно, — «успокоила» я ее и продолжила: — Раз уж ключики все равно нашлись, давайте вернемся и потолкуем — думается, есть о чем.

Парикмахерша кивнула, и мы вошли в холл. На этот раз в комнате пахло нежилым, смесью ароматов пыли, сырости и чего-то кислого.

— Это мои деньги, — неожиданно сказала Нина, садясь на диван, — просто хотела забрать, чтобы не пропали.

— Ну да, — кивнула я, — сначала потеряли на рынке, а теперь нашли.

— Вы надо мной издеваетесь! — воскликнула женщина.

— И в мыслях не было, — сообщила я чистую правду. — А зачем, если не секрет, вы хранили деньги у Кости?

— Вы не поверите, — повторила Нина уныло.

— Попробуйте меня убедить.

Никитина вытащила сигареты и сказала:

— Я живу в коммунальной квартире, а соседи... Эх! — Она махнула рукой и замолчала.

— Давайте, давайте, — поторопила я ее.

— Послушайте, товарищ майор...

Но с моего языка сорвались где-то прочитанные слова:

— Тамбовский волк тебе товарищ!

Парикмахерша вздрогнула и, побелев, спросила:

— Как же к вам обращаться?

Я подумала немного и ответила:

— Евлампия Андреевна.

Нина шмыгнула носом и, без конца называя меня по имени-отчеству, принялась каяться.

У нее две комнаты в коммунальной квартире, из соседей — женщина лет шестидесяти, бывшая учительница, с сыном. Преподавательница милая, интеллигентная дама, и никаких кухонных драк у них с Ниной не бывает, все чинно, мирно, шампунь в суп друг другу не подливают, камни в котлетный фарш не подбрасывают... Зато сыночек — полный караул, уголовник и наркоман. Две недели на свободе, пять лет в тюрьме. Пока он мотает срок, Нина и Виктория Федоровна живут спокойно, даже вместе смотрят телевизор на кухне, но, как только «дитятко» с чистой совестью выходит на свободу, начинается ад.

— Ему любой замок нипочем, — всхлипывала Нина, — открывает в секунду. Сколько раз у меня из комнаты деньги таскал, до долларов, правда, не добрался, я на отдельную жилплощадь коплю... Вот и решила у Костика спрятать, лучше места и не сыскать.

— Прямо-таки, — усмехнулась я. — Самое лучшее место в банковском хранилище, в ячейке, за свинцовой дверью...

Нина хмыкнула:

— Ага, очередной кризис придет, и банк мои сбе-

режения себе захапает. Ну уж нет, у Котьки все при-
способлено было, недаром порученцем работал.

— Кем? — не поняла я. — Каким чеченцем?

Никитина тяжело вздохнула и вновь достала сигарету, я собиралась было грозно сказать, что с детства
страдаю чудовищной аллергией, но вдруг поняла, как
свободно и хорошо дышу, даже в горле не першит!
Чудеса, да и только.

— Только не притворяйтесь, будто не знаете, кто
такой порученец, — вымолвила Нина.

— Естественно, знаю, — принялась я выкручиваться, — но для порядка вы должны рассказать сами.

— Ладно, Лампада Андреевна, — покорно согласилась Нина.

Я с подозрением глянула на парикмахершу: уж не
издевается ли она надо мной? Но девушка потерянно
сидела на диване, комкая в руках бумажный носовой
платок.

— У Коти не слишком удалась карьера в театре, —
завела Никитина, — все ролей не давали настоящих,
зажимали, ну и оклад соответственный, слезы, а не
деньги...

Но Костик совершенно не тужил, потому что давным-давно считал своей основной профессией другую, актерство превратилось в хобби. И потом, как
шикарно он отвечал на вопрос очередной дамы: «Где
ты работаешь?»

«Я — служитель Мельпомены, — гордо говорил
Катуков, — артист одного из ведущих московских театров...»

Девушки просто складывались штабелями, ну мало того, что мужчина хорош собой и интеллигентен,
так еще принадлежит к таинственному и влекущему
миру кулис...

Вот только денег у Костика никогда не было, и он
перебивался с хлеба на квас. Но лет семь тому назад
положение изменилось. Один из знакомых Катукова,
блестящий скрипач Леня Маслов, собрался в отпуск.

У него дома лежала скрипка Амати. Леня страшно боялся оставлять инструмент, цена которого исчисляется не одной тысячей долларов, в пустой квартире. Отнести драгоценную виолу в банк и положить в ячейку он тоже не решался, бывший советский человек успел за время дикого российского капитализма полностью потерять доверие к банковским структурам. Зная патологическую честность Кости, Леня попросил приятеля покараулить скрипку.

Катуков забрал черный футляр, положил в диван и протрясся двадцать четыре дня, поджидая возвращения Маслова. Отдохнувший Леня дал ему триста долларов. Костя сначала отнекивался, но приятель буквально силком запихал банкноты в карман. Через неделю Леня позвонил вновь. На этот раз требовалось помочь художнику, подержать пару деньков несколько статуэток, и вновь в кармане приятно зашуршали бумажки.

Скоро слава о Костике разлетелась по Москве. Он прятал деньги, драгоценности, столовое серебро, видеоаппаратуру, документы и старинные книги. На вырученные деньги Котя отремонтировал квартиру и оборудовал в ней несколько тайников. Потом начались другие дела. Например, следовало сесть в поезд и доставить во Владивосток странно молчащую девушку. Поездка не доставила актеру никакой радости, спутница за всю дорогу не раскрыла рта, отвечая только «да» или «нет» на предложения пообедать и выпить чаю. Зато за труды дали отличную сумму. Потом Костя отправился на дачу в Снегири и ровно в восемь вечера подошел к телефону и сказал: «Герман Сергеевич скончался». Зачем он это делал, Костю не интересовало. Скоро ему стали поручать пикантные дела, которые стеснялись делать сами. Например, одна дама, театральный критик, личность знаковая в актерской среде, крайне интеллигентная, даже жеманная, попросила Костика... вымазать дерьмом дверь в квартиру бывшего мужа. Катуков не дрогнул и лишь сухо поинтересовался:

— Человеческим?

— Можно собачьим, — милостиво разрешила критикесса, — главное, погуще и чтобы воняло посильней.

Костя набрал во дворе ведерко фекалий и, тихо посмеиваясь, выполнил приказ. Такое ему приходилось делать впервые, но интеллигентная дама не поскупилась и отвалила за труды тысячу долларов.

В последний год от клиентов просто не было отбоя, и Костя, не желая отказывать людям и упускать заработок, привлек к бизнесу Нину. Ей доставались дела попроще, например, доставка корзины цветов известному дирижеру... С криминальными делами Костя не связывался, впрочем, Нина не знала точно, любовник особо не распространялся о своей работе... Да и клиенты ценили его в первую очередь за безупречную честность и молчаливость.

— Знаете, где расположены тайники? — спросила я, когда фонтан сведений иссяк.

Никитина кивнула, подошла к окну, аккуратно нажала пальцем на едва заметный гвоздик. Раздался тихий щелчок, словно открыли консервную банку. В ту же секунду парикмахерша ловко подняла подоконник.

— Смотрите.

Я глянула в приоткрывшийся узенький ящичек и невольно присвистнула.

Все пространство было забито ассигнациями. Интересно, сколько тут?

— Понимаете теперь, — тихо спросила Нина, — что я взяла только свое? Если б была воровкой, стащила бы все.

Резон в ее словах определенно был, но я нахмурилась и поинтересовалась:

— Еще где?

Всего любовница знала о пяти тайниках. Два из

них — в ножке стола и в кухонной стене — оказались пусты, два других — под ванной и в днище кресла — содержали деньги, золотые старинные карманные часы и телефонную книжку. Но никаких бумаг, листочков синего цвета и фотографий не было и в помине...

— Он хранил вещи только дома?

Нина пожала плечами:

— Во всяком случае, мне ничего не давал, может, Яне?

— Яне?

— Ну да, — недовольно протянула Никитина, — он про нее ничего не рассказывал, но я поняла, что они друзья детства, в одной песочнице сидели, он ей как себе доверял...

— Ладно, — вздохнула я, — пошли...

Но Ниночка не торопилась. Девушка сосредоточенно наморщила гладкий лобик.

— И чего теперь с этим делать? — ткнула она пальцем в тайник с деньгами.

Я растерянно вздохнула. А и правда, что?

Ниночка неожиданно заулыбалась:

— Знаю!

Она метнулась к письменному столу, вытащила простую записную книжку и радостно сообщила:

— Котя прямо бухгалтер. Вон как дела вел, глядите.

Я раскрыла потрепанный переплет. Перед глазами предстали ряды цифр, расставленные по графам.

— Получено. 9.06. 815.79...

Отдано 12.06 514.28...

В отсеках со словом «отдано» виднелась цепочка крестиков, только последние четыре строчки зияли пустотой.

— Вот, — улыбалась парикмахерша, — возьмите книжечку, установите личности, позвоните им и скажите: так, мол, и так, заберите вещички. А я вам ключики отдам, запомнили, как тайнички открываются? Берите, берите, — совала мне Нина в руки «гроссбух». Она явно хотела избавиться от ответственности за чужое добро.

— Записи-то закодированы, — промямлила я.

— Ну так что? — удивилась Никитина. — У вас небось целый отдел сидит, шифры отгадывает, правда?

Пришлось кивнуть головой, сунуть помятый кусок кожи в карман и забрать ключи.

ГЛАВА 9

Назад я принеслась около пяти. В голове царила каша, скорей всего человек, убивший Костю, унес документы, но кто он? Может, на мое счастье, актер отдал бумаги Яне? И как расшифровать записи? По мере приближения к дому в голове стали появляться иные мысли: интересно, собаки дождались меня или описались в коридоре? Что сделать на ужин?

Вихрем я влетела в железную палатку и схватила котлеты «Богатырские». Интересно, как живут другие женщины? У них что, голова тоже все время забита думами о домашнем хозяйстве? Потом, как они успевают, уйдя из дома в 8.00 и возвращаясь в 19.00, сварить обед, убрать квартиру... Не у всех же есть домработницы!

Собаки принялись прыгать. Убедившись, что никто из них не набезобразничал, я радостно прикрикнула:

— Муля, Ада, Рейчел, — гулять!

Многолаповый комок выкатился во двор. Муля, как всегда, устроилась у подъезда, Рейчел отбежала к клумбе. Я проводила ее взглядом. Ада покрутилась немного на одном месте, потом присела... Я чуть не упала в обморок: под ее тучным задом расплывалась ярко-красная лужа.

— Ада, — пробормотала я плохо слушающимися губами, — Ада, что с тобой?

Мопсиха потрусила ко мне. На снегу четко выделялась цепочка алых капель.

— Домой, — завопила я, леденея от ужаса, — немедленно домой!

Собачки послушно побежали наверх. В квартире я схватилась за телефон и узнала координаты ветеринарной клиники.

— У моей собаки кровотечение, просто ужасно, лужи кругом, она умирает.

— Животное попало под машину? — уточнил невидимый собеседник.

— Нет, утром была здорова.

— Везите, — коротко велел доктор.

Я заметалась по квартире, отыскала в шкафу байковое одеяльце, завернула в него мерно сопящую Аду и вылетела на улицу. Мопсиха оказалась страшно тяжелой, просто неподъемной, правая рука онемела, но я прижимала к себе горячее тельце. Когда речь идет о жизни и смерти, деньги ничто, и я замахала левой рукой. Тут же затормозили старенькие «Жигули».

— Куда? — поинтересовался молодой парень в черной куртке.

— Самсоновская улица...

— Знаю, — кивнул водитель. — В ветеринарку? Садись.

Я влезла в салон и принялась тихонько укачивать Аду.

Выглядела мопсиха отвратительно. На морде — полная тоска, глаза закачены вверх, и дышала она прерывисто, словно в воздухе мало кислорода. Волна жалости поднялась из моей груди. Маленькое, абсолютно беззащитное существо явно доживало последние минуты. Невольно из глаз полились слезы, и я судорожно забормотала, целуя черную мопсихину морду:

— Адонька, ну пожалуйста, потерпи чуть-чуть, сейчас приедем...

Мопсиха глянула на меня беззащитными карими глазами и упала в обморок, а я зарыдала в голос.

Ворвавшись в приемную и увидев несколько человек с тихо сидящими животными, я взмолилась:

— Пропустите, моя собачка истекает кровью.

— Конечно, конечно, — закивали головами посетители.

Я внеслась в кабинет и завопила:

— Ада умирает!

Молодой парень, чуть толще швабры, не отрывая глаз от бумаг, спокойно произнес:

— Будьте любезны, положите животное на смотровой стол.

Я тут же сунула ему под нос прямо на исписанные листочки одеяльце с мопсихой, издававшей предсмертные звуки.

Ветеринар вздохнул, взял Аду и отнес в огромное железное корыто на ножках. Размотав байку, он осторожно принялся осматривать несчастную. Его руки действовали ловко и, наверное, аккуратно, так как мопсиха ни разу не взвизгнула. Процедура продлилась минут десять. Со всей тщательностью парень выслушал легкие, оглядел глаза, уши, пасть, потом вновь вздохнул и сообщил:

— У собаки течка.

— Жить будет? — робко спросила я и, видя, что врач, пряча от меня лицо, отвернулся к окну, быстро добавила: — Вы не волнуйтесь, если надо делать операцию, мы оплатим, деньги есть.

Доктор глянул на меня откровенно смеющимися глазами:

— Как давно у вас мопс?

— Меньше недели.

— А раньше животных держали?

— Никогда, у меня жуткая аллергия. Все удивляюсь, почему сейчас живу с собаками и не чихаю!

Ветеринар побарабанил пальцами по нержавейке.

— В Англии в 40-х годах практиковал удивительный врач, самый обычный сельский «коновал» Джеймс Хэрриот. Мир узнал о нем благодаря чудесным книгам, которые доктор писал на досуге, он просто и незатейливо рассказывал о кошках, собаках, лошадях и их хозяевах. Но делал это с такой любовью, что тысячи людей прониклись добрыми чувствами к животным, прочитав его произведения. Сейчас даже в Ветеринарной академии рекомендуют к изучению рассказы Хэрриота. Так вот, англичанин подметил странную вещь. Некоторые из его клиентов приобрели животных по чистой случайности. Ну, например, пожалели сбитую машиной кошку или подобрали скулящего щенка на улице... Раньше эти люди страдали жуткой аллергией на шерсть, мех и кожные частицы, но стоило им полюбить Шарика или Мурку, как наступало полное выздоровление. В аллергии много неизученного, на мой взгляд, — она протест против жизни, а не против аллергена.

— Как это?

— Ну предположим, с вами живет «обожаемая» свекровь, а при ней болонка. «Мама» без конца делает замечания, придирается по каждому поводу... Естественно, вы изо всех сил сдерживаетесь, чтобы не ответить ей достойным образом. Результат — аллергия на собак. Видел дам, которые болели просто со скуки...

Я слушала его разинув рот, а руки машинально поглаживали закатившую глаза Аду. Не могу сказать, что полюбила мопсов и стаффорда всей душой, но они такие милые, ласковые, а характеры — просто чудо!

— Ваша собака абсолютно здорова, — продолжал ветеринар, — у нее естественное недомогание, как менструация у женщины. Только у сучек «дамская неприятность» длится двадцать один день и бывает два раза в год. Будьте аккуратны, следите, чтобы вам на дороге не попался кобель, а то рискуете получить щенков...

— Неужели у собак бывают «критические дни»? — изумилась я.

Парень шлепнул Аду по толстому заду.

— Конечно, купите в нашей аптеке специальные трусы, а у метро прокладки. Мопсиха молодая и не умеет пока за собой следить, потом наладится. А пока наденьте бельишко, чтобы сберечь ковер, плед и мебель.

— Но она так закатывает глаза!

— Просто спит, ей тепло и приятно, как не подремать в подобной ситуации...

— Еще хрипит...

— Храпит, — поправил ветеринар, — такое строение носоглотки. Ничего, скоро научитесь различать сопение.

— Но у нее такой несчастный вид!

— И впрямь горемыка, — хмыкнул ветеринар, моя руки, — просто кошмарная жизнь у животного. Небось поест — и спать на диванчик, в подушечку, ишь какие бока отъела, сирота казанская.

Он подошел к столу и принялся заполнять карточку:

— Имя?

— Евлампия, — не задумавшись, сообщила я.

Врач вздохнул:

— Да нет, не собачья кличка, а ваше...

— Это мое, — тихо ответила я.

— Ага, — буркнул доктор и принялся сосредоточенно черкать ручкой по бумаге.

К метро я шла, держа Аду двумя руками. Наверное, следовало отпустить ее бежать своими лапами, но поводок остался дома, а кругом мельтешило слишком много людей. Ада высунула морду из одеяла и сосредоточенно сопела, потом раздалось мерное похрапывание.

У метро возле столика, заваленного разноцветными пакетами, прыгал от холода подросток лет четырнадцати. Я потребовала:

— Мне нужны самые лучшие прокладки.

Коробейник принялся нахваливать товар:

— Все импортные хорошие, на липучках. Вам какие, с «крылышками»?

Я отрицательно помотала головой. Трусишки, которые продавались в аптеке, оказались совсем крохотные, и «крылышки» оставалось только приклеивать к животу мопса.

— Ночные или дневные? — не успокаивался подросток.

Я только вздохнула. Ну до чего меняется мир! Лет десять тому назад этот мальчик покраснел бы как рак, наткнувшись в аптеке глазами на «гигиенический» пакет. А сейчас вовсю рекламирует мне товар, рассказывая о толщине, всасывающей способности и изумительной мягкости «Олвейс-ультра». Интересно, как он отреагирует, когда сообщу, что данный предмет нужен Аде?

— Найдите какие поменьше, для моей собачки...

Коробейник и глазом не моргнул. Ткнув красным пальцем в зеленую коробку, он сообщил:

— Для сучек берут «Диана нова», а щеночков завести не хотите?

Купив упаковку, я понеслась домой, поглядывая на часы. Слава богу, в квартире пока никого не оказалось. В коридоре на полу повсюду валялись клочья разноцветной бумаги, а Муля и Рейчел не вышли встречать нас с Адой. Недоумевая, я стала поднимать обрывки и тут же поняла, что случилось. Оставшись вдвоем, Муля и Рейчел залезли в брошенную сумку, вытащили упаковку замороженных котлет и, не слишком мучаясь, сожрали аппетитные «Богатырские».

— Ну погодите, — пообещала я, снова натягивая куртку, — вернусь, мало не покажется.

Вскоре в кастрюльке кипела вода. Господи, а еще различные журналы спорят, что провозгласить едой столетия. Ну конечно же, сосиски! И поставить памятник тому мяснику, который первым придумал на-

бить бараньи кишки фаршем. Как просто, зашвыр-
нул в воду — и готово!

Минут через десять в коридоре раздались голоса,
и Сережка быстрым шагом влетел в кухню.

— Привет, Лампадель! Кусать есть чего-нибудь?

— А как же, — успокоила я, — садитесь.

Юля, Кирюшка и Сережа быстро плюхнулись на
стулья. Я спросила:

— Кому сколько вкусных сосисочек? — и открыла
крышку.

— Четыре! — крикнул старшенький.

— Пять! — быстро добавил младшенький.

— Не жадничайте, — велела Юля, — по три хватит, обжоры. Ну, Лампочка, миленькая, давай скорей!

Но я просто потеряла способность двигаться. В ки-
пящей ключом воде болталось нечто невообразимое,
больше всего напоминающее куски перекрученного
серпантина, только сделанного не из бумаги, а из
колбасного фарша. Подцепив изогнутую ленту вилкой, я вытащила ее наружу.

— Это чегой-то такое? — в изумлении уставился
на бывшую сосиску Сережка.

Я молчала. Кирюшка ловко сдернул «змею», кусанул и доложил:

— А ничего, вполне съедобно, только вид страхо-
людный.

Юля напряженно хихикнула:

— Не беда, съедим и такие, садись, Лампочка.

— Да уж, — бормотал Сережка, — тебе, Лампа,
следует вручить орден повара «Обе руки левые».

Я почувствовала, как слезы подступают к глазам,
и быстренько выскочила в ванную. Не хватало только
расплакаться у них на глазах. Закрыв дверь на щеколду, я уткнула лицо в чей-то халат и вдруг услышала
вдалеке Юлин голос:

— Тебе, Сережка, язык узлом завязать надо, видишь же, что Лампа ничего не умеет, и смеешься над

ней. Ну, переварила сосиски, с кем не бывает? Ее надо ободрить, похвалить, а не ехидничать. Себя вспомни!

— А я что? Я ничего, — ответил Сергей. — Интересно, откуда мать их берет?

— Не знаю, — вздохнула Юля, — но раз уж пустили человека в дом, не следует над ним потешаться. Согласна, она немного не в себе, но ведь это еще не повод для насмешек!

— Помните, как мусечка привела Калерию Львовну, которую дочка не хотела забирать из больницы домой? — спросил Кирюшка. — Она еще уверяла, будто тараканов можно дрессировать, и они станут выходить из укрытий четко по часам, в момент кормления.

— Ага, — буркнул Сережа, — потом три недели выводили насекомых.

— А Валя, которая бегала зимой и летом босиком в магазин? — не успокаивался мальчик.

— Еще Женя, приковывавшаяся на ночь к батарее, чтобы снять статическое электричество, — пустился в воспоминания старший брат, — потом жила Люся, она принципиально отказывалась мыться, и меня тошнило, когда она поднимала руку...

— Вот видите, — довольно резюмировала Юля, — на их фоне Лампа просто ангел, только готовить не умеет.

— Кстати, стирать, убирать и гладить тоже, — добавил Сережка. — И потом, ну почему бы не посмотреть рецепт в поваренной книге.

Я чуть не завопила от злобы. Да я это пособие изучала целый день в метро. Но там готовка супа описана как кошмар, десять часов простоишь у плиты! А насчет сосисок... Их вообще в книге не упоминают, есть, правда, рецепт «Солянка». Но в нем просто сказано — отварите сосиски. А в какую воду кидать, сколько кипятить — нет. Неужели все женщины России родились с умением готовить, а я жуткое исключение?

— Эй, Лампадель, поди сюда! — донеслось из кухни.

Шмыгнув последний раз носом, я пошла на зов.

— Ой, не могу, — хохотала Юля, тыча пальцем в Аду, — сейчас умру, гляньте, она похожа на борца сумо.

Я прыснула, девушка и впрямь ловко подметила. Толстый задик Ады, обтянутый черными, узенькими трусиками, выглядел очень комично.

— Зачем ты на нее бельишко нацепила? — спросил Сережка.

— У собаки течка, — пояснила я, наливая чай, — мебель испачкает.

— Надо же! — удивилась Юля. — Первый раз слышу, что для животных штанишки шьют, мы для Рейчел всегда из Киркиных шортиков мастерили, но получалось сплошное уродство, а эти такие хорошенькие, с кружавчиками, прямо самой хочется померить.

— Тебе очень пойдет, — фыркнул Кирюшка, — прикинь, где дырка для хвоста окажется!

— Молодец, Лампочка, — не успокаивалась Юля, — здорово придумала...

Я почувствовала настоящую благодарность. Девушка нахваливала меня так, словно я сама за две минуты сшила восхитительные трусики.

— Молодец-то молодец, — вздохнул Сережа, — только мы, если станем питаться одними пельменями, скоро заработаем гастрит, колит и умрем в жутких судорогах. Причем очень скоро, потому что другие блюда Лампа просто не сумеет готовить.

Он резко встал и вышел.

— Не обращай внимания, — махнула рукой Юлечка, — он просто устал.

— Наверное, на работе неприятности, — влез Кирка. — Сережка с начальником поругался. Тот такой кретин! Вот и говорит...

— Ешь лучше, — остановила поток информации девушка, — а ты, Лампочка, клади варенье.

Но мне не хотелось сладкого. Ну погодите, Сергей, жаль, не знаю вашего отчества и фамилии, обязательно научусь готовить. Причем так, что вы на коленях, со слезами на глазах станете вымаливать добавки, вот тогда и посмеемся.

ГЛАВА 10

Утром, едва за домашними в восемь захлопнулась дверь, я кинулась спешно одеваться. Времени было катастрофически мало, надо успеть съездить к учительнице Яне, потом купить продукты, сделать обед... И как это раньше день тянулся бесконечно, теперь он пролетает как миг!

— Лампа, — донесся со двора крик, — брось ключи, забыл!

Ага, совсем без головы, а других упрекает за неправильно сваренные сосиски!

Я выбросила связку в форточку, кликнула собак и, прогуляв их, опрометью кинулась к метро.

Работала очередная любовница Катукова на краю света, причем в прямом смысле. Здание школы устроилось возле оврага, дальше тянулся довольно мрачный и черный лес.

Поймав на первом этаже вертлявого мальчишку, я грозно спросила:

— В каком кабинете сидит учительница младших классов Яна?

— Ой, — завопил второклашка, — это моя училка, Яна Сергеевна, только она заболела!..

Судя по всему, болезнь преподавательницы его совсем не опечалила.

Вздохнув, я толкнула дверь с надписью «Канцелярия». Довольно приятная женщина, слишком толстая для своих лет, улыбнулась навстречу:

— Чем могу помочь?

— Скажите... Скажите, Яна...

— Вот ведь ужас, — всплеснула руками секретарша, — просто кошмар, весь коллектив в трансе...

— Что случилось?

— Не знаете?

— Нет.

— На Яну Сергеевну Михайлову позавчера напали бандиты. Избили до полусмерти.

— Как? — испугалась я.

— Ужас, — всхлипывала женщина, — живем в кошмаре, абсолютно беззащитны.

— Где это произошло?

Секретарша слегка успокоилась.

— Яна Сергеевна отпустила своих учеников с двух последних уроков. Вообще, такое не полагается делать, но в городе грипп, и в классе сидят всего пять человек. Ну, зашла сюда, покурила — и домой. Живет в соседнем доме, одна... Вроде в подъезде напали...

Я взяла адрес и пошла к пятнадцатиэтажной блочной башне. Квартира девятнадцать оказалась, естественно, запертой. Я позвонила в восемнадцатую. Высунулась растрепанная девица. За ней выплыл аромат жареного мяса и недовольный детский крик.

— Вам чего? — спросила хозяйка, пытаясь пригладить торчащие в разные стороны вихры.

— Я насчет Михайловой.

— Входите быстрей, коли пришли, — велела собеседница.

Я втиснулась в прихожую и удивилась. Места столько же, сколько у Кати, но можно очень комфортно стоять и даже сидеть на стуле. А все потому, что обувь и вещи аккуратно спрятаны в шкафчики. Вообще чистота в квартире царила немыслимая. Кухня, куда меня препроводили, сверкала кафелем и розовыми стенами. Малыш, прыгающий в высоком стульчике, был облачен в белейшие ползунки, а главное, на стенах укреплены полки, где в безукоризненном порядке выставлены баночки, чашки, кастрюльки... Чувствовалось, что у каждой вещи свое место... Вспомнив вдохновенный беспорядок, оставшийся у нас сегодня после завтрака, я только вздохнула.

— Вы ведь из милиции, — скорей утвердительно, чем вопросительно, спросила девушка и представилась: — Будем знакомы — Аня. Это я нашла Яну Сергеевну, перепугалась до полусмерти: выскакиваю за хлебом, а она на порог выползает, лица нет...

Оказывается, учительница пришла домой около двенадцати. Дом блочный, и Аня слышала, как хлопнула дверь соседской квартиры. Потом раздались страшные тяжелые звуки и слабый крик. Анечка еще удивилась. Яна жила тихо, гостей не приглашала... Но раздумывать над поведением соседки было недосуг. Ребенок начал отчаянно плакать, требуя обед. Аня сначала кормила сына, укладывала... Потом спохватилась, что забыла купить хлеб, и решила, пока Петенька спит, сбегать вниз.

Но батон она в тот день так и не купила. Дверь соседской квартиры чуть приоткрылась, и на пороге девушка увидела какой-то мешок, вымазанный темной краской. Внезапно из куля донесся слабый стон, и Аня поняла, что перед ней лежит Яна, но в каком виде!

Все лицо несчастной покрывала кровавая корка, руки и ноги были безвольно вывернуты, а из приоткрытого рта изредка вылетал жуткий ноющий звук.

Почувствовав, как к горлу подкатывает тошнота, Аня кинулась к телефону и вызвала сразу милицию и «Скорую помощь». Специалисты приехали быстро. Яну увезли в больницу, а Аню попросили пройти в квартиру. Зайдя к соседке, Анечка ахнула. Всегда аккуратная, даже кокетливая комнатка выглядела ужасно. Содержимое шкафов громоздилось на полу. Бумаги вперемешку со школьными тетрадями и книгами валялись в коридоре. Кухня казалась разгромленной. Неизвестные вандалы вывалили на пол содержимое ящиков и полочек... В ванной зачем-то перетрясли корзину с грязным бельем, а в туалете разнесли вдребезги крышку от бачка и сломали внутренности сливного устройства. Скорее всего в квартиру влезли воры, и неожиданное возвращение хозяйки стало для них настоящим сюрпризом. Грабители избили женщину и убежали.

— И зачем было лезть в квартиру к бедной преподавательнице? — подивилась я.

Анечка вздохнула:

— У Яны были изумительные драгоценности — старинные серьги, кольца, броши, да и в средствах она не стеснялась. То шубу купит, то сапоги, то стиральную машину... Наверное, от мужа осталось, он был крупный коллекционер.

— А где он сейчас? — поинтересовалась я.

Аня пожала плечами:

— Умер, Яна вдова. Она в этот дом переехала пять лет тому назад, похоронив супруга. Говорила, что не может больше на старой квартире жить, слишком много воспоминаний. Мы с ней подружились немного, я хотела к ней сегодня в больницу сходить, у нее родственников практически нет. Да Петьку деть некуда, а ехать далеко, в 257-ю больницу, на улицу Солдатова. Ой, сейчас сгорит!..

Анечка метнулась к духовке и вытащила большую сковородку, на которой посверкивала румяными зажаренными боками курица. Выглядел бройлер восхитительно, а аромат, разнесшийся по кухне, без слов говорил, что и на вкус цыпленок окажется потрясающим. Я не выдержала:

— Простите, а как у вас получилось такое блюдо?

Анечка улыбнулась:

— Небольшой семейный секрет, но я его охотно всем рассказываю. Берете пачку самой обычной соли, только не крупного помола, а «Экстру», высыпаете в глубокую сковородку. Моете курочку и кладете спинкой на соль, разжигаете духовку и засовываете все туда. Все!

— Все?

— Да, — подтвердила Аня, — примерно через час, время зависит от размера курицы, можно подавать к столу. Видите?

Я подошла и заглянула в сковородку. Изумительно зажаренная птичка покоилась на мелких крупинках. Прямо под тушкой они пожелтели, но по краям остались белыми. И впрямь — поваренная соль.

— Курчонка следует брать только импортного, — наставляла Аня.

— Почему?

— Наши жилистые, плохо пекутся, и потом — чем-то воняют!

— Но они дешевле!

— Зато несъедобные, — фыркнула Аня.

Я вздохнула, вспомнив свой «супчик».

— Моя мама называла этот рецепт «минус десять».

— Как? — не поняла я.

Анечка рассмеялась.

— Пачка соли когда-то стоила десять копеек, ни масла, ни дорогой фольги или сметаны для данного блюда не требуется, так что теряете только десять копеек.

Возле метро тетка, замотанная в несколько шарфов, хлопала себя рукавицами по бокам. Погода и впрямь была ужасающая. Холодно, скользко и как-то неуютно. В такой день хорошо дома, на диване, с книжечкой и пирожными, и уж совсем тоскливо торговать сосисками. Неожиданно до моего носа долетел запах. Ноги сами собой понеслись к тележке.

— Тебе с чем? — хриплым голосом осведомилась продавщица и закашлялась.

Я на секунду призадумалась. Господи, и что это я собираюсь делать? Покупать на улице еду из рук больной женщины.

— Не бойсь, — хмыкнула бабища, улыбаясь. — СПИДа нет, простыла на ветру, а сосисочки свежие, не сомневайся. Так с чем?

— С горчичкой, — неожиданно против воли вымолвил язык.

Торговка откинула крышку, вытащила длинную булку, ловко всунула внутрь розовенькую колбаску, полила горчицей и подала мне вместе с салфеткой:

— Приятного аппетита.

Краем сознания я отметила, что она берет продукты и деньги одной и той же рукой без перчатки, но зубы уже вцепились в сандвич. Упругая кожица лопнула, рот наполнил ароматный сок. Хлеб оказался мягким, приправа умеренно острой, никогда до сих пор я не пробовала такой восхитительной еды. Даже в ресторане «Максим», куда иногда мы с Михаилом заглядывали, не подавали подобной вкуснятины. Проглотив хот-дог, я облизнулась и, махнув рукой на все соображения гигиены и поправ принципы правильного питания, приобрела в соседнем ларьке чашечку горячего кофе. Принципиально не пью растворимых напитков, так как они наносят непоправимый удар по печени, но сегодня происходили чудеса. Сладкая светло-коричневая жидкость, назвать которую «кофе» было как-то стыдно, приятно пролилась в желудок, согревая меня изнутри. Продавец, простоватый мужичонка лет пятидесяти, сказал:

— Первое дело на морозце горяченького хлебануть, сразу жизнь иной кажется.

Я вбежала в метро, вскочила в поезд, шлепнулась на сиденье и, поджав под себя ноги, подумала: «Как хорошо!»

257-я больница устроилась прямо у метро. Внутри больничного здания нашлась «Справочная», но окно оказалось закрыто. Побродив по этажам, я наткнулась на «Реанимацию» и спросила вышедшую из двери симпатичную женщину в зеленой шапочке:

— Простите, Михайлова не здесь лежит?

— Здесь, — подтвердил врач. — Вы ей кем приходитесь?

— Из милиции.

— Предъявите удостоверение, — моментально отреагировала хирург.

Я растерялась. До сих пор никто не просил у меня документов. Пауза затянулась, докторица начала хмуриться, но тут из другой палаты высунулась голова и закричала:

— Оксана Степановна, скорей, Маркова тяжелеет!

Бросив меня, врач понеслась на зов, я всунула голову в «Реанимацию» и, увидав за столиком худенькую девушку, заныла:

— Доченька, скажи, милая, как тут Михайлова, я ее тетя.

Нет, все-таки не зря я училась в консерватории, явно обладаю актерским талантом.

Девчонка серьезно ответила:

— Состояние крайней тяжести, без отрицательной динамики.

— Что? — не поняла я.

Девица перестала корчить из себя Гиппократа и сказала:

— Плохо ей, но хуже не делается.

— Поговорить можно?

— Больная интубирована.

— Что? — снова не сообразила я.

Медсестра вновь перешла на человеческий язык:

— У нее в горле трубка. И вообще в реанимацию пускают только в крайнем случае.

— Мой случай как раз такой, — заверила ее я.

— Типун вам на язык, — в сердцах заявила «Флоренс Найтингейл», — глядишь, поправится скоро. Запишите телефончик, завтра позвоните.

Поняв, что больше ничего не узнаю, я поехала домой. В коридоре, едва опустив на пол пакет с курицей и солью, сразу сообразила, что Кирюшка дома. Посреди прихожей валялась его новенькая пуховая курточка, чуть поодаль ранец, сапоги и шарфик.

— Ты где? — закричала я.

В ответ — тишина. Испугавшись, я побежала в его комнату и нашла мальчишку на кровати.

— Что с тобой?

Кирка поднял голову:

— Горло очень болит.

Глаза мальчика лихорадочно блестели, лоб оказался горячим, он заболел! Но я хорошо знаю, как следует действовать в подобной ситуации, сама все детство провела в кровати.

Через полчаса довольный Кирюшка пил на кухне обжигающий чай. Я положила в чашку три ложечки сахара и налила яблочного уксуса. Еще надела на мальчишку теплую фланелевую пижаму, а на горло поставила водочный компресс. На ноги, преодолевая слабое сопротивление, натянула толстые носки из деревенской шерсти.

— Кусаются, — ныл Кирюша.

— Ничего, зато теплые.

— Чай кислый!

— Зато полезный!

— Горло чешется, сними шарф.

— Только через час, — грозно заявила я и добавила: — Впрочем, больной ребенок имеет право на капризы. Можешь выразить три разумных желания, постараюсь их осуществить.

Кирюшка оживился:

— А на какую сумму?

Я открыла кошелек, призадумалась и ответила:

— Сто рублей.

— Крабовые палочки, чипсы «Принглс», новый детектив из серии «Черный котенок», — выпалил ребенок. — И чтобы прямо сейчас.

— Ладно, — охотно согласилась я, — вот поставлю курицу и сбегаю.

Кирюшка с изумлением глядел на соль, заполнившую сковородку.

— Ты уверена, что это можно съесть?

— Абсолютно, — заверила я и понеслась к метро.

Через полчаса у нас был полный порядок. По квартире разливался восхитительный аромат, совсем не хуже, чем у Ани. Кирюшка влез под одеяло, обложился книжками и захрустел чипсами. Я села на кухне, вытащила записную книжку Катукова и уставилась на странички. Хорошо настоящим милиционерам. У них и впрямь существуют специальные службы для дешифровки кодов, а что делать мне? Ряды цифр казались бесконечными. В школе у меня по математике всегда была тройка, поставленная жалостливой учительницей Валентиной Сергеевной. На самом деле я не заслуживала даже кола, потому что единица — это уже оценка, подразумевающая хоть какието знания, мои же ограничились только таблицей умножения, причем до сих пор путаю: четырежды семь будет в результате двадцать семь или двадцать восемь?

— Цифровой код, здорово, — раздался за спиной голос мальчишки.

— Немедленно ложись в кровать, — автоматически велела я. — Зачем снял носки?

— Кусаются, — заныл Кирюшка, — лучше Мулю положу под одеяло.

Я вспомнила ровное тепло, исходящее от мопсихи, и согласилась.

— Тогда уж и Аду тоже, по мопсу на ступню.

Кирик хихикнул и спросил:

— Зачем записи зашифровала?

— Это не моя книжка, хотела прочитать, да, видно, не получится.

— Почему?

— Закодировано.

— Ерунда, — сообщил Кирюшка и ткнул пальцем в строчку: — Вот здесь написано — Соколов Юрий Николаевич, десять тысяч долларов.

Я ахнула:

— Откуда знаешь?

Мальчик засмеялся:

— Элементарно, Ватсон. Детский шифр, про такой всякому известно.

— Мне нет.

— Берешь алфавит, — принялся пояснять Кирюшка, — и каждой букве присваиваешь номер А — 1, Б — 2. Поняла? Проще некуда. Иногда меняют местами гласные и согласные, часто записывают комбинации из трех цифр. Допустим, 642, но тогда следует знать, какая из цифр главная 6, 4 или 2... Можно еще накладывать специальную сеточку, тогда нужные числа появятся в окошечках.

— Откуда ты все знаешь?

— Читайте детективы — источник знаний, — ответил Кирюшка.

В общем, он прав, только в криминальных историях, попадающих в мои руки, не было «информации» о шифрах. Я стала читать «про убийства», выйдя замуж, в детстве мамочка не позволяла трогать Конан Дойла, Стивенсона и Ника Картера даже щипцами. Мамуля считала захватывающие истории низкопробной поделкой, и мне предлагалась для прочтения классика — Толстой, Горький, Чехов, ну в крайнем случае Виктор Гюго, а вот Дюма — никогда. Результат налицо — я тихо ненавижу прозаиков и поэтов, гордость и славу мировой литературы, зато трясусь от вожделения при виде любой обложки с изображением окровавленного кинжала.

В прихожей послышались возня собак и бодрый голос Юли:

— Ой, как пахнет!

— Слышишь, Кирка, — перешла я на шепот, — можешь расшифровать?

— Как два пальца описать, — возвестил помощник.

Я хотела было заявить, что так говорить крайне неприлично, но «Джеймс Бонд» уже унесся, совершенно забыв про больное горло, простуду и кашель.

Только две домашние тапки сиротливо остались стоять возле мойки.

Запеченная курица произвела эффект разорвавшейся бомбы. Сережка облизнулся и спросил:

— Надеюсь, это не раскрашенный гипсовый муляж?

Я молча отодрала румяную ножку и положила Юлечке, вторая перекочевала на тарелку к раскрасневшемуся Кирюшке.

— Погоди, погоди, — занервничал Сережка. — А мне?

Я почувствовала глубокое моральное удовлетворение и, довольно улыбаясь, ответила:

— Боюсь, Серджио, тебе не понравится.

— Ну прикол, Серджио, — завопил Кирюшка, — ну кликуха!

Юлечка старательно жевала ароматную курятину, Сережка подцепил крылья и проглотил их в момент.

— Класс, — сообщил он, облизывая пальцы. — Слышь, Лампадель, если так здорово умеешь готовить, какого черта придурялась?

Я молча собрала начисто обглоданные кости и оставила вопрос без ответа.

ГЛАВА 11

На следующий день, ровно в восемь утра, у меня в руках оказался блокнот с записями. Костя Катуков и впрямь, как зануда-бухгалтер, тщательно вел учет.

«17 мая, Ковалев Роман Степанович, документы. Вернул 24 мая. 2 июня, Пашина Людмила Васильевна, кольцо, серьги, браслет, вернул 27 июня...» — и так далее. Последние записи выглядели так: «Соколов Юрий Николаевич, 10 тысяч долларов, Романова Екатерина, документы, Фирсов Петр Мокеевич, часы, и Филимонова Галина Антоновна, записная книжка». Тут же указывались телефоны и адреса, только не было ясно, рабочие или домашние. Графа «вернул» против этих фамилий не содержала ничего: ни крестика, ни галочки, Филимонова вообще оказалась последней...

Я подергала себя за волосы и крикнула:

— Слышь, Кирюша, как ваша фамилия?

— Романовы, — донесся ответ.

Удивившись тому, что мы оказались однофамильцами, я все же решила уточнить и поинтересовалась:

— А мамина?

— Мы все Романовы, — пояснил мальчишка, появляясь на пороге.

— Надень носки, — на автопилоте сказала я и добавила: — Думала, у вас с Сережей фамилия отца.

— Ну, во-первых, тогда бы они оказались разные, — отметил Кирюшка, — а во-вторых, у нас нету папы и никогда не было, мамуся сыночков в капусте обнаружила.

Я не нашла достойного ответа на данную сентенцию.

— Лампочка, — поинтересовался Кирюшка, — а больного, умирающего ребенка три желания исполняются один раз или во время болезни каждый день?

Я погасила улыбку:

— Пожалуй, каждый день, но это при условии, что ребенку совсем плохо.

— Он почти труп, — подпрыгнул Кирюшка. — А на какую сумму может рассчитывать инвалид?

— Пятьдесят рублей.

Мальчишка пригорюнился.

— Ты уже все книги прочитал? — удивилась я.

Кирик покачал головой:

— Хотел пазл.

— Что?

— Такую картинку собирать из кусочков, но они дорогие. Слушай, Лампочка, а можно объединить сегодняшние и завтрашние желания? Сегодня принеси мне пазл, большой, с машиной, а завтра ничего.

— Подумаю, — пообещала я.

Мальчик с ужасающим топотом понесся к себе.

Я набрала номер телефона Соколова и услышала глухое:

— Алло.

— Юрий Николаевич? Вас беспокоит знакомая Кости Катукова, вы давали ему на сохранение деньги...

— Ну, — настороженно донеслось из мембраны, — Костя погиб...

— Так вот, хочу вернуть вам доллары.

— Просто не верится, — обрадовался мужик, — подъезжайте ко мне, жду с нетерпением.

— Козловский, восемь?

— Точно.

Окрыленная успехом, я вытащила куртку и крикнула:

— Вернусь часа через два!

— Про пазл не забудь, — напомнил «умирающий».

В квартиру к Катукову я вошла как к себе, подняла подоконник, вытащила зеленые банкноты и тщательно пересчитала. Их оказалось ровно сто, не слишком большая пачка, но и не маленькая. В прошлой жизни в моем элегантном кошельке из змеиной кожи лежала кредитная карточка, подразумевавшая наличие больших денег, но они были безличны. Расплачиваясь в магазине, я вытаскивала пластиковый прямоугольник и никогда «живые» доллары. В случае утраты такую карточку легко заблокировать, и чужой человек не воспользуется вашими накоплениями. Сейчас же перед моими глазами предстала кучка зеленых листочков. Везти крупную сумму просто в кармане не хотелось. Недолго думая, я стащила пуловер и распределила богатство в лифчике, потом поглядела в зеркало. Бесстрастное стекло отразило полногрудую даму с довольно тощей шеей. Посчитав приго-

товления законченными, я поехала в Козловский
переулок.

Юрий Николаевич изъяснялся по телефону приятным теноркоm, и я ожидала увидеть невысокого
худощавого мужчину, но на пороге возник просто ги-
гант. Рост около двух метров, шея, как у нашей Рейчел задница, лопатообразные руки и сильно выпирающий вперед живот любителя пива.

— Вы от Катукова?

От страха я пискнула, словно мышь, попавшая в
капкан:

— Ага.

— Идите в гостиную, — велел слонопотам.

Я почувствовала себя неуютно, но повиновалась.
В большой захламленной комнате хозяин сел возле
концертного рояля и зажег настольную лампу. В этом
был свой резон. Серая, хмурая погода превратила утро
в вечер. Свет упал на лицо толстяка, и я чуть не упала.
Передо мной сидел известный, почти гениальный
пианист Юра Соколов. Когда-то мы вместе учились в
консерватории, правда, Юрка был на три года старше
и уже тогда подавал огромные надежды. Тучен он был
точно так же, постоянно сидел на диете, но вес потерять не мог. Наверное, и сейчас мучится, потому что
на небольшом столике стояло несколько баночек с
лекарствами, и среди них яркая упаковка дорогих и
популярных витаминов «Витаформ». Сразу нахлыну-
ли неприятные воспоминания.

Несколько лет тому назад, польстившись на рек-
ламу, я заказала по телефону в телемагазине «Витаформ». Заказ доставили поздно вечером, после ужи-
на, часов в одиннадцать. Наташа уже легла, и Михаил, чертыхаясь, сам открыл дверь. Через пару минут
он влетел в спальню и накинулся на меня чуть ли не
с кулаками:

— Можно ли быть такой дурой и покупать любой
товар, показанный с экрана.

Глядя на его красное от злости лицо, я безумно

удивилась. Мой интеллигентный, слегка занудливый, крайне спокойный и очень богатый муж взбесился! И из-за чего? Чем ему так не понравилась баночка стоимостью около десяти долларов? Да когда я в марте заказала брильянтовое колечко за пятьсот, он только улыбнулся и вымолвил:

— Теперь к нему нужны сережки.

Вообще это был первый и единственный раз, когда супруг выразил недовольство мной, да еще разорался и затопал ногами. Несчастная баночка полетела в помойку.

На следующий день муж явился около десяти вечера и подал упаковку с яркой голографической наклейкой. Я повертела коробочку — фирма «Ирвинс Нечурлз», препарат «Продление жизни». Сверху красовалась цена. Я почувствовала, что ничего не понимаю. Этот комплекс витаминов стоил около семидесяти долларов, намного дороже выброшенного вчера с воплем «Витаформа».

— Извини, — покаянно произнес муж, — сам не знаю, ка́кая вчера муха меня укусила.

— Бывает, — великодушно простила я провинившегося.

— Дорогая, у тебя чудный характер! — умилился муж. — Но пей лучше эти витамины, «Витаформ» не бери никогда.

— Почему?

— Они мне не нравятся, — последовал ответ.

Я промолчала. В конце концов, мой супруг — существо без недостатков, ну должны же у него быть хоть какие-нибудь отрицательные качества.

Я покорно стала принимать «Продление жизни», а вид яркой упаковки «Витаформа» вызывает до сих пор неприятные воспоминания.

— Вы явились, будто ангел надежды, — пропел Юра и близоруко прищурился.

Я слегка успокоилась. Еще в консерватории ему велели носить очки, но Юрка капризничал и заявлял, будто оправа мешает играть, подпрыгивает на носу и отвлекает в самый неподходящий момент. Большей глупости нельзя было и придумать, я перебирать струны могла, сидя даже в каске, а Юрасик жутко кривлялся...

То ему было холодно в классе, то жарко, то било солнце, и преподаватели покорно задергивали шторы. Они стойко терпели все капризы Соколова, считая его гением. Впрочем, и сейчас, говорят, Юрий Николаевич доводит почти до обморока организаторов концерта, требуя за кулисами минеральной воды «Ессентуки № 17» без газа. Бедный администратор чайной ложечкой выгоняет из напитка пузырьки... Но предел всему — стул. Юра отказывается даже приближаться к роялю, если около того не стоит вполне определенное сидалище — коричневого дерева с темно-зеленой подушкой. Если сиденье красное, бордовое, желтое — ни за что даже на сцену не выйдет, только темно-зеленое, и баста!

Причем требований к самому инструменту он не предъявляет никаких и одинаково гениально играет на антикварном «Бехштейне» и жутком фортепьяно «Красный Октябрь». Ему без разницы, какой рояль под руками. К слову сказать, какая-нибудь дребезжащая «Лира» моментально преображается, как только Юра приближается к клавиатуре, откуда только в рассохшемся «гробу» брался мощный и чистый звук! Так что к роялям у него претензий нет, но стул — это святое.

Мне же было важно, что он по-прежнему из кокетства не носит очки, значит, не должен меня узнать. Так и вышло.

— Как вас зовут, удивительная женщина?

— Евлампия, — ответила я и попросила: — Отвернитесь на минутку.

Пианист отошел к окну, я вытащила доллары и положила на журнальный столик.

— Посчитайте, пожалуйста.

Юра замахал руками:

— Что вы, я абсолютно уверен, что все на месте.

— Все-таки проверьте.

Соколов пошелестел бумажками. Когда начал выравнивать стопку, я принялась излагать придуманную по дороге историю:

— Не могли бы вы мне помочь, Юрий Николаевич...

— Для вас, дорогая, что угодно.

— Мы с Котей работали вместе, я была у него на посылках, но хорошо знала, где Катуков хранит вещи, взятые у людей. После его смерти хотела сама заняться этим бизнесом, но не знакома ни с кем из клиентов. К тому же сейчас у меня на руках парочка весьма ценных вещей, и их следует отдать владельцам... Может, вы знаете, кто из ваших приятелей обращался к Косте?

— Как же вы про меня узнали? — изумился Юрка.

— А в долларах лежала записка, — выкрутилась я.

Пианист удрученно покачал головой:

— Увы! Нас познакомила Яна Михайловна.

— Яна?!

— Ну да, она близкая подруга моей жены, вот и посоветовала Костю. Изумительный оказался человек! Думаю, вам будет трудно его заменить.

— Почему?

— Понимаете, он мог абсолютно все: что ни попроси — сделает. Причем совершенно молча, только цену назовет. Я его в свое время Филимоновой Галине порекомендовал. У Галочки сын балбес, попал в тюрьму, она, бедняжка, все глаза выплакала, адвокаты только деньги тянули, а суд все откладывался и откладывался... Ну и попросили Костика присоветовать какого-нибудь хорошего юриста, и он враз дело уладил, парень получил условный срок. Больше никого и не знаю, кто к нему обращался. Понимаете, Костя обделывал деликатнейшие дела, не всякий захочет афишировать свое знакомство с ним!

Я вздохнула: что же, здесь больше ничего не узнаю!

Юра протянул мне три бумажки.

— Возьмите.

— Не надо.

— Почему? Столько Костя брал за хранение. Вы честный человек, вернули деньги и должны быть вознаграждены... И потом, как думаете заниматься бизнесом? Оказывать услуги бесплатно?

Пришлось признать его правоту и принять доллары.

— Позвоните, пожалуйста, Филимоновой и представьте меня.

— С удовольствием, — ответил пианист и схватился за телефон.

Галина Антоновна очень настороженно произнесла:

— Алло.

— Должна передать вам книжечку, оставленную у Катукова.

— Только не везите домой, — испугалась вдруг женщина, — давайте встретимся в городе.

Мы договорились на два часа в кафе «Жар-птица».

Надевая в прихожей пальто, я словно невзначай спросила у Юры:

— Скажите, а вам Костя ничего на хранение не отдавал?

— Мне? — изумился пианист. — С чего бы?

Я пожала плечами.

— Вдруг попросил спрятать документики и фото...

— Нет, — покачал головой Соколов, — да и зачем ему меня просить? Наверное, были у Катукова более близкие люди...

Я двинулась к двери.

— Простите, — окликнул Юра, — у вас нет сестры?

— Нет, а что?

— Да вот, — замялся пианист, — со мной в консерватории училась девушка, Ефросинья Романова, удивительная красавица. Хрупкая, почти бестелесная. У нее делалось такое жалобное лицо, когда она усаживалась за арфу... Я был в нее влюблен, а подойти стеснялся. Знаете, толстый, неуклюжий — словом, совсем не Ромео... Два года вздыхал, а потом решил, что лучше по телефону... Позвонил, а трубку взяла ее маменька и устроила форменный допрос: кто, откуда, зачем... А в конце сообщила: дочь помолвлена и мне не следует мешаться под ногами. Так и не состоялась любовь. Сейчас бы я наплевал на ее матушку, но тогда, провинциальный мальчик, воспитанный учительницей, был полон дурацких принципов. У меня долго екало сердце, когда видел в зале русые волосы, у нее был изумительный цвет шевелюры, словно паутина на солнце...

Я натянула поглубже на брови шапочку и отступила к лестнице.

— Вы похожи на нее фотографически, — настаивал пианист, прищуриваясь.

— Бывает такое! — крикнула я и побежала вниз.

В метро стащила вязаный колпачок и уставилась в зеркальце. Бледная кожа, маловыразительные глазки и едва видные брови. Надо же, оказывается, эти торчащие во все стороны лохмы — изумительные локоны! Следом пришел запоздалый гнев. Ну почему мамуся вмешивалась во все? Кто дал ей право распоряжаться моей жизнью, даже из самых лучших побуждений? Кстати, Юрка тоже нравился неудачливой арфистке, и неизвестно, как сложилась бы моя судьба, поговори я с ним тогда по телефону...

Я покачивалась, стоя у двери, чувствуя, как в груди копится горечь. Мамулечка хотела избавить дочурку от всех жизненных невзгод, прятала под крыло, и в результате — годы моей жизни пошли псу под хвост. Внезапно я поняла — именно мама виновата, что на пороге четвертого десятилетия я не умею ничего. Впрочем, нет, могу изумительно приготовить курицу...

Внезапно на смену горечи и унынию пришла злость. Ну, Ефросинья, сама хороша. Мамочка давно в могиле, а ты все живешь по заведенному ею порядку. И вообще, Фроси больше нет, она умерла, погибла под колесами автомобиля... В вагоне сейчас едет Евлампия, совершенно другой человек — умная, ловкая, сообразительная, талантливая, артистичная... На нее можно положиться, все такой удается.

«И документы найду, — думала я, закрыв глаза, — и Катю выручу, разберу дурацкую квартиру, научусь готовить».

— Станция «Пушкинская», — объявил машинист.

Я выскочила на платформу. Поезд захлопнул двери, на секунду мне показалось, что в самом углу сидит, сгорбившись, худенькая женщина с несчастным выражением лица. Внезапно правая рука помахала убегавшему составу — прощай, Фрося, надеюсь, больше не свидимся.

ГЛАВА 12

Хорошо еще, что Константин жил в безобразно большом доме без лифтера. Будь здание поменьше или сиди в подъезде бдительная бабулька, меня бы уже давным-давно арестовали. А так я вновь вошла в квартиру, вытащила книжечку, потом, подумав, забрала и золотые часы. Ну не ходить же сюда постоянно!

Вбегая в «Жар-птицу», я внезапно подумала: а как я узнаю нужную женщину? В большом зале, заставленном простенькими пластиковыми столами и дурацкими изогнутыми стульями, оказалось полно посетителей. Люди с аппетитом жевали пироги, булочки и пиццы.

Поозиравшись минуты две, я увидела, как дама, сидящая в самом углу, помахала рукой. Подойдя к столику, я спросила:

— Вы Галина Антоновна?

Дама кивнула. Выглядела она безупречно: элегантная шубка, умеренный макияж, изумительный парфюм, дорогая кожаная сумка... Впрочем, лицо напряженное, нервное, и было понятно, что под слоем тональной пудры спрятана бледность.

— Давайте, — потребовала Филимонова командным тоном богатой женщины.

Я выложила на стол потрепанный блокнотик. Собеседница моментально схватила его, сунула во внутренний карман шубки и расслабилась.

— Давайте помянем Костю, золотой человек погиб!

Я оглянулась к стойке — там не было ничего даже похожего на бутылки.

— Принеси два пустых стаканчика! — командным тоном велела дама.

По дурацкой привычке повиноваться приказам я было поднялась, но тут же села назад и отрезала:

— Сама сбегаешь!

Галина Антоновна вскинула брови, она явно не привыкла, что ей перечат, но молча пошла к кассе. Потом из дамской сумочки появилась элегантная фляжка. Мне дама плеснула на донышко, себе налила целый стаканчик и тут же опрокинула емкость. Глаза ее маслено заблестели, а из груди вырвался довольный выдох.

«Э, милая, — подумала я, — да ты самая настоящая алкоголичка».

— Золотой человек погиб, — повторила Филимонова, быстро наливая себе следующую порцию, — все умел...

— Да-да, — подтвердила я, — вам он здорово помог.

— И не говорите! — всплеснула руками дама.

Алкоголь оказал на нее моментальное действие. Щеки раскраснелись, из лица ушло напряжение, тревожная складка у губ расправилась, и Галина Антоновна из высокомерной светской дамы превратилась в болтливую простушку, одетую в несуразно дорогую шубу.

— Мой сынишка Володька — балбес, — радостно сообщила Филимонова, — свет не видывал таких идиотов! Ну посудите сами. Сдал экзамены за первый курс и напился, словно свинья. Праздновали они с приятелями удачно сброшенную сессию...

Бутылок, как обычно бывает в таких случаях, не хватило. Володю послали в ларек. Плохо соображавший парень полез в закрытую палатку, сломал дверь, да и лег там спать, не успев ничего взять. Через час его и обнаружил вернувшийся продавец. Завязалась драка. Студент, все детство занимавшийся в секции карате и имевший всевозможные пояса и даны, здорово накостылял по шее возмущенному торговцу, досталось и приехавшему патрулю.

— Всех убью, — кричал Володька, размахивая невесть откуда взявшейся палкой. — Порешу любого!..

Кое-как его скрутили. В отделении милиционеры подсчитали потери и возмутились до глубины души — одному патрульному разбушевавшийся студент сломал нос, другому выбил зуб, третьему поставил изумительной красоты синяк под глазом...

Цеховая солидарность — страшная сила. Когда Галине Антоновне позвонили из отделения, сынулю уже препроводили в СИЗО, известное в народе под именем «Бутырская тюрьма». Вменялись ему страшные вещи — грабеж и нападение на сотрудников правоохранительных органов, в сумме все тянуло лет на десять с конфискацией!

Филимонова бросилась улаживать дело. Мальчишка-продавец, получивший неплохой «гонорар», пожалел студента и был готов забрать заявление. Милиционеры, умасленные суммой «на лекарства», сменили гнев на милость... Но из СИЗО Володя мог выйти только по постановлению суда, а заседание назначили аж на 13 декабря. Судья, к которому Галина Антоновна попала на прием, только развела руками:

— Дело вашего сына и выеденного яйца не стоит, но закон есть закон, ждите зимы.

— Но сейчас только май! — в ужасе воскликнула мать. — Что же ему, из-за глупости почти восемь месяцев в камере находиться.

— В другой раз умнее будет, — отрезала служительница Фемиды, — заседания расписаны, места нет!

В отчаянье Галина Антоновна кинулась по знакомым — искать пути подхода к каменному судейскому сердцу. И тут, на ее счастье, Юрий присоветовал Константина.

Катуков молча выслушал историю и дал телефон адвоката, Зверевой Тамары Леонидовны. Галина Антоновна понеслась к даме. Та спокойно произнесла:

— Четыре тысячи долларов — и в конце мая получите свое сокровище.

Так и вышло. Двадцатого мая состоялся процесс. Суровая судья недрогнувшим голосом зачитала приговор — год с отбытием в колонии общего режима. Галина Антоновна чуть не упала в обморок, но потом услышала, что Вовочка тут же попадает под амнистию и отпускается прямо в зале суда.

— Господи, — воскликнула Галина Антоновна, успевшая к тому времени полностью опустошить фляжку, — всю оставшуюся жизнь за Костю молиться буду!

— Скажите, — поинтересовалась я, — а вас Костя ни о чем не просил?

Филимонова улыбнулась:

— Просил, и очень часто.

— О чем?

— Я работаю гинекологом в больнице, — разоткровенничалась пьянчужка, — вот и посылал ко мне пациентов. Один раз девочку двенадцати лет, в другой — даму без документов. Впрочем, мои услуги хорошо оплачивались, а что имел Константин за посредничество, меня мало волнует.

— Документы никакие не передавал?

— Мне? Нет! Кстати, вот...

И дама протянула триста долларов. Наверное, у Кости такса такая была за спрятанные вещи.

Недрогнувшей рукой я взяла приятно хрустящие бумажки. В конце концов, моя работа тоже должна быть оплачена.

По дороге домой я разменяла одну купюру и получила ворох сторублевых банкнот. Так здорово было ощущать их в кошельке! Раньше деньги не вызывали у меня особых эмоций, они просто всегда были. Зарплата малоизвестной арфистки не слишком велика, когда-то я получала сто — сто двадцать рублей в месяц, а потом вообще перестала зарабатывать, сев на шею Михаилу. Сегодня же в кармане лежала огромная сумма, полученная исключительно в результате собственной находчивости, и я решила устроить праздник.

Для начала выбрала самую большую коробку мозаики, из полутора тысяч кусочков, потом прихватила чипсы, несколько новых книжек, крабовые палочки и бутылку пепси.

В мясном ряду огромный, слегка полноватый мужик вопил:

— А ну, кому мясо, свининка парная, налетай, дешево отдаю, прям бесплатно...

Я подошла к прилавку и осведомилась:

— Чего так орешь?

— Да бес с ним, — отозвалась тщедушная женщина, сидевшая рядом, — как разговеется, так и визжит, ровно кабан недорезанный. Мы уже привыкли, а покупатель пугается, никто около него поэтому и торговать не хочет! Вы возьмите у меня, правда, дешево отдам, билет на поезд в кармане, по пятьдесят рублей, идет?

Цена — просто даром, даже на оптушке за перемороженную грудинку хотят шестьдесят пять. Но что можно сделать с окороком? В голову пришла гениальная мысль.

— Скажите, как быстро и вкусно приготовить свинину? Вот вы, например, куда ее деваете?

Продавщица не удивилась и ответила:

— Беру лопатку или почечную часть и пеку.

— Как?

— Просто в духовке.

— Куплю самый большой кусок, — пообещала я, — только расскажите подробней, совершенно не умею готовить, а за мясо в первый раз берусь.

Торговка улыбнулась:

— Слушай. Моешь свининку, потом делаешь в ней ножом дырочки и засовываешь туда дольки чеснока, солишь, перчишь...

— Сколько?

— Да щепотку-другую. Потом заворачиваешь все в фольгу, аккуратненько, чтоб дырок не было, лучше в два слоя, — и на противень. Часа через полтора-два пальчики оближешь.

— И все?

— Все.

— Давайте этот, — ткнула я пальцем в изумительно красивый, прямо картинный шматок.

Баба вздохнула:

— Хочешь совет?

— Ну?

— Этот не бери.

— Почему, такой симпатичный?

— Здесь рынок, — пробормотала торгашка, разворачивая мясо и показывая хитро спрятанные жилы, — не обманешь, не продашь! Мясо завсегда вели со всех сторон показать. А самый мягкий вот тот.

И она ткнула железной вилкой в малопривлекательный, на мой взгляд, ломоть. Решив поверить, я приобрела предлагаемое и понеслась по рынку дальше.

В квартиру влетела, полная энтузиазма. В кармане много денег, в сумке — продуктов, а в голове — рецепт свинины.

Спустя два часа собаки прочно сели у духовки, изредка шумно вздыхая. Противень, вынутый из духовки, источал немыслимый аромат. Я развернула фольгу, пар вырвался наружу. Рейчел нетерпеливо гавкнула, а мопсы затрясли жирными хвостами и начали подвывать. Примчавшийся Кирюшка откусил кусочек и застонал:

— М-м-м, вкуснее ничего в жизни не ел!

Впрочем, оказалось, что Сережка и Юлька тоже ранее никогда не пробовали запеченную лопатку. Они даже не заметили, что картошка разварилась в лохмотья, так увлеклись поеданием мяса.

— Ну, Лампадель, — бормотал Сережка, — ну, угодила! Плакать хочется, как вкусно.

Я оставила их подъедать последние крошки и пошла к телефону. Фирсов Петр Мокеевич оказался дома и категорично велел:

— Если хотите вернуть часики, приезжайте прямо сейчас, утром, около семи, улетаю.

— Но уже поздно, раньше девяти я не доберусь...

— Тогда придется потерпеть до возвращения, два месяца.

Стеречь шестьдесят дней антикварный брегет, крышку которого украшают крупные, страшно похожие на настоящие, камни? Ну уж нет!

— Диктуйте адрес.

— Новопеределкино, — донеслось в ответ.

Я так и села! Ничего себе, да мне не добраться до богом забытого района к полуночи.

— Ох и не фига себе! — внезапно завопил Сережка. — Откуда в коробочке столько денег?

— Это на хозяйство! — крикнула я, влезая в сапоги.

Честно говоря, черная замша выглядела не лучшим образом. Тонкую ткань покрывали белесые пятна. Да уж, подобная обувь просто не приспособлена для долгих походов по слякотным московским улицам, но других сапог у меня нет. Может, взять денег и купить новые? Хотя и эти еще пока поносить можно, вполне целые, только с виду страшные, лучше, наверное, приобрести Кирюшке качественные джинсы, старые уже совсем обтрепанные...

Сережка молча смотрел на мои мучения с «молнией», потом спросил строго:

— Лампа, где взяла баксы?

— Заработала.

— Где?

Я со стоном выпрямилась и поинтересовалась:

— Какая разница?

— Большая.

— Мне вернули долг.

— А куда сейчас собираешься?

— По делам, — уклончиво сообщила я, застегивая пальто.

— Надо же, — хмыкнула пришедшая Юля, — получили вторую маменьку, тоже хитрит и что-то скрывает! Надеюсь, Лампа не вляпается в неприятности, как Катя.

— Когда вернешься? — не успокаивался парень.

Я прикинула в уме путь туда-назад и ответила:

— Наверное, около полуночи, но не волнуйтесь, если позже.

— Ладно, — пробормотал Сережка и потянулся за курткой.

— А ты куда? — насторожилась я.

— Знаешь, Лампадель, не могу же я дать погибнуть человеку, столь изумительно готовящему свинину. Так и быть, поработаю у тебя шофером.

— Не надо, — испугалась я, — иду на свидание с мужчиной!

— Хоть с китайским императором, — хмыкнул Сережка, застегивая куртку, — не бойся, свечку держать не стану, внизу посижу, в «Форде», милуйся со своим мужиком сколько душе угодно.

— Это деловая встреча...

— Лампадель, ты катастрофически нелогична, — бубнил Сережка. — Сначала уверяешь, будто свиданка, потом, что дела... От такого несоответствия в моей голове роятся гадкие подозрения, а желание не отпускать тебя далеко без поводка только крепнет.

Он вытолкнул меня за дверь. Во дворе «шофер» принялся обхлопывать карманы, потом горестно вздохнул и заорал:

— Юлька, сбрось ключики!

Из форточки вылетела связка и брякнулась около капота.

— А что, Катя часто попадает в неприятности? — спросила я, когда Сережка, притормозив у светофора, принялся раскуривать сигарету.

— Ага, — ответил любящий сын, — прямо из дома выпустить нельзя. Просто чучело, а не мать. У других, поглядишь, родительницы как люди — сто кило весом, сидят дома, щи варят. А наша, — он махнул рукой, — мрак.

— Она ведь хирургом работает? Аппендицит, грыжа, да?

— Нет, щитовидную железу оперирует, ювелирная работа, не всякий мужчина такую выполнит, между прочим, имеет высшую категорию, к ней больные в очередь толпятся, только... — И он захохотал, выпуская клубы.

Я вдохнула густой дым и отчего-то не закашлялась, как всегда. Наоборот, запах табака напомнил о папе, сидящем в кресле с толстой книжкой. Вот он откладывает большой том и, попыхивая сигареткой, ласково осведомляется у меня: «Почему грустный, Рыжик, опять двоек нахватал?»

Отогнав непрошеные воспоминания, я поинтересовалась:

— Только что?

— Прихожу как-то к ней в отделение, она заведующая, да неудачно, как раз время обхода. Все несутся по коридору, а мать впереди в голубой пижамке, маленькая, с виду ей тридцати не дашь. Ну, влетает эскадрон с шашками наголо в палату, а там новый больной, только поступил и с ведущим хирургом еще незнаком... Свита докладывает: мол, Иванов Иван Иванович, готовим к операции, анализы, УЗИ...

Мамулек головой кивает и уже мысленно скальпель точит... Вдруг больной начинает возмущаться. Мол, что за дела, ложился к светиле, кандидату медицинских наук Романовой, а вы меня какой-то девчонке под нож суете... Да ей сколько лет? Да она институт закончила? Врачи пересмеиваются, сестры глазки потупили, а Семен Петрович, другой хирург, важный такой, толстый, в очках, просто картинный профессор, вальяжно сообщает:

«А это, батенька, и есть Романова!»

За сим следует немая сцена. И главное, что подобная ситуация повторялась не раз. Ее кое-кто из больных за «судном» посылал. И ничего, сбегает, принесет, а когда шоколадку протягивают, возьмет и мило так прочирикает: «Спасибо». Никакой солидности, все бегом, вприпрыжку, а уж в быту...

— Она плохо готовит?

— Не знаю, — ухмыльнулся Сережка, — ее никогда нет.

— Целыми днями на работе?

— Говорю же, ненормальная, — хмыкнул парень, — ей всех жаль. Сколько она народу домой тащит! То старуху родственники забирать не хотят — пожалуйста, у нас живет, то бомжиху приволокла, та в подъезде спала, то родственнички наедут. Это сейчас ноябрь, холодно, вот все по своим городам и сидят, а лишь весной запахнет, великое переселение народов начинается: бабушки, тетушки, дядюшки, племяннички и племянницы, седьмая вода на киселе... Четыре раза замуж выходила и ухитрилась ни с кем не поругаться. Наши папеньки с их новыми женами, их детки — дорогие гости... Знаешь, откуда у нас столько животных?

— Откуда?

— Вторая жена третьего мужа маменьки держит собачий питомник, на продажу мопсов выращивает. Мулю и Аду выбраковали как некондиционный товар, на таком деньги не сделаешь. У первой прикус не удался, у второй задница не так подвешена. Словом, их хотели усыпить. А тут маменька в гостях случилась, да еще с Кирюхой. Вот и забрали, месяц выкармливали. Кошки — с помойки!

— И белый Клаус! — ахнула я. — Роскошный перс!

— Это он сейчас роскошный, — хихикнул Сережка, — после пяти курсов витаминов и усиленного питания. А когда его Юлька в мусорном бачке нашла, больше на облезлую мышь походил. Семирамида вообще, думали, подохнет. Прикинь, она картофельную кожуру жрала! Зато сейчас морду от говядины воротит, подавай телятинку!

— А Рейчел?

Сергей приумолк и принялся с преувеличенным вниманием вглядываться в даль.

— Стаффордшириха как у вас оказалась?

— Сосед у нас из третьей квартиры, — неохотно забормотал парень, — женился, а Рейчел как раз полгода исполнилось. Ну его молодая жена и давай скандалы закатывать: щенок писается, убирать надо, кормить, гулять. Словом, или я, или собака! Иду вечером, а Рыжуха около подъезда сидит и воет. Холод, она, бедняга, околела. Я решил, что потерялась, привел ее к ним домой, а там эта баба с порога заявляет: «Мы собаку выгнали, нечего назад тащить!» Пришлось к себе забирать.

Я усмехнулась: все вы хороши, кто собак подобрал, кто кошек, интересно, жабу Гертруду где раздобыли?

— Сколько лет Кате?

— Тридцать восемь.

Я оторопела:

— А тебе?

— Двадцать четыре.

— Она тебя родила в четырнадцать лет?!

— Нет, — вздохнул Сережка, — просто мать (Катя) первый раз выскочила замуж в восемнадцать, за моего отчима. Вообще история такова. У меня есть сестра. Она вышла замуж за Филиппа очень рано, ей только-только восемнадцать стукнуло. Родители наши умерли, вот так и вышло, что я с ней жил и с бабушкой. Мне два года — ей семнадцать. Ну а как бабуля умерла, Светка быстренько замуж вылетела, да они с Филей всего шесть месяцев прожили, потом Света слиняла, а я остался с Филиппом. Он мужик неплохой, только с маленьким ребенком трудно. Тут ему Катерина и подвернулась, тоже молоденькая и тоже больше полугода с ним не выдержала. Только при разводе она меня забрала, в качестве, так сказать, компенсации за неудачный брак. Так несчастный мальчик-сирота обрел кров и стол.

И он оглушительно захохотал.

— А Кирюшка?

— Он ей на самом деле племянник, — хмыкнул Сергей, — или не знаю, как правильно родство назвать. У нее сестра есть, вот она Кирку и родила.

— И куда делась?

— В Израиловку уехала, за лучшей жизнью. Кирюшке тогда два месяца стукнуло, обещала скоро забрать, за двенадцать лет две открытки прислала, на Новый год, без обратного адреса. Так что он подкидыш.

— Катя еврейка?

— Ты баркашовка? — спросил Сергей.

— Просто любопытно.

— Нет.

— А как же сестру в Израиль впустили?

— Катина мать вышла в третий раз замуж за вдовца с ребенком, — пояснил парень, — вот так сестричка и получилась. Лев Яковлевич умер, а Анна Ивановна потом двоих воспитывала, только генетика — страшная вещь. Инна в свою покойную мать удалась, та тоже ребенка бросила.

«Да, — подумала я, — генетика и впрямь интересная штука. Похоже, традиции Катиной семьи имеют глубокие корни».

— Анна Ивановна, царство ей небесное, — как ни в чем не бывало продолжал Сережка, — тоже без головы была, ну прямо как мать. К ней в дом по восемь-десять человек поужинать прибегали, подруги годами жили, несчастные всякие, собаки, кошки, мрак!

Он покачал головой.

— Ты, если не секрет, откуда мать знаешь?

— Она меня на шоссе подобрала, в луже.

— Ясно, — не удивился Сережка и сообщил: — Гляди, приехали.

Я выглянула в окно. «Форд» замер возле большого блочного дома, внизу сверкал огнями супермаркет «Перекресток».

ГЛАВА 13

Пока жалобно поскрипывающий лифт возносил меня на семнадцатый этаж, в голове толкались мысли. Раньше всегда казалось, что дети — сплошные неприятности, цветы жизни на могиле родителей... А теперь казалось, совсем неплохо иметь сына, такого, как Сережка или Кирюшка, впрочем, девочка тоже бы подошла...

Лифт лязгнул створками, и я уткнулась носом в запертую дверь. Выглядела она, как неприступный бастион: сплошь железная, без ручек и замочных скважин. Интересно, как ее отпирают?

Звонка я не услышала, и прошло, наверное, минуты две, пока откуда-то из-под потолка донеслось:

— Кто?

— Романова, привезла часы.

Дверь тяжело подалась, и на пороге возник седой худенький старичок в бархатной куртке и теплых войлочных тапочках.

— Проходите, ангел любезный.

Впереди поджидало еще две двери — одна железная, другая деревянная. Старичок гремел бесчисленными задвижками, запорами и лязгал щеколдами. Потом весьма энергично пошел, даже побежал по длинному коридору. Удивившись такой прыти в преклонном возрасте, я поспешила за ним.

— Идите, идите, милейшая, — частил старичок, влетая в комнату.

Я внеслась следом и ахнула. Две стены почти двадцатиметрового помещения забиты полками с книгами. Третья — полностью завешана картинами, четвертая — занята огромным окном, а оставшийся простенок сверкает фарфоровыми фигурками. Впрочем, в гостиной было негде повернуться. Два дивана, затянутых парчой, пара вельветовых кресел, небольшая деревянная стремянка, торшер в виде мальчика с фонарем, штук восемь пуфиков, круглый стол, накрытый кружевной скатертью, стулья... Места, чтобы двигаться, просто не оставалось...

Петр Мокеевич ловко протиснулся к креслу и велел:

— Садитесь!

Я вытащила часы и, положив на стол, сказала:

— У вас прямо музей, впору всю квартиру на хранение сдавать, а не один брегет.

Фирсов мелко рассмеялся и довольно потер руки:

— Апартаменты, между прочим, подключены на милицейский пульт.

— Зачем же тогда часы Косте сдавали? — изумилась я. — Хотя, наверное, «луковица» — самое дорогое, все-таки золото с бриллиантами.

Петр Мокеевич залился хохотом:

— Вот, душечка, вы и попались. Часики-то просто

из металла, правда, позолоченные, а камушки — горный хрусталь. Но в одном вы правы — этот бережет самое дорогое, что у меня есть. Даже если сюда залезут воры и унесут все, погорюю, конечно, да забуду, а вот часы...

— Почему?

— Подарены моему деду и служили настоящим талисманом для мужчины. От него попали к папеньке, а уж потом ко мне, подлинный раритет для семьи, а для постороннего человека не слишком дорогая игрушка. Лучше скажите, как они к вам попали. Я, честно говоря, когда о гибели Костика прочитал...

— Прочитали?

— Ну да, газета «Московский комсомолец» сообщила.

И он сунул мне в руку смятый листок. Я расправила страницу и побежала глазами по строчкам: «Вчера в своей квартире был найден мертвым актер театра «Рампа» Константин Катуков».

— ...Просто жутко разволновался, — частил тем временем старичок, — подумал: все, теперь не выручу бережет, а тут вы, словно ангел с благой вестью. Как они к вам попали?

И он снова потер ладошки.

— Мы работали в паре, после кончины Кости дело перешло ко мне.

— Чудненько, — вновь обрадовался хозяин, подпрыгивая в кресле, — значит, теперь АЭУ ваше, чего же принесли? Мне улетать завтра в Америку, вот и караульте мое достояние.

— АЭУ? — удивилась я. — Что это?

Петр Мокеевич засмеялся. Надо же, какой смешливый старичок.

— Агентство экстремальных услуг, Костик так свою «фирму» называл, неужели не слышали?

— Слышала, — буркнула я, — только сразу не сообразила, а часы пока взять не могу, моя квартира не оборудована так, как Костина.

— Понимаю, — неожиданно серьезно кивнул Фирсов. — Насколько я знаю, он очень тщательно следил за безопасностью, я ведь, честно говоря, поинтересовался, надежен ли тайничок, и он заверил, что все в полном порядке. Да, дело у него было поставлено здорово, имя имел доброе, вам, деточка, будет без него трудно. Деликатнейшие вещи делал.

— Какие?

Фирсов вздохнул:

— Вот не знаю, но его матушка, простая душа, иногда жаловалась мне, что Костя иногда ей из дома выходить не разрешал. Мол, сиди, мама, жди звонка от имярек да скажи то-то и то-то. Безупречной честности и редкой обязательности дама.

— У него есть мать?

— Что вас так удивило? У каждого имеются маменька и папенька...

— Его родители живы?

— Отца не имел чести знать, он вроде давно скончался, чуть ли не в год рождения мальчика.

— А мать?

— Была жива, но сейчас не знаю. Видите ли, мы с Анной Федоровной вместе работали, потом она вышла на пенсию, и отношения прервались. Хотя полгода тому назад, я как раз в Америку улетал, Костик попросил: «Петр Мокеевич, оставьте мне ключи от своей машины, мама приболела, а мой кабриолет умер». Мы с ним и договорились полюбовно. Он «Жигулями» пользуется, техосмотр пройдет и ни копейки с меня за хранение «будильника» не возьмет. Ну а в прошлом месяце я привез Косте часики и спросил: «Как самочувствие милейшей Анечки?» А он ответил: «Спасибо, скрипит помаленьку».

Ночью я вертелась на диване, распихивая Мулю, Аду и Рейчел. Собаки недовольно ворчали, им не нравилось, что я пытаюсь вытянуться. Оставив бесплодные попытки, я легла на бок и подтянула ноги к подбородку. Моментально Муля шлепнулась на уютное местечко между моим лицом и коленями, Ада привалилась сзади, пониже спины, а Рейчел, шумно вздыхая, пролезла к стенке и зашвырнула на меня тяжеленные лапы. Но отчего-то псы не раздражали, просто занимали слишком много места. Наверное, летом мне не понравится спать в собачьей стае, зимой же даже приятно, уютно, тепло... Батареи в квартире — маленькие «гармошки», и в комнате стоит зверский холод. Сегодня с утра, пока я прогуливала девочек, одна из соседок пожаловалась, что засовывает вечером в кровать пару грелок и все равно чувствует себя как в могиле. Я же ложусь в теплую норку, нагретую боками мопсих и стаффордширихи...

Но сон все не шел, в голову лезли всякие мысли. Я попробовала привести их в порядок. Итак, что известно. Некто убил Костю Катукова. Почему? Предположим, из-за документов. Хотя, наверное, полно других поводов. Вообще, чем больше я узнавала информации об актере, тем страннее он казался. Оборудовал дома тайники, брал вещи на хранение и... давал ключи любовницам! Причем трем сразу! И при этом надеялся, что бабы не столкнутся друг с другом. Он или полный идиот, или мазохист, получающий удовольствие от экстремальных ситуаций. Хотя до сих пор ему все сходило с рук, и бабы не пересекались, и ценности спокойненько лежали в отведенных местах. Неприятности посыпались только сейчас, если возможно назвать смерть неприятностью. И почему он отдал мне пустой портфель? Странный шаг. Отчего даже не впустил в квартиру? Высунул лишь руку с золотыми часами...

Внезапно я так и подскочила на диване. Муля и Ада обвалились на пол, будто спелые груши. Но мне было недосуг слушать их обиженное сопение. Часы!

У музыкантов, даже таких бесталанных и ленивых, как я, отлично развита зрительная память, и перед глазами моментально встали две картины. Вот крепкая, ширококостная рука с запястьем объемом с мою талию просовывает в узкую дверь черный портфельчик. Возле кисти сверкают вульгарно дорогие, отвратительные золотые часы. Просто кошмар, а не прибор для измерения времени. Циферблат — размером с блюдце, и на нем нарисована русалка с голой грудью. Если бы подобную вещь подарили Михаилу, он моментально вышвырнул бы ее в окно. Я видела подобные изделия в ГУМе и, честно говоря, всегда искренне удивлялась: ну кто станет покупать подобное дорогостоящее уродство, когда «Лонжин», элегантный и интеллигентный, можно приобрести за меньшую сумму?

Следом память услужливо подкинула иную картинку. Диван, на котором спит вечным сном Константин. Я тяну его за плечи, тело покорно поддается, левая, страшно обрубленная, рука украшена плоскими часами фирмы «Лонжин» на дорогом ремешке из змеиной кожи. Мой глаз невольно зацепился за эту вещь, так как буквально на днях я вертела похожие часики в магазине — предстояло купить подарки к Новому году, и я размышляла, подойдут ли они для супруга...

Значит, глаз отметил странность, а мозги сообразили только сейчас! Костя не высовывал мне портфель с документами, это сделал кто-то другой, не желавший, чтобы я вошла в квартиру, и хотевший побыстрее избавиться от ненужного свидетеля. Господи, я сама облегчила этому человеку задачу. Сказала: «Здравствуйте, Костя, мы незнакомы, но меня прислала Катя за документами». И чтобы отвязаться, мне сунули кейс, тем более что я, дура стоеросовая, сама подсказала, прочирикала мило: «Бумаги лежат в черненьком портфельчике!»

Вот и получила требуемое. Кто же был этот таинственный мужик? Да не кто иной, как убийца!

Я почувствовала озноб и, нащупав тапочки, побрела на кухню. Терпеть не могу людей, которые шарят по ночам в холодильнике в поисках еды. После полуночи желудок должен отдыхать, иначе неминуема язва! Но руки сами собой отворили дверку и схватили батон «Докторской» колбаски. Два розовых кружочка аппетитно устроились на черном хлебе. Прихватив еще стаканчик томатного сока и парочку шоколадок, я прокралась на диванчик, подоткнула поплотней одеяло и принялась с восторгом поедать вредный бутерброд, состоящий из смеси белков и углеводов. А между прочим, все пособия по правильному питанию предписывают поглощать данные вещества раздельно. Я облизнулась и обнаружила, что не испытываю ни малейшего укора совести. Сандвич оказался слишком вкусным. Следом в рот отправилась шоколадка. Собаки, привлеченные хрустом бумажки, сонно прищурились, а потом, сообразив, что я ем сладкое, затрясли хвостами.

— Нет, девочки, — сказала я, — вам нельзя, шоколадки съест мама.

Последнее слово вылетело машинально, и я улыбнулась: никогда до сих пор мне не приходило в голову называть так себя. Впрочем, наверное, хорошо, что стала матерью хотя бы собакам. Шоколадка продолжала таять во рту, я ухмылялась. Представляю, что стряслось бы с Михаилом, если бы он увидел свою жену, абсолютно счастливую, на продавленном диване, в центре собачьей стаи, в два часа ночи с куском колбасы в руках! Скорей всего, супруг наутро отправил бы меня в Клинику неврозов!

Потом мысли снова вернулись к Косте, и я, словно включив обратную перемотку, стала вспоминать события. Некто похитил Катю и требует документы. Черт, хоть бы знать, о чем написано в этих листочках синего цвета, а то получается, ищу сама не зная что. Кстати, Катерина назвала монстра по имени. Саша? Сеня? Сева? Слава! Она еще сказала:

— Видишь, Слава, она не тот человек.

Ну насчет меня она, пожалуй, ошиблась, я как раз самое подходящее лицо для данной истории... А вот гориллоподобного толстяка, у которого жевательная часть головы превалирует над мыслительной, звать Слава. Ростислав, Мстислав, Вячеслав... Ладно, не станем придираться, имя есть, уже хорошо. Катя снесла бумаги Косте, это, наверное, и впрямь ценная вещь, раз она побоялась держать их дома. Но Костю убили, причем похоже, что убийца сделал это не из-за бумаг, ведь Слава их так и не получил! Женщина, которая явилась с обыском в квартиру Катукова, таинственная незнакомка, звонившая по телефону, пока я ни жива ни мертва стояла на подоконнике за занавеской... Она сначала рылась в письменном столе, потом чем-то щелкала и звякала и под конец сказала в трубку:

— Бумаг нету, Слава, скорей всего отдал бабам!

Потом погибла кассирша Рита, а в ее комнате царил погром, неизвестные грабители напали на Яну... Боже, значит, преступники идут тем же путем, что и я! Ищут документы у любовниц Катукова!

В полном ужасе я поглядела на часы — четыре утра. Конечно, невероятное время для звонка, но ведь речь идет о жизни и смерти!

Пальцы с трудом попадали на кнопки, после гудков наконец раздалось:

— Алло!

— Нина, послушайте, никому не открывайте дверь... Вы слышите?

— Да, — ответил мужской голос, — вы кто?

Я испуганно замолчала.

— Кто вы? Немедленно представьтесь, — потребовал мужчина.

Я бросила трубку на рычаг. Господи, Нина говорила, что живет одна, а теперь, смотрите-ка, в четыре утра трубку снимает какой-то парень и нагло требует сообщить имя и фамилию! О чем это говорит? Да о том, что я скорей всего опоздала и на квартире у

Нины Никитиной орудует милиция, а хорошенькой
парикмахерши небось нет в живых!

До утра я не сомкнула глаз. Потом день понесся
колесом. Сначала разбудила Юлю и Сережку. Кирюшка блаженно спал в кровати. Температура у него
давно упала, горло не болело, но ребенок обязан в
случае простуды отлежать неделю в постели, иначе
неминуемы жуткие осложнения на сердце, легкие,
печень и почки... Впрочем, Кирка не спорил, услышав, что я собираюсь задержать его дома.

Юля и Сережка, чтобы не разбудить мальчишку,
принялись свистящим шепотом ругаться в коридоре.

— Где мои ботинки? — шипел муж.

— Да вот они, в куче, глаза разуй, — ответила женушка.

— Здесь один черный, другой коричневый!

— Не знаю, я их не надевала.

— А куда подевались перчатки?

— Валяются под стулом.

— Не дом, а бардак!

— Сам виноват, бросаешь все куда попало.

— А куда надо?

— Ну не знаю, на полочку, наверное, очень уж ты
неаккуратный.

— Сама хозяйка фигова, на полы погляди, кругом
пыль, грязь и собачья щетина!

— Во-первых, у собак не щетина, а волосы, — отрезала Юля, — а во-вторых, возьми пылесос и убери,
мне некогда, вернусь около одиннадцати ночи, дежу-
рю по номеру.

— А у меня фестиваль рекламы, вообще к полуночи прибуду. Кстати, уборка — женское дело.

— Между прочим, я не оканчивала курсы поломо-
ек и работаю побольше твоего, — понеслась на лихом
коне Юлечка, — что, по-твоему, мужское дело?

— Деньги надо зарабатывать!

— Ха, — крикнула в полный голос супруга, — побольше твоего приношу, тебе полы и мыть!

— Чего вы так орете, — заныл Кирюшка, — спать не дали.

— Вот что, — сообщил старший брат, — ты выздоровел, изволь полы вымыть.

— Голова болит, ручки-ножки трясутся от слабости, — застонал мальчишка, — и потом, какой смысл, все равно испачкается заново.

— Где шарф? — завел заново Сережка.

— Отвяжись, — заявила Юля, — мое все в одном месте лежит.

— Раз так, езжай на работу городским транспортом, — велел супруг, — не хочешь мне помогать, а я тебя — вези!

— Подумаешь, — фыркнула Юля, — Катины «Жигули» возьму.

Послышался звон, шорох, звук захлопывающейся двери, и незамедлительно со двора раздался вопль:

— Эй, сбросьте ключи, на зеркале забыл.

— И мне, — вторила Юлечка, — они на крючке у барометра!

Я вышвырнула в форточку связки и рассмеялась. Оба хороши, абсолютно безголовые личности, а друг друга упрекают. Впрочем, в одном они, безусловно, правы. В квартире царит жуткий погром, возле плинтусов ровным слоем лежит пыль, ковер в Кирюшкиной комнате непонятного цвета, в ванной вся стеклянная полочка и зеркало заляпаны зубной пастой и засохшей мыльной пеной, а грязное белье просто вываливается из корзины... На кухне невозможно ничего найти, о состоянии унитаза лучше умолчать, а в прихожей возвышается Эльбрус из грязных ботинок и тапочек. Похоже, и впрямь следует заняться уборкой. Только сначала дело, а потом домашнее хозяйство. Впрочем...

Я быстрым шагом влетела в детскую и спросила:

— Кирюха, хочешь сто рублей?

— Кто ж откажется? — резонно заметил ребенок.

— Убираешь квартиру и получаешь бумажку.

— Маловато будет, — заныла «Золушка», — вон сколько комнат!

— Не жадничай, а то вообще ничего не обломится.

— Эксплуатация детского труда запрещена!

— Ладно, сто рублей и чипсы «Принглс»!

— А за туалет еще детективчик!

— Ладушки, — обрадовалась я, — моешь, как мама.

— Она плохо убирает, — хихикнул Кирка, — всю грязь пропускает.

Но я не сдавалась:

— Времени тебе до пяти. Я вернусь к семнадцати тридцати, сделаю обед и постираю.

— Идет, — откликнулся Кирюшка, вылезая из кровати, — только прихвати тогда стаканчик семечек.

— Никогда, — отрезала я, натягивая сапоги, — семечки только через мой труп.

— Почему? — изумился мальчишка. — Вкусно же.

Я на секунду замерла со щеткой в руках. А действительно, почему? Просто не задумываясь, на автопилоте, ответила Кирюшке так, как отвечала мне на подобную просьбу маменька. Ну что плохого в семечках? Неужели превращаюсь в копию своей мамули?

— Тебе тыквенные или черные? — со вздохом спросила я. «Мамочку» следует душить в зародыше.

ГЛАВА 14

Покачиваясь в вагоне, я закрыла глаза, вытянула ноги и еще раз «просмотрела» план. Документы скорее всего у матери или у Яны. Позвонив в больницу, я узнала, что девушке лучше и что меня могут к ней пустить. Значит, сначала встреча с Михайловой, а потом в театр. Наверное, в личном деле хранится папка с анкетой, где указаны родственники... Еще меня страшно волновала судьба Нины, но у нее никто не снимал трубку, а на работе недовольный голос буркнул, что Нинина смена после трех, и я отложила визит в парикмахерскую на последнюю очередь — заскочу по дороге домой...

— Ишь развалилась, — донесся до слуха недовольный голос, — копыта подбери, лошадь недоеная, людям пройтить нельзя!

Я открыла глаза и увидела омерзительную толстую женщину в грязном платке, из-под которого во все стороны торчали «химические» патлы.

— Чего глядишь, — злобилась «красавица», — привыкла небось в машине костыли раскладывать...

И она довольно больно пнула меня «дутым» сапогом примерно сорокового размера. От милой дамы волной исходила агрессия, она, казалось, и из дома вышла с утра пораньше, чтобы полаяться с кем-нибудь. На секунду во мне проснулась робкая, неуверенная Фросенька, и язык чуть было не забормотал: «Извините, пожалуйста...»

Но тут очнулась Евлампия, и я поманила милашку пальцем:

— Глянь сюда.

Не ожидавшая подобного поведения баба-яга невольно бросила взгляд внутрь приоткрытой сумочки. Там тускло поблескивал черный игрушечный пистолет, страшно похожий на настоящий. Кирюшка попросил купить к нему шарики-пульки, а чтобы я не перепутала калибр, запихнул «ствол» в сумочку.

— Ой, — сказала тетка.

— Имей в виду, — размеренно сообщила я, — можешь нарваться и окажешься с лишней дыркой в голове. Тебе не понравится, ветер задувать станет, а язык замолчит. Впрочем, если хочешь...

И я сунула руку в сумочку. Бабищу унесло в противоположный конец вагона. Ноги я все-таки подобрала — и впрямь нехорошо мешать людям.

Яна лежала уже не в реанимации, а в обычной палате. Вокруг железной кровати толпились штативы с капельницами, у изголовья моргали лампочками и гудели какие-то приборы. Я подошла к железному ящику с окошком, где мерно порхал зеленый «зайчик», и позвала:

— Яна Сергеевна!

Выглядела больная отвратительно. Маленькое, с кулачок, личико, желтоватая кожа, запавшие внутрь черепа глаза, бледно-синие губы... Волос на голове не видно, накручено из бинта подобие шапочки, к носу тянется прозрачная трубка, а из-под одеяла свисают какие-то шланги и бутылки...

— Яна Сергеевна, вы слышите меня, я из милиции.

Женщина открыла глаза, и я невольно вздрогнула. Правый белок красный, даже коричневый, левый, правда, нормальный. Тонкие бескровные губы дрогнули, но наружу не вырвалось ни звука.

— Если слышите меня, моргните один раз.

Сморщенные веки медленно закрылись и снова распахнулись.

Я возликовала — контакт налажен.

— Кто вас так избил?

Внезапно глаза лежащей наполнились слезами.

— Вы его знаете? — догадалась я.

Веки подтвердили мои слова.

— Имя назвать можете?

Яна лежала неподвижно.

— Ладно, слушайте, если скажу нужное, сразу мигайте. Саша, Леша, Миша, Олег, Андрей, Петя, Павел, Слава...

Глаза пришли в движение.

— Слава?

Утвердительное моргание.

— Попробуйте собраться и сказать, где он живет.

Михайлова с усилием разлепила губы и зашептала:

— Мама, сходи, мама, Нечаевский, 15, квартира сто семь, мама.

В ту же секунду голова ее откинулась на шее, и

смертельная бледность, даже синева стала разливать-
ся ото лба к шее. Тревожно загудел прибор у изголовья, а электрический «зайчик» заметался по экрану.

— Эй, — закричала я, — кто-нибудь!

Влетела вертлявая медсестра в высоченном крах-
мальном колпаке, потом принеслась довольно полная женщина-врач. Появились ампулы, шприцы, меня вытолкали в коридор.

Спустя примерно четверть часа толстуха, отдуваясь, вышла из палаты и грозно произнесла:

— Ох уж эти родственники... Говоришь, объясня-
ешь, нет, все равно придут и доведут больного до обморока.

— Извините, но я ничего не сделала!

— Небось рыдали да жалели, — окрысилась докторица. — Вы ей кто?

— Подруга.

— Подруга, — фыркнула врач. — Домой ступайте,
кто только в палату впустил.

«А меня никто и не задерживал», — хотела было
сказать я, но произнесла другое:

— Она выздоровеет?

— Надеюсь, — сообщила толстуха, — к сожалению, слишком много отягощающих факторов.

— Каких?

— Диабет, например, и потом возраст.

— Она же молодая совсем.

— Ну как сказать, — хмыкнула врач, — хотя фигуру сохранила, но уже не девочка, сорок восемь все-
таки.

— Сколько? — изумилась я.

— Сорок восемь, — повторила докторица и добавила: — Близкая вы, видать, подруга!

— Она никогда не упоминала, сколько ей лет!

Но врач уже, легко неся тучное тело, удалялась по
коридору. Я прислонилась спиной к подоконнику и
первый раз пожалела, что не курю, просто нечем занять руки. С чего это я решила, будто Яна девушка?

Может, потому, что работает учительницей младших классов? Ведь никто не говорил о ее возрасте. Интересно, чем она привлекла Константина? Ладно, поеду узнавать адрес его матери у администратора Льва Валерьяновича.

Парень оказался на месте.

— Небось знаете новость, — огорошил он меня с порога.

— Какую?

— Ой, не верю, — ерничал Лев Валерьянович, — неубедительно изображаете, нет у вас актерских данных. Про Лену Литвинову слышали?

— Ее убили, — вяло произнесла я, чувствуя, как в голове начинают вовсю грохотать отбойные молотки.

— Спаси господь, — замахал оперстненными руками администратор, — живехонька, здоровехонька. Квартиру ограбили, все подчистую вынесли, прямо голые стены оставили.

Я почувствовала, как по спине медленно потекла струйка пота.

— Она на работе?

— Нет, конечно, дома, порядок наводит.

— Дайте адрес и телефон.

— Первое — пожалуйста, а второе ни за что.

— Почему? — окончательно потерялась я.

— Нетушки номерочка, — пропел парень, листая телефонную книжку. — Нетушки, в Красногорске проживает...

Получив адрес, я велела:

— А теперь покажите анкету, которую заполнял Катуков, поступая на работу.

Лев Валерьянович молча порылся в папках и шлепнул одну передо мной.

Катуков Константин Сергеевич, 1961 года рождения, город Москва. Так, учился, жил... а вот родители. Отец — Катуков Сергей Петрович, полковник, скончался в 1961 году, мать — Катукова Анна Федоровна, директор школы № 2762... А домашнего адреса нет! Впрочем, его теперь несложно узнать, достаточно посетить учебное заведение, может, она до сих пор там начальствует?

Часы показывали четыре, когда я, устало вздыхая, потянула дверь парикмахерской. Мастерицы уставились на меня во все глаза. За креслом, где в прошлый мой визит работала Нина, стояла востроносенькая девица в голубом фартуке.

— Здравствуйте, — вежливо сказала она.

— А где Никитина?

— Отгул взяла, на три дня, к ней двоюродный брат приехал из Иркутска, — пояснила темноволосая смуглая женщина, сидящая за столиком с телефоном, — хотите к ней записаться?

— Дайте мне ее адрес.

Тетка недовольно хмыкнула:

— Думаете, на дому дешевле возьмет? Ну уж нет.

— Позвонить можно?

— Автомат на улице, — отрезала администраторша, понимая, что я не являюсь потенциальной клиенткой, — идите и трезвоньте сколько влезет.

Но голубой телефон, висящий на стене, работал только от карточки, купить же ее можно лишь в метро. Я плюнула и поехала домой. Наверное, все в порядке, а мужчина, снявший ночью трубку, всего лишь брат, неожиданно прибывший из Сибири.

По дороге домой я обвесилась сумками и заодно разузнала у разбитной хохлушки, торговавшей семечками, рецепт настоящего украинского борща.

— Главное, мяса шматок побольше да пожирней ложи, ох и гарный борщ из свининки выходит, да вы, кацапы, коровятину пихаете...

Отдуваясь и перечисляя про себя все необходимые элементы для волшебного супчика, я припустила к метро. Нет, все-таки готовить трудно! Баба, продававшая мясо, наоборот, категорично утверждала, будто самый распрекрасный борщик делается из говяжьей грудинки.

— Тут тебе разом и первое, и второе будет, — наставляла тетка, выглядевшая как гора, — потом мясцо вынешь, через мясорубку пропустишь, к макарончикам кинешь — класс! На три дня обед готов.

Перспектива следующие три дня совершенно не подходить к плите настолько обрадовала меня, что я моментально купила самый большой и жирный кусок и с завистью посмотрела на других женщин, бодро кативших тележки. Может, у Кати тоже есть «тачанка»?

Недалеко от дома бегал мужик с пропитым лицом. Спину и грудь его украшали стенды с фотографиями различной мебели. Увидав, как я поставила сумки на грязный асфальт, он разом подскочил ко мне и с надеждой произнес:

— Диванчики не интересуют?

— Нет.

— Поглядите только, — настаивал «бутерброд», — кресло, стенка, наша, отечественная фабрика, дешево.

Чтобы не огорчать его, я принялась рассматривать снимки и удивилась:

— Ну и странный комод, узкий, почти два метра высотой, ящики маленькие.

— Это не комод, — пояснил «сандвич», — это тумба для обуви. Наверх запихнете ненужную, вниз такую, чтоб носить. Страшно удобная вещь, там и колодки есть, сапоги, ботинки, туфли — все укладывается.

— И сколько стоит?

— Она в комплекте с прихожей, гляди.

Большой, узкий шкаф под орех, зеркало, полочка...

— Почем все?

Мужик хихикнул:

— Даром отдают, две пятьсот всего, а доставка бесплатно.

Так, в коробочке лежит триста долларов от пианиста, триста — от Галины Антоновны, да еще приветливый старичок Петр Мокеевич сунул вчера такую же сумму. Правда, сто баксов я разменяла на продукты...

— Где оплачивать и привезут когда?

— Деньги мне, а доставлять далеко?

Я кивнула на соседний дом. Пьянчужка прищурился:

— Накинь сто рубликов — и через пятнадцать минут получишь. Ну, ребятам еще по двадцатке кинешь, чтоб поставили.

Я вытащила зеленую купюру:

— Такую возьмешь или менять?

— Сам в обменник сбегаю, — алчно сообщил мужик, выхватил бумажку и дрожащими то ли от холода, то ли от неумеренного потребления горячительного пальцами начал весьма неуклюже выписывать квитанцию.

Дома я обозрела пейзаж и осталась довольна чрезвычайно. Пыль и собачья шерсть испарились, ванна сверкала...

— Из унитаза чай можно пить, — сообщил Кирка.

Я наградила его семечками, чипсами и, протягивая сто рублей, сказала:

— Будешь убираться раз в неделю, получишь постоянный доход.

— Йо-хо-хо! — завопил Кирка и умчался.

Следующие три часа я металась, как ошпаренная кошка, разрываясь между плитой, холодильником и стиральной машиной. «Прачка» у Кати оказалась не фонтан, старенькая, не автоматическая. Приходилось самой заливать и выливать воду, и, как назло, из шланга текла все время темно-синяя струя. Интересно, что это такое грязное — нательное белье, носки, джинсы или Сережкин свитер?

К девяти вечера в квартире царил невероятный порядок. Сережка появился на пороге в тот самый момент, когда «Чайка», одышливо вздрагивая, работала в режиме отжима.

— Ох и не фига себе, — пробормотал парень, — вы чего — коридор ухитрились расширить?

Я довольно засмеялась. В узенький на вид «комодик» убралась вся гора ботинок, и еще осталось место; не слишком большой шкаф словно растекся по стене, спрятав внутри куртки и пальто. В прихожей и впрямь стало возможно двигаться.

— Слов нет, — пробормотал Сережка, сбрасывая сапоги.

Я со вздохом подняла их и запихнула в «ботиночницу». Кажется, я не учла один момент, они все равно примутся швырять обувь в угол, но ничего, зато теперь хоть есть куда спрятать...

— Слов нет, — без конца повторял парень, двигаясь в сторону кухни, — чистота, ходить страшно.

— Это я убрал, — завопил Кирка, — целый день пластался!..

— Слов нет, — бурчал брат.

Но окончательно он потерял дар речи при виде огромной тарелки ярко-красного борща, в центре которой плавал островок сметаны.

Они с Киркой слопали по две порции, а потом уставились на макароны. Но не успели «мужики» навалиться на второе, как в кухню, держа в руках пакет с пельменями, вползла Юля.

— О, — завопил Сережка, — а говорила, в одиннадцать придешь!

— Что это у вас? — спросила девушка, принюхиваясь.

— Флотские макарончики и борщок, — радостно завопила мужская часть семьи, — офигительно вкусно, просто умереть!

— А мне?

— Садись, — велела я и открыла кастрюлю.

В течение следующих минут слышалось только позвякивание столовых приборов и мерное чавканье. Я отошла от плиты и оглядела домашних. Сережка расстегнул пуговицу на джинсах и блаженно щурился, явно собираясь вздремнуть минуток шестьсот, Юля, забыв про постоянную диету, азартно уничтожала борщ, Кирка, перемазанный кетчупом, ловил вилкой последнюю макаронину... Кошки сыто развалились на подоконнике. Им достались вкусные мясные обрезки. Муля и Ада тоже получили по миске мясца, а Рейчел я купила на рынке отличную «сахарную» косточку, всего за десятку, и абсолютно довольная стаффордшириха издавала время от времени нежное ворчание, кусая восхитительный мосол. Даже суетливые хомяки и жаба Гертруда переваривали плотный ужин, в воздухе кухни просто разливалась сладкая истома... И неожиданно я ощутила полнейшее счастье. Давно меня не посещало это чувство, последние этак лет тридцать я всегда была больна, или обижена, или делала то, к чему не испытывала ни малейшего расположения. Впрочем, процесс готовки не доставляет никакого удовольствия, зато как приятно потом смотреть на свою семью.

— Ну Лампочка, — пробормотала Юленька, — ты чудо! Пойду бельишко в машину суну...

— А я постирала, только повесить не успела.

— Сиди, — велела Юля, — и так небось с утра у плиты прыгала, сама развешу, а Сережка помоет посуду.

— Не помоет, — хихикнул Кирка.

Мы оглянулись. Старший братец крепко спал, положив голову на Семирамиду, ноги он поместил на табуретку. По-моему, уснуть в таком положении просто невозможно, но Сережка слегка похрапывал, не реагируя на пищащий где-то под задом пейджер.

— Помою сама, — усмехнулась я.

Юлечка убежала в ванную, и вскоре оттуда раздалось:

— Боже!

Я влетела следом за ней, глянула в раковину и онемела. Фаянсовая емкость была полна каких-то темно-синих тряпок. Потом глаз различил трусишки, лифчик, еще недавно белую рубашку.

— Что это? — изумилась я.

Юля горестно вздохнула:

— Ты сложила вместе цветное и белое белье...

— Надо стирать отдельно?

— Конечно, видишь, что-то полиняло...

Девушка принялась копаться в куче испорченных вещей. Ее рука вытащила на свет крохотный свитерок, годовалому ребенку и то мал.

— Такого не было в бачке, — категорично заявила я, — совершенно точно — ничего детского, просто таинственное приключение...

— Это свитер Лошади, — захохотала вдруг в голос Юленька, — прикинь, Кирюшка, как сел!

— Чей? — оторопела я.

— Лошади Пржевальского, — сквозь стон произнесла Юлечка. — Ой, не могу.

— Чей? — вновь не поняла я.

— Эти гнусные люди, — раздался над ухом сонный голос Сережки, — эти мерзкие родственнички дали мне такую кликуху. Лошадь — это я. Но знаешь, Лампадель, у них тоже есть клички. Кирюшка — Наглый Подсвинок, Юлька — Поросенок... А что с моим свитерком?

— Сел, — сообщил Поросенок, — просто и окончательно, теперь выкинуть только...

— Может, растянется? — безнадежно спросила я.

— Знаешь, Лампадель, — с чувством произнес Сережка, — человеку, который так готовит, можно простить все.

Я удрученно молчала.

— Не переживай, — махнула рукой Юлечка.

— Свитер этот я терпеть не мог, — сообщил Сережка.

— Дайте сюда. — Кирка выхватил пуловер и убежал в коридор.

Послышалось недовольное сопение, потом вопль мальчика:

— Да стой же на месте!

И в ванну медленно вошла Муля в том, что еще не так давно было Сережкиной одеждой.

— Класс, — подпрыгивал Кирюшка, — как раз на мороз прикид.

— Ада без обновки осталась, — хихикнула Юля.

— Не беда, — отозвался старшенький, — Лампадель еще разок затеет большую стирку, и порядок!

Слушая его раскатистый хохот, я поняла, почему домашние прозвали парня Лошадью Пржевальского.

— А у Кати есть прозвище?

— Конечно, — хором ответили Юля и Кирка. — Хочешь, мы тебе кличку дадим?

— Не надо, — медленно произнесла я, — уже выбрала, зовите просто — Большая Свинка.

ГЛАВА 15

Утром, избавившись от старших и велев младшему читать параграф по истории, я вылетела из дому. В голове царила сумятица. Нина, по счастью, оказалась жива, я дозвонилась до нее около десяти вечера и велела соблюдать крайнюю осторожность. Но женщина отреагировала вяло:

— Кому я нужна.

— Могут залезть в квартиру...

— У меня брать нечего...

Я швырнула трубку — ну не дура ли!

Впрочем, документы скорей всего у матери или у Яны. Интересно, кто живет на Нечаевском, 15?

Неужели гориллоподобный Слава? Что-то слишком часто всплывает это имя, может, это один и тот же человек? Даже наверняка! И если он и в самом деле имеет квартирку по указанному адресу, тогда... Тогда, наверное, там и прячет Катю!

Не чувствуя пронизывающего ледяного ветра, я неслась к метро. В голову пришел гениальный план. Предположим, не найду документы... Зато обнаружу логово похитителя! Ну не сидит же этот Слава целыми днями дома? Значит, так, отыщу мужика, прослежу за ним, дождусь нужного момента, взломаю дверь и освобожу Катю.

Пересаживаясь в троллейбус, я немножко поостыла. Взламывать дверь — трудная задача, одной не справиться. Катю небось приковали цепью к батарее, и в прихожую ей не выйти... Надо достать отмычки! Но где их берут? Ведь не в магазине же спрашивают...

Ноги быстро добежали до нужного дома, и, отыскав квартиру, я принялась жать на звонок. Резко щелкнул замок, и на пороге появилась бабуся, одетая самым невероятным образом. Худенькое, даже щуплое тельце обтягивал ярко-желтый сарафан с голубыми полосками. С морщинистых щиколоток спадали беленькие хлопчатобумажные носочки, а аккуратные, совсем детские ступни были засунуты в сабо.

— Яночка, — всплеснула бабуся руками, — а я уже на улицу собралась, за хлебушком. Давай вместе прогуляемся, только голову от солнца прикрою, а то напечет.

И она схватила тоненькой, как веточка, рукой широкополую соломенную шляпу с розовой лентой на полях.

Я почувствовала себя действующим лицом в пьесе абсурда. На улицу в сарафане в середине ноября?

— Боюсь, вы замерзнете, лучше потеплей оденься.

— Что ты, милая, там жара, — настаивала старушка, — июнь в разгаре.

— Нет, ноябрь, — безнадежно пробормотала я, стаскивая куртку.

Теперь понятно, почему Яна отправила меня сюда. Никакого Славы тут нет, на Нечаевском проживает больная маразмом бабушка, скорей всего, мать Михайловой, вот она и волнуется, как там безумная.

Старушонка тем временем прошлепала на кухню. Я за ней.

— Хочешь чаю, Яночка?

Я медленно кивнула.

Бабуся подошла к плите и попыталась повернуть ручку. Но не тут-то было, их не оказалось на месте. Из белой эмали торчали лишь железные палочки, такие не повернешь голой рукой. Кто-то явно постарался, чтобы бабусёк не включила газ. Впрочем, на кухне были приняты и другие меры предосторожности. Окно, несмотря на седьмой этаж, забрано решеткой, спичек нигде не видно, да и посуды тоже. На столе сиротливо стоит эмалированная кружка, на холодильнике поблескивает аккуратный замочек...

Господи, как же ее оставить одну!

Не успела я ничего придумать, как из прихожей донеслось:

— Анна Федоровна, я принесла батончик.

— Яночка пришла, — оповестила старуха.

— Ну и слава богу, — раздалось в ответ, и в комнату вошла женщина лет сорока с пакетом.

Увидев меня, она вздернула брови:

— Кто вы?

— Знакомая Михайловой, а вот бабушка меня за Яну приняла, только я не стала ее разубеждать.

— И правильно, — одобрила женщина, вынимая батон, — все равно не поймет.

Она выдвинула ящик, достала черненькие ручки и ловко надела на штырьки. Плита вновь приобрела нормальный вид.

— С Яной случилась неприятность...

— Господи, что стряслось?

По мере того как женщина узнавала правду, ее лицо вытягивалось.

— Ужас, — повторяла она, — ужас.

Минут пять понадобилось ей, чтобы прийти в себя.

— Я так и думала, что какая-то беда приключилась, — всплеснула она руками под конец: — Яночка такая аккуратная, ни разу деньги не задерживала, а тут не приехала. Хорошо, вас прислала, а то прямо не знаю, что и думать. Кстати, меня Таня зовут.

— Евлампия, — представилась я и спросила: — Вы сиделка?

— Да, разве можно Анну Федоровну одну оставить? Только в булочную на первый этаж спустилась, а она уже вас впустила. Ведь так могут и бандиты заявиться...

— Что с ней?

— Болезнь Альцгеймера, — грустно вздохнула Таня, — страшная вещь, постепенное отмирание личности при отличном физическом состоянии. Вот, глядите.

Анна Федоровна, блаженно щурясь, мешала чай вилкой. Я удрученно молчала. А что тут скажешь? На всякий случай все же поинтересовалась:

— Скажите, здесь не живет Слава?

— Нет, — покачала головой Танечка, — только мы вдвоем.

— Может, вы кого знаете из знакомых Анны Федоровны и Яны с таким именем?

Сиделка опять покачала головой:

— Гости сюда не ходят, я только с Яной и знакома, до меня другая медсестра жила... С таким же редким именем, как и у вас, — Акулина! Знаете, всю жизнь мечтала иметь оригинальное имя, родители-то обозвали Таней. Кто позовет на улице — сразу десять баб оборачиваются...

Я усмехнулась про себя. Радуйся, дурочка, небось никто не дразнил в детстве Фросей Бурлаковой, а эту несчастную медсестру скорей всего в школе звали Акула.

Нет, ни о каком Славе она не слыхивала.

Ощущая горькое разочарование, я принялась пить чай. Что ж, буду утешаться тем, что совершила хрис-

тианский поступок и предупредила Таню о болезни
Яны.

Школа № 2796 стояла в переулочке, между двумя
огромными домами сталинской постройки. Внутри
просторного здания с воплем носились дети, впрочем, едва заслышав звонок, они моментально разбежались по классам.

Стараясь не испачкать чисто вымытый линолеум,
я побродила по коридорам, нашла дверь с табличкой
«Директор» и постучала.

— Войдите, — донеслось изнутри.

Я толкнула дверь и оказалась в довольно просторном помещении, обставленном светлой мебелью. За
письменным столом сидела худощавая дама в кожаном пиджаке. Красиво переливающиеся черные волосы явно побывали в руках дорогого парикмахера.
Легкий макияж подчеркивал карие глаза, слишком
тонкие губы были увеличены при помощи помады,
золотые серьги и запах «Кензо». Меньше всего женщина походила на директрису общеобразовательной
школы, скорей уж на управляющую банком или рекламной фирмой... Но тут дама строго свела брови к
переносице и железным голосом осведомилась:

— Вы мать Кочетова?

— Нет-нет, — поспешила сказать я, — простите,
здесь когда-то работала Катукова...

Директриса перестала хмуриться:

— Анна Федоровна?

— Да.

— Она давно на пенсии.

— Нет ли у вас случайно ее домашнего адреса?
Собеседница вновь посерьезнела:

— Зачем вам?

На секунду я призадумалась, потом решила: была
не была, авось не спросит документов.

— Разрешите представиться, майор Романова,
уголовный розыск.

— Слушаю внимательно, — с каменным лицом заявила директор.

— Я расследую дело о гибели сына Анны Федоровны...

— Костик, Костик умер? — шепотом спросила собеседница, на глазах бледнея.

Не помогли даже румяна. Наоборот, красные пятна резко выделялись на посиневших щеках, и недавно элегантная женщина стала похожа на раскрашенный труп.

— Как, как он погиб? — прохрипела она, делаясь меньше, словно усыхая на глазах.

Я с опаской поглядела на еще недавно элегантную даму. Сейчас за столом сидела старуха, повторяющая, словно автомат:

— Как? Как?

Решив на всякий случай не пугать её до конца, я добавила:

— Трагически.

Директриса выхватила роскошный портсигар из черной кожи и дрожащими пальцами принялась разминать тонкую сигаретку.

— Его убили?

Я кивнула.

— Конечно, из-за женщины?

— Следствие пока не закончено, а вы хорошо знали Катукова?

— Я его жена.

Настал мой черед разевать от удивления рот.

— Жена?

— Бывшая.

— Разве он был женат?

Директриса затушила окурок, глянула на часы и предложила:

— Вот что, пойдемте ко мне домой. Все равно в таком состоянии я работать не смогу.

Мы вышли в коридор и, вместо того чтобы спуститься на первый этаж, поднялись на четвертый. Видя мое изумление, женщина пояснила:

— Живу прямо тут, отдала квартиру в Чертанове, а взамен разрешили поселиться в школе. Очень удобно, ездить не надо, и всегда под рукой, если что.

Помещение оказалось уютным: большая комната, мимо которой мы проследовали на огромную, отлично оборудованную кухню, тостер, ростер, хлебопечка, комбайн, кофеварка — директриса явно не нуждалась. Да и холодильник говорил о достатке — огромный, двухкамерный «Бош». В моей прежней жизни Михаил купил для нас точно такой же агрегат, а он никогда не приобретал дешевых вещей.

На СВЧ-печке развалилась толстая рыжая кошка, другая, угольно-черная, нагло устроилась на мойке. Директриса включила чайничек «Тефаль», новый и дорогой, как все на этой кухне, и повернулась ко мне:

— Кофе?

Я только подивилась тому, как быстро дама пришла в себя. Лицо приобрело нормальный цвет, губы порозовели, а движения вновь стали четкими и уверенными. Выложив на стол вафельный тортик «Причуда», педагог вздохнула:

— Все равно — не сегодня, так завтра узнали бы про наши взаимоотношения, лучше сама вам расскажу, а то ведь придется ходить по повестке...

Я кивнула.

— Ладно, — еще раз вздохнула директриса. — История эта началась очень давно, когда мы с Костиком учились в одном классе, а директорствовала тут его мать — Анна Федоровна.

В те годы никто не называл Любовь Николаевну Казанцеву по имени-отчеству, и она даже не предполагала, что через почти двадцать лет вернется в родную школу директором.

С Костиком она дружила с детства, вернее с младенчества. Жили вместе в огромной коммунальной квартире. Две комнаты принадлежали Любиной мамочке, две — матери Костика. Отца его Любаша не помнила, он умер вскоре после рождения мальчика, была еще у Константина старшая сестра, но девушка жила отдельно, у мужа, и редко появлялась в отчем доме.

Жили не слишком богато. Анна Федоровна пропадала целыми днями на работе, Любина мать возвращалась с фабрики чуть живая. Особого достатка не было, на отпуск, зимнее пальто и новую обувь копили долгие месяцы, питались скромно, для детей перешивали свои старые вещи... Первое красивое платье Любочке купили в семь лет — это была школьная форма.

Костик рос тихим, улыбчивым, беспроблемным мальчиком. Люба была под стать ему. Вместе шли на занятия, вместе возвращались домой. Люба, чувствуя себя хозяйкой, грела приготовленный мамой обед и кормила Костю. Анна Федоровна варить суп и вертеть котлеты не умела. Зато директриса частенько ходила на всевозможные заседания, забегала в буфет и приносила домой диковинные деликатесы — клюкву в сахарной пудре, зефир, глазированные творожные сырки. Так и жили, никогда не ругаясь и не споря, кому мыть кухню, а кому туалет. Убирал тот, кто был дома, а потом всю квартиру поручили приводить в порядок Любаше. Костик приносил тяжелое — картошку, лук, бутылки с молоком и кефиром...

С самого детства их дразнили «жених и невеста». В восьмом классе перестали, все равно они всегда были вместе, и всем надоело дразниться. И у Любы лет с тринадцати не было никаких сомнений: Костик — ее судьба. Что думал по этому поводу Котя, она не знала.

Новый, 1977 год ребята впервые встречали в шумной компании, на даче. То ли никогда до этого не пробованный алкоголь ударил в голову, то ли веселые танцы ослабили стоп-сигнал, но Котя и Любочка проснулись 1 января в одной кровати. Они сами не понимали, как могла случиться подобная ситуация, и, честно говоря, боялись ехать домой, ожидая, что матери моментально все поймут. Но ни Анна Федоровна, ни Наталья Михайловна не заметили ничего особенного, и юная парочка принялась использовать любую свободную минуту для расширения сексуального опыта. Расплата грянула в апреле: Люба с ужасом поняла, что беременна.

Сейчас подобный пердимонокль не поставит девятиклассницу в тупик. Проблему можно решить на каждом шагу в одном из многочисленных медицинских заведений, но в 1977 году ситуация была иной. Аборт делали только по направлению из женской консультации и только в родильных домах и специализированных клиниках, несовершеннолетние обязаны были являться с родителями, врач сообщал о «безнравственном поведении» в школу... Впрочем, можно было избежать подобных неприятностей. Многие гинекологи охотно нарушали закон и делали операцию без шума, крика и документов за пятьдесят рублей. Но такой огромной суммы у ребят просто не было. Пришлось идти на растерзание к родителям. Но и Анна Федоровна, и Наталья Михайловна восприняли ситуацию на удивление спокойно. Юных любовников даже не ругали.

— Так и знала, что вы поженитесь, — вздыхала Наталья Михайловна.

На семейном совете матери приняли решение: школу необходимо закончить и поступить в институт. О происшедшем никому рассказывать не надо, пересуды ни к чему. Жить ребята могут вместе, для них освободят одну комнату, а поженятся позже, уже студентами и совершеннолетними. Ребенок им сейчас только помеха. Анна Федоровна бралась уладить щекотливое дело.

Молодежь согласилась со старшим поколением. Любочка сделала аборт, и они с Костиком начали семейную жизнь. Но дальше все пошло не по плану.

Летом от сердечного приступа, так и не дождавшись свадьбы дочери, скончалась Наталья Михайловна. Потом, на следующий год, они поступили в разные институты. Любаша выбрала педагогический, а Котя неожиданно для всех выдержал конкурс в театральный. Юноша стал поздно приходить домой, пару раз не ночевал, объясняя отлучки бесконечными репетициями... От него иногда пахло чужими духами, и в постели он теперь по большей части спал, отвернувшись лицом к стене.

В феврале Анна Федоровна предложила Любаше вместе сходить на концерт. Костя уехал на каникулы в Таллин. А после приятного вечера свекровь завела дома непонятный разговор о полигамности мужчин, терпении женщины, супружеской измене. Любочка внимательно выслушала, а потом сказала:

— Тетя Аня, что случилось?

В ответ директриса вновь разразилась тирадой о животной сущности лиц мужского пола. До наивной девушки постепенно дошел смысл вышесказанного.

— Котя мне изменяет?

Свекровь молча кивнула:

— Видишь ли, детка, есть мужчины, которые просто не способны удовлетвориться единственной женщиной. Сергей Петрович, Котин отец, был как раз из таких... Ни одной юбки не пропускал, сколько я от него натерпелась! Да только куда денешься, двое ребят на руках, сиротить не хотела. А у тебя никого, и штампа в паспорте нет...

— Он поехал в Эстонию не один?..

Анна Федоровна кивнула:

— У тебя два пути: либо разорвать отношения, либо терпеть до гроба наличие любовниц.

Любочка, гордо вскинув голову, вышла от свекрови и в тот же вечер перетащила свои вещи из «семейной» спальни в бывшую детскую. Ей даже не пришлось ничего объяснять Коте, все сделала Анна Федоровна.

На первый взгляд жизнь не сильно изменилась. По-прежнему по вечерам пили вместе чай, только потом спать разбредались по своим кроватям. Один раз Люба не выдержала и прокралась к Коте. Студент погладил ее по голове и сказал:

— Прости, Любань, но ты мне как сестра...

Как ни странно, бывшая жена не обиделась, она и сама чувствовала нечто подобное... Так и жили, в мире и дружбе, пока однажды, в июне, когда Анна Федоровна уехала в Кисловодск лечить печень, Костик не привел в дом девушку.

Наглая, черноволосая мерзавка с ярко накрашенными ногтями и губами вульгарно хохотала над плоскими Котиными шутками. Потом парочка заперлась в спальне. Утром девка нахально курила на кухне вонючие сигареты, едва прикрыв срам Котиной чистой рубашкой, выглаженной Любиными руками. Люба поняла, что может просто убить беспардонную дрянь, и, громко хлопнув дверью, ушла в институт. Но на нахалку ничего не подействовало, и она прожила у Коти до возвращения Анны Федоровны.

Не успела директриса начать распаковывать чемодан, как Люба влетела к ней в комнату с бумагой. Она нашла обмен. Их четырехкомнатные апартаменты легко делились на три квартиры, каждый получал жилплощадь.

После разъезда Любочка продолжала дружить с бывшей свекровью, а после окончания института пошла на работу в ее школу. Анна Федоровна, как могла, поддерживала несостоявшуюся невестку, сделала завучем, вручала по каждому поводу грамоты, без устали расхваливала в кабинетах начальства. И, естественно, когда Катукова собралась на пенсию, директорский жезл подхватила Любаня.

С Костиком девушка встречалась редко, но хорошие отношения поддерживались. Они поздравляли друг друга с праздниками, обменивались подарками на дни рождения. А два раза в год, 8 Марта и 1 января, Любаша получала огромные корзины цветов. В Международный женский день это оказывались, как правило, белые махровые гвоздики. Зато в январе присылались роскошные темно-красные розы, и было их, вопреки всем принятым правилам, ровно шестнадцать. Но Люба знала, Костя не ошибается, просто в ту памятную ночь, когда они фактически стали мужем и женой, ей было ровно шестнадцать лет. Костик ни разу не пропустил памятную дату, оставалось загадкой, где в советские времена доставал он элитарные цветы...

Любовь Николаевна замолчала. За время рассказа она искурила, наверное, пачку сигарет, и в комнате повис серо-синий дым. Кошки, расчихавшись, убежали в коридор.

— Он никогда не просил вас ни о каких услугах? — спросила я.

— Конечно, просил, — ответила Казанцева, — пару раз детей брала в школу, затем одному балбесу выдала аттестат без выпускных экзаменов...

— На хранение ничего не давал? — нетерпеливо перебила я. — Несколько листочков синего цвета и фото?

— Нет, — удивилась Люба, — мы хоть и остались в хороших отношениях, но душевную близость потеряли...

— У него были близкие друзья?

— На моей памяти только Миша Рогов.

— Вроде у него и сестра есть?

Любовь Николаевна вытащила новую пачку сигарет.

— Да, Марьяна.

— Они контактировали?

Директриса задумчиво побарабанила пальцами по столу, потом отхлебнула остывший кофе.

— Марьяна старше брата на четырнадцать лет. Ей восемнадцать, ему — четыре, ну какая дружба? Потом, она рано вышла замуж за человека намного старше себя, крайне обеспеченного, но вроде супруг не ладил с Анной Федоровной — Марьяна редко приходила, раза два в год, не чаще. Правда, когда Коте исполнилось пятнадцать, он сам начал к Марьяне ездить. Наверное, сестра все же любила брата, потому что делала ему подарки: джинсы, куртки, ботинки...

— Адрес ее знаете?

— Только телефон.

Записав цифры, я поинтересовалась:

— Координаты Анны Федоровны не подскажете?

— Подскажу, — вяло ответила Казанцева, — только вам они не понадобятся.

— Почему?

— Анна Федоровна тяжело больна и ни с кем не разговаривает.

— Я попробую ее разговорить.

— Попытайтесь, — криво улыбнулась директриса и сказала: — Нечаевский, пятнадцать, квартира сто семь.

Я уставилась на знакомый адрес. Вот те на, я только что была там! Неужели тощенькая старушка в желтом сарафане и есть Катукова?

— У нее болезнь Альцгеймера? — поинтересовалась я.

Казанцева опять отхлебнула отвратительный, холодный кофе.

— У сотрудников милиции гадкая привычка всех подозревать. Уж не думаете ли вы, что я убила Константина? Да, у Анны Федоровны болезнь Альцгеймера, и она полностью потеряла личность, это страшная трагедия для окружающих. Костя ужасно переживал, они с Марьяной наняли сиделку и ни на минутку не позволяли той оставлять мать одну. Вначале, правда, Анна Федоровна еще ориентировалась, и к ней просто приходила домработница, ну а потом пришлось искать специальную сиделку. Она перестала узнавать своих, звала какого-то несуществующего внука, искала давно умершего Сергея Петровича, даже дралась. Хорошо, Миша Рогов помог, он крупный психиатр, подобрал какие-то препараты, агрессия ушла, но рассудок уже не вернется. Хотя иногда вдруг так разумно общается, просто диво...

У меня в голове просто образовалась дикая каша.

Если Костя и неизвестная мне Марьяна — брат и сестра, то кем им приходится Яна Михайлова, отправившая меня к старушке?

ГЛАВА 16

На улице похолодало. И не подумаешь, что начало ноября! Ветер как в феврале, а мороз просто крещенский, но я теперь знала, как бороться с холодом. Заскочив в насквозь промерзший павильончик, купила стаканчик обжигающего кофе и булочку — марципан. Моментально стало тепло, и до метро я добежала, не почувствовав мороза. Хотя, если признаться честно, мое красивое кашемировое пальто и тонкие сапоги совершенно не подходят для подобной погоды. Они покупались для дамы, разъезжающей в машине с отлично работающей печкой, а не для частного детектива, бегающего от дома к дому на своих двоих.

Возле нашей квартиры чем-то воняло. Противный запах усилился, когда я распахнула дверь.

— Кирилл, что произошло?

В ответ тишина, неужели не послушался меня и удрал гулять, не долечившись!

Ситуация прояснилась на кухне. Прямо на обеденном столе красовалась электроплитка, а на ней утюг. Недоумевая, я попробовала снять «Мулинекс», но вместе с ним поднялась и плитка. Причина стала понятна при детальном рассмотрении. На электрическую конфорку кто-то положил довольно плотный кусок полиэтилена, а сверху водрузил утюг, предварительно поставив регулятор температуры на «лен». Потом все сооружение посредством тройника включили в сеть, полиэтилен моментально расплавился и сцепил намертво предметы.

— Кирка, — заорала я, — а ну иди сюда немедленно!

Дверь скрипнула, и в кухню аккуратно вышли два мальчика.

— Это Гоша, — тихо сказал Кирюшка.

— Здрассти, — пробормотал приятель, пряча глаза.

— Быстро рассказывайте правду, — велела я.

— Все Гошка, — завел Кирилл, — он придумал...

— Я только предложил, — ныл одноклассник, — только рот раскрыл, а ты уже плитку тянешь.

— А утюг кто ставил?

— Сам включал!

— Ну-ка тихо! — прикрикнула я. — Как не стыдно, а еще друзья! Сваливаете вину друг на друга, фу, разве так поступают?

Кирюшка вздохнул и принялся каяться. Они с Гошкой строят дельтаплан, настоящий, с огромными крыльями. Чертеж взяли в энциклопедии, а когда соорудят аппарат, то обязательно опробуют за городом. Загвоздка вышла с крыльями. Широкого полиэтилена они не нашли, вот и решили склеить пленку, которая предназначена для парников. Но здесь их поджидала неудача, ни один клей не желал удерживать полиэтилен, а тут мать велела Гоше идти на почту, отправить бабушке бандероль. Парнишка увидел, как служащая ловко завернула пакет в пленку, потом засунула в какой-то аппарат и через секунду вынула крепко склеенную бандероль.

— Как он работает? — спросил Гоша.

— Просто, — ответила женщина, — от тепла части свариваются вместе намертво.

Обрадованный, Гоша поспешил к приятелю. В головах мальчишек родилась... «гениальная» идея. Следует положить куски на электроплитку и прогладить утюгом. «Кулибины» не учли одной маленькой детали — жидкий полиэтилен моментально «прихватил» подошву утюга и конфорку. Повалил жуткий запах. Хорошо, хоть юные техники догадались сразу отключить получившийся симбиоз от сети и не случился пожар.

— Да... — пробормотала я, разглядывая плитко-утюг. — И что теперь делать?

— Вообще мне домой пора, уроков — жуть, — заявил Гоша и бросился в прихожую.

— Предатель, — крикнул Кирка, — ща в глаз получишь!

Он хотел было побежать за товарищем, но я ухватила его за воротник:

— Погоди, пусть уходит.

— Вот гад, — пытался выкрутиться мальчишка, — сам придумал, а мне расхлебывать, отпусти, я ему нос подобью!

Стукнула дверь.

— Зато теперь знаешь цену своему приятелю, — пробормотала я, — настоящий товарищ никогда не бросит друга в беде.

— Сволочь он, — шмыгал носом Кирка и заревел.

Я обняла его за плечи, и «авиаконструктор» уткнулся сопливым носом мне в грудь.

— Нечего сырость разводить!

— Да, — всхлипывал Кирюшка, — меня Юлька знаешь как ругать будет!

— А мы возьмем и выкинем плиткоутюг и никому не скажем.

Кирюшка широко раскрыл глаза:

— Правда?

— Ну ты же никому не рассказал про курицу и суп, теперь мой черед тебя выручать!

— Лампочка, — закричал Кирюшка, — ты настоящий друг, только что будет, если Юльке утюг понадобится? •

— Она часто гладит?

Кирюшка хихикнул:

— Раз в году.

— Значит, не скоро хватится, успеем купить новый, слава богу, не проблема.

Кирюшка отошел к окну.

— Знаешь, пожалуй, раскрою тебе секрет.

— Ну?

— Погоди минутку.

Пока мальчик искал что-то в комнате, я принялась разогревать обед.

— Гляди, — сообщил Кирюшка и сунул мне в руки дневник.

В графах стояли четверки, изредка встречались тройки.

— Совсем неплохие отметки, — одобрила я его.

— Теперь сюда смотри.

На столе возник другой основной документ учащегося, я открыла обложку и ахнула. Тесными рядами на страницах толпились двойки и колы, а поля были исписаны замечаниями: «Просьба зайти в школу», «Срочно свяжитесь с классным руководителем», «Немедленно позвоните директору!!!»

— У тебя два дневника?

— Ага, — буркнул Кирка, — и до сих пор все с рук сходило, ставили по математике тройку. А теперь Злобный Карлик двойку выводит, меня просто убьют.

— Кто? — не поняла я.

— Учительница алгебры, Селена Эженовна. Ничего себе имечко? Мы ее Злобным Карликом зовем или Крошкой Цахес!

— Вот что, — приняла я решение, — во-первых, успокойся, а во-вторых, пойду завтра в твою школу и все улажу. Там твою маму хорошо знают?

— Никогда не видели, — пояснил Кирка, — ей все некогда, да и я только второй год там обучаюсь, раньше в другую ходил.

— Вот и чудненько, — обрадовалась я.

Следующее утро я начала со звонков. Сначала соединилась с больницей и узнала, что состояние больной Михайловой стабильно тяжелое и ее вновь перевели в реанимацию. Следующий звонок сделала по номеру, который мне сообщила Казанцева. Правда, перелистывая телефонную книжку, директриса бормотала:

— Я Мишу Рогова давно не видела, может, он уж там и не живет.

Но бодрый детский голос сообщил:

— Папа в клинике.

Я спросила адрес и засобиралась в путь. За то время, что пользуюсь подземкой, я искренне полюбила московское метро. Во-первых, в нем тепло, светло и чисто. Во-вторых, можно спокойно ехать, думая о своем или читая книжку, а если удается сесть, то вообще получается как на такси, даже лучше. В пробке стоять не приходится, не орет над ухом дурацкий магнитофон или радио, да и стоит копейки, через весь город за три рубля съездишь. К тому же на некоторых станциях продают безумно вкусные блинчики и сосисочки, детективы и газеты...

Вот, пожалуйста, на переходе от «Тверской» к «Чеховской» целый магазин. Мое внимание привлекла девушка, вся обвешанная разнообразными удостоверениями. Я внимательно изучала «витрину». Чего тут только не было! Золотые буквы «ФСБ», «ГРУ», «МВД» — просто рябь в глазах. Ниже торчали «Удостоверение любимой тещи», «Паспорт мужа», «Бесплатный проезд».

— Что это? — ткнула я пальцем в последнее.

Девчонка хихикнула и раскрыла книжечку.

«Предъявитель сего является представителем популяции сибирских попугаев и, как занесенный в Красную книгу, имеет право на бесплатный проезд в городском транспорте».

— Прикольно, да? — смеялась продавщица. — У нас охотно берут, стоит копейки, двадцать рублей, а здоровский подарок. Сверху — прямо как настоящее, даже контролеры обманываются.

— Но это тоже прикол? — поинтересовалась я, указав на корочки МВД.

— Не-а, — протянула девушка и раскрыла бордовую книжку. — Можно вписать фамилию, поставить печать, и запросто всех обманете, кроме милиции, конечно.

— Сколько?

— Сто пустое и двести заполнить.

— Где?

— Леша! — крикнула девчонка.

От противоположной стены отделился парень с табличкой «Куплю золото, часы, ордена».

— Клиент.

Мальчишка взял удостоверение и велел:

— Вон будка моментальной фотографии.

— Зачем, дома наклею.

Парень вздохнул:

— Печать должна стоять на снимке, захватывать левый угол, правило такое.

Через десять минут он ловко вклеил изображение моей физиономии, достал перьевую ручку, печать, штемпельную подушечку.

Результат превзошел ожидание.

— Держите, гражданка майор, — хихикнул умелец, — смотрите не потеряйте, а то выговор по управлению в приказе объявят.

Ксива смотрелась как родная. Опробовала я ее тут же. На территорию больницы не пускали посторонних, и я сунула книженцию под нос бравому секьюрити, тот, даже не поглядев внутрь, взял под козырек. Я понеслась по обледенелой аллее, не чуя под собой ног от радости. Господи, как просто обманывать людей. Может, потому у нас в стране такая криминальная обстановка.

Миша, вернее, кандидат медицинских наук Михаил Николаевич Рогов, сидел в комнате с надписью «Ординаторская» и сосредоточенно строчил в пухлой тетради.

— Садитесь, — буркнул он, не поднимая глаз, — подождите.

Минут пять я наблюдала, как он лихорадочно выводит каракули. Наконец процесс завершился, Миша нацепил на нос очки и произнес:

— Слушаю внимательно.

Он был полный, даже рыхлый, с большим животом, толстыми руками и намечающейся лысинкой, с виду уютный, добрый, просто плюшевый медвежонок, даже если не захочешь, а расскажешь такому все.

Поглядев на удостоверение, Миша вздохнул:

— Это из-за Коти?

— Вы знаете о его смерти?

— Конечно. Акула сразу позвонила.

— Кто?

— Моя бывшая жена, Акулина Евгеньева, — пояснил психиатр.

Мозги невольно дернулись при звуках этого странного имени. Кто-то недавно упоминал о женщине, которую так звали, только кто?

— Вы были дружны с Катуковым?

Миша сосредоточенно засопел и принялся приглаживать волосы. Внезапно я поняла, что он похож не на медведя, а на гигантского мопса, простодушного и слегка обиженного.

— Долгие годы я считал его своим лучшим другом, а потом наши дорожки разбежались.

— Из-за чего, если не секрет?

Миша вновь засопел.

— Из-за женщины, — решила я прийти ему на помощь.

Внезапно психиатр хлопнул кулаком по столу и почти заорал:

— Сто раз говорил ему: брось по бабам шляться, плохо кончится! Мы последние два года не разговаривали, но до этого сколько у него было неприятностей! А все из-за бабья. Просто стоп-сигнал отсутствовал, потаскун! Его небось какой-нибудь ревнивый мужик пришиб, так и знайте.

— Он отбил у вас жену?

Миша кивнул:

— Акулина — дрянь, проститутка по состоянию души, честно говорю, даже не жаль, что так вышло, но Котя отчего-то испугался, наверное, решил, будто я обиделся, и перестал мне звонить, ну а я и не напрашивался. Вот, значит, так.

— Они долго прожили?

Миша встал из-за стола и заходил по комнате.

— Черт их знает, год, наверное. Акулька потом позвонила и завела: «Прости, никого не люблю, кроме тебя». Только я не клюнул. Нет, говорю, родная, назад дорога закрыта, живи с Котей, коли он лучше показался! Только Костик долго с любовницами не гужевался — максимум месяцев десять. И знаете, что интересно? Ухитрялся так от бабы избавиться, что она ему чуть ли не лучшей подругой становилась. Вы не поверите, он половину своих девок замуж выдал, слышали когда-нибудь про такое? Денег им давал, подарки делал. У Костика была такая книжечка, зеленая, он там учет вел. Когда у кого день рождения, всегда позвонит, цветы пошлет, я только рот разевал, на такое глядючи. Вот Акулина, к примеру. Он ей и супруга нашел, и работу подыскал, ясное дело, баба его хвалить не устает. Хоть и разошлись, зато родные да близкие. Это если учесть, что она с ним всего около года прожила. А со мной — десять. И что? Я — негодяй, мерзавец, пробы поставить негде, а Котя — ангел с крыльями. Ну подумайте, где справедливость? Сама же мне изменила с лучшим другом, и я же говно.

— Не знаете ли адреса сестры Кости? — попробовала я прервать поток.

— Яны? — спросил Миша.

— Кого? — удивилась я.

— Его сестру зовут Марьяна Сергеевна, — поясьнил Рогов, — только ей это имя ужасно не нравилось, и она всем представляется как Яна.

В моей голове моментально все стало на место.

— Вы ее хорошо знали?

Миша вздохнул и сказал:

— Встречались.

— Костя и Яна дружили?

— Последние годы очень.

— Не знаете никого в их окружении, кто носил бы имя Слава?

Внезапно Миша стал красным, словно рак.

— Если вам все известно, зачем спрашиваете?

Я сделала умное лицо и четко сказала:

— Следствие подчиняется своим законам, я могу знать все, но хочу услышать правду от вас. Причем имейте в виду: сейчас мы с вами просто беседуем, без протокола, а я, если почувствую, что вы утаиваете информацию, моментально вызову на Петровку, а там так неприятно: стул железный, стол железный, все к полу привинчено...

— Ничего не таю, — замахал руками Миша, — просто не понимаю, какое отношение та давняя история может иметь к смерти Коти.

— Это не вам решать, — отрезала я.

— Хорошо, хорошо, — забормотал врач, — слушайте.

ГЛАВА 17

Яна была старше Кости на четырнадцать лет. Анне Федоровне, рано похоронившей мужа, пришлось тащить на своих плечах двоих детей. В детстве Миша практически не встречался с девушками. Рогов ходил вместе с Катуковым в один класс, и, когда они подружились, Яна уже вышла замуж и переехала на квартиру к супругу. Миша был в курсе всех проблем и тайн Кости. Естественно, знал он о «семейной» жизни с

Любой и о загулах, которые Котик устраивал на стороне. Потом Катуков получил отдельную квартиру, и приятели начали вместе приятно проводить время. Миша жил с родителями и отчаянно завидовал Костику.

Однажды, когда они перешли на второй курс, Костя заболел и несколько дней не звонил Рогову. Миша, как раз в это время сдававший анатомию, не слишком обеспокоился, проклиная кости, зубрил череп. Но когда в субботу Катуков не снял трубку, Миша не на шутку перепугался. У них был разработан код. Если друзья оказывались срочно нужны друг другу, следовало позвонить один раз, положить трубку и снова набрать номер. Но даже на условленный сигнал Костя не отреагировал. Рогов, бросив все дела, помчался к другу.

К его удивлению, Костя был дома, а на вопрос: «Чего не отзываешься?» — вяло пожал плечами:

— Заболел, насморк, кашель...

Но Миша не поверил другу и принялся допрашивать того с пристрастием. В конце концов Костя не выдержал и рассказал дикую, не укладывающуюся в голове историю.

В прошлый понедельник его мать, получив какое-то письмо, долго-долго рыдала над бумагой, а потом открыла Костику семейную тайну. У Анны Федоровны не двое детей, а трое. У Кости есть брат — Слава, на год его младше. Просто, когда умер отец, учительнице было одной не поднять двоих сыновей и дочь, поэтому самый маленький отправился жить к сестре отца — Наталье. У той никогда не было детей, и женщина воспитывала племянника как родного ребенка, усыновить его она, как одинокая женщина, не могла, но фамилию Славе дали Катуков, и у мальчика не возникало никаких подозрений. Он искренне считал Наталью матерью. Чтобы не провоцировать ненужных ситуаций, родственницы практически прервали между собой отношения. Анна боялась, что, увидав ребенка, разрыдается, а Наталья не хотела, чтобы мальчик узнал правду. Когда Славе исполнилось шестнадцать лет, Наталья сама пошла получать за него паспорт, боясь, что юноша увидит свою метрику. Но все обошлось, красивая коробочка конфет «умаслила» сердце паспортистки, и она отдала документ милой маме, пришедшей забрать его вместо внезапно заболевшего сына. Наталья расписалась во всех графах и вздохнула спокойно. Но ненадолго.

В отличие от Кости Слава рос хулиганистым, непослушным мальчиком. В голову ему вечно приходили гадости. Причем делал он их исподтишка. Стрелял из рогатки по птицам, убивал дворовых кошек, а с четырнадцати лет забросил учебу и проводил время вместе с такими же приятелями по подвалам...

Наталья пролила ведра слез, пытаясь образумить сыночка, но все впустую. Мальчишка просто не желал ничего делать. Неизвестно, чем бы закончилась ситуация, но однажды Слава случайно заглянул в спортзал, где такие же, как он, подростки занимались невиданным доселе спортом — карате.

Слава остался на тренировку, потом пришел еще и еще... Тренер, молодой, подтянутый мужчина, Олег Ефремович Соколов, поставил условие:

— Ходишь сюда, только если хорошо учишься в школе.

Пришлось Славику браться за учебники. Наталья бегала тайком каждый день в церковь и ставила свечки за здравие Соколова. Слава изменился невероятно. Мало того что он бросил курить и шляться по подвалам, так еще в его дневнике начали появляться четверки, его даже приняли в комсомол и оставили в девятом классе, хотя еще в ноябре директриса твердо заявила матери:

— Катуков отправится в ПТУ.

Словом, Наталья не чуяла ног от радости, но счастье длилось только около двух лет. Потом настал черный день, 29 марта. Славик ушел в Дом культуры

Метростроя на танцы и домой не вернулся. Около часу ночи перепуганная мать принялась разыскивать парня, а утром ни свет ни заря понеслась в милицию.

В дежурной части ее «успокоили»: Вячеслав Катуков, 1962 года рождения, оказался жив, здоров и находился под арестом.

— За что? — только и сумела вымолвить несчастная женщина.

Выяснилась жуткая правда. В самый разгар веселого вечера на танцплощадку явилась группа парней и стала приставать к девушкам. Завязалась драка, Слава ударил некоего Васильева Романа, 1960 года рождения. Да так сильно, что Рома упал на пол, странно вывернув руки. Потом уже приехавший врач констатировал перелом шейных позвонков и мгновенную смерть.

Несколько месяцев шло следствие. Потом состоялся суд. Наталья судорожно рыдала, глядя на наголо остриженного сына, стоящего между двумя конвойными. Прозвучал приговор — шесть лет. Мать чуть не упала замертво. И хотя со всех сторон ей говорили, что суд учел все и дал по нижнему пределу, Наталья едва не скончалась от горя. Происшедшее она скрыла от всех, в особенности от золовки. Наталья считала виноватой в происшедшем только себя. Ведь родной брат Славика, Костя, нормально учился, не доставляя родным никаких неприятностей. Значит, Анна умеет воспитывать детей, а она, Наталья, нет. Мальчиков разделяет всего год, ну не могут же они быть полярно разными. Нет, дело в воспитании. Слава отправился в детскую колонию, Наталья стала писать письма и ездить на свидания... Она жила теперь от передачи до передачи, бросаясь к почтовому ящику.

Скорей всего Анна никогда бы и не узнала о судьбе Славы, но тут у Натальи случился инфаркт, и женщина попала в больницу. Поняв, что может не выкарабкаться, Наталья написала золовке письмо. Анна получила послание утром, а вечером уже сидела у кровати, слушая сбивчивый рассказ и ужасаясь. Боясь, что Костя узнает в раннем детстве о наличии брата, женщина сделала все возможное, чтобы мальчики не встречались. Многим такая предосторожность покажется странной, но была одна деталь. Котя и Славик уродились невероятно, фотографически похожими друг на друга, подобное сходство могли иметь лишь братья, а ни Анна Федоровна, ни Наталья не хотели, чтобы правда вылезла наружу. Первая стеснялась того, что отдала сына на воспитание, пусть и золовке, но все равно в чужие руки, вторая хотела, чтобы Славик считал матерью только ее.

— Не бросай его, — шептала Наталья, цепко держа Анну за руку, — слышишь, не бросай. Помоги встать на ноги да расскажи детям правду.

— Какую? — вздрогнула Анна.

Наталья недобро усмехнулась:

— Ладно, видишь, умираю, так что кончай прикидываться, свяжись с отцом Славика.

— Что ты несешь, — помертвевшими губами зашептала директриса, — Сергей умер много лет назад.

Наталья перестала усмехаться и глянула на золовку огромными бездонными глазами, на секунду Анне показалось, что какая-то непонятная сила затягивает ее в омут.

— Неужели считаешь меня такой дурой? — прошептала Наташа. — Я давно все поняла. Сергей скончался в сентябре, Славик появился на свет на следующий год в августе. Посчитай сама, выходит, ты в ноябре забеременела, через два месяца после кончины супруга.

— Я просто переходила срок, — отбивалась Анна.

— На два месяца? И потом, странно как, вы с Яной и Костей в тот год отправились на дачу в начале мая, ты все говорила, что сердце болит, и даже с работы ушла. Виданное ли дело, директору школы не дождаться окончания учебного года, а в августе ты уже меня к младенцу позвала и забрать предложила. Ты ведь ни декрет не брала, ни отпуск не оформляла, небось сразу подумала мне мальчонку отдать, знала ведь, что я всю жизнь о ребенке мечтала. И молчать ты придумала, а я согласилась. Небось только Яна и знает. Молодец девчонка, не выдала тайны.

Анна Федоровна чувствовала себя на грани обморока. Сестра мужа откинулась на подушку и сказала:

— Знаю, ты коммунистка и ни в бога ни в черта не веришь, но поклянись на моем нательном кресте, что не бросишь ребенка, он оступился, но он твой сын.

Директриса взяла ледяными пальцами теплый кусочек серебра и прошептала:

— Клянусь.

— Вот и хорошо, — удовлетворенно вздохнула Наталья, — на такую клятву даже ты не наплюешь!

Анна Федоровна просидела в больнице до утра, а Наталья Федоровна словно посчитала свою миссию на земле законченной и скончалась, едва стрелки часов подобрались к семи.

Директриса приехала домой и рассказала сыну правду, но не всю. Домыслы золовки об отце Славы она повторять не стала.

Котик перепугался безумно. Это сейчас близкий родственник, находящийся в не столь отдаленных местах, воспринимается людьми как некий знак отличия. Иметь в анамнезе пару лет отсидки или по крайней мере племянника-братка стало чуть ли не престижным для любого человека, стремящегося сделать карьеру. Но в 1980 году ситуация была полярной. Брат-уголовник! Просто катастрофа!

— Мамуля, — задрожал Костик, — как же так, у меня по всем анкетам проходит лишь Марьяна, а если в КПСС вступать? Не могу же я в партийных документах врать? Ну и учудила ты, раз уж отдала сыночка, так и оформили бы все по-человечески. А то вон сколько новостей, и тетка у меня, оказывается, была, и брат есть! А Яна-то — ни гугу, ай да сестренка!

— Наталья не могла усыновить Славу, — шепнула мать.

— Почему? — удивился Котя.

— Она никогда не была замужем, а одиноким женщинам детей не дают, — пояснила директриса.

— Вот новость так новость, — не успокаивался Котик. — Господи, ну как теперь в КПСС вступать.

Но имевшая в письменном столе красную книжечку с профилем В. И. Ленина мать неожиданно высказала диссидентские настроения:

— Значит, не вступай!

— Да, — заныл Котя, — в институте все говорят, на гастроли за границу только партийных берут. Значит, уголовнику помочь хочешь, а меня, родного сына, побоку.

— Но Слава тоже мой сын, — возразила Анна Федоровна.

— Что-то ты об этом поздно вспомнила, — парировал всегда вежливый Котик.

В первый раз они поругались по-настоящему. Вечером Анна Федоровна нарушила тягостное молчание и сказала сыну:

— Вот что, Котя, не волнуйся. Никто ничего не узнает. Славик не указан и в моих анкетах. Вернется, скажем соседям — двоюродный брат.

— Он что, здесь жить станет, с тобой? — испугался Костя.

— Нет, конечно, — ответила Анна Федоровна, — вернется по месту прописки, в квартиру Натальи.

В 1983 году Слава вышел. Никакой радости встреча братьям не доставила. Так, посидели рядом, дивясь на свое редкое сходство, поболтали. Честно признаться, разговаривать им было особенно не о чем. Котик трещал о новых фильмах Феллини и Антониони, восторгался постановками Юрия Любимова, Славик молча кивал головой, старательно пряча левую руку, где на среднем пальце красовался вытатуированный перстень.

На свободе младший Катуков пробыл недолго. Примерно через полгода вновь загремел в Бутырку, уже за кражу. Теперь с передачами в угрюмый двор на Новослободской улице бегала Анна Федоровна. В декабре, после того как Славика осудили, директриса заболела и попросила:

— Котя, свези вещи с едой на Красную Пресню, в пересыльную тюрьму.

И, видя, как изменилось лицо сына, быстро добавила:

— Мороз, он в летнем, замерзнет.

Костя послушно отволок тюк с ватником, ушанкой и валенками, а также передал мешок с сухарями, чаем, сахаром и неожиданно попал на свидание.

В длинной комнате, разделенной грязным стеклом, множество людей орали в телефоны. Котя тоже взял трубку, глянул перед собой и ахнул. Он словно смотрелся в зеркало, только отражение было коротко стриженным, бледным и одето в жуткую мятую черную куртку.

В Мордовию, куда заслали Славу, Костя не ездил, впрочем, Анна Федоровна тоже, передачи таскала Яна, явно жалевшая мать. Она же оставалась там на короткие, двухчасовые и длительные, суточные свидания.

В 1986 году Славик освободился подчистую и вернулся в Москву. Начинался период дикого разгула демократии, а в лагере Слава свел знакомство с Анзором Калашвили, богатейшим, как их тогда называли, цеховиком. Анзор ухитрился открыть подпольный цех по пошиву домашних костюмов и в мгновение ока сколотил состояние. Слава же, владевший карате, не раз защищал Анзора от урок, желавших опустить смазливого грузина.

Калашвили вышел чуть раньше и встречал Славу на перроне Курского вокзала. Когда Славик выбрался из вагона, в ватнике, черной кепочке и солдатских сапогах, он даже не понял, кто этот роскошно одетый гражданин, кинувшийся к нему с радостным криком. Анзор успел зарегистрировать швейный кооператив и наводнил столицу сотнями блузок, которые неизбалованные москвички хватали, словно горячие пирожки. Стоили изделия в пять раз дешевле турецких, а качество было лучше. Калашвили работал на совесть и никогда не пользовался гнилыми нитками.

В отбывании срока что в СИЗО, что на зоне нет ничего хорошего, но многие из тех, чьи лучшие годы прошли за колючей проволокой, назовут вам все же один весьма положительный момент. Именно в заключении завязываются тесные дружеские связи, более крепкие, чем родственные. Анзор не мог забыть, как Слава защищал его от урок. В мгновение ока Славик стал совладельцем преуспевающего швейного предприятия. Удивительное дело, но бывший хулиган и вор уже через полгода великолепно разбирался в вытачках, проймах и выкройках. Слава перестал вздрагивать при словах «косой крой» и начал употреблять глагол «пришить» в его истинном значении. К тому же у него открылся настоящий талант управленца. Скоро фирма разрослась, арендовала секции в ГУМе и ЦУМе. Бывшие уголовнички обзавелись квартирами, джипами, золотыми цепями и малиновыми пиджаками.

Вот тут-то Котя и начал захаживать к брату в гости. Он, в отличие от Славы, не слишком преуспевал. Особых ролей не было, а до агентства экстремальных услуг парень еще не додумался. Славик оказался родственным и помогал Коте: купил «Жигули», пару раз отправил отдыхать за границу и частенько совал старшенькому в карман доллары. Потом Котя принялся оказывать людям услуги, и его материальное положение слегка выправилось, но до Славика ему все равно было ой как далеко, потому что Анзор эмигрировал во Францию, и друзья принялись в придачу к швейному делу заниматься еще и торговлей секонд-хэндом. Калашвили скупал в крупнейших универмагах

«Самаритэн» и «Лафайетт» нераспроданные свитера, юбки, костюмы... Французская сторона отдавала одежду буквально даром. Парижане привередливы и ни за что не станут носить прошлогодние модели, а хранить мертвый груз на складе крайне накладно. В Москве же из тюков извлекались вещи, гладились и уходили на «ура». Слава сообразил привлечь к делу домохозяек и молодых матерей. Женщины за небольшую плату приводили наряды в порядок — отпаривали, пришивали пуговицы... Словом, работа кипела. Единственное, в чем Славику не везло, так это в личной жизни. Времени на поиски жены у него просто не было, поэтому его «дамами сердца» становились проститутки, подобранные на Тверской. Славе даже казалось, что так проще: заплатил деньги — и привет, никаких обязательств. Ухищрения, к которым прибегал Котя, обхаживая баб, только смешили младшего брата. Все эти букеты, конфеты, духи и рестораны...

— У тебя поэтому и денег никогда нет, — укорял младший. — Ну на фига корзины с розами дарить, трех цветочков хватит.

Старший только улыбался:

— Нравится мне быть щедрым.

— Умрешь в нищете, — вздыхал Слава, — ты же ничего не откладываешь, виданное ли дело тратить все на баб.

— Зато мои дамы готовы ради меня в огонь прыгнуть, — парировал Котя.

И это была правда, женщины обожали актера и, даже разойдясь с ним, оставались в дружеских, весьма теплых отношениях...

Миша вздохнул и поглядел на меня:

— Вот такая история. Вы можете проверить ее истинность, загляните на работе в компьютер, небось храните все сведения об освобожденных.

Я важно кивнула:

— Есть у вас адрес Славы?

Рогов поморщился:

— Есть.

Я решила не обращать внимания на его недовольную гримасу.

— Давайте.

Миша выпалил:

— Улица Зои и Шуры Космодемьянских...

Ну с чего бы ему помнить наизусть координаты младшего Катукова? Некоторое удивление, наверное, отразилось на моем лице, потому что психиатр добавил:

— Сейчас он женат, его супругу зовут Акулина Евгеньева, но мне страшно не хочется комментировать данную ситуацию.

ГЛАВА 18

В школу, где учился Кирюшка, я ворвалась со звонком, возвещающим конец учебного дня. Плотная толпа детей с жуткими криками, топотом и руганью понеслась к раздевалке. Старшеклассники раскидывали малышей, волочащих ранцы, кое-кто из длинноногих одиннадцатиклассников просто переступал через первоклашек. В дверях образовалась пробка. Писк, визг и гам повисли в воздухе.

— А ну, прекратили немедленно! — раздался командный голос.

Я невольно вздрогнула. У подножия широкой лестницы стояло странное существо. Если нашу стаффордширшу Рейчел поставить на задние лапы, она и то будет выше этой женщины. Впрочем, фигурой учительница смахивала на мопса. Довольно большая круглая голова с короткой, почти мужской, прической лежала прямо на жирных плечах, шеи у дамы не было и в помине. Зато плечам мог позавидовать борец. Ниже крепился внушительный бюст, плавно перетекающий в большой выпирающий живот, покоящийся, казалось, непосредственно на туфлях. Ног у нее не наблюдалось, равно как и шеи, этакий квадратный экземпляр, гигантский спичечный коробок с головой.

— Заткнулись все! — орал монстр. — Николаев, давай дневник, Соколов, марш к директору.

Стало тихо-тихо. Робкие первоклассники, словно вспугнутые мыши, исчезли в раздевалке. Даже нахальные десятиклассники присмирели.

— Кто это? — шепотом спросила я у девочки, завязывавшей ботинки.

Ребенок поднял покрасневшее лицо и так же тихо ответил:

— Зверь. Злобный Карлик. А вообще-то учительница алгебры Селена Эженовна.

И эту тетку я должна убедить не ставить Кирке «два»? Тем временем Селена Эженовна повернулась и пошла по коридору, я кинулась следом:

— Простите...

Учительница притормозила. Росточком она была чуть выше метра пятидесяти, а мне все равно показалось, будто преподавательница смотрит сверху вниз.

— Что нужно?

— Простите, я мать Кирилла Романова.

— Ах, этого, — процедила дама и велела: — Входите.

Мы оказались в просторном классе, завешанном портретами и таблицами.

— Садитесь, — приказала математичка и принялась жаловаться на Кирку. Невнимательный, у доски словно немеет, зато за партой без конца болтает, недавно жевал чипсы на контрольной и ничего не решил...

— Я спрашиваю: «Почему?» — грозно хмурилась Селена Эженовна, — отвечает: «Не понял». Все кругом поняли, даже Евстафьев, а ваш нет!

Тяжелый вздох вырвался из моей груди. Сама сидела в классе, вытаращив глаза. Пока преподавательница старательно разжевывала материал, тема казалась ясной, но стоило начать работать самостоятельно!..

— На переменах носится, вчера чуть не сшиб завуча...

— Простите, но он болен и вчера не посещал занятий.

Но Селена Эженовна, очевидно, не любила, когда ее прерывают. Брови дамы соединились в одну линию, и она рявкнула:

— Значит, данная ситуация произошла позавчера...

— Может, это вообще не он был?

— Он, — отрезала математичка. — Вот что, мамаша, если желаете, чтобы ваш Ломоносов переполз в следующий класс, нанимайте репетитора. Я ему тройку не поставлю!

Внезапно в порыве вдохновения я поинтересовалась:

— Не могли бы вы подтянуть мальчика, частным образом, естественно?

— Десять долларов урок, — не моргнув глазом сообщила Селена Эженовна и по-птичьи склонила набок крупную голову.

Я обрадованно полезла в кошелек. Как удачно, что я сегодня прихватила из дома сто баксов, думала купить зимние сапоги, ничего, и старые сойдут, в метро тепло, ну поддену толстые носки, зато, глядишь, у Кирки дела наладятся.

Взяв зеленую купюру, Селена Эженовна неожиданно улыбнулась, обнажив ровные крепкие зубы.

— Ваш мальчик шалунишка, но ничего, думаю, у нас пойдет дело. Он производит впечатление умного ребенка.

У меня просто раскрылся рот. Всего сотня, а какая метаморфоза! Из грубияна, хулигана и дебила Кирка разом превратился в милого шалунишку с явными математическими способностями.

— Купите вот эту книжечку, — учительница потрясла перед моим носом брошюркой, — я по ней контрольные работы даю, тут все ответы.

— Где ее можно взять?

— У метро, душечка, за десять рублей на лотке, — прочирикала математичка, мило улыбаясь. — Кстати, вот вам вариант, пусть решит дома, а я отметку в журнал выставлю. И еще, смотрите...

Она показала мне толстую книгу «Готовые домашние задания».

— Там же, у метро, добудете, пусть выполнит уроки и проверит, вообще, я не разрешаю ученикам пользоваться решебником, но если свой ребенок...

Да, Селена Эженовна честно отрабатывала гонорар.

У метро я обзавелась необходимой литературой.

— Купите клюкву, — послышался голос.

Милая женщина с изможденным лицом протягивала пакет, плотно набитый красными ягодами.

— Спасибо, — ответила я, — только что из нее делать?

— Пирог!

— А как?

— Значит, так, — не удивилась продавщица, — берешь пачку маргарина, лучше отечественного, и режешь на мелкие кусочки. Миксер есть?

Я пожала плечами:

— Наверное.

— Потом три яйца, желтки отдели от белков. Белки сунь в холодильник, а желточки взбей с двумя столовыми ложками сахара. Потом смешай с маргарином и добавь примерно два стакана муки, затем тесто прямо комком клади в форму и пальцами по донышку растяжай, оно скалкой не раскатывается, и в духовку, только бортик небольшой сделай, чтобы не лепешка, а сковородочка получилась, да вилкой в двух-трех местах проткни, а то вспучится.

— Клюкву куда?

— Погоди, значит, пока тесто печется, берешь

стакана два ягод, давишь толкушкой и смешиваешь с песком.

— Сколько сахара?

— Чтоб тебе вкусно показалось, одни покислее уважают, другие послаже. Вытащишь готовое тесто, оно такого приятно-желтого цвета станет, и выложишь на него начинку. А потом белки из холодильника достанешь, взобьешь с песочком до «снега» и сверху всю клюкву прикроешь. Внизу тесто, посередине клюква, сверху белая пена, поняла?

Я кивнула.

— И снова в духовку, только теперь минут на пять, пока белок не станет цвета кофе с молоком. Потом всю жизнь меня за рецепт благодарить станешь. Делается за полчаса и печется столько же, не черствеет, неделю стоит как новый, вкусный да мягкий, бери клюкву.

Торговка оказалась права. Мои домашние в мгновение ока слопали по куску и схватили по второму.

— Восхитительно, — пробормотала Юля, облизывая ложку, — просто восторг.

— Ты бы поосторожней, — хихикнул Сережка, — располнеешь!

— Плевать, — заявила Юля и нацелилась на третью порцию.

И тут прозвенел звонок в дверь. Кирюшка глянул на часы и произнес загадочную фразу:

— Поезд из Колабина прибыл.

— Только не это, — прошептала Юлечка, роняя кусок на пол.

— Типун тебе на язык! — воскликнул Сережка, бледнея.

Муля и Ада, отпихивая друг друга задами, быстро-быстро уничтожали нежданную добычу.

Звонок прозвенел еще раз.

— Надо открыть! — вздохнула Юлечка, не трогаясь с места.

— Может, подумает, что дома никого нет, и уйдет? — брякнул Кирка.

— И не надейся, — пробормотал Сережка, — эта никуда не денется.

Похоже, он был прав, потому что теперь трезвон не смолкал ни на минуту. Чья-то уверенная рука жала на кнопочку не отрываясь.

— Лампочка, открой, пожалуйста, — попросила Юлечка.

Я распахнула дверь.

— Ну наконец-то, — произнес бодрый голос, — неужели, думаю, спать улеглись, девяти еще нет. Сережа, втащи чемодан.

Парень вышел в коридор и безжизненным голосом сказал:

— Здравствуйте, Виктория Павловна, как доехали?

— Прекрасно, детка, — прощебетала дама и принялась расстегивать красивую элегантную шубку из канадского бобра. — Где Катюша?

— Мать улетела в Кемерово.

— Надолго?

— На месяц, — ляпнула вышедшая из кухни Юлечка.

— Ладно, — вздохнула гостья, — ничего, мне спешить некуда... Что-то у вас прихожая шире стала или просто кажется?

— Шкаф купили, — пояснила Юля.

— Давно пора, — пробормотала Виктория Павловна, — вечно у вас жуткий беспорядок и грязь, а питаетесь пельменями. Ну ничего, я у вас наведу полный антураж.

— Только не готовь кашу «Здоровье», — пискнул Кирюшка.

— Зерновые блюда крайне полезны для желудка, — отрезала Виктория Павловна и взвизгнула: — Кто это?

Я проследила за ее наманикюренным пальцем и ответила:

— Мопсы, Муля и Ада.

— Мопсы! — вскрикнула дама. — Но таких не было!

— Мы их только в этом году взяли, — пояснил Кирка.

— Ужас! — возвестила Виктория Павловна. — В придачу к этой жуткой лошади завели еще двух уродов!

— Они не уроды, — вмешалась я.

— А вы кто такая? — поинтересовалась дама, наконец освободившаяся от шарфов и шалей.

— Это моя тетя Евлампия, — моментально отреагировала Юля, — живет у нас и великолепно готовит, так что мы теперь питаемся как в ресторане.

— Добрый день, любезнейшая, — прищурилась гостья, — так как мы с вами, похоже, одного возраста, можете звать меня Викторией.

Я поглядела на отвисшую морщинистую кожу под ее подбородком, на густую сеть мелких «гусиных лапок» возле умело накрашенных глаз и вздохнула. Да, тетке никак не меньше шестидесяти. Хотя милая Вика и хочет казаться тридцатилетней. Впрочем, одевалась она как тинейджер. Обтягивающий розовый свитерок, весьма коротенькая юбочка, из-под которой торчат две худые ноги в черных колготках. Небось из-за варикоза не может носить чулки телесного цвета.

— Кто это? — шепотом спросила я у Юли, воспользовавшись тем, что гостья отправилась в ванную.

— Семейное несчастье, — вздохнула девушка, — тайфун «Виктория». Первая свекровь Кати, приезжает всегда в начале ноября в Москву за нарядами, живет почти месяц! Ну теперь мало никому не покажется. Хорошо Кате, сидит в своем Кемерове и в ус не дует, а нам с этой грымзой общаться.

— А почему не сказала, что я домработница?

— Что ты, — замахала руками Юля, — до обморока доведет! А так с посторонним человеком постесняется.

Из ванной тем временем донеслось:

— Дайте чистое полотенце, а то тряпкой, висящей тут, противно вытирать руки!

Юля полезла в шкаф. Я вздохнула: не похоже, что данная дама может хоть кого-то постесняться.

Спать мы легли поздно. Часа два сидели на кухне, слушая безостановочный монолог Виктории. Сначала она одарила всех подарками. Юле досталась красная кофточка-лапша, слегка застиранная и бесформенная.

— Отличная, супермодная вещь, — объяснила добрая гостья, — теплая, качественная. Рукавчик только подверни, там небольшое пятнышко, и носи на здоровье.

Сережке вручили стограммовую плитку шоколада.

— Наша фабрика делает, Колабинская, — пояснила Виктория, — экологически чистый продукт, настоящее наслаждение, не то что эти «Сникерсы» отравленные.

Парень развернул фольгу и вытащил на свет тонюсенькую плиточку в серых разводах. Ухмыльнувшись, он быстро поломал подарок на мелкие части и предложил:

— Угощайтесь!

Виктория моментально схватила пару квадратиков и вытащила старую-престарую резиновую игрушку. Когда-то это был веселый, разноцветный клоун, но сейчас яркие краски потускнели, а кое-где облупились, и «циркач» глядел на мир одним глазом.

— Бери, деточка, играй на здоровье, — протянула она кусок резины Кирюшке.

Мальчик двумя пальцами ухватил поданное и громко сказал:

— Спасибо, бабушка!

— Какая я тебе бабушка, — возмутилась Виктория, — додумался, сорокалетнюю женщину бабушкой звать!

Кирюшка аккуратно поставил клоуна на край стола. Рейчел подошла поближе и принялась шумно обнюхивать игрушку.

— Отойди сейчас же! — закричала Виктория. — Фу, не смей брать, это же дорогая вещь, ей цены нет, покупали для сына в 1954 году. Ничего для ребенка достать было нельзя, спекулянтка из Берлина привезла, десять рублей отдала. Десять! Да не нынешних, а тех, настоящих, дореформенных, а ты, Кирилл, собаке разрешаешь брать!

— Может, не стоит ребенку антиквариат давать, — влезла Юля, — давайте в стенку уберу, на память. Раритет такой, игрушке-то почти пятьдесят лет!

Виктория осеклась, поняв, что слишком погорячилась, и теперь никак не могла сообразить, как выкрутиться. Наконец она буркнула:

— Ладно, теперь о моих планах.

Слова лились потоком. Она хотела объехать магазины и купить новую шубу, шапку, сапоги, парочку костюмов, несколько юбок, брюки, кой-чего из косметики и парфюмерии...

Наконец Юля откровенно зевнула:

— Нам завтра рано на работу.

— А мне в школу, — быстренько добавил Кирка.

Все понятно, не хочет оставаться наедине с любимой бабулей.

Но быстро лечь нам не удалось. Следующий час мы обустраивали комнату для гостьи. Сначала вытащили палас.

— У меня аллергия на пыль, — злилась Виктория. — Слава богу, не в первый раз приезжаю, можно запомнить и не селить в помещении с вонючей синтетикой на полу.

Потом пришлось спешно затыкать ватой щели в окне. Пока я орудовала ножом, Юля наглаживала постельное белье.

— Не могу же я лечь на измятые простыни, — шумела Виктория, — просто отвратительно, какие вы неряхи!

Сережка молча тыкал мокрой шваброй по углам, сохраняя полнейшее спокойствие. Потом понадобился ночник, стакан с водой, обязательно минеральной, без газа. Такой в доме не нашлось, и пришлось Сережке около полуночи нестись в ларек. Словом, успокоились поздно, а утром встали невыспавшиеся и злые.

Дети разбежались кто в школу, кто на работу. Привередливая гостья мирно спала, очевидно, утомилась вчера или привыкла пробуждаться не раньше одиннадцати. Я налила чашечку кофе и села у стола. Так, возьмем листок бумаги и попробуем отделить котлеты от мух. Слишком много я узнала, но так и не добралась до истины. И где только Костя мог спрятать бумаги? Небось страшно ценная вещь, раз его из-за них убили. Может, они преспокойненько лежат у Яны? Но этого сейчас не узнать. Только что милый девичий голос сообщил, что больная Михайлова все еще находится в реанимации, и по тому, как медсестра спешила завершить разговор, я поняла, что Яне, очевидно, стало хуже.

У Нины Никитиной дома никто не снимал трубку, а в парикмахерской мне сообщили, якобы ее смена с трех. Значит, все в порядке и никто не собирался нападать на девушку. Собственно говоря, в руках у меня были только тоненькие, словно паутинка, ниточки. Может быть, синие листочки Костя отдал Славе? И еще интересно, что случилось на квартире у Лены Литвиновой, костюмерши? Лев Валерьянович сообщил, будто ее ограбили, ох, неспроста это. Вдруг она меня обманула и, расставшись с Костиком, осталась с ним, как, впрочем, и остальные, в хороших отношениях. Может, документы все-таки у нее? Конечно, я бегаю по кругу, но ничего другого не лезет в голову.

У Славы на телефоне работал автоответчик. Бодрый женский голос отбарабанил стандартный текст: «Вы позвонили в квартиру Катукова, сейчас никто не может подойти к телефону, оставьте сообщение после гудка». Я послушала шорох, треск, легкое попискивание и положила трубку. Подожду вечера, а сейчас съезжу домой к Лене Литвиновой и попробую еще раз «допросить» даму.

Жила Лена на краю света, наверное, в этом районе уже не московское время. Город кончился, автобус выехал на Кольцевую дорогу и бодро покатил вперед. Вдали чернел лес. Маршрутка резко взяла вправо и понеслась по шоссе. По обе стороны асфальтовой ленты высились деревья. Внезапно ели расступились, и впереди появился каскад блочных домов, унылый и малопривлекательный.

Противный ветер забирался под чересчур тонкое пальто, мне стало холодно и неуютно, а подъезд, в котором жила Лена Литвинова, показался омерзительно грязным. Шесть ступенек вели к пахнущим мочой лифтам, а когда кабина, скрежеща и повизгивая, двинулась вверх, в ней погас свет.

Дверь в квартиру с железными цифрами 98 распахнулась сразу, я раскрыла было рот и осеклась. На пороге, в халате, стоял угрюмый охранник из театра «Рампа», тот самый мужик, откровенно радовавшийся смерти Кости Катукова.

— Чего вам? — весьма нелюбезно гаркнул хозяин.

Я сняла вязаный колпачок, пригладила волосы и ответила:

— Майор Романова из уголовного розыска, не узнали?

— А я вас и не знаю, — ответил милый мужчина.

— Неужели не помните, — настаивала я, — приходила в «Рампу», ко Льву Валерьяновичу.

— А-а, — протянул мужчина и, близоруко прищурившись, велел: — Документики предъявите.

Только вчера я самозабвенно глядела одну из серий «Ментов» и теперь точно знаю, как следует показывать служебное удостоверение. Быстрым, словно многократно отработанным движением я вытащила из сумочки красную книжечку, на мгновение раскрыла ее перед носом бдительного гражданина и тут же захлопнула, всем своим видом демонстрируя, что процедура знакомства закончена.

— А теперь, гражданин Литвинов, объясните, где находится ваша бывшая жена и что это за история с кражей произошла в принадлежащей ей квартире. Кстати, насколько я понимаю, вы имеете свою жилплощадь, так что же делаете тут?

— Я Николаев, Александр Николаевич, — проговорил мужик, отступая в глубь небольшой прихожей, оклеенной весьма мрачными обоями, имитирующими кирпичную кладку. — Лена не меняла фамилию, не хотела с документами возиться.

— Понятно, — отрезала я и поинтересовалась: — Где говорить станем?

— Если не возражаете, на кухне, — ответил Александр.

Мы втиснулись в крохотную, пятиметровую кубатуру, битком набитую баночками, коробочками и кухонной утварью.

— Так что у вас случилось? — поинтересовалась я, пролезая к малюсенькой табуреточке, стоящей между окном и плитой. Интересно, для кого она предназначена? Даже я с трудом уместилась в пространстве.

Александр вздохнул и принялся рассказывать.

ГЛАВА 19

В тот день Лена, как всегда, ушла на работу рано. Костюмерша приходит в театр загодя, работы навалом: глажка, чистка, кое-где следует подшить кружева, кое-где проверить пуговицы. А ведь еще есть шляпы, сапоги, ботинки. Словом, уже в полдень Лена скачет с утюгом вокруг доски, а возвращается совсем поздно. Весь день квартира стоит пустая. Но в то памятное утро на диване осталась спать ее двоюродная сестра Женя, приехавшая из Брянска. Поезд прибыл за полночь, Женя еле-еле успела на метро и от конечной станции вынуждена была взять такси, маршрутки уже не ходили...

Почти всю ночь родственницы проболтали. Утром Литвинова, так и не отдохнув, понеслась в театр, а Женя улеглась на диван, завернулась в одеяло и сладко захрапела.

В этой истории могло быть на один труп больше, но Жене просто фантастически повезло. Лена давно болеет диабетом и никогда не выходит из дома без шприца с инсулином, но в тот день забыла его в ванной и, как назло, почувствовала себя плохо. Лев Валерьянович вызвал «Скорую», а потом велел костюмерше ехать домой.

— Выспись как следует, — сказал он женщине, — без тебя справимся. И чем только по ночам занимаешься, синяки вполлица.

— Сестра приехала, заболтались.

— Ну-ну, — ухмыльнулся администратор, — ты у нас девушка незамужняя, на выданье...

Лена страшно обозлилась на скабрезную шутку Льва Валерьяновича и хлопнула дверью. Домой она поехала на такси: начиналась мигрень, в голове шумело... Еле-еле передвигаясь, Лена дошла до квартиры, позвонила, но Женя не открыла дверь. Удивленная хозяйка полезла за ключами. Через секунду перед ее глазами предстала душераздирающая картина. Все вещи из стенки были вывалены на пол, кругом валялись в полнейшем беспорядке счета, квитанции, письма... Немногие книги разодраны, видеокассеты разбиты, альбомчики с фотографиями вспороты. Но самое страшное ожидало ее на диване. Там в окровавленном одеяле лежала недвижимая Женя.

Лена кинулась сначала к сестре, потом к телефону, затем снова к сестре, пытаясь уловить намек на дыхание. По счастью, врачи приехали почти мгновенно, и Женю увезли в Институт Склифосовского. Лена сейчас находится там, а Александра она попросила пока пожить у нее, так как панически боится оставаться одна после случившегося.

Местные оперативники расценивают происшедшее как самую банальную кражу. Из секретера пропали коробочка с не слишком дорогими золотыми украшениями и тысяча долларов, а на кухне хозяйка недосчиталась красивой резной серебряной лопаточки для торта и двух таких же подстаканников. Оставалось загадкой, отчего домушники полезли в небогатую квартиру одинокой женщины. Следователь полагал, что они просто ошиблись адресом, рядом расположены четырехкомнатные апартаменты директора одного из московских рынков.

Александр замолчал. Я внимательно посмотрела на него. Ох, сдается, начальник, оптушки тут ни при чем, шли к Лене за документами. Надо срочно звонить Нине Никитиной, не ровен час, и до парикмахерши доберутся.

— Где у вас телефончик?

— Пожалуйста, — с готовностью сказал Александр и вытащил из кармана халата трубку, — только лучше разговаривать из комнаты, на кухне фонит очень.

Я почувствовала, как по спине пробежал озноб. Мои глаза уставились на руку Николаева. Большое, ширококостное запястье украшали вульгарно дорогие золотые часы. На циферблате нагло скалилась грудастая русалка.

— Какие оригинальные часики, — пробормотала я плохо слушающимися губами. — Откуда они у вас, дорогая вещица?

— Намекаете, что обыкновенный охранник не может обладать такими, — вскинулся Александр, — думаете, украл?

— Кража еще не самое страшное преступление, — туманно ответила я.

— Брат у меня есть родной, — довольно сердито пояснил Николаев, — миллионами ворочает, бизнесмен, вот и подарил на день рождения игрушку тысячную.

— Что же он вас на приличную работу не устроит? — медленно спросила я. — Небось надоело у двери цепным псом сидеть.

— А вот это не ваше, простите, дело, — обозлился Александр и сердито пнул ногой стол. — Наше семейное дело, может, сам не хочу у брательника под началом пахать!

— Ладно, — согласилась я, — вы правы, вопрос службы и впрямь глубоко личный, но у меня есть другой, касающийся Кости Катукова.

— Ну? — нахмурился Николаев.

— За что вы его убили?

Мужик побледнел. Серые глаза неожиданно превратились в ярко-голубые и четко выделились на лице, губы из красных стали желтыми, и мелко-мелко задергалась левая щека, это была чисто сосудистая реакция. Под влиянием ужаса в кровь поступило слишком много адреналина, сосуды сузились... Кстати, это и улавливает детектор лжи. Но Николаев решил не сдаваться.

— Ну и бред вы несете, — нарочито твердым голосом произнес он, — придет же такая дрянь в голову.

— Послушайте, Саша, — ласково сказала я, — в тот день, когда мы с вами первый раз встретились, мне не очень хотелось раскрывать свою принадлежность к правоохранительным органам, и я сказала вам, будто иду поговорить с человеком, ответственным за похороны Кости. Помните?

— Ну...

— А припоминаете, что вы тогда ответили?

Николаев напрягся:

— Идите по коридору к администратору, организацией погребения занимается Лев Валерьянович.

— Не совсем, — усмехнулась я, чувствуя себя Жегловым, — не совсем правильно, милейший. Вы в сердцах воскликнули: «Допрыгался, догулялся, по нему давно пуля плакала...» А почему вам пришло в голову, что Катукова застрелили? И ваша бывшая жена, и Лев Валерьянович считали, будто Котю ударили ножом... Откуда такая осведомленность?

— Просто так брякнул, — отбивался охранник.

— Нет, не просто так, — жала я, — к тому же в тот момент, когда вы, застрелив несчастного Катукова, искали документы, в дверь позвонила женщина. Наверное, перепугались до полусмерти, но пришедшая тут же сообщила, что ее прислала Катя Романова за бумагами, которые лежат в черном чемоданчике. Следует признать, вы не растерялись. Схватили кейс, вытащили папку с листочками синего цвета и негативами и отдали пустой портфельчик тетке.

— Не было такого! — заорал Саша, подскакивая на табуретке. — Ну и чушь, какие документы, какой портфель!

— Черный, — пояснила я, — кожаный. Очень небольшой, скорей даже папка с замочком. Отпираться глупо. Вы приоткрыли щель и высунули кейс наружу, специально не показываясь женщине на глаза. Она хоть и сказала, якобы «мы с вами незнакомы», но вы все же не решились предстать перед ней. А может, Костя как раз в этот момент умирал? Хотя нет, от таких ранений погибают моментально, без длительной агонии. Дама запомнила часы, вот эти...

— Таких будильников пруд пруди, — просипел Николаев.

Теперь его лицо стало совсем черным, а губы из желтых превратились в синие.

— Нет, — покачала я головой, — игрушечка, как вы сами справедливо только что заметили, очень дорогая, не всякому по карману. Впрочем, в подобных случаях, как правило, проводят эксперимент.

— Какой эксперимент? — забормотал мужчина.

— Неужели кино никогда не смотрите? — восхитилась я. — Следственный, конечно. Вот вчера в «Ментах» свидетельница видела убийцу со спины, из окна. Так ее опять поставили на лестничной клетке в присутствии понятых. А по двору стали проводить мужчин примерно одинакового телосложения и в похожей одежде.

— И что? — прошептал Саша.

То ли и впрямь тупой, словно валенок, то ли прикидывается.

— А то, — пожала я плечами, — что, естественно, опознала. Нет ничего тайного, что не становится явным, нет преступления без свидетелей, а в вашем случае это молодая, решительная дама с великолепным зрением, острым умом и необыкновенной сообразительностью! Приведут пять мужчин с часами, попросят высунуть руку в щель приоткрытой двери.

Повисло тягостное молчание. В столь обожаемых мной детективах следователь именно в данный момент молча раскуривает сигарету. Спокойно выпускает дым и важно произносит:

— Под давлением таких улик и неопровержимых доказательств отпираться глупо. Вам следует признаться, суд учтет добровольное раскаяние.

Очевидно, я все же обладаю артистическими задатками, потому что в роль майора вжилась полностью, можно сказать, слилась с образом, руки сами собой схватили лежащую на кухонном столе бело-красную пачку «Мальборо» и зажигалку. Бодро поднеся пламя к концу сигареты, я потянула в себя воздух и проглотила дым, почему-то изо рта не вырвались клубы, в желудке стало горячо, а во рту кисло. Но руки оказались заняты, лицо приобрело сосредоточенное выражение.

Александр лихорадочно забегал глазами по сторонам. Чтобы в его голове не поселились всякие дурацкие надежды, я быстренько проговорила:

— Надеюсь, понимаете, что я приехала не одна? У подъезда машина с группой захвата, лифты, лестница и выход из вашей квартиры блокированы, а стреляю я лучше вас.

Чтобы окончательно добить мужика, я медленно стала вытаскивать из сумочки игрушечный пистолет Кирилла, к которому опять забыла купить шарики-пульки.

Николаев глянул на «оружие» и, странно всхлипнув, уронил голову на столешницу. Плечи его вздрагивали, из груди доносились неприятные кашляющие звуки. Первый раз в жизни я видела плачущего мужчину. Впрочем, если признаться откровенно, я не слишком часто общаюсь с лицами противоположного пола.

— Саша, — тихо произнесла я, — куда вы спрятали документы? Поймите, из-за них может погибнуть невинная женщина, да и Женю пытались убить неспроста. Хотя, думаю, покушались на Лену, просто наемный киллер перепутал...

Николаев схватил кухонное полотенце, утерся и простонал:

— Господи, ничего не знаю. Когда я вошел, он уже был мертв... За меня кто-то работу сделал...

В нем словно прорвало плотину. Слова лились быстро-быстро, он словно боялся не успеть рассказать все, что знал.

Александр полюбил Лену Литвинову сразу. Не слишком интересная внешне, она казалась ему настоящей красавицей, и мужчина довольно долго не решался предложить ей руку и сердце. Сам он считал себя неудачником. Работал токарем на московском заводе. Потом предприятие разорилось, пришлось идти на биржу. Там предложили переучиться на машиниста метро. Саша покорно начал ходить на курсы, но через месяц бросил, показалось слишком сложно.

Ладно бы просто обучали гонять поезда по рельсам, так нет, зачем-то преподавали физику, математику, электротехнику... Не вышло из Николаева и водителя троллейбуса, а на курсы бухгалтеров он даже и соваться не стал. Спасибо, приятель пристроил охранником в «Рампу».

Работа оказалась не бей лежачего. Нападать на театр никто не собирался. Саша сидел у служебного входа, старательно не пропуская экзальтированных женщин с букетами, мел двор, частенько за небольшую плату мыл машины. В сумме получался нормальный заработок. Водку Николаев не пил, все до копеечки приносил в дом и отдавал Лене, мечтал о видеомагнитофоне и, когда администрация театра подарила ему на день рождения видеоплеер, был тронут до глубины души.

Потом «Рампе» потребовалась костюмерша, и Саша привел жену. Теперь они работали вместе, и Николаев ощущал настоящее счастье. Но тут, на его беду, у Литвиновой закрутился роман с Катуковым.

Саша сразу понял, что дело плохо. Скромная до этого супруга накупила модной одежды, косметики, постриглась и стала избегать мужа. Дальше — больше, велела тому спать на кухне, а еще лучше съезжать назад на свою жилплощадь.

Охранник попробовал вразумить обезумевшую женщину:

— Как же, Ленок, мы распашонку-то сдали, или забыла? На новую кухню скопить хотели.

— Ничего, — отрезала жена, — я со старой проживу, а с тобой нет. Извини, давай разведемся.

Бедный Саша старался изо всех сил отговорить супругу, но та словно с цепи сорвалась, пришлось идти в загс. Процедура прошла мгновенно. Детей у них не было, имущественных споров тоже. Саша съехал на свою жилплощадь, Лена получила свободу.

Вот когда Николаев пожалел, что они работают вместе. Вид красиво одетой, счастливой бывшей жены действовал на нервы. И уж совсем невыносимо было видеть, как Костя и Лена вечером вместе садятся в машину. Ревность просто душила бывшего мужа. Но, очевидно, он по-настоящему любил Литвинову, потому что мысленно утешал себя: «Ну что ж, всякое бывает, хорошо хоть Ленка счастлива».

Потом ее счастье померкло. Лена вновь стала ходить в длинных юбках и практически перестала краситься. Пару раз Саша видел, как она с покрасневшими глазами идет по коридору. Но кульминация наступила в самом начале ноября.

Проходя мимо костюмерной, Саша услышал знакомые голоса и невольно остановился.

— Костенька, — умоляла Лена, — ну зачем тебе другие, неужели моей любви мало? Женись на мне, знаешь, как жить станешь, пылинки сдую...

— Леночка, — ласково отвечал Катуков, — очень люблю тебя, моя радость, но извини, так устроен. Говорят, отец мой такой был, до смерти по бабам бегал и от инфаркта умер. Знаешь, сколько моя мать слез пролила! Она и меня-то родила, можно сказать, под старость, чтоб папахена привязать, только все было впустую. Мне просто жаль тебя, родная. Но после года совместного бытия я теряю всякий сексуальный интерес к любой из женщин.

— Просто я некрасива, — забормотала Лена.

— Ты прекрасна, — уверял Котя, — умная, деликатная, интеллигентная, тебя ждет счастливая жизнь, но с другим, от меня лишь неприятности. Давай останемся добрыми приятелями, я отличный, верный друг, который всегда на помощь придет, только свистни, сразу прибегу...

— Котик, — всхлипнула Лена.

Саша тихонько приоткрыл дверь и в узенькую щелочку увидел, как его любимая жена уткнулась головой в грудь любовника. Тот гладил ее по волосам. Очевидно, понимая, что женщина его не видит, Котя не потрудился придать лицу соответствующего моменту выражения, и на нем была гримаса откровенной скуки.

— Котик, только не заводи романа ни с кем в театре, я этого не переживу, — забормотала Лена.

— Конечно, родная, — моментально превратился в заботливого рыцаря Катуков, — разве я могу обидеть тебя, любимая.

Плохой на сцене, в жизни Котя оказался гениальным актером.

Сказать, что Саша почувствовал злобу, значит не сказать ничего. Его Лена унижалась перед мужиком, можно сказать, валялась у того в ногах! Женщина, которую он любит, просит прощелыгу-актеришку не водить романы с другими у нее на глазах! Она страдает, а тот стоит с кислой миной!

Помертвев от злобы, Саша принял решение. Он решил отправиться завтра с утра к Косте домой и попробовать поговорить со «звездой сцены» по душам, объяснить тому всю глубину страданий Лены, рассказать, какая она великолепная хозяйка, попробовать убедить мерзавца, что лучшей жены тому не найти, а если он все же откажется идти с костюмершей в загс, тогда...

Тогда он убьет его, пусть лучше тот лежит в гробу, чем заводит бесконечные интрижки на глазах у Лены...

Утром, спрятав в кармане пиджака обернутый в тряпку нож, Саша пришел к Катукову и с удивлением обнаружил, что входная дверь незаперта.

Охранник прошел в комнату и нашел на диване мертвого Костю, кто-то выстрелил мужику в лицо. Пуля раздробила нос, обезобразив внешность, но не узнать Костика было нельзя. Саша в ужасе уставился на труп. Больше всего его испугали отрубленные кисти рук, страшные окровавленные обрубки, торчащие из-под обшлагов свитера. Очевидно, Котя собирался куда-то уходить, потому что убийца уложил его на диван прямо в брюках и уличных ботинках.

Николаев моментально позабыл, как только что планировал сам уничтожить Константина. Вся его злобная решимость испарилась без следа. И тут прозвучал звонок.

Плохо осознавая ужас ситуации, Саша глянул в «глазок», увидал женщину, одетую в дешевую китайскую куртку... Правда, лица он не разглядел, бравый секьюрити был близорук, а очки не носил, потому что от них болит голова. Незнакомка завела речь о документах. Из всего сказанного несостоявшийся убийца понял, что нужен черный портфельчик. Он метнулся в комнату, увидел у окна кейс и высунул тот в приоткрытую дверь. О часах, сверкавших на запястье, он даже не подумал. Честно говоря, он вообще больше ни о чем не думал, хотел лишь поскорей оказаться подальше от страшной квартиры. Поэтому и убежал без оглядки на работу.

— А дверь? — спросила я. — Дверь захлопнули?

Саша напрягся:

— Не помню, право слово, совсем из головы вон. Прикрыть прикрыл, а вот щелкнул ли замок! Не до того было, боялся, вдруг кто увидит... убежал без оглядки...

Не знаю почему, но я поверила Николаеву. Может, потому, что он плакал, или потому, что рассказывал о произошедшем с отрешенно-безучастным видом, словно прощался с жизнью.

— Ладно, — велела я, — так и быть, живите дальше спокойно. Значит, никаких бумажек синего цвета не видели и ничего из квартиры Катукова не выносили?

Саша помотал головой.

— Сообщите фамилию Жени.

— Королева Евгения Семеновна, — немедленно ответил охранник, — только она совсем ни при чем...

— Послушайте, — проникновенно сказала я, — мне тоже кажется, что Жене ничего не угрожает, опасность нависла над Леной. Ее сейчас не следует оставлять одну, вы должны охранять жену, провожать на работу, запретить выходить в магазин и ни в коем случае не покидать на ночь.

Николаев послушно кивал в такт словам.

Я вышла на улицу, влезла в удачно подошедшее в тот же момент маршрутное такси и покатила к метро. Доставая кошелек, я обнаружила в сумочке пачку «Мальборо». Ну надо же, и не заметила, как украла сигареты.

ГЛАВА 20

В справочном окошке Института скорой помощи мне вежливо объяснили, где найти Евгению Семеновну Королеву. Лежала Женя в небольшой палате, где, кроме нее, находились еще две обмотанные бинтами фигуры, и не поймешь, мужчины или женщины. Впрочем, кровать Жени я вычислила просто: у изголовья на неудобном стуле с любовным романом в руках скорчилась Лена. Увидев меня, она вздохнула и отложила книжку. «Страсть в серале» — было написано на обложке. Ну и ну, читать подобную гадость, когда вокруг лотки переполнены детективами!

— Это вы? — пробормотала Лена. — Зачем пришли?

Я поглядела на забинтованных мумий и поманила Литвинову:

— Поговорить надо.

Женщина покорно вышла в коридор и прислонилась к стене.

— Понимаете, что убить хотели не Женю, а вас?

Костюмерша тяжело вздохнула:

— Никого не хотели убивать, шли на ограбление, вскрыли дверь, замки у меня плохонькие, а тут Женечка на диване спит, вот и ударили ножом, наверное, с испугу.

— Ну подумайте сами, — принялась я увещевать

женщину, — зачем лезть к вам за грошовой добычей, когда рядом богатая квартира?

— У Филимоновых жилплощадь на подключке в милиции и дверь стальная, — пояснила собеседница, — вот и вломились, куда проще показалось.

— Лена, — строго сказала я, — убить хотели вас, потому что знали, куда вы спрятали документы, и, пока не отдадите бумаги мне, листочки синего цвета и негативы, ваша жизнь в жуткой опасности. Быстро говорите, где схоронили!

Литвинова вздохнула и устало ответила:

— Отцепитесь от меня, а? Чего примотались? Тут горе, сначала Котика убили, потом сестра чудом в живых осталась, еще неизвестно, вдруг инвалидом останется, а вы чушь несете. Никаких синих бумажек, кроме конфетных фантиков, я в глаза никогда не видала, а если меня убьют, то и хорошо, жить мне теперь незачем, да и не для кого.

С этими словами она исчезла в палате, а я пошла искать лечащего врача Жени.

Им оказался молодой парень лет двадцати. Хотя, если успел получить диплом хирурга, да еще работает в Склифе, следовательно, возраст эскулапа никак не меньше тридцати.

— Королева? — спросил он, бросив быстрый взгляд на красную книжечку. — Проникающее ножевое в спину. Ей страшно, невероятно повезло!

— Почему?

— Понимаете, — пустился в объяснения доктор, — ударили ножом в подреберье. Узкое, длинное лезвие, крови должно было быть много. Ну и тут начинаются чудеса: во-первых, сердце оказалось не задето, во-вторых, не поражены крупные сосуды. А кроме того, у Королевой оказалась очень высокая свертываемость крови. Вообще говоря, это плохо, так как грозит тромбообразованием, но именно данное обстоятельство и спасло женщине жизнь. Кровь свернулась и закупорила рану, девушка осталась жива.

— Она что-нибудь говорит?

— Рассказала сущую ерунду. Легла спать, а очнулась в больнице, небось сразу потеряла сознание после удара.

Я вышла на улицу и полной грудью вдохнула морозный воздух. После больницы он казался восхитительно свежим и ароматным, пахло антоновскими яблоками и мандаринами.

Дома, на кухне в мойке, я обнаружила три грязные чашки с гущей на дне, а на столе несколько испачканных тарелок. Судя по желтым потекам, Виктория Павловна ела яичницу. «Кстати, могла бы и посуду за собой сполоснуть», — думала я, включая горячую воду.

— Немедленно выключите, — раздалось из ванной.

— Почему? — удивилась я, капая на губку «Фейри».

— Я принимаю ванну, и у меня из крана льется холодная вода.

— Долго мыться собираетесь?

— Около часа, — сообщила невозмутимо дама, — только села, а тут вы явились, душечка!

Последнее слово она произнесла крайне ехидно, наверное, желая дать мне понять, как я помешала водным процедурам.

Но меня теперь не так легко было сбить с толку. Часы показывали полседьмого. Скоро прибегут ребята, а на ужин у меня запланирована рыба. Очередная торговка поделилась семейным секретом. Из ее слов выходило, что самое трудное в этом блюде — чистка картошки. Требовалось порезать несколько корнеплодов аккуратными кругляшками, потом помазать глубокую сковородку маслом и устелить дно ломтиками. Потом взять филе окуня, положить на картошку и чередовать продукты слоями. Последний — обязательно картошка. А дальше — вот она, основная семейная тайна и «изюминка»! Дальше еще проще. Хватаете четыре яйца, бьете над миской, наливаете стакан молока и взбиваете, словно готовитесь печь омлет. Выливаете смесь в сковородку. Солите, перчите, суете в духовку... крэкс, фэкс, пэкс — сытное, изумительно вкусное блюдо готово примерно через полчаса.

Напевая, я сделала струю воды потолще. Из ванной понеслись недоумевающие крики.

— Гав, — сообщила прибежавшая Рейчел, следом приковыляли скулящие Муля с Адой.

— Ничего, девочки, — утешила я собак, — в ее возрасте вредно лежать долго в горячей воде, старческое сердце может не выдержать нагрузки.

Из духовки полился дивный аромат. Собаки улеглись у балкона, поглядывая на меня преданными глазами. Это что, сейчас еще сварганим десерт из печенья и творога под названием «Шалаш». Милая женщина, торговавшая на морозе пачками «Юбилейного», охотно выдала секрет. Сначала берем пакет, самый обычный, расстилаем на столе. Открываем пачки с отечественным печеньем — то ли из патриотизма, то ли для того, чтобы я купила ее ассортимент, продавщица настаивала именно на российском продукте. Нужно всего двадцать четыре штуки и еще две пачки творога и какао. На пакет следует выложить двенадцать печеньиц — три в ширину и четыре в длину. Причем не забудьте каждое обмакнуть в блюдечко с чаем, вообще полагается вымочить бисквитики в вине, но и заварка отлично подойдет. Так, в первую пачку творога добавим сахар по вкусу и размажем смесь по печенюшкам, а сверху аккуратненько уложим другие двенадцать штук. Вторая пачка творога смешивается тоже с песочком и двумя столовыми ложками какао. Творог делается розово-коричневым, и его тоже вываливают на «Юбилейное». А вот и самый ответственный момент подоспел. Помните, по ширине печеньиц три? Берете снизу два боковых, справа и слева, и складываете домиком. И так всю длину. Получается симпатичный шалашик. Сверху обмазываете помадкой из какао, аккуратно заворачиваете в пакет — и в холодильник на часок. Ей-богу, рассказать дольше, чем сделать, и...

— Просто безобразие, — раздалось за спиной.

Я обернулась и чуть не расхохоталась. На пороге, уперев руки в боки, стояла обозленная до предела Виктория. Волосы дама собрала под шапочку, тело запрятала в роскошный вульгарно-зеленый шелковый халат, но лицо выглядело эффектнее всего. Оно все оказалось намазано чем-то красноватым, в черную точечку. Так, понятно, косметическая маска.

Боясь нарушить массу, покрывающую физиономию, Виктория пыталась выразить негодование, минимально двигая мускулами лица. Рот она чуть-чуть приоткрывала, из-за чего гневная тирада звучала особенно смешно.

— Просто безобразие, — кипятилась Виктория, складывая губы куриной гузкой. — Вам, душечка, очевидно, неизвестно, что маску следует держать на лице, полностью расслабившись, желательно лежа при этом в теплой воде. А в вашем доме дурацкий водопровод! Ну зачем включили воду на кухне?

Я только усмехнулась. В прошлой жизни, которая была так давно, что и не вспомнить, я тоже крайне тщательно следила за своей внешностью и здоровьем. Раз в месяц в обязательном порядке посещала терапевта, сдавала анализы, еженедельно ходила в Институт красоты на массаж... Полочка в ванной ломилась от разнообразных баночек, коробочек и бутылочек. Голубая глина из Израиля, чтобы очистить кожу, абрикосовый пилинг фирмы «Сент-Ив», стягивающая пленка от Диора, лифтинг от «Л'Ореаль», питательный дневной, ночной разглаживающий кремы... И маски я делала по всем правилам: лежа в полутемной спальне на кровати, практически без подушки, с тампонами, вымоченными в чайной заварке, на глазах.

Но вот парадокс. Все предпринятые усилия не давали никакого эффекта. Я постоянно болела, плавно перетекая из простуды в ангину, грипп и воспаление легких. Аллергия была такой, что стоило только приблизиться к Михаилу, выкурившему до этого сигарету, как начинался душераздирающий кашель. Соседская собака лишь заглядывала в лифт, где стояла я, как красные глаза, чесотка и непробиваемый насморк были обеспечены, по крайней мере, на неделю. Не лучше обстояло дело и с внешностью. Вопреки всем мерам кожа оставалась бледной, под глазами красовались синяки. А у глаз собиралась сеть довольно заметных морщинок.

Сейчас же я вообще не делаю ничего, честно говоря, иногда забываю умыться на ночь. Впрочем, изредка запускаю пальцы в пластмассовую коробочку с ночным кремом «Ламинария», купленным Юлей за пятьдесят рублей в переходе метро. По врачам ходить тоже недосуг, и анализы я не сдаю, да и витамины не пью. И что? Только сегодня видела в зеркале жизнерадостную, розовощекую физиономию с блестящими глазами. Сережка и Юля курят, а я ни разу не кашлянула, более того, ношусь по морозу в тоненьких замшевых сапожках — и никакого намека на простуду. К тому же мопсы и стаффордширица плотно поселились в моей кровати и по утрам я, чертыхаясь, вытряхиваю из простыни кучу мелких собачьих волос — Муля, и Ада, и Рейчел, простите за тавтологию, линяют как собаки. Но никакой аллергии нет, противная болячка покинула меня без следа, это ли не чудеса!

— И в следующий раз не мешайте, — закончила тираду Виктория и прибавила: — Пойду полежу на диване, маска должна подействовать, надеюсь, никто не ворвется в мою спальню!

Резко повернувшись, фурия вылетела из кухни, и тут же из прихожей раздался веселый голос Сережки:

— А у нас опять умопомрачительный ужин!

Рыбу проглотили в мгновение ока, отложив крохотный кусок для гостьи, и вылизали сковородку. Появление «Шалаша» вызвало буйный восторг.

— Замечательно, — бормотала Юля, откусывая гигантские куски, — восторг, боюсь только, придется новые джинсы покупать...

— Оригинальный дизайн, — вторил Сережка, окидывая взглядом домик из печенья, — только я бы вот здесь поставил пенек из бисквита, а на него посадил шоколадного Владимира Ильича с рукописью. Что он там, в Разливе, писал? «Государство и революция»? Или «Два шага вперед — три назад»? Надо же, ведь сдавал историю КПСС в школе, а ничего не помню.

— У тебя была не история КПСС, — поправила я, — а обществоведение.

— Один шут, — вмешалась Юля, — а идея с Владимиром Ильичем отличная, но я бы еще водрузила рядом Надежду Константиновну.

— Это кто такие? — спросил Кирка. — И почему их надо возле шалаша пристраивать?

Мы перестали есть и уставились на мальчишку.

— Кирка, — спросила я, — у тебя история в школе есть?

— Конечно, — хихикнул мальчик.

— Что проходите?

— Иван Грозный, политик-реформатор, — не задумываясь, выпалил школьник.

— Надо же, — восхитился Сережка, — я только помню, как он своего сыночка порешил.

— Они просто не добрались до семнадцатого года, — поспешила я оправдать Кирюшку.

— Ты не знаешь, кто такие Ленин и Крупская? — поинтересовался старший брат.

— А, — протянул Кирка, — слышал, он вроде Гитлера, революцию сделал, а она не знаю кто.

— Жена его, — вздохнула Юля, — верная спутница и товарищ по партии.

— Ну до чего времена изменились, — восхитился

Сережка, — я в его годы был октябренок — внучонок Ленина.

— Ты был в этом возрасте уже пионер — всем ребятам пример, — хихикнула Юля.

— Мы родственники Ленина? — изумился Кирюша. — Но почему вы никогда об этом не упоминали?

— Кто сказал такую глупость? — оторопел Сережа.

— Ты, — выпалил Кирка, — только что.

— Я?

— Ну да, кто же еще. Сам произнес: октябренок — внучонок Ленина.

Сережа и Юля рассмеялись.

— Ты не понял, мы все, от семи до девяти лет, считались внуками Ленина.

— Почему?

— Ну, — замялась Юля, — так было принято, носили на груди красные звездочки с фотографией маленького Ленина и называли себя октябрята — внучата Ильича.

— Бред, — выпалил Кирка, — он же никак не мог быть всехним дедушкой.

— Боже, — простонала Юля, — я не способна объяснить ему это.

— Видишь ли, — попробовала я проявить педагогические способности, — седьмого ноября в России произошла революция, которую возглавил Ленин, в честь этого события младших школьников стали звать октябрята.

— Почему не ноябрята? — спросил с набитым ртом Кирюшка.

— Потому что раньше седьмое ноября было двадцать пятым октября, — терпеливо пояснила я.

— Почему?

— Коммунисты поменяли календарь, прибавили тринадцать дней.

— Во придурки, — заявил Кирка. — А зачем?

Я почувствовала искреннее сострадание к алчной учительнице математики Селене Эженовне. И еще я думала, что Злобный Карлик заломил невероятную цену — десять долларов за час! Да я и за сотню не соглашусь иметь дело со школьниками.

— Хватит, — резюмировал Сережка, — тебе позже на уроке объяснят.

— Безобразие, — донеслось из коридора, и в кухню влетела Виктория, — просто безобразие!

Следом на полусогнутых вползла Муля. Мордочка собачки превратилась в ярко-красную.

— Ой, — испугался Кирюшка, — она поранилась!

— Данное существо, — провозгласила Виктория, указывая на сидящего с виноватым видом мопса, — данное отвратительное существо испортило косметическую процедуру!

— Да это же клубника! — воскликнул Сережка, рассматривавший мордочку собачки.

— Именно, клубника, — согласилась гостья, — я сделала маску, легла в кровать и, каюсь, слегка задремала. А эта дрянь залезла и облизала мое лицо дочиста!

Я отвернулась к мойке и постаралась, чтобы Виктория не заметила, как смех пытается вырваться из моей груди.

— Ты мажешь лицо в ноябре оранжерейной клубникой? — изумилась Юля.

— Ну и что? — фыркнула дама. — Кожа нуждается в питании, и ты глубоко раскаешься лет через десять в том, что не следила за собой. Да я в свои пятьдесят гляжусь девочкой.

Я снова уткнулась носом в мойку. Да у нашей гостьи склероз. Никак не может запомнить, сколько ей лет на самом деле, то говорит сорок, то пятьдесят.

— Муля обожает клубнику, — пробормотала Юля, глядя на энергично облизывающегося мопса.

— Вот и хорошо, — влез Кирка, — ей тоже витамины нужны.

Виктория Павловна молча села за стол и принялась с кислым видом пить чай.

Я же пошла к себе и набрала телефон парикмахерши Нины. В трубке долго звучали гудки, потом слабый старческий голос продребезжал:

— Слушаю.

Наверное, не туда попала.

— Можно Нину?

— А кто ее спрашивает?

— Знакомая.

— Какая?

— Евлампия.

— Не слышала про такую, — бдительно заметила бабуся.

Мое терпение лопнуло, и я сердито заявила:

— Майор Романова из уголовного розыска, немедленно позовите Никитину.

— Так она в больнице, — сообщила старушка.

— Как? — изумилась я.

— А вы что хотели, — моментально окрысилась собеседница, — прийти домой и такое увидать! Сразу сердце и схватило...

— Что увидать?

— Как что? Квартиру свою разграбленную, все нажитое тяжелым трудом унесли, проклятые...

Бабушка стала изрыгать проклятия сначала по адресу криминальных структур, потом перекинулась на правоохранительные органы. Досталось всем: оперативникам из местного отделения милиции — «Натоптали грязными ботинками, все серой пылью засыпали и ушли»; участковому — «Только с бабками у магазина за пучок укропа ругается»; уголовному розыску — «Носятся на машинах с моргалками, честных людей пугают»; генеральному прокурору — «Кувыркается с бабами в койке, а москвичей грабят», и министру МВД — «Самый главный вор и негодяй».

Пропустив весь этот словесный понос, я велела:

— Номер больницы?

— На Волоколамском шоссе, путей сообщения, железнодорожная, — пояснила бабка и швырнула трубку.

Я молча держала в руках пищащий кусок пластмассы. Вот оно как, добрались и до Нины.

ГЛАВА 21

На улице потеплело. Погода наконец вспомнила, что на календаре ноябрь, а не февраль. Из густых туч повалил мелкий дождь, снег растаял, превратившись в жидкую кашу из песка, соли и земли. Не успела я выйти из метро, как какая-то иномарка, проносясь мимо, моментально окатила прохожих грязью с головы до ног. Светло-бежевое пальто покрылось темно-коричневыми пятнами. Выругавшись сквозь зубы, я попыталась вытереть грязь носовым платком, но стало только хуже. Потеки размазывались, превращая еще с утра элегантный демисезонный наряд в подобие половой тряпки.

Решив не обращать внимания на временные трудности, я влетела в троллейбус, пристроилась у окна и принялась бездумно глазеть на мелькавшие дома.

Больница стояла в большом парке. Наверное, летом тут просто райское местечко, настоящий санаторий. Но зимой, когда деревья ощетинили голые ветви, а дорожки покрылись серо-черным месивом, пейзаж выглядел не слишком привлекательно.

Нина оказалась в отделении неврологии. Отдельная палата с удобной деревянной, а не железной кроватью, уютный плед, несколько подушек, ночник, а на тумбочке — тарелка с виноградом, грушами и зелеными шишками фейхоа. Совсем неплохо устроилась, да и не выглядит больной.

Нина со вздохом отложила журнал «Вумен» и спросила:

— Вы ко мне?

— Именно к вам.

— Слушаю.

— Расскажите, что произошло.

Никитина разгладила пальцами бахрому красно-желтого пледа и пробормотала:

— Ничего, квартиру обворовали. Причем только мои комнаты, соседкины не тронули. Она отдыхать уехала и все позапирала. Так замки остались висеть как миленькие.

— Поподробней, пожалуйста.

— Собственно говоря, это все.

— Ну уж нет, — рассердилась я, — давайте по порядку. Когда вы пришли домой?

— Как всегда, после вечерней смены, около одиннадцати.

Нина открыла дверь и отметила, как плохо ключ проворачивается в скважине. Подумав, что замок забарахлил, женщина вошла в прихожую и чуть не закричала. Все вещи из стенных шкафов были вывалены на пол. Еще хуже выглядели комнаты. В двух крошечных помещениях словно Мамай прошел. Но больше всего Нине было жаль фотографий. Неизвестный вандал вытащил снимки из пакетов, и теперь они, измятые и частично порванные, валялись на ковре...

— Что-нибудь украли?

— Да, — тихо сказала Нина, — унесли коробочку из-под чая, железную, квадратную, со слоном на крышке.

— Зачем? — изумилась я.

— Там доллары лежали.

— Много?

— Две тысячи четыреста семьдесят пять, — вздохнула парикмахерша, — на квартиру собираю, жаль ужасно.

— Еще что?

— Слава богу, все, — ответила Никитина, — да у меня и брать нечего. Странно только, что золото не тронули, хотя вещи недорогие, простые, и немного их совсем. Две цепочки, серьги и кулончик. Я больше серебро люблю, а оно не слишком-то ценится.

— Кто знал, где вы деньги прячете? Соседка?

Нина вздохнула:

— А я их особенно и не прятала. Коробка в шкафу стояла, под простынями.

Да уж, самое лучшее место для тайника. Еще некоторые засовывают в крупу, муку или варенье. Кое-кто кладет пакеты с деньгами в морозильник. Только домушники не дураки и первым делом перетряхивают банки на кухне.

— Помните, я спрашивала в нашу первую встречу о документах?

Никитина кивнула.

— Если Костя отдал вам на сохранение листочки синего цвета и пару фотографий, лучше отдать их немедленно.

— Ну и надоели же вы мне! — вскинулась парикмахерша. — Сколько раз повторять: никаких бумаг не видела!

— Но он же давал вам поручения, причем единственной из своих женщин!

— Всякую ерунду, — фыркнула Нина, — пару раз корзинки цветов отвезла, брала на неделю кошку и покупала в ГУМе спальный мешок. Не спорю, мне неплохо заплатили за услуги, но это было все.

Ее красивые глаза метали молнии, щеки порозовели, а руки еще сильней затеребили бахрому пледа.

— Это не простые бумаги, — тихо сказала я.

— Мне-то что до них! — фыркнула Нина.

Я решила пойти ва-банк:

— Сейчас поделюсь кое-какой информацией, а выводы делайте сами, — прощебетала я. — Яну Михайлову обокрали, но ей не повезло так, как вам. Учительница вернулась раньше времени, и бандиты избили ее до полусмерти. Но она хоть осталась жива. А вот кассирша из супермаркета, Волкова Маргарита, скончалась, грабители, не задумываясь, убили женщину. Впрочем, другой даме сердца любвеобильного Константина, Лене Литвиновой, тоже сопутствовала удача. Документы у нее решили искать днем, твердо зная, что костюмерша на работе. Вошли, как и к вам, запросто, отмычкой открыв дверь. На беду, к Литвиновой приехала двоюродная сестра Женя. Девушка мирно спала на диване, когда ее ударили ножом в спину.

Нина вздрогнула, я продолжала:

— Весь этот ужас творится из-за нескольких листочков синего цвета и пары фотографий. Не боитесь оказаться в лапах у мерзавцев? Документов они не нашли.

— Откуда знаете? — помертвевшими губами забормотала парикмахерша.

— Ну, ясно как божий день. Вас когда ограбили?

— Вчера!

— Видите, если б листочки оказались у них в руках, никакого нападения на вашу квартиру делать не надо. Так что они ищут и не стесняются в средствах. Могут вас похитить, пытать...

— Да не брала я ничего! — закричала Нина со слезами на глазах.

— Что у нас тут за шум, — раздался густой бас, и в палату вошел молодой, худощавый, симпатичный врач, — ты, Нинок, вопишь словно резаная.

Я невольно подняла брови вверх. Странный разговор с больной, на «ты» и не особо уважительно...

Никитина правильно расценила мою гримасу и быстренько сказала:

— Знакомьтесь, Иван Павлович, заведующий и, по совместительству, мой брат.

Все сразу стало на свои места. Понятно, почему дама лежит в элитарной отдельной палате.

— Не надо нервировать больную, даже если она моя сестра, — нахмурился доктор.

— Не буду, — согласилась я, — только пусть она расскажет вам, в какой оказалась ситуации, и, если надумает, что сообщить, пусть звонит, я ей дала свой домашний телефон.

Нина откинулась на подушку и картинно зарыдала. Иван Павлович нахмурился еще больше и буквально вытолкал меня из палаты.

Ходить в грязном пальто по городу не слишком

хотелось, пришлось заехать домой, чтобы переодеться в куртку. В квартире царила тишина. Виктория куда-то испарилась. На кухне опять стояли в разных местах чашки с кофейной гущей на дне и пара грязных тарелок. В ванной, на стиральной машине, валялась пара колготок, комбидрес и расческа. В зубьях застряло множество крашенных под бронзу волос. Меня чуть не стошнило. И эта грязнуля смеет еще делать другим замечания! Если она ждет, что я начну стирать ее грязное бельишко, то жестоко ошибается. А с посудой поступим просто.

Я взяла чашки с ложками, тарелки, отнесла в комнату к Виктории и поставила на столик возле неубранного дивана. Здесь горничных нет, и я не домработница, а член семьи, родная тетя Юли, и вовсе не обязана обслуживать наглых провинциалок.

Вытащив куртку из шкафа, я прогуляла собак и вновь побежала к метро. Выглядит китайский пуховик отвратительно, но греет хорошо. Пола куртки довольно больно ударила меня по ноге. Влетев в вестибюль, я нашарила в кармане дырку, сунула туда руку и вытащила на свет божий мобильный телефон с совершенно разряженной батарейкой. Черт, совсем забыла про «украденный» из квартиры Катукова аппарат. Но как кстати он нашелся, потому что от полного отчаяния я решила съездить к Константину и обыскать еще раз комнату и кухню. Может, все-таки бумаги там?

Поднявшись на седьмой этаж, я вытащила изо рта вредный для зубов, но очень вкусный «Биг бабл» и залепила разжеванной резинкой «глазок» на соседской двери.

В прихожей у Кости было тихо-тихо, не тикали часы, не шумела вода в унитазе, не пахло едой или одеколоном. Мертвая квартира. Я невольно поежилась. Сначала задерну занавески, а потом зажгу свет, на улице почти темно, и мне не хочется, чтобы свет люстры насторожил бдительных соседей!

Я шагнула в комнату и невольно присвистнула. Да, искать тут нечего, либо ничего и не было, либо документы уже забрали. Все вещи из шкафов валялись по разным углам, фотографии, счета, какие-то газетные вырезки и обрывки писем...

Я села в кресло и стала разглядывать место битвы. Интересно, кто это сделал? Сначала к Косте приходила какая-то женщина, говорившая со Славой по телефону. Она тоже пыталась обнаружить листочки. Но вела себя прилично, порылась в письменном столе, потом повозилась на кухне и сообщила таинственному Славе о неудаче. На следующий день мы приходили сюда с Ниной и обнаружили тайники. Вряд ли Катуков хранил ценные бумаги просто в шкафу... Но та девушка явно не знала о «захоронках»...

Я пошла на кухню. Так, ножки у стола отверчены, а подоконник не тронут. Впрочем, полые ножки стульев и табуреток не новая фенька, в большинстве детективных романов герой дрожащими от возбуждения руками раскручивает диванчик...

На кухонном столе валялись фотографии. Я машинально стала перебирать глянцевые бумажки. Почти на всех красовался весьма элегантный молодой человек, отлично одетый, чаще всего в окружении самых разных женщин. Я узнала Нину Никитину и Лену Литвинову и принялась с пристрастием разглядывать Катукова. Следовало признать, мужик выглядел словно оживший девичий сон. Темноволосый, кареглазый, с отличными зубами и чарующей улыбкой. Вот облокотился на новенькие темно-вишневые «Жигули», вот машет рукой из огромного бассейна, а вот разговаривает по сотовому телефону. Ну пижон, заплатил на целых сто долларов больше, чтобы иметь красный «Сименс». «Билайн» предлагает такие разноцветные аппараты клиентам, готовым выложить кругленькую сумму за привлекательную игрушку. На мой взгляд, ненужное баловство, но некоторым понтярщикам нравится. Видать, Котя был из таких, а вот, кстати, и сам «Сименс», лежит преспокойненько на холодильнике, поджидает хозяина, который уже никогда не вернется.

Тут я почувствовала, как легкий озноб прошелся от затылка вниз. Минуточку, чей же телефон у меня? Закрыв глаза, я напряглась. Как у всех музыкантов, у меня хорошо развита зрительная память. Кстати, разговоры об отличном слухе — ерунда. Чувство музыки и бытовой слух разные вещи. Пример тому глухой Бетховен или рок-певец Стинг, пользующийся в обыденной жизни слуховым прибором, да и ставшая неожиданно популярной девчонка Земфира тугоуха. Но вот зрительная память у них у всех просто отличная.

Перед глазами запрыгали картинки. Вот роюсь в письменном столе, слышу скрип входной двери, вскакиваю на подоконник... Наконец незнакомка, позвонив по телефону, идет в туалет и через пять минут убегает. Я следом за ней несусь на нервной почве в кабинет задумчивости, отматываю туалетную бумагу, машинально прихватываю лежавший возле рулона на полочке «Сименс»... Стоп! Сама сто раз проделывала подобный фокус. Оставляла трубку в ванной, туалете, забывала на прилавке магазина — словом, там, где нужны свободными обе руки. Значит, аппаратик принадлежит вовсе не Косте, а девушке, звонившей Славе-похитителю. Так, действуем таким образом. Сначала я еду к Славе, младшему брату Катукова, и пытаюсь выяснить, не у него ли спрятаны необходимые вещи. Честно говоря, это последняя возможность найти таинственные листочки, потому что послезавтра истекает отпущенный мне срок, и в двенадцать дня я должна стоять на «Динамо» с папкой под мышкой. Что будет, если я не принесу документы?

Надеюсь, Катю сразу не убьют, ну совру что-нибудь, вымолю пару дней отсрочки. А сама тем временем узнаю, на кого зарегистрирован аппарат, просле-

жу за дамой, выйду на логово второго Славы. Дальше
что? Ну не знаю, взломаю дверь, подожгу квартиру,
но Катю выручу.

Приняв решение, я набрала номер. Небось опять
попаду на автоответчик, но в трубке прозвучал приятный баритон:

— Алло.

— Вячеслав Катуков?

— Ростислав, — вежливо поправил мужчина, —
Ростислав Сергеевич, чем обязан?

— Майор Романова, имею к вам пару вопросов от-
носительно вашего брата.

— Извините, — моментально отреагировал Слава, — болен, не выхожу из дома.

— Не беда, сама подъеду к вам.

— Но у меня грипп, — отбивался хозяин.

— Зараза к заразе не пристает, — ухмыльнулась я.

— Хорошо, — сдался собеседник, — жду.

Жил Катуков в красивой башне из светлого кирпича. В подъезде царила изумительная чистота, холл
перед лифтами был застелен бордовым паласом. А в
кабине пахло хорошим коньяком и дорогими фран-
цузскими духами. Под стать входу оказалась и дверь в
квартиру, явно железная, обитая натуральной кожей
светло-желтого цвета. Да, младший Катуков явно не
стеснен в средствах. Только на обивку, по самым
скромным подсчетам, ушло долларов пятьсот.

Хозяин выглядел импозантно. Темноволосый, кареглазый, улыбчивый, наверное, до жути похож на
старшего брата. Однако полному сходству мешали
большие квадратные очки и аккуратные усы с боро-
дой. Пахло от Славы дорогим одеколоном, а на шее в
расстегнутом воротничке рубашки виднелась золотая
цепочка, но не огромная вульгарная голда, излюб-
ленное украшение братков, а тоненькая, витая ни-
точка, скорей всего на ней висит крестик.

Квартира поражала глаз дорогим убранством, но
опять же никакой бронзы, хрусталя и комнатных фон-

танчиков. Мебель строгая, явно сделанная на заказ, люстры простые, но скорей всего привезенные из Италии, наборный паркет, практически белые стены с парой картин неизвестных мне художников и полное отсутствие лепнины на потолке.

Кухни как таковой не было. В огромном, тридцатиметровом пространстве стояла барная стойка, а за ней, в углу, поблескивали стальными боками мойка и плита.

— Кофе? — спросил Слава и включил кофеварку.

Я почувствовала, как приятное тепло поднимается от ног. Наверное, полы с подогревом.

Пока хозяин вытаскивал конфеты и торт, я украдкой оглядела его еще раз. Ничто не напоминало об уголовном прошлом мужика. Только на левой руке, на безымянном пальце, виднеются две полусведенные татуировки — синие перстни. Проследив за моим взглядом, Слава мирно улыбнулся:

— Две ходки за плечами, но, как говорится, твердо встал на путь исправления и больше с законом не конфликтую, честный бизнесмен, торгую одеждой. Кстати, не хотите пальто? Продам за копейки, по оптовой цене. Не сомневайтесь, товар из Франции, качество отменное.

— Спасибо, — пробормотала я и спросила: — Вы дружили с Костей?

Слава опять улыбнулся:

— Небось перед тем, как ко мне идти, личное дело из архива затребовали и почитали.

Я кивнула:

— Знаю, что вы воспитывались Натальей Федоровной, а с родной матерью и братом встретились только после смерти приемной матери.

Слава поднял руки.

— Ну не подумайте, не дай бог, что я в претензии. Наталья Федоровна любила меня так, как не всякая женщина любит родного сына. Детство мое было сытым и счастливым. Я сам, дурак, связался с дурной компанией. Первый раз по глупости загремел, ну а второй дружки подбили на шухере постоять, там и повязали, тепленьким. Знаете, всю жизнь потом каялся да у матери-покойницы прощения просил. Анну Федоровну у меня язык не поворачивается мамой называть. Хотя она тоже мне здорово помогла, да и Котя. Приехал на свидание в пересыльную тюрьму, не постеснялся брата-уголовника, знаете, такое дорогого стоит. У меня на зоне в бараке сто человек сидели, а передачи только восемнадцать из них получали, от других родственники отказались сразу, еще до суда. А мне аккуратно, как в аптеке, двадцать пятого числа — мешок. Колбаса, сушки, сахар, курево... Так что обиды никакой, только благодарность.

— Ну а с Котей дружили? — повторила я вопрос.

Слава вздохнул:

— Костик — свиристел.

— Кто? — не поняла я.

— Свиристелка мужского рода, — пояснил брат. — Весело по жизни скакал, все легко доставалось. В институт сразу поступил, да не в какой-нибудь там автомобильно-дорожный, а в театральный, работу получил в столице. Вот только денег у него особых не было. Все на женщин тратил, бабник был самозабвенный. О покойных, правда, плохо не говорят, ну да это не хула, а констатация факта. Любая юбка у него вызывала охотничью стойку, прям болезнь.

— Вы ему помогали материально?

— Подбрасывал деньжонок, — охотно признал бывший уголовник, — на машину, на ремонт, брат все-таки, родная кровь.

— А Яне?

— И ей помогал, и для Анны Федоровны сейчас сиделку оплачиваю.

— Знаете, что ваша сестра в больнице?

— Ублюдки, — злобно сказал Слава, — пришли грабить квартиру, забирайте вещи, но зачем бабу уродовать? Ну кто велел бить женщину до полусмерти?

Свяжите, рот заклейте, заприте в ванной, но убивать! Вот отморозки!

Я тактично молчала, пока бывший вор костерил на все лады современных уголовников. В конце концов он успокоился.

— Видите ли, — начала я издалека подбираться к нужной теме, — Яну пытались убить не из-за денег.

— Да? — удивился собеседник. — А из-за чего же тогда?

— Катя Романова отдала на хранение Косте документы, несколько листочков синего цвета, и фотографии. Их и ищут сейчас бандиты. Из-за бумаг погибла одна женщина, ранена другая, в шоке третья... Негодяи думают, будто Константин спрятал бумажки у кого-то из своих любовниц, и теперь методично обыскивают квартиры несчастных женщин, не слишком церемонясь с хозяйками. Пострадали все, так или иначе связанные с актером, — Лена Литвинова, Нина Никитина, Яна Михайлова, сестра Литвиновой — Женя, а Маргарита Волкова убита. Кстати, к вам тоже могут явиться.

— Почему? — изумился Слава.

— Вы же брат покойного, к тому же, насколько я знаю, женаты на Акулине Евгеньевой...

— Бывшей любовнице Коти, — усмехнулся бизнесмен. — Да, славно работают наши доблестные органы, все раскопали. Но я познакомился с Акулиной тогда, когда ее отношения с Костей прекратились. Аля медсестра, и Котик предложил ей подработать сиделкой при Анне Федоровне. Я оплачивал ее труд, а потом приехал проведать старушку, и вот так познакомились, а уж потом решили пожениться. Аля великолепная жена, и я рад, что мы вместе. Что же касается ее прежних взаимоотношений с Костей... Ни я, ни она не делали из этого трагедии. Мы встретились зрелыми людьми, с жизненным опытом за плечами. Смешно ждать от почти сорокалетней женщины невинности. Наоборот, знаете, радовался, что у них роман был.

— Почему?

— Аля красива, и Котя бы не удержался, начал бы за ней ухаживать. Он был настоящий Казанова и мог соблазнить даже мать Терезу. Ну зачем мне мучиться всякими мыслями, встречая его у себя дома. А так — полное спокойствие. Костик никогда не возвращался к старым связям.

— Котик, — донеслось из прихожей, — купила твои любимые куриные котлетки.

Неожиданно Слава злобно крикнул:

— Ну сколько раз просил тебя не звать меня дурацкими кличками: котик, зайчик, пусик!..

Надо же, только что так хорошо говорил о жене, и пожалуйста, обозлился на ласковое слово. Странные люди мужчины. Вспомнив, как Михаил вызверился на меня из-за банки витаминов, я вздохнула.

В комнату вихрем ворвалась черноволосая, высокая и худощавая особа. Она казалась в первый момент некрасивой. Слишком маленькие глаза, вытянутое лицо и широкий рот.

— Здравствуйте, — сказала она, улыбаясь, — сейчас котлетки поедим.

— Аля, Евлампия Андреевна — майор с Петровки, — предостерегающе сказал муж.

— Ну и что, — продолжала рыться в сумке Акулина, — разве милиционеры не едят куриные котлеты?

Ее руки ловко перебирали сковородки, включали газ... В секунду заскворчало масло.

— Вы чеснок употребляете? — спросила меня Акулина, улыбаясь.

Я невольно улыбнулась в ответ. Неинтересная на первый взгляд женщина оказалась безумно обаятельной, а ее манера общения действовала подкупающе. Видит меня впервые в жизни, а такое ощущение, что сижу у лучшей подруги в гостях.

В мгновение ока перед всеми возникли тарелки с румяными, поджаристыми трубочками. Из холодильника появился салат, запотевшая бутылка водки, соленые огурчики.

Я замахала руками:

— Нахожусь при исполнении.

— Ладно, — покладисто согласился Слава, — тогда минералку.

Котлеты и впрямь оказались вкусными. Акулина схватила тарелки, сунула в посудомоечную машину и разом накрыла чай. Посуда так и летала у нее в руках.

— Знаете, — протянул Слава, закуривая, — есть еще одна женщина, которая занимала в жизни Кости огромное место, и если он кому и мог дать на сохранение бумаги, так это ей.

— Кто? — насторожилась я.

— Вера Мартынова.

Акулина хмыкнула.

— Да, — подтвердил Слава, — именно Вера может знать про документы. Костя доверял ей.

— Первый раз слышу имя этой любовницы.

— Это не просто любовница, — вздохнул Слава, — роковая любовь, страсть. Сколько раз они с Котей расходились, сходились вновь, не сосчитать. Он ради нее готов был на все, бежал по первому зову...

— А она, — ехидно заметила Акулина, — четыре раза выходила замуж и обманывала каждого супруга с Котей.

— Аля! — возмутился муж.

— Подумаешь, белый лебедь, — хмыкнула супруга, — обычная проститутка. Только вокзальная шалава ложится с мужиками, не задумываясь, а эта всякий раз расписывалась, но о деньгах никогда не забывала.

— Зря ты так, — забормотал Слава.

— Чистая правда, — ответила Акулина, ловко нарезая шоколадный рулет аккуратными кружочками, — ее следующий муж всякий раз оказывался богаче предыдущего. Посудите сами. Сначала Феоктистов, директор магазина, следом Симонов, крупный продюсер, потом Ваня Смертин, хоккеист, за националь-

ную лигу хоккея Канады играл, а последний супружник, Марат Рифалин, владелец Сигмабанка.

— Она сейчас жена Рифалина? — поинтересовалась я.

— Она сейчас вновь на выданье, — источала яд
Акулина, — ни с кем из мужиков больше двух лет
прожить не могла. Они славный тандем были с Костиком. Тот баб менял, эта мужиков, просто сладкая
парочка. Давайте-ка я ей позвоню.

Я не успела и слова вымолвить, как женщина уже
затрещала в трубку:

— Верунчик, привет, Аля беспокоит, как дела?

Следующие пять минут она охала и ахала, цокая
языком, изредка приговаривая:

— Да ну! Поздравляю! Очень рада! Вот здорово!

Потом, когда пищащая мембрана замолчала, Акулина затараторила:

— У нас тут сидит майор с Петровки, расследует
убийство Коти, да сама поговори.

И она сунула мне трубку.

— Да, — донеслось до моего уха меццо с хрипот-
цой. Певцы называют такой голос «с песком», — и о
чем говорить станем?

— Скажите, Вера...

— Ничего не понимаю, — прервала меня Мартынова, — Аля говорила, у них майор сидит.

— Это я, майор Романова.

— Ну никогда бы не подумала, что дама может заниматься поисками убийц, — протянула капризно
собеседница, — это так неженственно...

Либо полная дура, либо кокетничает по привычке
со всеми.

— Бывают исключения, — отрезала я и спросила: — Вам Катуков ничего на хранение не давал?

— Например? — кривлялась Вера. — Что имеете в
виду: золото, брильянты?

— Нет, — еле сдержала я гнев, — документы, листочки синего цвета.

— Можете получить завтра в час дня, — пропела Вера.

— Я подъеду прямо сейчас.

— Вы-то подъедете, да меня не будет, ухожу по делам.

— Давайте пересечемся в метро.

— Езжу только на машине и, честно говоря, не собираюсь ради вас менять планы. Завтра в час, раньше не приходите, мне следует выспаться. Адрес узнаете у Али.

И она швырнула трубку.

— Сука, да? — спросила Аля. — Просто редкостная дрянь, между прочим, говорит, опять замуж собралась.

Я записала адрес Веры и засобиралась. В прихожей, подавая мне куртку, Слава пробормотал:

— Последний супруг Веры, Марат Рифалин, оказался чудовищно ревнив, настоящий Отелло. Когда жена ушла от него, он пообещал убить Котю.

— Почему? — спросила я.

— А Вера опять с моим братом сошлась, — пояснил Слава, — ну Марат и размахивал пистолетом: «Застрелю, прямо в лицо, чтобы рожу красавчику испортить!»

— Жутко кровожадный тип, — встряла Аля, — сначала, говорил, застрелю, а потом обе руки обрублю, чтобы знал, как чужих жен обнимать.

— Кому он это говорил? — медленно спросила я.

— Мне, — сказал Слава, — позвонил и предупредил: «Передай своему брату — он не жилец».

ГЛАВА 22

Часы показывали всего лишь два часа дня, когда я вошла домой. По дороге купила вкусный торт «Медовик». Следовало отпраздновать окончание трудного дела. Завтра получу бумаги, а послезавтра Катя, радостно плача, станет обнимать домашних. Все-таки я молодец, нашла документы, размотала клубок до конца. Правда, не знаю, кто убил Костю, но, во-первых, я не нанималась на самом деле в уголовный розыск, а во-вторых, кажется, актера пристрелил кровожадный банкир Марат Рифалин. Причем выполнил это, как и обещал, — выстрелил в породистое лицо, а затем отрубил кисти рук. Я вспомнила окровавленные обрубки и вздрогнула. Конечно, Рифалин, иначе откуда Слава и Акулина могли знать такие ужасные подробности?

Тихо открыв замок, я вошла в прихожую и услышала сочные шлепки и злобные крики:

— Дрянь!

Подойдя на цыпочках к кухне, я увидела, как Виктория, красная от злобы, лупит кухонным полотенцем лежащую перед ней Аду. Мопсиха изо всех сил вжималась в пол, пытаясь спрятать голову, но удары сыпались со всех сторон. У холодильника в голос рыдала Муля, а Рейчел слабо подвывала из-под стола. Кошки, как правило, жившие на кухне в ожидании чего-нибудь вкусненького, испарились, хомяки запрятались в домик, даже жаба Гертруда затаилась в аквариуме.

— А ну прекрати немедленно! — заорала я, выхватывая у Виктории из рук кусок льна. — Не смей бить мою собаку, что она тебе сделала?

Гостья сверкнула разъяренными глазами:

— Собака должна знать свое место!

Я подхватила с пола трясущееся жирненькое тельце. У мопсов от природы несчастное выражение на очаровательных мордочках, но на этот раз из глаз Ады текли самые настоящие слезы. За всю ее недолгую жизнь мопсиху никогда не били, и сейчас она просто не понимала, что за ужас творится вокруг. Прижав ее к себе, я рявкнула:

— Собака живет в этом доме, это ты должна знать свое место, что она сделала?

— Безобразие! — вскипела Вика. — Прихожу из магазина, а она спит в моей кровати, прямо на подушке!

— Убирай белье, а не оставляй разобранным диван.

— Но он тяжелый! Не могу я одна сложить!

Я хмыкнула:

— Хочешь сказать, что в твоем возрасте уже не под силу справиться со складным диваном?

Виктория осеклась.

— Спала на твоей простыне, и все? И за это ты избивала беззащитное существо.

— Смотри, — завопила Виктория, показывая мне разодранные колготки, — смотри, во что эта дрянь превратила чулки! Между прочим, я получаю только пенсию и не могу позволить себе лишние!

Я окинула внимательным взглядом ее красивый дорогой твидовый костюм, отметила золотой браслет, серьги, вдохнула запах французских духов и процедила сквозь зубы:

— Не надо расшвыривать вещи.

— Кто ты такая, чтобы делать мне замечания? — пошла в атаку Виктория. — Сама тут в гостях!

Я подхватила рыдающую от ужаса Мулю и, слыша, как два крохотных собачьих сердечка стучат в унисон возле моей груди, четко произнесла:

— Ошибаешься, бабуля. Это мой родной дом, я тут навсегда.

Виктория посинела от злобы и, не говоря ни слова, прошагала из кухни в прихожую, потом хлопнула входная дверь.

Я посмотрела на притихших собак и оповестила:

— Так, девочки, мы должны вознаградить себя за страдания. Вообще-то я купила данный продукт для Кирки с Сережкой, но он явно достанется вам.

Из сумки появилась упаковка отвратительно дорогого датского паштета из натуральной печени. Полукилограммовая коробочка стоит семьдесят рублей, разврат, да и только. В мгновение ока я разделила содержимое упаковки на три неравные части. Самую большую отдала стаффордширихе, две поменьше — мопсихам, на сладкое они получили по шоколадной, строго запрещенной всей кинологической литературой конфете. Говорят, сладкое наносит ущерб собачьему здоровью, но сегодня я врачевала душевные раны, и «Белочка» пришлась как нельзя кстати.

Очевидно, злость придает силы, потому что в оставшееся до прихода детей время я сделала обед, убрала квартиру, испекла эклеры и даже погладила Сережкины рубашки, Юлины блузки и пару Кирюшкиных брюк недавно купленным утюгом.

Ночью, когда дом наконец затих, я лежала в кровати, окруженная собаками, и думала, как пойдет моя жизнь после возвращения Кати. Скорее всего ничего не изменится. Она целыми днями занята на работе, значит, домашнее хозяйство достанется мне, что ж, вполне нормальная роль!

В этот момент Ада подползла к моему лицу и принялась с жаром облизывать щеки, лоб, подбородок. Ее толстенький хвостик работал как пропеллер, а из грудки вырывались нежные ворчащие звуки. Я обхватила ее правой рукой, повернулась набок и прижалась к мопсихе. Не сойти мне с этого места, если Ада не пришла сейчас сказать по-собачьи «спасибо».

Когда-то давным-давно, в прошлой жизни, я тоже не ходила открывать дверь сама, это делала Наташа. Вера Мартынова, очевидно, не утруждала себя лишними хлопотами, и меня впустила в квартиру худенькая женщина лет сорока пяти.

— Хозяйка в гостиной, — сообщила она и провела «майора» в большую, обставленную антикварной мебелью комнату.

Там, между шкафчиком времен Павла I и элегантной горкой скорее всего Николаевской эпохи, сиде-

ла роскошная дама. Такую красоту встретишь только
на страницах журналов, и, честно говоря, я считала,
что подобный оттенок кожи, такие сочные губы и такие фиолетовые глаза — всего лишь результат труда
профессиональных гримеров и стилистов. Но на женщине, мирно пьющей кофе, не было ни грамма косметики. Более того, день сегодня неожиданно выдал-
ся солнечный, яркий свет бил прямо в глаза Вере,
безжалостно освещая лицо. Но даже при таком осве-
щении у красавицы невозможно было найти изъяны.
Волосы, роскошные кудри натуральной блондинки,
небрежной волной раскинулись по плечам, а когда
хозяйка встала мне навстречу, стало понятно, что ее
талию можно запросто обхватить двумя пальцами.
Четыре замужества и длительная любовная связь с
Костей не оставили на Вере Мартыновой никаких
следов. Огромные глаза смотрели слегка наивно, пухлые губы сложились в улыбку, и, протянув мне неж-
ную мягкую руку с безупречным маникюром, хозяйка произнесла сексуальным меццо:

— Какая страшная история, бедный Котя, за что
его убили?

Я села в кресло, взяла предложенную чашечку кофе и отчеканила:

— Пока не могу сообщить ничего утешительного.
Ведутся оперативно-розыскные мероприятия.

Вера резко встала, халат распахнулся, и я увидела
длинные, стройные, безупречные по форме и без всякого признака целлюлита ноги.

— Скорей всего здесь замешана женщина.

Я вздернула брови:

— Говорят, что вы.

— Я?! — изумилась Вера. — Да мы были знакомы
полжизни. Не скрою, нас связывали особые взаимоотношения, всегда считала Котю своим первым мужем, брак мы не оформляли, но ведь не в штампе дело. И зачем мне его убивать?

Я спокойно допила кофе. Может, и впрямь пойти

работать в милицию? Очень уж хорошо получалось у меня вести допросы.

— Речь идет не прямо о вас, кое-кто из общих знакомых утверждает, будто Марат Рифалин грозился уничтожить Константина, причем именно таким жестоким образом, как это произошло на самом деле.

Вера рассмеялась грудным смехом и, вытащив длинную коричневую папиросу, спросила:

— Будете?

Не знаю почему, я кивнула и взяла тоненькую палочку.

— Марат, — пожала плечами Вера, — хотите, угадаю, кто вам сказал подобную глупость?

Я сосредоточенно глотала ароматный дым, чувствуя, как в желудке делается горячо.

— Акулина Евгеньева, — усмехнулась Вера. — Ведь правда? Знаете, какая у нее кличка — Акула. И дело даже не в имени, а в характере, если вцепится в кого — ни за что не отпустит, а Маратик с крючка слетел, вот и злобится теперь... Хотите, всю правду про нее сообщу из желания помочь органам?

Вздохнув, я кивнула. На самом деле я совершенно не интересуюсь никакими сведениями про Евгеньеву, но не может майор, занимающийся поисками убийцы, отказаться от информации!

— Мы учились в одном классе, — начала Вера, — Котя, Мишка Рогов и я. В те годы я была такая страшненькая, угловатая девица, выше всех, и страшно стеснялась своего роста.

Ни Котька, ни Мишка не считали меня за девчонку, мы дружили как три товарища. У Коти крутилась любовь с соседкой по квартире и тоже нашей одноклассницей Любкой Казанцевой. Потом мы разбежались по разным институтам. Костик — в театральный, Мишка — в медицинский, я — в МИФИ.

— Куда?!

— В МИФИ, — спокойно повторила Мартынова, — я всегда тяготела к математике, закончила школу с золотой медалью и поступила на теоретический факультет.

Ну и ну! Вот тебе и глупенькая красавица.

— Но мы все равно дружили, — продолжала Вера, — хотя встречались реже, чем раньше.

В двадцать лет Вера похорошела необычайно. Миша Рогов не заметил превращения бывшей одноклассницы в красавицу, а Костик неожиданно влюбился. Так начался странный, не похожий ни на что роман. Примерно полгода они дико обожали друг друга, не расставались ни на минуту, потом вдруг наступило охлаждение. Котик завел другую, Вера выскочила замуж. Три года спустя они снова кинулись в объятия друг друга... Можно сказать, что все четыре брака Мартыновой распались из-за Коти.

— Просто наваждение, — грустно улыбалась Вера, — вроде все похоронено, костер погас, становимся добрыми друзьями. У него — баба, да не одна, а штуки три сразу, у меня — отличный муж, с деньгами и положением. Вдруг... раз, что-то щелкает, и мы вновь в одной кровати. Месяц-другой пройдет, и все заканчивается. У него — женщины, я опять замуж.

Но периодически просыпавшаяся страсть не мешала Вере и Косте быть друзьями. Затем Мишка Рогов познакомил их со своей женой Акулиной.

— Ту просто перекашивало при виде меня, — смеялась хозяйка, — белела от злобы. Да и понятно. Единственное, чего Акулина хотела, — так это денег.

Она и за Рогова выскочила в надежде на баснословные гонорары психиатра, но просчиталась. Увалень Мишка совершенно не тревожился по поводу заработка и по большей части не брал у родственников конверты, Акулине приходилось работать медсестрой и тихо исходить завистью, глядя на шубы, драгоценности и наряды Веры. Да еще, словно назло, каждый следующий муж Мартыновой оказывался богаче предыдущего.

— Она роман с Котиком завела только лишь для

того, чтобы мне хвост прищемить, — смеялась Вера, — вот глупая. Я ее предупредила: «Аля, Костя больше года ни с кем не живет, Миша — надежный супруг, а Котя, словно мячик, намазанный маслом, норовит из рук выскочить. Не делай глупостей, лучше синица в руках». Ну и что? Вышло по-моему!

Привыкший помогать всем бывшим любовницам, Котя предложил Акулине хороший приработок: посидеть возле своей больной матери. Аля, оставшись одна, крайне нуждалась в деньгах и предложение приняла. Через неделю к Анне Федоровне с продуктами приехал Слава.

— Он безумно похож на Костика, наш уголовничек, — щебетала Вера, — ну одно лицо, бывает же такое. Вот Акулина и решила, что настал ее час, и начала атаку на Славку. А тот на Котю только лицом походит, внутри совсем другой, женщин побаивается, все с проститутками общался... Такого охмурить как воды попить, вот Акулина и преуспела. До этого у жадной Али постоянно случались неудачи.

Бог знает, где Аля познакомилась с Маратом Рифалиным, но она принялась обхаживать банкира, притащила того в ресторан, где Котя шумно справлял день рождения. Наверное, хотела похвастаться своей принадлежностью к артистическим кругам, да просчиталась. Марат увидал Веру и пропал, Мартынова, в то время свободная и только что завершившая очередной виток любви с Катуковым, благосклонно глянула на владельца многомиллионных капиталов, и Аля осталась за бортом.

— Понимаете теперь, почему она злобится, — прищурив яркие глаза, поинтересовалась Вера.

Я вздохнула:

— Видите ли, они упомянули, что Марат в их присутствии кричал, будто выстрелит Константину в лицо...

— Ну и что?

— Как — что? Именно так его убрали, откуда они узнали?

— Между прочим, — отчеканила Вера, — я сама узнала из газеты «Московский комсомолец», а там черным по белому стояло — убит выстрелом в лицо. Марат — дагестанец, правда, всю жизнь прожил в Москве, но кровь восточная, горячая, чуть что — топает ногами и визжит: «Убью, зарежу, повешу, на фарш разделаю и котлеты пожарю...» А через десять минут кольцо с брильянтами тащит — прости, дорогая!

— Вот только Славе и Акулине он пообещал отрубить Константину руки, чтобы чужих жен не обнимал, так и вышло, а об этом «Московский комсомолец» не писал, — тихо сказала я.

Вера нервно заходила по комнате.

— Поймите, Марат никак не мог убить Котю.

— Почему?

— Три недели тому назад мы решили с ним начать жизнь сначала и уехали на Барбадос. Я вернулась только вчера и не успела войти, как позвонила Аля. Кстати, когда я сказала ей, что выхожу замуж за Марата, она стала весьма кисло выражать восторг. Рифалина просто не было в Москве, и я подтвержу на суде его алиби.

— Дорогая, — проникновенно сказала я, — богатые люди нанимают для черной работы киллера, и факт отсутствия Рифалина непосредственно на месте преступления ни о чем не говорит...

— Он не убивал Костю, — твердо сказала Вера.

— Отчего такая уверенность?

— Марат обожает меня и знает, как я отношусь к Катукову. Конечно, Рифалин не испытывает к Константину никакой симпатии. Но он понимает: если я, не дай бог, узнаю о его причастности к смерти Коти, нашим взаимоотношениям конец. А больше всего на свете Марат боится потерять меня, поверьте, это так. Представляете меру его любви, если этот восточный по крови и менталитету мужчина готов жениться на мне, зная, что я ему изменяла?

Повисло молчание. Вера села в кресло, элегантно скрестила безупречные ноги и добавила:

— Не верю, что Марат говорил подобное Славе и Але.

— Почему?

— Он неглуп, отличный финансист с гибким трезвым умом, слегка вспыльчив, но не дурак. Такой не станет кричать налево и направо о своих планах. Скорей всего вы правы, он нанял бы киллера и уж ни за что бы не разоткровенничался со Славой и Акулиной. Они знакомы, встречаются на различных тусовках, но тесной дружбы нет. С чего ему откровенничать?

— Но откуда они знают об отрубленных руках?

— А вот это, дорогой майор, — ехидно пропела Вера, — вам и надлежит выяснить. Сдается, милый братик-уголовничек и его сладкая женушка обладают чересчур полной информацией об убийстве. А слишком хорошо осведомлены, как правило, непосредственные участники! Поройтесь в семье Катукова-младшего, найдете огромную кучу дерьма.

— Вы обещали отдать бумаги...

— У меня их нет! Но я знаю, где Котя хранил секреты. Подоконник на кухне...

— Смотрела, в ножках стола тоже...

— А в зеркале?

— Где?

Вера довольно засмеялась:

— Когда он начал оборудовать тайники, их придумала я. Обожаю детективы, вот и порылась у классиков. Подоконник подымался у Ниро Вульфа, ножки стола отвинчивал Эркюль Пуаро, а зеркало служило Эллери Куину.

— В ванной, — пробормотала я, — на шкафчике с лекарствами и всякой ерундой. Следует нажать, и оно повернется, а там ниша...

— А, — засмеялась Вера, — тоже почитываете на
досуге, именно там. Хотите, поедем?

Я кивнула. Мартынова была все же уникальной
женщиной, потому что собралась за пять минут. Просто натянула брюки, черный пуловер, куртку, и мы
спустились в подземный гараж. Водила она уверенно,
аккуратно, и я расслабилась, покачиваясь на кожаных подушках. Вот заработаю денег и куплю нам с
детьми такой же «Мерседес», а то Сережкин «Форд»
потерял глушитель, а у Катиных «Жигулей» руль ходит, как штурвал у истребителя, не только поворачивается, а еще и двигается вверх-вниз, как она умудря-
ется в таких условиях управлять машиной — уму не-
постижимо.

Открыв дверь квартиры своими ключами, Вера
прошла в ванную, я, затаив дыхание, за ней. Зеркало
послушно повернулось. И в нише показалась папочка. Дрожащими руками я схватила ее.

Да, это они, листочки синего цвета и конверт.

— Господи, — донесся голос Веры из комнаты, —
что тут произошло?

— Искали эту папочку, — пояснила я, испытывая
к Мартыновой настоящую благодарность.

На улице, когда Вера щелкнула брелком сигнализации, я решила предостеречь ее:

— Не пускайте сейчас в дом посторонних, бандиты грабят и убивают женщин — любовниц Константина.

— Никогда сама не открываю дверь, тем более незнакомым, — высокомерно заметила Мартынова, —
а замки невозможно взломать.

Она не предложила довезти меня до метро и, включив скорость, унеслась прочь. Несколько капель грязи из-под колес попали на куртку, но я была счастлива. Господи, завтра отдам папочку, и Катя окажется
дома.

ГЛАВА 23

Вечером я решила воспитать Сережку и напомнила:

— Ключи не забудь, положи прямо сейчас в карман.

Парень горестно вздохнул:

— Караул, Лампа, «Форд» сдох!

— Как это? — испугалась я. — В аварию попал?

Сережка грустно покачал головой:

— Нет, двигатель полетел.

— И что теперь? — не успокаивалась я. — Починить можно?

— Легче пристрелить, чем лечить, — сказал Сережка. — Возьму материну машину. Только ее «Жигули» тоже на ладан дышат.

— И резина лысая, — встрял Кирка, запихивавший в рот кусок омлета с сыром.

— Да уж, не шины Пирелли, — согласилась Юля, — но пока едет, попользуемся.

— А дальше что? — настаивала я.

Сережа подкрутил тощие усики:

— Мать из Кемерова всегда тысячи две привозит. У нее там конвейер. Каждый день по три-четыре операции. Ну предположим, половина больных неимущая, зато другие обязательно отблагодарят. У матери рука легкая.

— Она хороший хирург?

— Она ненормальная! — воскликнул Сережка. — В детстве кукол резала, аппендицит искала, на первую операцию еще студенткой стала, доверили крючки подержать. Другие девушки в кино, на танцы, наша — в анатомичку и потрошит трупы с упоением...

— Нет, ты прикинь, — оживилась Юля, — три года тому назад у нее у самой возникла необходимость удаления щитовидной железы. Ну прооперировали свои же коллеги, ухаживали, как за куриным яйцом... И, естественно, осложнение!

— Почему?

Юля хмыкнула:

— У врачей всегда так, если заболеют — пиши пропало. Из насморка гайморит получается, аппендицит в перитонит перетекает, дети у них какие-то экзотические болячки ухитряются подцепить. Сережка в детстве подхватил где-то болезнь Вермера, один случай на Москву, исключительно африканская зараза.

— У нас в доме снимали квартиру студенты из Университета Патриса Лумумбы, — засмеялся Сережка, — они меня все жвачкой угощали, вот, наверное, и получил вирус.

— Никогда бы не взял жвачку у незнакомого негра, — сказал Кирка. — Неужели трудно было пойти в ларек и купить?

— В 1980 году? Да мы одну подушечку всем классом жевали по очереди!

— Фу, — пробормотал Кирка, — вот уж не думал, что при коммунистах у людей были такие трудности!

— Ну, словом, у матери горло раздуло, нарыв, — продолжал Сережка, — она домой сбежала и давай в ванной над собой издеваться. Ножницы в шов воткнет, гной выпустит, пластырь прицепит — и на работу!

— Как на работу?! — изумилась я.

— Говорим же, сумасшедшая, — пояснила Юля. — Водолазку старую под хирургическую пижамку нацепила, чтобы больных своим жутким горлом не пугать, и вперед: скальпель в зубы — расступись, щитовидная железа, Романова на лихом коне едет.

Вечером я досконально изучила документы и ничего не поняла. Какие-то квитанции за электричество, копии лицевых счетов, накладные на пищевую соду... Вместо фотографий в папочке лежали негативы. Я попробовала рассмотреть лица запечатленных людей, но совершенно не преуспела. Трудно сообразить, что за фигуры на кадрах.

Утром я опять вышвырнула ключи, и снизу незамедлительно понесся крик:

— Лампадель, кинь ключарики от «Жигулей», «фордик»-то тю-тю!

Проклиная собственную забывчивость, я выбросила другую связку, прогуляла собак, сварила суп, пожарила котлеты и, сунув в пакет бумаги, полетела на «Динамо». Уже выходя из метро, вздрогнула, а вдруг гориллоподобный Слава не придет?

Но он уже стоял у скамейки. На этот раз куча жира была облачена в роскошную куртку из мягкой замши и тонкие ботинки с омерзительными золотыми пряжками.

— Ну, убогая, — прошипел он, когда я тронула его за рукав, — ну, козявка болезненная, как делишки?

Я помахала перед его носом папкой. Монстр довольно хрюкнул и потянул к ней короткопалую руку, похожую на подушечку для булавок. Он не знал только одного обстоятельства. За две недели я прошла такой путь, который иная женщина не осилит и за целую жизнь. Вместо несчастной, растерянной и ленивой Ефросиньи сейчас на платформе стояла бойкая, уверенная в себе, умная и наглая Евлампия.

— Убери лапы! — рявкнула я. — Сначала стулья, затем деньги. Где Катя?

Жиртрест на секунду растерялся, но тут же пришел в себя:

— Гони бумаги, вошь!

— А ху-ху не хо-хо? — спросила я и добавила: — Вон там, видишь, милиционер прогуливается, сейчас заору, и пусть на Петровке разбираются, зачем тебе бумажки и где Катюша, Славик!

Мужик слегка изменился в лице и сбавил тон:

— Ладно-ладно, поехали.

— Куда?

— За Катериной, обменяем документы на бабу, ты ведь не поверишь, что я отпущу ее, когда приеду домой?

— Нет.

— Тогда пошли.

Мы вышли на улицу и сели в грязные битые «Жигули» первой модели. Дребезжа всеми частями своего престарелого тела, автомобильчик достаточно резво покатил по улицам. Слава принялся насвистывать, я бездумно поглядывала в окно. Внезапно Москва кончилась, и «копейка» понеслась по шоссе, очевидно, развалиной она была только внешне, потому что мотор урчал, словно сытый кот, а на поворотах ее совсем не заносило. Небось «Жигули» были «одеты» в шипованные Пирелли, предмет вожделения и зависти Сережки.

— Куришь? — спросил Слава, когда мы свернули на какую-то боковую дорожку и понеслись по ней с невероятной скоростью.

Я кивнула.

— Открой бардачок, там сигареты...

Я попыталась откинуть крышку, но она не поддавалась.

— Ну, убогая, — хмыкнул Слава, — давай лучше сам.

Не снижая бешеной скорости, он навалился на меня жирной тушей и принялся ковыряться на панели.

«Не дай бог в аварию попадем», — метнулась в голове внезапная мысль, и в ту же секунду я почувствовала сильный толчок, ощутила порыв свежего воздуха... Что-то черное, огромное метнулось навстречу, голова неожиданно уткнулась в ледяную воду, и свет померк.

Сначала вернулся слух, мерный шум наполнил уши. Потом возникло ощущение холодной мокроты. Бог мой, я заснула в ванне, хорошо, что не утонула. Не открывая почему-то плохо слушающиеся веки, я пошарила рукой в надежде обнаружить полотенце, но пальцы наткнулись на сухие веточки. Тело само собой село. Глаза моментально открылись, но они отказывались верить тому, что увидели.

Я находилась в большой грязной куче прелого сена, невесть зачем оказавшейся на обочине. Вправо и влево отходила узенькая асфальтированная дорога, покрытая снегом. Внезапно память услужливо подсказала: мы неслись с большой скоростью, когда толстяк, навалившись на меня, пытался открыть бардачок. Значит, он все же потерял управление, и «Жигули» врезались в дерево. Скорей всего меня выкинуло из машины через ветровое стекло.

Я аккуратно подвигала руками и ногами, пошевелила шеей — переломов нет. В следующую секунду попыталась встать на разъезжавшиеся конечности. Удалось это не сразу, но в конце концов, слегка пошатываясь, я отошла от спасшего мне жизнь стога сена и уставилась на шоссе. А где разбитая машина?

Очевидно, хорошо заасфальтированной, но все же проселочной дорогой пользуется малое количество автолюбителей, потому что на снегу четко выделялся след шин. Я прошла немного вправо, чувствуя, как намокшая куртка тяжело бьет по бедрам грязным подолом.

Сапоги можно было смело снимать, тонкая замша превратилась в тряпку, насквозь пропитанную водой, и мне казалось, что я иду босиком. Внезапно след оборвался, впереди, насколько хватал глаз, расстилалась девственно-белая дорога. Я пригляделась повнимательней. Так, все понятно!

Мерзкий мешок с салом вытолкал меня на полной скорости из машины, наверное, надеялся, что пассажирка, ударившись об асфальт, сломает себе шею! Скорее всего так бы и произошло, не случись на дороге стог сена. Мысленно желая здоровья всем крестьянам и их домашним животным, я поковыляла налево. Следовало каким-то образом добираться домой, а ровный гул шел именно слева, вероятно, там пролегало большое шоссе!

До магистрали я доковыляла примерно за полчаса, терпеть не могу наручные часы и в большинстве случаев и без них знаю точно, который час, обладаю удивительным чувством времени, максимум могу ошибиться на десять минут.

По моим расчетам, было около трех часов, когда я наконец встала у обочины и подняла руку несущейся навстречу массе машин. Но автомобили и не думали притормаживать. А вы бы посадили тетку в китайской куртке, измазанную с головы до ног грязью?

По счастью, в кармане обнаружился кошелек. Я вытащила двести рублей и подняла бумажки над головой. Сразу притормозил желтый «каблук».

— Куда? — осведомился простоватого вида дядька с помятым лицом.

Услышав адрес, он окинул меня оценивающим взглядом и сообщил:

— Только деньги вперед.

Похвальная предосторожность, от этих бродяжек, подобранных на шоссе, всего ожидать можно. Отдав ему розовые бумажки, я с удовольствием вытянула ноги и попросила:

— Печку не включите?

Шофер вновь глянул на меня, но ничего не сказал и щелкнул рычажком. Через пару минут в салоне завоняло мокрой собачатиной, это подсыхала куртка.

— Перебрала, что ли, птичью болезнь заработала? — усмехнулся водитель.

— Какую? — не поняла я.

— Перепил, — заржал мужик, — да не тушуйся, с каждым случается. На, держи...

Он протянул мне пачку «Золотой Явы». Я раскурила сигарету и принялась глотать дым, чувствуя, как в желудке становится приятно горячо.

Дома я распихала прыгающих собак и, радуясь, что противная Виктория куда-то подевалась, пустила горячую воду, почти кипяток, села в ванну и, чувствуя, как обжигающая волна достигает позвоночника, уставилась на бьющую из крана струю.

Надо же было оказаться такой дурой и поверить

куче сала! И документы пропали, и Катю не вернули. Я принялась с ожесточением намыливать мочалку. Ну ничего, Славочка, ты даже и не предполагаешь, что найти тебя крайне просто. Надеюсь только, что Кате не сделают ничего плохого, хотя, если вспомнить, как безжалостно милый Слава вытолкал меня из несущейся на полной скорости машины... Хорошо еще, что не разбилась, только заработала кучу синяков и царапин...

Вода текла и текла, а вместе с ней утекала и моя нерешительность, голова переполнилась злобой. Ну погоди, бандит! Сейчас высушу волосы и двинусь в «Билайн», устанавливать владелицу мобильного аппарата. Эта дама хорошо знает, где искать жиртреста. Уж не знаю как, но выбью из данной особы все сведения!

Я завернулась в халат и понеслась в спальню. Но, пробегая мимо вешалки, поняла, что поиски таинственной незнакомки придется отложить до завтра.

Куртка мокрая, грязная, а пальто в коричневых потеках, из дома просто не в чем выйти.

Вздыхая, я запихнула вещи в стиральную машину, они одного бежевого тона и не должны полинять, долила в барабан волшебное средство «Ваниш», гарантировавшее полное исчезновение всех пятен без следа, и запустила цикл стирки для шерстяных тканей.

Потом высушила голову и прошлась по комнатам, проверяя порядок. Кирюшка, старавшийся побольше заработать, пылесосил теперь через день и почти разорил меня, демонстрируя безукоризненную уборку. Теперь у нас не мотаются по полу клоки собачьих волос, коридор и прихожая радуют глаз сверкающими шкафами, а на отмытой до блеска кухне пахнет котлетами.

Детская оказалась прибранной, книжки стопочкой лежали на письменном столе, игрушки стояли на полочках. Все правильно, когда сам поддерживаешь порядок, не захочешь безобразничать! В спальне у

Юли с Сережкой по стульям были развешаны детали
гардероба, но грязной посуды не видно, в пустой комнате Кати заботливый Кирюшка стер пыль, а подушку поставил на диван аккуратным треугольником.
Я закрыла дверь, чувствуя непреодолимый озноб, надеюсь, Катя когда-нибудь вернется сюда!

В спальне, которую временно занимала Виктория, царил беспорядок. Диван вновь был не застелен,
на столе грязная посуда. Так, интересно, в блюдечке
валялась кожура от мандаринов и косточки манго.
Никто из нас не покупал этих фруктов, в холодильнике лежат яблоки и груши... Значит, принесла потихоньку и ела ночью одна, под одеялом. Ну и дама!
Даже не подумаю унести отсюда чашки с остатками
кофе!

Следующая комната, очевидно тоже предназна-
ченная для гостей, пустовала. Я окинула глазом помещение. Интересно, почему меня поселили не тут, а
в гостиной? Довольно удобный диван, обтянутый го-
беленовой тканью, такое же кресло, журнальный столик, книжные полки, по большей части пустые, пись-
менный стол и небольшой шкаф. Так, решено, пере-
селюсь сюда, впрочем, прихвачу из гостиной торшер,
потому что не люблю яркое освещение...

Я как раз вытаскивала из стиральной машины вещи, когда из коридора донеслось:

— Пошли вон!

Я выглянула в прихожую. Виктория со злым лицом отпихивала ногой от груды кульков и пакетов собак.

— Муля, Ада, ко мне!

Услышав мой голос, гостья вздрогнула и уронила
на пол беленькую коробочку, в такие раскладывают
пирожные.

— Сладкое к чаю купили? — пропела я.

Виктория замялась:

— Всего два эклера, Сереже и Кириллу, женщинам, думается, пирожные ни к чему. Да и дорогие они очень!

Я молча оглядела гору пакетов. Надписи на них говорили сами за себя: «Меховой салон «Альбатрос», «Одежда от Кельвин Кляйн», «Косметика лаборатории Гарнье». Да уж, произведя столь успешный шопинг, начнешь экономить на пирожных!

Оставив гостью разбирать покупки, я вытащила из машины содержимое и ахнула. Вот и доверяй фирменным магазинам! Дорогое пальто тонкого кашемира, приобретенное в элитарном бутике, из приятно-бежевого превратилось в нечто невообразимое. Спина почему-то стала ярко-желтой, воротник в оранжевых разводах, рукава покрыты пятнами. А передняя часть походит на шкурку мопса — темно-серая с черными вкраплениями. В тоске я глянула на ярлык, вот, пожалуйста, рекомендуется машинная стирка!

С курткой тоже произошла метаморфоза. Дешевая вещица грязновато-палевого цвета, купленная, очевидно, на вьетнамском рынке, просто преобразилась. Сейчас она приобрела цвет песочного печенья. Жалкий искусственный мех, «сосульками» обрамлявший капюшон, распушился и стал похож на шубку сытой лисы. Все пятна и потеки грязи исчезли без следа, вещь стала как новая!

Да что это я говорю! Намного лучше новой. К тому же она оказалась почти сухой. Вот те на, на подкладке стояло — «Ни в коем случае не стирать». Полная изумления, я повесила куртку в ванной, а пальто снесла на помойку и разложила на крышке бачка, может, кто из бомжей польстится на вещицу. Во всяком случае, теперь, когда накоплю денег на пальто, куплю его у трудолюбивых жителей Востока, хотя, наверное, это случится не скоро, в первую очередь следует починить Сережкину машину и приобрести зимние шины.

Вечером я лежала на новом месте. Собаки всей стаей перебрались вместе со мной и, вздыхая, устро-

ились на диване. Рейчел, как всегда, в ногах, Муля и
Ада под боком. Перед сном я лениво просматривала
бог знает откуда взявшуюся тут старую газету «Неделя». Было смешно читать новости почти годовалой
давности. Глаза медленно бежали по строчкам, ну
ровным счетом ничего интересного. Я сложила стра-
ницы, зевнула, да так и осталась с раскрытым ртом.

Взор натолкнулся на объявление:

«Инюрколлегия разыскивает. Просим отклик-
нуться Катукову Анну Федоровну, Катукову Яну Сергеевну и Катукова Ростислава Сергеевича, прожива-
вших ранее по адресу: улица Первого жокея, дом 19,
квартира 49 — для исполнения последней воли фран-
цузского подданного Базиля Феду, урожденного Василия Николаевича Федулова. Лиц, знающих место-
пребывание Катуковых, просят сообщить в Инюрколлегию Злобиной Регине Николаевне, гарантируется
вознаграждение».

Вот это да! Интересно, сколько мне заплатят, когда я расскажу этой Злобиной про Катуковых! Может, хватит на шины? Значит, завтра тяжелый день.
Сначала узнаю адресок хозяйки телефона, потом несусь к юристам.

ГЛАВА 24

Фирма «Билайн» явно рассчитывала, что абоненты раскатывают на машинах, потому что офис находился в страшно неудобном месте. Вроде и в центре,
улица Масловка, но от ближайшего метро, коим является «Динамо», целых пятнадцать минут в перепол-
ненном злыми людьми автобусе.

— Ходит раз в час, — ворчала падающая на меня
при каждом повороте женщина, — только цену за
проезд повышать умеют, скоро единый дороже зарплаты станет.

Я была с ней солидарна и пробила талончик очень

хитро, только краешком. На обратной дороге можно сэкономить и проехать по нему еще раз. Ей-богу, за такую езду, стоя на одной ноге, платить должны мне.

Прежде чем начать сбор информации, я внимательно оглядела служащих. Так, к этой тетке с климактерическими пятнами на щеках не пойду, лощеный мальчишка в костюме тоже скорей всего будет ронять слова свысока, а вот девушка в кожаной юбочке и обтягивающем свитерке — самое то. Во-первых, люблю молодежь, а во-вторых, она похожа на Юлю и, наверное, такая же жалостливая.

Я подошла к стойке и протянула ей телефон.

— Не работает? — улыбнулась служащая и, бросив взгляд на трубку, пояснила: — Наверное, батарейка разряжена.

— Видите ли, — прошептала я, — он не мой.

— Да? — подняла брови девушка. — А чей?

— Не знаю, это я и хотела у вас уточнить. Нашла аппарат в туалете, кто-то забыл!

Служащая снова приятно улыбнулась:

— И не поленились приехать... Спасибо, оставьте, мы вернем владельцу.

— Хотелось бы самой...

— Я не могу назвать фамилию, — развела руками девушка, — это строго-настрого запрещено.

— Видите ли, — вновь прошептала я, — я подумала, раз человек заводит мобильный, значит, хорошо обеспечен, копейки не считает, а у меня зарплата триста рублей. Скоро Новый год, сын так о «Лего» мечтает, да куда там конструкторы покупать, тут бы с голоду не подохнуть. Честно говоря, понадеялась на небольшое вознаграждение, может, даст рублей сто...

Девушка повнимательней глянула на меня. Я положила перед собой ладони и бесхитростно улыбнулась прямо ей в лицо. Руки мои выглядели замечательно, мало того, что вчера исцарапала всю кожу, возясь в сене, так еще готовила на ужин винегрет и чистила свеклу. Теперь множество мелких ранок превратились в коричневые точки, а вокруг ногтей получилась темная несмываемая кайма.

Взгляд служащей потеплел, и она тоже прошептала:

— Ладно уж, подождите тихонечко да спрячьте аппарат от греха.

Я согласно закивала и повисла на стойке. Девица куда-то убежала, потом вернулась, держа бумажку.

— Возьмите.

Я сжала картонку в кулаке.

— Спасибо большое.

— Да ладно, — отмахнулась девчонка, — только не говорите, где адрес взяли.

Я медленно побрела к выходу. Внутри все ликовало и пело, больше всего хотелось прыгать на одной ножке и орать от переполнявшего счастья. Но бедная, голодная женщина не может скакать и веселиться. Поэтому я шла сгорбившись, шаркая потерявшими всякий вид замшевыми сапогами. Убогая нищая неудачница, мечтающая о ста рублях...

На улице я распрямилась и взглянула на листочек. Четким, каллиграфическим почерком на нем стояло: Молотова Татьяна Павловна, улица Розова, дом 18.

Если бы с неба сейчас посыпались золотые монеты, я и то бы не удивилась сильней. Ноги сами собой завели меня в супермаркет. Купив стаканчик кофе и пирожок с мясом, я еще раз прочитала бумажонку. Молотова Татьяна!

Мир тесен до безобразия, плюнь — и попадешь в знакомого. Ну кто бы мог вообразить, что симпатичный телефончик принадлежит любовнице моего мужа Михаила, той самой Танечке, любезно приславшей кассету с «эротическим» фильмом!

В супермаркете я бесцельно протолкалась около часа. Просто не знала, как поступить. Наконец набрела на полки с парфюмерией и бездумно уставилась в безукоризненно вытертое зеркало. Конечно, я сильно изменилась. Цвет лица из бледного превратился в розовый, глаза блестят, выгляжу на десять лет моложе, но это я, и Татьяна моментально узнает «соперницу», небось раздобыла где-нибудь мою фотографию и тыкала булавками в глаза! Значит, встречаться нам пока не следует, лучше сначала собрать о гадкой девчонке сведения, может, в ее ближайшем окружении выплывет жирный мужик по имени Слава.

Выпив три стаканчика кофе и проглотив еще пару восхитительно зажаренных пирожков, я наконец разработала гениальный план.

Первым делом понеслась на метро к станции «Тверская» и, спустившись в переход, ведущий к «Чеховской», нашла девчонку, торговавшую удостоверениями. На этот раз мне понадобилась ксива с буквами ФСБ, я собиралась стать агентом Федеральной службы безопасности. Уже знакомый парнишка начал заполнять графы и, услышав звание «майор», покачал головой:

— Знаете, дама, в ФСБ так звания не раздают, это вам не МВД. Там майор большой человек, начальник отдела, к примеру. К тому же вы женщина, давайте «лейтенант» напишу.

Но мне показалось не слишком серьезным представляться каким-то лейтенантишкой, и я велела:

— Лучше «капитан».

Парень, сопя от напряжения, принялся выводить каллиграфические буквы. Я подпрыгивала рядом от нетерпения, словно застоявшаяся лошадь.

Таня Молотова ни в чем себе не отказывала. Проживала женщина в уютном кирпичном доме с эркерами. Здание стояло в глубине двора, вход в который закрывали железные ворота. Сбоку виднелись кнопочка и табличка: «Сквозной проход закрыт». Я нажала пупочку.

— Кто там? — хрипло осведомился динамик.

— В домоуправление.

— Вы не наша жиличка, — не собирался открывать вход невидимый охранник.

Поколебавшись секунду и решив, что для бдительного сторожа хватит и милиции, я вытащила красное удостоверение и повертела им в воздухе. Небось где-то тут есть и телекамера.

— Открывайте, служебная необходимость.

Раздался противный писк, я толкнула калитку и оказалась в невероятно ухоженном дворе, такой встретишь только в кинофильмах про импортную жизнь миллионеров. Длинные ряды кустарников укутаны черной пленкой, клумбы завалены еловыми ветками, дорожки чисто выметены, пара урн выкрашены в приятный светло-коричневый цвет, скамейки, того же колера, сверкают так, словно их только что вымыли с мылом, а в дальнем углу стоит аккуратный железный домик, очевидно, там прячутся мусорные бачки.

В полном порядке и подъезды. Над каждым сделан железный козырек, стальные двери щетинятся домофонами, а сбоку, совсем как в каком-нибудь Париже, висит список жильцов. К тому же возле каждого подъезда имелись таблички, оповещающие об услугах. В первом расположилась сауна, во втором — тренажерный зал, в третьем — прачечная, в четвертом — домоуправление.

Обнаружив объявление «Домоуправ — 01», я набрала нужные цифры, дверь щелкнула. Она была такой тяжелой, что моих сил едва-едва хватило на то, чтобы приоткрыть узенькую щелочку.

Внутри оказалось очень тепло, светло и чисто. Под потолком горела не одинокая лампочка, а трехрожковая люстра.

Крепкий мужчина лет сорока поднялся из-за стола и довольно приветливо спросил:

— Вы к кому?

— В домоуправление.

— Прошу, — улыбнулся секьюрити и широким жестом указал на высокую дверь.

Я улыбнулась в ответ, толкнула створки и оказалась в большой, просторной, очень чистой комнате. Очевидно, местные власти любили растения, потому что в помещении все цвело и зеленело. На подоконнике устроились горшочки с декоративным перцем. Мелкие красные плоды густо покрывали растения. Рядом, в кадке, источал удивительный аромат лимон, увешанный тяжелыми желтыми цитронами. В углу буйно раскинули листья неизвестные мне деревца, похожие на карликовые пальмы. Посреди этого великолепия в голубой, обитой атласом корзине спал чудовищный кот самой плебейской «тигровой» окраски. Животное было бы ничем не привлекательно, кабы не вес, килограммов двадцать, не меньше. Огромная круглая голова напоминала рысью, могучие лапы вываливались из корзинки, впрочем, живот и хвост тоже. Котяра самозабвенно пел, источая довольство и счастье.

— Какой большой! — ахнула я.

Женщина, сидевшая у письменного стола, подняла голову от ведомости.

— Да уж, наш Леопольд — мужчина в теле, подобрали у бачков в прошлом году, чуть больше мыши размером, все ел без разбору — суп, кашу, макароны, — а теперь поганцу мясо покупаем, да еще не всякое жрать станет. Принесешь слишком жирное, морду воротит! Вы ко мне?

Я окинула взглядом ее простоватое лицо с носом картошкой и редкими кустиками бровей. Наверное, разведенка, на руке нет обручального кольца, только золотой перстень с большим кроваво-красным рубином. Скорей всего зарплата маленькая, но пытается привлекательно выглядеть — симпатичная белая блузочка и шерстяной пиджак в мелкую клетку. Губы намазаны не совсем подходящей по тону помадой с перламутром, ее цвет не совпадал с колером лака на ногтях. К тому же брови слишком черные, а жирные подводки на нижних веках сделали маленькие глазки похожими на щели. Но в целом впечатление приятное, скорее всего она не слишком умная и не вредная тетка.

— К вам, — подтвердила я. — Скажите, давно ли в этом доме проживает Татьяна Молотова?

Домоуправша посерьезнела, легкая тень набежала на ее лицо.

— Не могу давать сведения о жильцах.

— Мне можно, — тихо и вкрадчиво сообщила я, вытаскивая только что сделанное удостоверение.

Увидав золотые буквы ФСБ, женщина покраснела:

— Ой!

— Не стоит пугаться, — великодушно сказала я, — дело щекотливое, давайте потолкуем, и, если кто войдет, скажите, будто нанимаете меня на работу уборщицей, хорошо?

Домоуправша кивнула.

— Ну и отлично, для начала представьтесь.

— Самойлова Ирина Федоровна, 1952 года рождения, — пробормотала собеседница.

Похоже, она слишком испугалась.

— Милая Ирина Федоровна, — решила я ее успокоить, — лично к вам у нашей службы претензий нет, нас интересует только Молотова, расскажите о ней поподробней.

Самойлова вытащила из сейфа толстую книгу и принялась путано вводить меня в курс дела.

— Дом наш, — запиналась Ирина Федоровна, — особенный, другого такого во всей Москве не сыщешь. Во-первых, стоит крайне удобно, в двух шагах от метро, рядом чудесный парк, настоящий лес, а до центра рукой подать: всего пять остановок на подземке — и Красная площадь.

Но главная достопримечательность здания оказалась не в этом. Красивый дом построили в конце сороковых годов по личному распоряжению Сталина. Вождь народов загорелся тогда идеей собрать под одной крышей элиту научного мира, докторов наук и профессуру. Здание замышлялось как кооператив нового быта. В подвальных помещениях расположились прачечная, столовая, библиотека, магазины и даже небольшой кинозал. Ничто не должно было отвлекать ученых от работы, все предприятия обслуги находились под рукой.

Под стать оказались и апартаменты, сплошь трехи четырехкомнатные квартиры. Огромные пространства, высота потолка 3.70, кухни зашкаливали за двадцать метров, ванные превышали десять, а по коридорам дети и внуки катались на велосипедах.

Шли годы, дом жил своей жизнью, старательно отгораживаясь от чужаков. Старики-ученые, получившие ордера из рук самого Иосифа Виссарионовича, благополучно сходили в могилу, на смену им подрастали дети, тоже становившиеся докторами наук и профессорами. Кое-кто из бездетных вдов с удовольствием продали бы сейчас несуразные гигантские квартиры и переселились в маленькие однокомнатные. Но совет жильцов всячески противился проникновению в «крепость» посторонних. Квартиру в элитарном здании мог получить только ученый и член его семьи. Пару раз чужаки все же вселялись в цитадель. Например, Ада Львовна из 75-й прописала у себя племянника, владельца небольшого ресторанчика, и правление кооператива не смогло ничего поделать. Но стоило парню въехать после смерти благодетельницы в роскошные комнаты, как начались чудеса.

Сначала испортилась электропроводка, потом в батареях возникли воздушные пробки, перестал таинственным образом работать телефон, протекли соседи сверху... Мужик плюнул и решил продать квартирку, но на этот раз не стал ругаться с советом жильцов, а обратился к председателю с просьбой подыскать покупателя. Дело уладилось вмиг, и через две недели в бывших хоромах Ады Львовны праздновал новоселье молодой академик.

Таня Молотова въехала год тому назад.

— Разве она научный работник? — удивилась я.

— Нет, — улыбнулась Ирина Федоровна, — за нее очень просил Георгий Львович Дааз, наш председатель правления кооператива. Таня — его внучатая племянница, замужем за крайне приятным молодым человеком, Михаил его зовут.

Я почувствовала нервную дрожь и решила уточнить:

— Она замужем?

— Что же тут удивительного? — переспросила Ирина Федоровна. — Только супруг у нас не прописан. Таня говорит, будто он у матери остался, так часто делают. Кстати, он постоянно в разъездах, хотя частенько их с Танюшей вижу вместе.

Георгий Львович рекомендовал свою племянницу с самой лучшей стороны — молодая, с высшим образованием, знает не то три, не то четыре языка, работает переводчицей, мила, интеллигентна. Под стать и вторая половина — владелец крупной фирмы, торгующей компьютерами и программными продуктами, богат... Это вам не хозяйчик занюханного железного вагончика, гордо именующегося ресторан «Золотой лев».

Михаил прямо говорил на собрании жильцов, принимавших его жену в члены кооператива:

— Готов стать спонсором.

И не обманул. Когда этим летом совет жильцов захотел поменять скамейки, но не нашел в бюджете дома средств на эти траты, Миша привез их двенадцать штук, сделанных из дуба. Нанятые им рабочие установили скамейки, дворовая общественность стала милостиво здороваться с парой нуворишей. Но окончательно лед лопнул в мае. Таня помогла дочери одной из главных местных сплетниц «подтянуть» немецкий. Как-то раз они столкнулись в лифте, когда эмоциональная Софья Евгеньевна на все корки распекала девочку.

— Заходи ко мне, — велела Молотова ребенку, — помогу сочинение написать.

И впрямь помогла. Более того, девочка бегала к ней каждый день с домашними заданиями, а однажды Софья Евгеньевна постучалась в соседнюю дверь с вопросом:

— Сколько вам обязана, милочка?

Таня прощебетала:

— Не занимаюсь репетиторством, а помогаю по-соседски.

Леночка успешно сдала экзамены, а соседи стали приносить Молотовой тексты на иностранных языках: аннотации к лекарствам, руководства по эксплуатации бытовой техники... Отказа никому не было, всех встречали ласково, с милой улыбкой.

Естественно, никаких задолженностей по квартплате Танечка не имела, счета оплачивались в срок, к праздникам приносила в домоуправление коробочки конфет, шумных компаний не собирала, после одиннадцати вечера домой не возвращалась. Словом, не дама, а пакет засахаренных ананасов...

Прервав хвалебную оду жиличке, я весьма резко велела:

— Опишите внешность супруга...

Ирина Федоровна с готовностью начала:

— Просто красавец, блондин с голубыми глазами, а фигуре любой позавидует. Рост высокий, сам плечистый, стройный, Ален Делон, словом. Ездит на «Мерседесе», да так аккуратно, прямо крадется по лужам, чтобы кого ненароком не забрызгать. Очень, очень милая пара!

Я внимательно слушала панегирик. Что ж, все верно, Михаил красив, умен, добр, тактичен, просто кладезь талантов. Есть лишь одно небольшое пятнышко в облике данного ангела. Он женат не на очаровательной Танюшке, а на мне — женщине, ничем особо не выдающейся. Впрочем, как только выясню, где можно найти гориллоподобного Славу, и освобожу Катю, моментально дам развод этому безупречному во всех отношениях принцу.

Чувствуя, как волна злобы начинает подступать к горлу, я слишком резко спросила:

— Где живет Георгий Львович Дааз?

— В тридцать девятой, — ответила тут же Ирина Федоровна.

— Он дома?

— Почти всегда, болеет очень, еле ходит...

— Позвоните и скажите, что сейчас к нему придет представитель органов.

Домоуправша мигом схватилась за телефон.

ГЛАВА 25

Тридцать девятая квартира оказалась в третьем подъезде. Ирина Федоровна, накинув на плечи шубку из цигейки, лично довела меня до дверей, обитых красивой блестящей кожей.

— Спасибо, — проговорила я и строго добавила: — Вы, естественно, понимаете, что речь идет о государственной тайне и никакие разговоры о моем визите невозможны.

— Конечно, конечно, — испуганно закивала домоуправша и нажала на звонок.

Дверь тут же растворилась. На пороге, тяжело опираясь на палку, стоял худой, горбоносый старик в неожиданно ярком молодежном спортивном костюме.

— Только вы предупредили, душечка, — обратился он к Ирине Федоровне, — и я сразу в путь пустился, пока по всем коридорам проковыляю, входите, сделайте милость.

— Нет, спасибо, — залепетала домоуправша, явно собираясь бежать от «капитана» без оглядки, — работы много, сейчас из пожарной инспекции придут.

И, не попрощавшись, она метнулась в лифт.

— Уж простите старика, душечка, — улыбнулся Георгий Львович, — не могу резво бегать, побреду кое-как.

— Совершенно никуда не тороплюсь, — заверила

я его, и мы поползли по длинному, извивающемуся коридору мимо гигантских пустых комнат.

Наконец, шаркая ботинками, именно ботинками, а не тапками, профессор добрался до помещения, служащего, очевидно, кабинетом.

Три стены были густо заставлены книжными полками. Впрочем, тома в той или иной степени растрепанности виднелись повсюду: на подоконнике давно не мытого окна, на огромном письменном столе, даже на полу, возле гигантского глобуса в деревянной подставке. Тут и там были расставлены артиллерийские снаряды, скорей всего ненастоящие. А на столе стояла чудовищно уродливая бронзовая фигура: обнаженный мужчина поднял над головой нечто, напоминающее пушку, тут же красовалась табличка «Георгию Львовичу в день шестидесятилетия от войск ПВО».

— Садитесь, садитесь, — радушно предложил хозяин, указывая на кресло.

Я осторожно опустилась на подушку, слушая жалобный писк пружин. Кресло сравнялось возрастом с Георгием Львовичем и могло развалиться в любую минуту даже под моим весом.

— Надо же, — восхитился Дааз, — каких очаровательных женщин стали брать на работу в КГБ!

— ФСБ, — поправила я его. — Комитет государственной безопасности теперь именуется Федеральной службой.

— Ох, милочка, — усмехнулся хозяин, — ваше славное ведомство так часто меняет названия, что и уследить трудно: ГПУ, НКВД, КГБ... Наверное, думают, что сущность тоже изменится. Хотя, следует признать, подвижки происходят. Когда я взаимодействовал с органами, женщин не встречал!

— Вы были агентом?

Георгий Львович расхохотался и принялся вытирать глаза большим синим носовым платком.

— Вы, однако, шутница! Конечно, нет, деточка.

Работал на военно-промышленный комплекс под неусыпным надзором первого отдела. Только не спрашивайте, чем занимался, разглашать не имею права.

Я окинула взглядом артиллерийские снаряды, фигуру, подарок от войск ПВО, и усмехнулась про себя. Смешной старик! И так ясно. Прежде чем намекать на тайны, людям следует внимательно поглядеть на окружающие вещи! Еще мой папа-математик ехидничал, читая книжки про шпионов.

«Ну что он так мучился, пытаясь узнать расположение наших военных частей, — недоумевал папа, — ежу понятно: если в лесу, среди полного бездорожья и грязи возникает отличная «бетонка», а перед съездом на нее красуется «кирпич», все ясно — впереди воинская часть!»

— Я пришла не по поводу работы...

— В связях с ЦРУ не замечен, — моментально откликнулся старик и вновь оглушительно засмеялся.

— Нас интересует ваша внучка, Молотова Татьяна...

Старик сразу поскучнел:

— А в чем дело?

Я поколебалась минуту, но потом все же решилась:

— Собственно, она ни в чем дурном не замечена, разве что живет с чужим мужем...

— Как? — изумился Дааз. — Михаил не супруг Танюши?

Я покачала головой:

— Нет, он связан давно узами брака с некоей Ефросиньей Романовой, впрочем, супружеская жизнь там не удалась, детей нет, а Молотова ждет ребенка... Но это, в конце концов, личное дело треугольника, мы, как вы понимаете, заинтересовались Татьяной совсем по другому поводу. Вы хорошо знаете знакомых внучки?

— Она моя племянница.

— Так как?

— Может, попробуете объяснить, что стряслось?

— Мы разыскиваем близкого приятеля Молотовой, очень толстого мужчину с маленькой, змеиной головой по имени Слава. Не слыхали о таком? Он убийца и похититель людей.

Георгий Львович посуровел:

— Уважаемая...

— Евлампия Андреевна, — подсказала я.

— Чудное имя, старорусское, редкое. Так вот, уважаемая Евлампия Андреевна, я совершенно не имею понятия о круге общения Татьяны.

— Как же так? — изумилась я. — Вроде близкая родственница, вы так хлопотали о квартире для нее...

Дааз дернул шеей и вздохнул:

— Ладно, слушайте, только пожалейте старика, никому из наших не выдавайте.

— Никогда в жизни, — пообещала я.

— Она мне не племянница...

— А кто?

— Никто!

— Как? — изумилась я. — Зачем же тогда спектакль устраивали?

Георгий Львович тяжело оперся на палку и поднялся. Медленным шагом старик добрел до письменного стола, взял красивую серебряную рамку и подал мне. С фотографии смотрели счастливые, улыбающиеся лица: молодой худощавый мужчина, крупная блондинка и толстенький щекастый подросток, мальчишка лет тринадцати-четырнадцати.

— Это мой сын, невестка и внук, — пояснил Георгий Львович. — Не дай бог и вам когда-нибудь пережить такое...

— А что случилось?

Дааз тяжело вздохнул и сел в кресло.

— Трагическая случайность. В их «Волгу» врезался троллейбус. Единственное, что радует, — моя жена не дожила до этого ужаса, скончалась в 1989 году... Я остался совсем один, как перст.

Ужасное происшествие с сыном подорвало здоровье старика, впрочем, и лет ему было уже много. Сначала отказали ноги, потом стала день-деньской болеть голова, и вот наступил момент, когда Георгий Львович оказался на пенсии. Со всевозможными надбавками и привилегиями выходило на круг чуть больше тысячи рублей. Естественно, бывшие подчиненные не бросали начальника, наведывались в гости, принося с собой подарки: конфеты, торты и сигареты. Но потом поток посетителей начал ослабевать. Немощный, полунищий старик оказался никому не нужен.

И тут Георгию Львовичу пришла в голову славная мысль — он мог бы продать четырехкомнатные апартаменты сына и жить в свое удовольствие. Но не тут-то было. Квартира, хоть и приватизированная, считалась служебной жилплощадью, и совет жильцов прямо намекнул старику: посторонних не пропишем. В январе к Георгию Львовичу приехала старинная знакомая, Мария Леонидовна Раух, и предложила отличный выход из, казалось, безвыходного положения.

— Жорочка, — щебетала она, поправляя пухлой ручкой слишком черные для натуральных кудри, — квартирка-то твоя не продается!

— И не говори, Маша, — отмахнулся приятель, — сама знаешь, как сейчас у ученых с деньгами...

— Ну вот, совет жильцов все-таки экстремистская организация, — протянула Мария Леонидовна. — Ясно же, научным работникам не до квартир, что ж, теперь с голоду подыхать?

Георгий Львович вспомнил, как сам громче всех кричал на правлении кооператива против хозяина ресторанчика, и ничего не сказал.

— Радуйся, дурачок, — сообщила Раух, — слава богу, у тебя есть я. Слушай внимательно.

Дааз покорно посмотрел на Марию Леонидовну. Дело оказалось простым. У Раух есть подруга, а у той дочка — красавица, умница... Детка вышла замуж, жить негде. Денег в семье навалом, но молодые хотят не просто роскошные апартаменты, а квартиру в элитарном доме, с приличными соседями. Здание, где проживает Дааз и где в соседнем подъезде пустует квартира трагически погибшей семьи, подходит идеально. Дело за малым, Георгию Львовичу следует сказать, будто Танечка его племянница...

— А вдруг попросят метрику? — робко заикнулся Дааз. — У нас знаешь какие люди в совете жильцов сидят.

— Нет, вы поглядите! — всплеснула руками Мария Леонидовна. — На дворе давно перестройка, демократия, а у вас пятидесятые годы, «холодная война» и совет жильцов. Пойми, ты собственник квартиры, и никто не может запретить ее продать.

Георгий Львович вспомнил бесконечные несчастья, преследовавшие владельца ресторанчика, и только вздохнул.

— Впрочем, — неслась дальше Раух, — не переживай, сделают метрику, будто она дочь твоей сестры, заткнешь рот вампирам.

Сказано — сделано. Не прошло и двух недель, как жилплощадь перешла в руки Тани и Михаила. Георгий Львович получил огромную сумму и теперь живет в свое удовольствие, не отказываясь от хорошей еды, американских сигарет и кофе, даже нанял домработницу. «Племянница» оказалась приятной девушкой, а ее муж даже пару раз возил старика к врачу. Очень милые, приветливые люди, но об их знакомых Дааз абсолютно ничего не знает.

Забрав у престарелого профессора адрес и телефон милейшей Марии Леонидовны Раух, я вышла на улицу. Время подбиралось к пяти. Интересно, до которого часа работает Инюрколлегия? Впрочем, мне все равно по пути, загляну в офис к даме, названной в газете.

На стеклянной двери не висело никаких объявлений о служебном времени, но вход оказался открыт. Внутри, естественно, сидел охранник, глянувший на меня суровым взглядом поверх газеты «Сегодня».

— К Злобиной Регине Николаевне, — поспешила сообщить я.

— Комната пятнадцать, — буркнул страж, вновь утыкаясь в печатный лист, — второй этаж, налево.

Я послушно взобралась на следующий этаж и пошла по коридору, устеленному светло-коричневым ковролином. По дороге не встретилась ни одна живая душа, тишина стояла могильная, из-за светлых полированных дверей не доносилось ни звука. Просто дворец Спящей красавицы.

В нужной мне комнате у компьютера сидела молоденькая девушка, скорей всего вчерашняя школьница. Наверное, секретарша, решила я и спросила:

— Злобину где можно найти?

— Слушаю, — серьезно заявила девушка.

— Регина Николаевна? — изумилась я.

— Да, — совершенно спокойно подтвердила девушка и радушно сказала: — Садитесь, в ногах правды нет.

Я плюхнулась в услужливо подставленное кресло.

— Что за дело привело вас ко мне? — участливо осведомилась девушка.

Я замялась:

— Видите ли, практически никогда не читаю газету «Неделя»...

— Ну это нестрашно, — успокоила служащая, — я тоже...

— А тут вдруг попался старый номер, гляжу — разыскивают Катуковых и обещают вознаграждение!

Злобина встала и щелкнула выключателем. Небольшую комнатку залил безжалостный неоновый свет, и мне стало понятно, что милой, хрупкой служащей давно не двадцать лет, скорей всего — хорошо за тридцать.

— К сожалению, — развела руками Регина Николаевна, — вы опоздали, Катуковы давно введены в права наследства. К нам обратился мужчина, Ростислав Сергеевич Катуков. Насколько понимаю, они на днях вылетают с женой в Париж...

В моей голове слабо-слабо зашевелились какие-то смутные мысли, что-то неоформившееся, туманное.

— И много денег они получат?

Продолжая улыбаться, Регина Николаевна ответила:

— Жаль, конечно, что зря ехали, могу угостить кофе.

— Спасибо, — с удовольствием согласилась я и переспросила:

— И все же какова сумма?

Злобина аккуратненько насыпала коричневые гранулы в чашку.

— Извините, но не имею права разглашать подобные сведения!

Я поколебалась минуту, потом достала удостоверение ФСБ и мило попросила:

— Давайте все же посмотрим!

— Понятно, — посерьезнела Регина Николаевна и со вздохом открыла шкаф. — Так, Катуков, вот оно.

Я слушала информацию затаив дыхание, ну бывают же на свете чудеса!

Федулов Василий Николаевич, 1952 года рождения, проживал в Москве по адресу улица Первого жокея, дом 19, квартира 46. Судя по всему, он приходился соседом Катуковым. Работал Василий Николаевич акробатом в цирке и в 1974 году, оказавшись на гастролях во Франции, попросил политического убежища. Шли годы «холодной войны», и французские власти уважили просьбу бегущего от Советов Федулова. Василий Николаевич остался в Париже. Первое время бедствовал, как многие эмигранты, нанялся дворником. Потом водителем такси. И здесь ему повезло, случайно познакомился с Гастоном Леру, владельцем небольшой колбасной. Гастон взял русского к себе рабочим, подносить фарш от мясорубки, мыть бараньи кишки, зачищать печенку от пленок.

Василий превратился в Базиля, отрубил от фамилии труднопроизносимое окончание «лов» и превратился в почти настоящего француза. Не прошло и полугода, как Гастон понял, что к нему попал бриллиант.

У Базиля оказались золотые руки и полная немыслимых рецептов голова. Вскоре жители квартала по достоинству оценили невиданные до этого кушанья — холодец, фаршированные яйцом рулеты... Удавались бывшему акробату сосиски и мясо в горшочке, заливной язык и буженина... Словом, через два года Базиль расстался с Гастоном и открыл собственное дело.

Нажил он к концу 90-х годов ни больше и ни меньше как пять с половиной миллионов франков, почти миллион в пересчете на доллары. А еще была уютная квартира, симпатичный домик в деревне и ходкий автомобильчик «Пежо».

Бывший акробат так и не женился, то ли не нашел пару, то ли сторонился женщин. Жить бы ему да радоваться, но господь скорей всего решил, что Базиль выполнил свое земное предназначение, потому что в начале 1999 года колбасник скончался в госпитале Святой Екатерины от рака. Перед кончиной он завещал все состояние Катуковым.

— Почему? — удивилась я.

Регина Николаевна вздохнула:

— А кто его знает! Может, они кормили его, когда жили рядом. Нас не волнуют причины, по которым юридическое лицо отказывает деньги, мы просто обязаны выполнить волю покойного. В случае с Катуковыми все оказалось просто.

Запросили Центральное адресное бюро и узнали, что Катукова Анна Федоровна и Катуков Ростислав Сергеевич проживают в столице. Отправили им официальное уведомление. А вот Катуковой Яны Сергеевны не было.

— Она по паспорту Марьяна.

— Да, — согласилась Злобина, — нам объяснил данный факт Ростислав Сергеевич, только это случилось уже после того, как мы дали объявление о розыске женщины. Вот смотрите.

Я медленно перебирала бумажки. Справки, запросы. Однако интересно. В папке лежало официальное заявление от бывшей директрисы. Анна Федоровна отказывалась от наследства в пользу Славы. Бумагу явно подделали, хотя, может, просто велели полубезумной старухе подписать листок. Впрочем, Яна также отказывалась от денег и также в пользу бывшего уголовничка.

— Вас не смутило, что женщины решили не брать наследство?

— Нет, так часто делают, если отношения в семье хорошие и родственники доверяют друг другу.

— Да? — удивилась я. — Из-за чего?

— Из-за налогов и пошлин, — разъяснила Злобина. — Мы даже иногда советуем наследникам ввести в права наследства одного.

Видимо, у меня на лице отразилось недоумение, потому что юрист пояснила:

— Ну представьте, вас трое, и каждый должен заплатить, к примеру, по пять тысяч рублей, уже пятнадцать получится. А если один? Пятью обойдетесь. Другое дело, что многие не доверяют даже ближайшим родственникам и предпочитают официально оформлять права. Но у Катуковых, очевидно, дружная семья, вот и решили сэкономить.

— Вы встречались с Яной и Анной Федоровной?

— Зачем? Ростислав Сергеевич объяснил, что мама и сестра живут весь год на даче, в Москву наезжают редко. И потом, он же предоставил все правильно оформленные документы, ксерокопии паспортов, нотариально заверенные заявления...

Я только вздохнула. Интуиция подсказывает, что-то тут нечисто, но Регина Николаевна абсолютно спокойно убрала документы.

— Давно Ростислав вступил в права? — поинтересовалась я.

— В конце октября, — безмятежно ответила Злобина.

ГЛАВА 26

Домой я влетела около восьми, усталая, злая и голодная. Собаки носились по прихожей, беспорядочно лая. Велев им заткнуться, я втащила неподъемные хозяйственные сумки и грохнула их на пол у холодильника. Сегодня повезло необычайно, купила форель всего по шестьдесят пять рублей за килограмм и получила рецепт засолки этой рыбы.

— Просто семга получится, — тарахтела торговка, бросая тушку на весы.

Я вытащила ручку, блокнотик и принялась записывать. Давно поняла, поваренные книги полная чепуха, там такое пишут! Например, «сварите мясо до готовности»! Ну как, скажите на милость, определить готовность неопытной хозяйке? А мне так здорово объяснила тетка в автобусе, когда плюхнулась рядом на сиденье, держа на весу капающий красными каплями пакет.

— Да потычь вилкой, будет хорошо входить, и готово!

Стоя у плиты, я смешала три столовые ложки соли и две — сахарного песка. Потом принялась посыпать аккуратно нарезанные ломтики смесью и заливать маслом «Олейна». Интересно, это правда будет вкусно или жуткая дрянь получится? На гарнир к котлетам можно отварить вермишель. Я открыла красивый целлофановый пакетик, где лежали аккуратные снежно-белые ракушки. До сих пор на моем пути попадались только желтоватые макаронные изделия, но торговец, всучивший пачку, хриплый мужик с опухшими глазами и красным носом, радостно возвестил:

— Бери, натурально из Англии прибыли, видишь, написано: «Маде ин Лондон». Первый день торгую, да что там день, тебе первой продаю, небось вкусные! Англичане все-таки, не турки.

Честно говоря, выглядел английский продукт странно и абсолютно не имел запаха. Решив, что макароны всегда макароны и при отсутствии масла, мяса, муки и кетчупа все похожи друг на друга, я бухнула содержимое пачки в кастрюльку...

— Лампочка, — донеслось из коридора, — ты дома?

— Дома, дома! — крикнула я и вышла в прихожую.

Там Кирюшка тихонько ставил сапоги в ботиночницу. Так, дело плохо. Симпатичный комодик служит в нашей семье лакмусовой бумажкой. Если Сережка, влетая в квартиру, швыряет ботинки на полочку, значит, получил разнос от начальства или опять потерял бумажник. Юлечка заглядывает в ботиночницу, только поругавшись с мужем, а Кирка — получив пару двоек. Обычно он вносится в прихожую, швыряет на стул куртку, ранец и разбрасывает ботинки в разные стороны: правый оказывается у вешалки, левый — возле входа в кухню.

Но сегодня, тихий и какой-то прибитый, он аккуратно надевал сапожки на колодки.

— Ну, — велела я, — быстро говори, в чем дело? Селена Эженовна «лебедя» вкатила?

— Не-а, — помотал головой Кирка, — она теперь ласковая, как ручная жаба, у меня в полугодии может даже «пять» выйти.

— Тогда что? Стекло разбил? Поругался с приятелем?

Кирюшка вздохнул, сел на стул и принялся вводить меня в курс дела. Прежняя учительница музыки, старенькая Катерина Андреевна, совершенно не придиралась к детям. Стояла у доски и бубнила свое: до-

ре-ми-фа-соль... А школьники тем временем мило
проводили время: кто читал детективы, кто делал уроки на следующий день. Единственное было условие —
полнейшая тишина. Если в классе начинались разговоры, Катерина Андреевна страшно переживала, а
расстраивать старушку никто не хотел. Пожилая учительница щедрой рукой ставила всем сплошные пя-
терки, приговаривая: «Хороший мальчик, тихо си-
дишь, не болтаешь».

Естественно, что по музыке они ничего не знали,
но кому нужен этот дурацкий предмет в наше время
компьютеров, CD-дисков и магнитофонов...

Но в конце октября милая бабуля заболела, и ее
место заняла климактерическая дама лет пятидесяти
со змеиной улыбкой. Новая преподавательница велела тут же завести нотные тетради и принялась вызывать к доске, охапками раздавая двойки. У Кирки их
стоит уже двенадцать штук. Сегодня Лариса Захаровна сказала:

— Вот что, Романов! Во-первых, пусть придет мать,
а во-вторых, изволь к завтрашнему дню написать тест.
На, выполнишь дома.

Кирюшка взял в руки тоненькую брошюрку и
просто окаменел. Двести пятьдесят четыре вопроса!
И каких! Чем отличается кантата от оратории? Сколько
позиций у скрипки? Какая бывает песня? Назовите
наиболее известные произведения Сельвинского...

— Стравинского, — поправила я.

— Ну перепутал, — зашмыгал носом Кирка, —
один шут! Стравинский, Сельвинский. Все равно мне
на этот тест в жизни не ответить! Поставит «два» в
полугодии.

— Не рыдай, — велела я, — она же твой почерк не
знает?

— Нет.

— Вот и отлично. Сейчас поужинаем, я отвечу на
все вопросы, завтра сдашь, а в школу схожу, улажу
твою беду.

— А ты все это знаешь? — поразился Кирка. — Про симфонический оркестр, дирижера и арфу?

Я усмехнулась:

— Про арфу особенно, видишь ли, я заканчивала консерваторию и даже умею играть на этом отвратительном инструменте.

— Лампочка, — жарко зашептал Кирюшка, — Лампушечка, любименькая, спаси меня. А я квартиру бесплатно убирать стану...

— Ладно уж, — засмеялась я, — пошли ужинать, подлиза!

На плите вовсю кипела кастрюля. О, черт, совсем забыла про макароны, надеюсь, они не превратились в лохмотья.

Я быстренько стала сливать воду в дуршлаг и через секунду поняла: что-то не так. Из кастрюльки лилась мутноватая, слегка пенящаяся жидкость с очень слабым запахом одеколона... Наконец показалось... пустое дно! Макароны просто исчезли! Милые белые ракушки, вкусный продукт, сделанный в Англии, лапша высшего качества... Неужели растворились без следа?

В полном изумлении я глядела в пустой дуршлаг. Да, такого со мной еще не случалось.

— Ты это варила? — спросил Кирка, показывая пустой пакет.

Я удрученно кивнула. Внезапно мальчишка захохотал в голос.

— Очень смешно, — обозлилась я, — между прочим, вермишель растворилась из-за того, что заболталась с тобой!

— А вот и нет, — продолжал веселиться Кирка, — это ни при чем! Мыло всегда в воде разлагается!

— Мыло?!!

— Ага, — ржал Кирюшка, — гляди, тут же все написано.

И он ткнул грязным пальцем в пакет. Я молча смотрела на латинские буквы.

— Лампушечка, — поинтересовался Кирка, — ты английский-то знаешь?

— Ну, в объеме средней школы, читаю со словарём.

— Понятно, — развеселился еще больше мальчишка, — слушай перевод. Высококачественное мыло для детей. Выполнено в виде привлекательных ракушек, не имеет запаха, не вызывает аллергии, можно использовать для грудных младенцев. Растворяется мгновенно и не оставляет налета на ванной.

Кирюшка перевел дух и глянул в кастрюльку.

— Ну все как обещали: и растворилось без следа, и кастрюлька чистая!

— Безобразие! — пришла я в себя. — Полное безобразие! Мне продавец посоветовал на оптушке!

— А он небось, как ты, английский знает в пределах школьной программы, — веселился Кирюшка. — Одно не пойму, как это к нему до сих пор никто не вернулся и не врезал в пятак.

Я тяжело вздохнула:

— Вроде я была первым покупателем.

— Интересно, — спросил Кирка, — сколько раз его сегодня побьют?

Около девяти вечера я позвонила Марии Леонидовне Раух:

— Ваш телефон дал мне Георгий Львович Дааз...

— Чудненько, — пропел хорошо поставленный голос. — У вас мальчик или девочка?

— Два мальчика, — растерялась я.

— Каков возраст?

— Двадцать пять и одиннадцать...

— Ну со старшим уже поздно, а с младшим можно попробовать.

— Что? — изумилась я.

— Как — что? — начала терять терпение собеседница. — Вы же хотите обучать детей игре на фортепиано? Завтра в три часа дня можете? Ребенка приводите с собой, я занимаюсь только с подающими надежды.

Вечером, свернувшись клубочком посередине собачьей стаи, я уже совсем было заснула, когда в голову пришла простая, как веник, мысль. Почему благодетель семьи Катуковых, господин Базиль Феду, Вася Федулов, почему сей миллионер завещал богатство Анне Федоровне, Яне и Славе? Отчего он обошел в завещании Костю? Не знал о его существовании? Полный бред! Федулов удрал из России в 1974 году. Косте исполнилось три года, а Славе два. Очень странно, если учесть, что Котик проживал вместе с матерью на улице Первого жокея, а Славика отдали Наталье Федоровне... Причем, насколько я поняла, буквально сразу, чуть ли не в десятидневном возрасте. Может, Костя чем обидел Василия? Ударил машинкой, и сосед на всю оставшуюся жизнь затаил злобу? Большего бреда не бывает. Хотя вполне вероятно, что в 90-х годах они начали переписываться, и произошел конфликт. Ага, посылает письма по новому адресу, а в завещании указывает старый, да уж! Опять бредятина! Ну чем ему не угодил трехлетний Катуков? И кто убил актера?

Так и не найдя ответа на эти вопросы, я провалилась в тревожный сон.

В час дня я входила в Кирюшкину школу. Учительница Лариса Захаровна не выказала при виде меня никакого восторга.

— Ваш мальчик, — отчеканила она, — во время урока считает ворон. Рассказываю о построении музыкальной фразы, а он ручку по парте гоняет!

Я тяжело вздохнула. Небось плохо и скучно рассказываешь! И потом, построение фразы! Детям, которые даже не знают, как выглядит нотный стан!

Лариса Захаровна нервно встала и принялась обмахиваться тетрадкой. Я поглядела на ее мелкое крысиное личико с острым носом, на нелепо взбитые, явно «химические» кудри, на внезапно покрасневшие щеки, шею и вздохнула. Все ясно — климакс. Последний концерт затихающих гормонов и связанные с этим «прелести» — приливы, депрессия, головная боль, бессонница, прибавка веса... А еще нужно за копеечную зарплату вбивать в тупые детские головы понятия об опере, симфонии, гармонии.

Педагогам вообще тяжело. Пожалуй, это единственная профессия, где человек сам оценивает свой труд. Ну вдумайтесь, если ребенок ничего не понял на уроке, умирал от скуки и получил «два», в конечном итоге получается, что учитель сам себе вывел «неуд». Значит, плохо подал материал, не заинтересовал, не сумел растолковать.

Ну не объяснять же эту истину Ларисе Захаровне! Совершенно не собираюсь воспитывать эту даму, мне нужно всего лишь, чтобы Кирюшка получил четверку, поэтому я расплылась в самой сладкой улыбке и прощебетала:

— Ах, дорогая Лариса Захаровна! Он очень увлечен вашим предметом, вчера весь вечер на тест отвечал!

— Да, — признала музычка, — поставила «отлично», великолепно сделанная работа.

— И потом, — неслась я дальше, — он просто не может не любить музыку, ведь живет, можно сказать, внутри ее.

— Не понимаю, — промямлила Лариса Захаровна.

— Я закончила консерваторию, — потупила я скромно глаза, — выступаю в концертах.

— Фортепьяно! — всплеснула руками учительница.

— Арфа.

— Ах, — оживилась дама, — мне вас бог послал! Мальчик у вас замечательный, непоседа немного, да это ерунда. Впрочем, до меня тут работала абсолютно безответственная старуха, можно сказать, пустое место, вот дети и не привыкли к настоящим требованиям.

Я размеренно кивала головой, понимая, что следом за речью последует просьба. Так и вышло.

— Меня обязали организовать концерт, — взволнованно объясняла потерявшая всю свою спесь дама. — Придут из префектуры, начальство... Но как сделать это с детьми, которых никто даже петь не учил? Впрочем, нашлось несколько девочек, играющих на пианино, и Леня Кац из восьмого класса со скрипкой.

Но этого количества талантов явно было мало для полноценного представления, вот и приходится нагружать родителей. Слава богу, папы и мамы проявили полное понимание. Отец двоечника Волынкина спляшет русский танец, старшая сестра Маши Козловой покажет пантомиму, бабушка Оли Суворовой придет с дрессированными собачками, вот еще бы я с арфой! И просто прелесть!

— Конечно, приду, — заверила я Ларису Захаровну, лихорадочно соображая, где взять арфу, — обязательно буду, с превеликим удовольствием!

Тут зазвенел звонок, и в класс ворвались дети. Первым несся Кирюшка, размахивающий рюкзаком.

— Иди сюда, шалунишка, — улыбнулась Лариса Захаровна.

Кирка опустил глаза и, изображая полнейшее смирение и покорность, поплелся к лобному месту.

— Уж извините, — быстро сказала я, — можно я заберу сына с урока, идем к врачу.

— Конечно, — разрешила Лариса Захаровна, — он молодец, отлично работу выполнил дома, если так пойдет, в этом полугодии «четыре» выйдет, а во втором, даст бог, и пятерочка получится.

Мы вышли из класса в опустевший коридор, и Кирюшка недоуменно спросил:

— Как ты это проделала?

— Ох, — вздохнула я, — очень просто, только где раздобыть арфу?

— Зачем? — изумился мальчик.

— Видишь ли, мы заключили с музычкой бартерную сделку. Ты получаешь хорошие отметки, а я играю в школьном концерте.

Кирюшка обнял меня и проникновенно сказал:

— Я горжусь тобой, Лампочка, никогда не встречал людей, умеющих играть на арфе!

Я хмыкнула: ну кто бы мог предполагать, что это умение хоть когда-то сгодится!

— Только знаешь, Кирюшка, долг платежом красен!

— Всегда готов, — закричал мальчик, — ну, говори скорей, чего делать? На рынок за картошкой? Белье погладить?

— Пойдешь сейчас со мной к одной даме и будешь изображать ребенка, который хочет учиться игре на рояле.

— Зачем?

— Надо.

— Ради тебя съем даже геркулесовую кашу, — заявил Кирка, и мы отправились к Раух.

Мария Леонидовна походила на Екатерину Великую. Такое же надменное лицо с маленьким ртом и большими, чуть навыкате глазами. Та же полноватая фигура с высокой грудью и крутыми бедрами. В молодости, очевидно, пользовалась успехом. Впрочем, возраст хозяйки не поддается определению. Здесь явно не обошлось без скальпеля. Возле ушей виднелись предательские шрамы, свидетельствующие о косметических подтяжках. Волосы, брови и ресницы она, естественно, красила, а кожу лица покрывала тональным кремом. Мария Леонидовна добилась потрясающего результата и в сумерках запросто могла сойти за сорокалетнюю.

Под стать хозяйке оказалась и комната, куда нам велели пройти, предварительно сняв обувь. Большой рояль с открытой крышкой, круглый стол, покрытый кружевной скатертью, бархатный диван, кресло и запах недавно сваренного кофе.

— Чудесно, — сказала Раух, присаживаясь у инструмента, — сначала проверим слух.

Уверенными пальцами она пробежалась по клавиатуре, сыграла гамму, потом нажала на «ля». Чистый звук повис в воздухе.

— Ну, какая нота?

— Ре, — ляпнул Кирка, потом добавил: — А может, фа, они жутко похожи.

— На мой взгляд, не слишком, — вздохнула Раух, — ладно, садись к роялю и положи руку на клавиши.

Кирюшка послушно плюхнул ладошки на кусочки слегка пожелтевшей слоновой кости.

— Нет-нет, — поправила Мария Леонидовна, — кисть следует держать так, словно под ней яйцо.

— Сырое или вареное? — поинтересовался Кирюшка.

— Какая разница? — оторопела Раух, очевидно, никогда до этого не слыхавшая подобного вопроса.

— Большая. Если шлепнешь рукой по сырому яйцу, будет лужа, а если по вареному, то ничего, — ответил Кирюша и скорчился на крутящемся табурете.

— Яйцо надо класть мысленно, не по-настоящему, выпрямись, — машинально обронила преподавательница и велела: — Иди в соседнюю комнату и посмотри там телевизор!

Кирюшка послушно вышел.

— Ну что вам сказать, — развела руками Раух. — Рихтера я из него не сделаю, поздно начинаем, но играть для себя научу. Заниматься два часа будем у меня, беру пятьдесят долларов за шестьдесят минут. Впрочем, я элитарный педагог, могу посоветовать других преподавателей, подешевле.

— Нет-нет, — быстро сказала я, — хотим только к вам. Слава так вас нахваливал.

— Слава, Слава... — забормотала Мария Леонидовна. — Что-то не припомню такого... Он учился у меня?

— Вы Таню Молотову знаете?

— Танечку? Конечно, дочь моей ближайшей подруги, к сожалению, покойной.

— А Слава ее лучший друг.

Мария Леонидовна улыбнулась:

— Не знаю такого, да и с Таней давно не встречалась.

— Георгий Львович говорил, что вы с ней близко дружите, даже с квартирой хлопотали.

— Дааз старый болтун, — в сердцах сказала Раух. Я решила ковать железо, пока горячо:

— У меня проблема с сыном. Отлично зарабатывает, торгует компьютерами и мечтает прикупить квартирку в том доме, где живет Дааз. Может, составите и мне протекцию? Естественно, заплачу комиссионные и вам, и Георгию Львовичу.

— Сейчас такое тяжелое время, денег постоянно не хватает, я бы с удовольствием помогла, но Жорочка больше не пойдет на такое. Видите ли, Танюша дочь моей безвременно ушедшей подруги, ей досталась от матери совершенно невероятная жилплощадь — однокомнатная клетуха гостиничного типа. Комната метров двенадцать и кухня три. Жуткая конура. Я сочла своим долгом помочь, хотя все мои связи с Таней прервались после смерти Ляли. Честно говоря, мы года три не разговаривали. А тут она вдруг позвонила и попросила: «Тетя Маша, в вашем доме никто квартирку не продаст?»

Танюша рассказала, что вышла замуж, супруг — состоятельный бизнесмен и они хотят апартаменты в престижном месте. Тут Мария Леонидовна вспомнила про Георгия Львовича. Вот и вышло необыкновенно хорошо — и Тане посодействовала, и Даазу помогла.

— А Слава говорил, будто вы и ему обещали протекцию, — протянула я.

— Да какой Слава? — вышла из себя Раух.

— Близкий друг Тани.

— Я не знаю никого из ее окружения, — ответила Мария Леонидовна.

Как все преподаватели, она была терпелива и спокойно повторяла сказанное:

— Я не поддерживала с Таней никаких отношений после кончины Ляли, а с тех пор прошло чуть больше трех лет. Честно говоря, если б она не позвонила, да не крайняя бедность... — Репетиторша махнула рукой, не договорив фразу.

Впрочем, понятно и так, небось Михаил отлично отблагодарил пожилую даму.

— Значит, это не вы помогли Славе?

— Первый раз слышу о таком, — заверила Раух.

На улице Кирюшка радостно запрыгал, получив мороженое. Мы сели в метро, и поезд помчался сквозь тоннели и станции, мерно покачиваясь и вздрагивая на стыках рельс. Настроение было пакостное. Как подобраться к милейшей Танюшке? Ни Георгий Львович, ни Мария Леонидовна не смогли сказать, где работает моя заместительница. Только твердили в два голоса:

— Много языков знает, переводчица.

Дома я разогрела обед и уже собиралась наливать суп, как раздался звонок.

— Кто там? — бдительно поинтересовалась я.

— Сборщик подписей от ЛДПР, — раздался ответ.

Я распахнула дверь и, увидав милую молодую женщину с усталым лицом, переспросила:

— Кто?

Гостья тяжело вздохнула и принялась заученно пояснять:

— Скоро выборы в Государственную думу, я собираю подписи. Наш кандидат во всех отношениях...

Оглядев ее чересчур легкое для холодной осени пальто, разношенные сапоги и слегка потрескавшуюся лаковую сумочку, я предложила:

— Проходите на кухню, угощу супчиком.

Над тарелкой горохового супа из копченых ребрышек поднимался ароматный парок. Агитаторша, назвавшаяся Леной, быстро проглотила полную тарелку и разоткровенничалась.

Ей пятьдесят три года. Всю жизнь просидела в НИИ, дослужилась до старшего научного и хорошего оклада. Но тут грянуло торжество демократии. Родной институт пал жертвой перестройки. Сотрудников отправили в бессрочный отпуск. Лене еще повезло, удалось оформить преждевременную пенсию, правда, очень маленькую, просто грошовую, вот и хватается за любое дело, чтобы хоть чуть-чуть заработать.

Сама она Жириновского вкупе с ЛДПР терпеть не может, но в его штабе платят за каждую подпись по двадцать рублей, за день можно и тридцать, и сорок человек выходить.

Лене ближе коммунисты, но у Зюганова полно полоумных стариков, бегающих по квартирам исключительно из моральных убеждений, денег Геннадий Андреевич не платит, жадится, вот и приходится Лене агитировать за шута горохового, сына юриста.

А что делать? Непутевая дочь родила ребенка без мужа, поднять младенца ох как дорого, на одни памперсы состояние уходит!

Проглотив еще тарелочку обжигающего супа, агитаторша поинтересовалась:

— Может, возьмете телефонную книжечку, посмотрите, кто из ваших знакомых мне наверняка лист подпишет!

Внезапно в моей голове словно включили свет. Знаю, как подобраться к Тане и Славе!

Проводив Лену и велев Кирюшке делать уроки, я села на кухне и призадумалась. Отличная идея пришла в голову! Сделаю на компьютере фальшивый подписной лист, прикинусь сборщицей подписей и постучусь к Молотовой. Попрошу воды, потом пожалуюсь на судьбу и предложу милейшей Танюше принести телефонную книжку, а потом, уходя, постараюсь изловчиться и утащу ее с собой. От такой гениальной мысли я даже вспотела. Ну просто Мата Хари, Штирлиц и Джеймс Бонд в одном флаконе.

От возбуждения я забегала по кухне, за мной туда-сюда, сопя от напряжения, мотались мопсы. Рейчел лениво поворачивала голову, следя, как я мечусь между окном и плитой.

Так, следует все продумать до мельчайших деталей. Скорей всего Молотова отлично знает меня, да еще существует большой риск нарваться на Михаила. Правда, днем он в основном на работе. Значит, нужно изменить внешность до неузнаваемости.

Я ринулась в комнату к Кате и распахнула шкаф. Несколько дорогих костюмов, элегантные брюки, нарядные блузки — все не то. Потом досмотру подверглась Юлина одежда, и вновь полное разочарование. Да я в этих коротеньких юбочках и обтягивающих кофточках превращусь в девочку, а хочу выглядеть старообразной, потрепанной жизнью бабой. Может, у Виктории найдется необходимое? Пользуясь тем, что противной гостьи нет на месте, я влезла в ее шифоньер и ахнула. Вот это да!

Огромный трехстворчатый гардероб был забит под завязку новыми вещами с болтающимися бирками. Чего тут только нет! Шуба из меха неизвестного животного и кожаная шляпка, штук пять пиджаков, брюки, узкие юбки... Внизу стройными рядами стояла обувь: несколько пар отличных туфель, элегантные лодочки, демисезонные и зимние сапоги... Виктория основательно опустошила бутики. Интересно, зачем ей столько обновок? Замуж, что ли, собралась? Но как бы там ни было, все эти шмотки тоже не подойдут. Придется идти к метро, там, в маленьком подвальчике, примостился магазинчик «Секонд-хэнд».

Крикнув Кирке: «Делай уроки, скоро вернусь!» — я понеслась на барахолку.

Через полчаса, довольная, даже счастливая, я втаскивала в квартиру огромный пакет. В лавчонке моментально нашлось требуемое — серо-буро-малиновый трикотажный костюм с юбкой миди и просторным пиджаком. В придачу к нему светлая блузка, воротник которой завязывался пышным бантом, а на голову нацеплю клочкастую мохеровую шапочку, писк моды конца шестидесятых. С этим прикидом великолепно гармонируют мои превратившиеся в опорки когда-то замшевые сапоги и китайская куртка. Впрочем, жаль, что я ее постирала. Чистая она выглядит крайне прилично.

Только сначала вещонки следует прополоскать, а потом продумаем макияж.

Но не успела я запихнуть содержимое пакета в стиральную машину, как из комнаты Кирюшки донеслась характерная музыка. Так, все ясно, вместо того чтобы учить географию, он включил телевизор и смотрит гадкую передачу «Дорожный патруль». А я не хочу, чтобы ребенок любовался на размазанные по тротуару трупы.

Быстрым шагом я влетела в детскую и велела:

— Немедленно выключи «Дорожный патруль».

— Это «Криминальная хроника», — возразил мальчишка.

Хрен редьки не слаще!

— Тем более прекрати смотреть — такая передача не для ребят.

— У нас все в классе смотрят, — заныл Кирка. — Подумаешь, что я, трупов не видел?..

— Сейчас же выключи, — разозлилась я и, не найдя пульта, потянулась к кнопкам на панели «Сони» да так и замерла с протянутой рукой.

Камера показала знакомый мне дом, а бесстрастный голос комментатора за кадром сообщил:

— Сегодня, в двенадцать часов дня, в подъезде дома №18 по Селиховскому проезду, на площадке седьмого этажа был обнаружен труп нигде не работающей Веры Мартыновой.

Я села на пол и, не отрываясь, уставилась на экран. Камера демонстрировала теперь лежащую ничком

Веру. Красивый халат задрался, выставляя напоказ длинные стройные ноги с безукоризненными по форме ступнями.

— Ага, — воскликнул Кирка, — самой интересно! А мне запрещаешь, нечестно это!

— Цыц! — велела я, превращаясь в слух.

Тело нашла домашняя работница Мартыновой. Женщина рассказала, что хозяйка никогда не вставала раньше полудня и не впускала в квартиру никого из посторонних. Оперативники предположили, что у нее в гостях было хорошо знакомое лицо. В гостиной обнаружены две чашки и коробка конфет. По версии следователей, Мартынова предложила гостю выпить кофе, но в этот момент между ними вспыхнула ссора, и пришедший схватился за нож. Спасая свою жизнь, женщина бросилась на лестницу, но убийца догнал ее и ударил три раза ножом в спину. От проникающего ранения в сердце Мартынова скончалась на месте. Затем нападавший оставил тело на площадке и скрылся с места преступления. Нож он забрал с собой. Начато следствие. Лиц, которым известно что-либо по факту данного убийства, просят позвонить.

Высветились телефоны. Словно сомнамбула, я встала с паласа и побрела на кухню. Ничего не понимаю. Зачем убили бедную Веру? Ведь листочки синего цвета давно в руках гориллоподобного жиртреста. За что тогда погибла Мартынова?

Я зажгла машинально чайник и уставилась на бодрое желтое пламя. Вспомнилось безупречно красивое, слегка надменное лицо Веры и фраза, произнесенная капризным, хрипловатым меццо: «Никогда не открываю сама дверь, тем более посторонним!»

Может, позвонить в милицию и рассказать, что знаю?

И чего я так боюсь представителей закона! Мне давно исполнилось восемнадцать, и никто не может заставить меня насильно жить с Михаилом. Следует признать, что я вела себя глупо, совершенно по-детски. Нет, надо встретиться с бывшим супругом, забрать документы, кое-какие вещи и подать на развод. Решено, вот только найду Катю и улажу ситуацию. А Вера скорей всего погибла от руки какого-то любовника, ревнивого мужика, которого впустила в квартиру без малейшего страха. И тут я милиции не помощница, потому что никого, кроме Кости Катукова и Марата Рифалина, не знаю. Но Котя давно покойник, а Марата мгновенно вычислят без меня.

На следующее утро я звонила в дверь квартиры Тани Молотовой. Разоделась так, что даже любимая мамочка ни за что бы не узнала дочурку. Серо-малиновый костюм мешком сидел на фигуре, полностью скрывая ее очертания. «Волосатая» шапочка была надвинута на лоб.

Лицо я покрыла тональной пудрой цвета загара, намалевала поверх бордово-кирпичный румянец. Губы накрасила помадой того же тона, а брови превратила посредством карандаша в соболиные. Глаза топорщились во все стороны слипшимися от некачественной туши ресницами, да еще на нижнем веке были намалеваны «стрелки». Чтобы окончательно перевоплотиться, запихнула за щеки ватные тампоны, а под язык — две большие пуговицы от пальто. Было страшно неудобно, зато разговаривала я шепеляво, почти невнятно. За руки можно не опасаться. Постоянная готовка и мытье посуды превратили бархатные лапки арфистки в слегка потрескавшиеся шершавые клешни домработницы.

— Вы ко мне? — удивилась Молотова, распахивая дверь.

— Агитатор от ЛДПР, — прошамкала я, демонстрируя только что сделанный на компьютере «подписной лист».

Хозяйка оправдала ожидания и пригласила в гостиную. Нет, все-таки наш народ потрясающе доверчив, даже наивен. Пока Молотова искала паспорт, я самозабвенно плакалась на жизнь, без конца педалируя одну тему — за каждую подпись мне выплачивают двадцать рублей.

Наконец мне вручили бордовую книжечку, и я принялась старательно умещать в узких графах необходимые сведения. Сразу выяснилась пикантная деталь. Милой Танюше оказалось не двадцать пять лет, как она утверждала, глядя на меня с экрана телевизора, а тридцать два года.

Я медленно переписывала цифры, поглядывая украдкой на свою заместительницу. А поглядеть было на что. Роскошные иссиня-черные волосы крупными локонами падали на точеные плечики. Кудри скорее всего произведение ловкого парикмахера, но это нисколько не уменьшает их красоту. Безупречно белая кожа, и никаких морщин, даже мелких «гусиных лапок» у глаз. Впрочем, о глазах следует сказать особо. Огромные, блестяще-черные, словно лужицы дегтя. Про такие принято говорить — бездонные. Губы красиво изогнуты, в меру пухлые, и маленький, аккуратный нос. Словом, дама была хороша необычайно и на первый взгляд не выглядела беременной. Тесные джинсики подчеркивали стройные бедра, а талия походила на муравьиную. Но самое странное, что я не испытывала ни горечи, ни злости, ни ревности. Глаза просто спокойно отметили чужую красоту. В душе даже появилось некое чувство благодарности к Молотовой. Кабы не она, так бы и просидела я всю жизнь у телевизора, погибая от скуки.

И вот настал решающий момент. Сделав несчастное лицо, я заныла:

— Может, глянете в телефонную книжку, Татьяна Павловна, да присоветуете меня знакомым? Людям по большей части все равно, а мне заработок...

И опять вышло по-моему. Не усмотрев в просьбе ничего криминального, красавица принесла маленькую черненькую книжонку и велела:

— Пишите!

Я покорно зашкрябала дешевой шариковой ручкой по бумаге. Наконец добрались до последней фамилии. И тут я задергала носом:

— Чувствуете? Газом сильно пахнет!

— Да? — испугалась хозяйка и побежала на кухню.

Я моментально сунула книжечку в карман и пошла в прихожую.

— Странно, — сказала Таня, выходя в коридор, — конфорки не горят.

— Наверное, показалось, — охотно согласилась я и ушла.

ГЛАВА 27

Домой я летела, не чуя под собой ног. Мерзкий Слава сейчас будет найден, нужно только внимательно изучить добычу. Но сделать это сразу не удалось.

Уже в прихожей нос унюхал противный запах чего-то горелого. Быстро сняв куртку, я влетела на кухню и расчихалась. На плите чадила маленькая кастрюлька, а возле нее с ложкой в руке стояла Виктория. Волосы отчего-то спрятаны в целлофановый пакет, на лице толстый слой питательного крема.

— Что это за вонь? — поинтересовалась я.

— Давно следует навести в доме порядок, — отозвалась гостья, — варю кашу «Здоровье».

— Что-то она не слишком приятно пахнет...

— Зато полезна всем, — отрезала Виктория, помешивая варево, — кстати, великолепна на вкус, попробуй.

И она ткнула мне в лицо ложку, от которой шел вонючий пар. Я машинально открыла рот. Язык ощутил что-то странное, противно-тряпичное, волокнистое и абсолютно безвкусное. По нёбу катались твердые неразгрызаемые комочки, ощущение было такое, будто сварили старый чулок, набитый мелкими камушками.

— Из чего эта каша?

— Рис, гречка и недробленый овес в равных частях, — начала перечислять Виктория, — потом капуста, чечевица, морковь, репа и брюква. Все надо сварить до однородной массы.

Испытывая непреодолимое желание немедленно выплюнуть чудовищную смесь, я пробормотала:

— Уж лучше картошечку пожарить!

— Чистый яд, — тут же заявила Виктория, — корнеплоды нужно только варить, причем с умом! Первую воду слить, вторую тоже, и есть без масла. Вы вообще отвратительно питаетесь, ну ничего, пока я здесь, займусь готовкой, естественно, когда есть время.

Я молча ушла к себе. Никакие возражения не шли с языка. Слишком хорошо помнила я свой презрительный взгляд, брошенный в первый день пребывания у Кати на куриные окорочка. Боже, неужели я была такой, как Виктория!

Вечером домашние с тоской поглядывали в тарелки.

— Каша «Здоровье», — пробормотала Юля, ковыряя ложкой в тарелке.

— В самый раз распарилась, — сообщила Виктория, смакуя угощение.

— Вы уверены, что это еще никто не ел? — осведомился Сережка.

— Что ты имеешь в виду? — не поняла «повариха».

— Выглядит так, словно кто-то уже один раз угостился кашкой, а потом стошнил в кастрюльку, — пояснил Сережка.

— А почему у тебя на голове пакет? — быстренько перевела разговор на другую тему Юлечка.

— После тридцати, — откликнулась гостья, — следует особо тщательно следить за собой, вот ты, например, Юлия, как ухаживаешь за волосами?

Девушка пожала плечами:

— Просто. Мою, расчесываю, укладываю.

— Вот! — торжественно провозгласила дама. — Абсолютно неверно. К сорока годам непременно облысеешь. Слушай внимательно. Берешь стакан кефира, луковицу и три столовые ложки рыбьего жира, намазываешь смесь на голову и держишь час.

— Фу, — сказал Сережа.

— Но это еще не все секреты, — воодушевленно вещала Виктория, не замечая наших брезгливых взглядов. — Вот я вчера купила книжку «Ваша красота», там рассказывают, как правильно красить волосы, чтобы не нанести им ужасный урон. Оказывается, краску для волос следует смешать не с водой, а с собственной мочой, тогда пряди не слипнутся.

— Ты хочешь сказать, что под пакетом как раз такая смесь? — спросил Сережка.

— Да, — ответила Виктория, — впрочем, уже пора снимать. — И она взялась руками за пакет.

— Только не здесь! — завопил Сережка, роняя вилку.

— Меня сейчас стошнит, — пробормотала Юля, выскальзывая за дверь.

Я была с ней солидарна. Слышала, конечно, про модную ныне уринотерапию, но применять ее на практике...

— Скажите, пожалуйста, какие мы нервные, — дернула плечом гостья и ушла.

Из ванной послышались плеск воды и ее бодрое пение.

— Никогда бы не сумел пописать на голову, — возвестил Кирюшка. — Как она умудрилась сделать такое?

— Хоть ты помолчи, — велел Сережка и резко отодвинул от себя чашку с чаем. — Спасибо, Лампадель, но у меня весь аппетит пропал.

Шум воды утих, следом загудел фен. Я стала собирать тарелки со стола, неожиданно подумав: а что, если Катю уже убили? Ведь негодяи получили бумаги, и она им больше не нужна! Может, все-таки стоило обратиться в милицию? Но я слишком долго читала все выходившие в нашей стране криминальные газеты и знала: правоохранительные органы медлительны, нерасторопны и склонны верить только неопровержимым доказательствам. А тут явлюсь я с дурацкими рассказами. В лучшем случае выгонят, в худшем вызовут психиатрическую перевозку.

По кухне поплыл ароматный дым. Сережка раскурил «Мальборо».

— Ты бы поменьше табаком увлекался, — брезгливо заметила я, — желудок испортишь.

Юноша уставился на меня удивленным взором:

— При чем тут желудок?

— Ну когда глотаешь дым, очень горячо в желудке делается!

— Ой, Лампадель, — расхохотался парень, — кто же дым глотает, его вдыхают.

— Как? — удивилась я. — Всегда считала, что глотают.

— Смотри, — ухмыльнулся Сережка и с наслаждением затянулся.

— Дай попробую, — попросила я.

Сережка протянул пачку. Я зажгла спичку, поднесла к сигарете...

— Теперь тяни воздух внутрь, в легкие, — велел «педагог».

Я вдохнула клубы и моментально принялась судорожно кашлять. На глаза навернулись слезы, рот наполнился горькой слюной. Бог мой, какая гадость! Отчего же это у курильщиков такие блаженно-довольные лица? Нет, решено, я только глотаю дым, пусть это не совсем правильное курение, но мне оно нравится намного больше.

— Эти сигареты крепкие, — пояснил Сережка, — лучше взять ментоловые или легкий «Вог».

— Спасите, — донеслось из ванной, — кто-нибудь, на помощь!

Мы бросились на зов. В маленькой парной комнате стояла с феном в руках Виктория. Безжалостнояркий свет стоваттной лампы освещал ее подтянутую фигуру, облаченную в халат.

— Что случилось? — нервно спросила я.

Гостья, не в силах сказать ни слова, подняла руку и ткнула пальцем в голову. В следующую секунду мы с Сережей схватились за руки и постарались не заржать во весь голос. Зрелище было ошеломляющим.

Роскошные, на удивление пышные волосы женщины блестели словно в рекламе шампуня «Пантин». Пряди красиво изгибались, окаймляя лицо, прическу можно было счесть идеальной, кабы не одна малюсенькая деталь. Роскошные кудри сияли всеми оттенками зеленого — от нежно-салатового до густо-изумрудного.

— Ни фига себе! — завопил появившийся Кирка. — Тетя Вика, ты похожа на взбесившуюся елку!

— Да уж, — пробормотала Юля, — эффект сногсшибательный.

— Нет, ужас, отчего такое вышло? — лепетала Виктория, щупая похожие на пучки молодой петрушки волосы. — Просто безобразие, я подам в суд на магазин. Между прочим, покупала краску не где-нибудь в подворотне, а в фирменном представительстве «Велла» на Тверской. Если уж там подделку всучили! Вот, гляди, черным по белому написано — «светлый каштан». — И она ткнула мне в руки коробочку с изображением молодой женщины.

— Дай сюда, — велел Сережка и прочел: — «Фирма гарантирует данный оттенок только при соблюдении всех правил окрашивания». Да, тебе ничего не светит, тут ничего не написано о том, что краску можно смешивать с содержимым унитаза! Наверное, произошла неуправляемая химическая реакция.

— И что мне делать?

— Выкрасись в черный цвет, — посоветовала Юля.

— Но он старит! — взвизгнула Виктория.

Я оставила их разбираться в ситуации и отправилась в свою комнату изучать записную книжку.

В ней оказалось не так много фамилий, штук тридцать, не больше. В основном были записаны инициалы, например, Виноградов В. Вот и гадай тут, то ли Владимир, то ли нужный мне Вячеслав. Имя Слава оказалось упомянуто всего три раза. Первый раз стояло — Краснов Слава, потом Славочка Леонидов и, наконец, просто Слава.

Поглядев на часы, я заколебалась, все-таки начало одиннадцатого, многие уже легли спать, с другой стороны — зато все дома! Отбросив в сторону сомнения, я набрала первый телефон. Трубку схватили сразу.

— Алло, — прозвучал слегка надтреснутый голос пожилой женщины, — вам кого?

— Позовите Славу.

— Кто его спрашивает? — проявила бдительность бабулька.

— Старая знакомая.

— А зачем он вам?

Интересно, как бы дама прореагировала, услышь она правду: «Ваш Слава бандит, и я хочу узнать, куда он запрятал мою подругу».

— Он брал у меня книгу и не вернул.

— Что-то путаете, любезная, — проворковал голос, — Слава три года как живет в Израиле, а сюда показывается только в декабре, звоните через месяц.

Так, набираем следующий номерок. Трубку опять сняла женщина, на этот раз молодая. Звонкий голосок, слегка запыхавшись, пропел:

— Вам кого?

— Можно Славу.

— Какого?

— Леонидова.

Женщина рассмеялась, ее радостный смех веселой трелью прозвучал в ушах, так может реагировать только счастливый человек.

— К сожалению, он пока не может подойти.

— Его нет?

— Есть, — ответила девушка и снова захохотала.

— Позовите тогда, пожалуйста.

— С удовольствием бы сделала это, — продолжала веселиться хозяйка, — но Славочка не скажет ни единого слова.

— Отчего?

— Ему только семь месяцев вчера исполнилось, — ответила молодая, давясь от хохота.

Я швырнула трубку и улеглась спать.

Утром набрала не отвечавший вчера номер и потребовала:

— Дайте Славу.

— Слава слушает, — ответил строгий женский голос.

— Мне Славу, — настаивала я.

— Слава слушает, — невозмутимо раздалось в трубке.

— Вы Слава? — изумилась я.

— Да, — подтвердила невидимая собеседница, — второй часовой завод «Слава», отдел реализации готовой продукции.

Опять облом! Теперь я переменила тактику и стала звонить по алфавиту. Только трубку снимали, я моментально делала каменно-командный голос и заявляла:

— Международная телефонная сеть беспокоит. Абонент Слава Иванов не оплатил счет на триста пятьдесят шесть рублей. Если не внесет платеж, отключим номер.

Как правило, следом за этой тирадой люди заявляли, что ни о каком Славе Иванове и слыхать не слышали. Но я настаивала:

— Телефончик в компьютере ваш, значит, Слава сообщил не ту фамилию, обмануть хотел.

Абоненты после подобного заявления злились и клялись, что никакого Славу не знают. Я ворчала для порядка и отсоединялась. Удача пришла на букве П.

— Поляков у аппарата, — прогремело в ухе.

Я к тому моменту так поднаторела в исполнении

роли телефонной барышни, что, не колеблясь, потребовала четыре тысячи рублей за разговоры с Кустанаем.

— Черт-те что, — разозлился мужик и велел: — Подождите.

Очевидно, он взял другую трубку, потому что я услышала:

— Машенька, у нас Железнов Слава ведь из Кустаная?

Потом голос вновь обратился ко мне:

— Фамилия болтавшего с Кустанаем не Иванов, а Железнов, с него и спрашивайте.

— Мы требуем оплату с того, на чье имя зарегистрирован телефон, — ответила я.

— Девушка, — завопил мужик, — номер принадлежит организации, телефон стоит в приемной, им все пользуются!

— Говорили — платите, — не успокаивалась я. — Впрочем, сообщите адрес, будем разбираться.

— Охотская улица, двадцать четыре, АО «Миотал», — сообщил мужик.

Вот так просто. Я воспряла духом и принялась звонить дальше. По трем телефонам не ответили, но по остальным клялись, что никаких мужчин по имени Слава не знают. Вздохнув, я решила поехать в таинственное АО «Миотал» и поглядеть на Железнова.

Удивительно, но раньше я никогда не интересовалась, какая погода стоит на улице. В «Мерседесе» было тепло зимой и прохладно жарким летом. Подчас я накидывала шубку чуть ли не на голое тело, отправляясь в театр или на концерт. Сейчас же, выходя из дома, первым делом гляжу на градусник.

Охотская улица оказалась в самом центре, у метро «Кропоткинская». Пропетляв по узеньким кривоватым старомосковским переулкам, я вышла к небольшому двухэтажному дому, выкрашенному в голубой цвет.

У входа восседал тучный секьюрити. Сейчас почти все организации обзавелись жуткого вида охранниками. И мне это кажется странным. Ведь люди остались крайне беспечны, если не сказать глупы. Я обзвонила почти тридцать номеров, и никому из абонентов не пришла в голову простая мысль — телефонная станция может зафиксировать номер, но никак не фамилию и имя разговаривавшего. Такое возможно, только если он заказывал разговор, а не пользовался автоматической связью. Да, с такой глупостью никакая охрана не спасет, тем более что миновать ее крайне легко.

Красная книжечка с буквами «МВД» повергла толстяка в шок, и он даже отдал мне честь, вскакивая со стула.

Я повернула по коридору направо и толкнула первую попавшуюся дверь. Худощавый молодой парень в бесформенном синем свитере поднял голову от бумаг:

— Вам кого?

— Где можно найти Железнова Славу?

— Это я, — ответил парнишка.

Горькое разочарование растеклось по телу. Этот мозгляк Слава? Да ему до жиртреста не хватает килограммов пятьдесят. На всякий случай я решила уточнить:

— Вы знакомы с Татьяной Павловной Молотовой?

— Молотова, Молотова, — забубнил парень. — Напомните, что она у нас заказывала: окна или двери?

— Так вы строительная контора, — протянула я, сразу теряя интерес к АО «Миотал». Все понятно, ремонтируя новую квартирку, Танюша, естественно, ставила стеклопакеты и дубовые двери.

Домой я вернулась расстроенная. Время шло, а я ни на миллиметр не приблизилась к желанной цели. Может, притаиться во дворе за кустом и осуществлять, так сказать, наружное наблюдение за квартирой Татьяны? Ей-богу, больше в голову ничего не пришло. Оставалась лишь одна слабая надежда на три номера, по которым вчера никто не отвечал. Но уже через полчаса отпала и она. Первый принадлежал мастерской, устанавливающей стиральные машины, второй — магазину «Ткани», а по третьему бодрый голос оповестил: «Рекламное агентство «Альбатрос». Но ни на одном из предприятий не работал мужчина с красивым именем Слава.

Отбросив ненужную книжку, я принялась ходить взад и вперед по комнате, мучительно соображая, что же теперь делать. Все концы оборваны, наверное, все же придется идти в милицию. Представляю, как меня там встретят!

Вечером, подтыкая Кирюшке одеяло, я услышала его сонный голос:

— Лампочка, музычка просила напомнить, что ты согласилась играть на концерте.

О господи, совсем забыла? Ну вот еще одна трудноразрешимая задача. Где раздобыть арфу? Купить? Она стоит бешеных денег, взять напрокат?

Провертевшись без сна в кровати, я наконец сообразила, как действовать. Моя собственная арфа, отличный инструмент, созданный трудолюбивыми немецкими мастерами, хранится, насколько я знаю, в гараже на нашей с Михаилом даче. Дом у нас зимний, с АГВ, горячей водой и телефоном, но ни я, ни супруг не являлись большими поклонниками свежего воздуха, в Алябьево мы приезжали только летом, предпочитая проводить остальное время года в городе.

Как только я бросила концертировать, арфу уложили, вернее, поставили в большой черный футляр и отнесли в отдельно стоящий у самого забора гараж. У домика есть чердак, где хранилась всякая ненужная чепуха, среди нее и моя многострадальная арфа. Скорее всего она так там и стоит в ожидании хозяйки.

Значит, завтра поеду в Алябьево и залезу на чердак. Если инструмент еще там, найму машину и доставлю арфу в Москву. Ну вот, одна проблема решена.

Утром я выпроводила детей и тут же машинально

выбросила в форточку ключи. Снизу незамедлительно понесся крик:

— Лампадель, кинь ключарики, на полочке забыл!

— Уже бросила! — заорала я, выглядывая в форточку.

— А где они? — надрывался Сережка. — Не вижу!

Минут пять он рассматривал тротуар, потом вновь задрал голову и присвистнул.

— Что такое? — спросила я, по-прежнему вися в форточке.

— Глянь на тополь! — сообщил Сережка.

Я перевела взгляд на большое раскидистое дерево, растущее прямо возле окна, и ахнула. Связка ключей, поблескивая оранжевым брелком сигнализации, мирно покачивалась на верхушке.

Следующие полчаса мы безрезультатно пытались сбить связку. Сначала кидали в нее камнями и даже иногда попадали, потом трясли многострадальное дерево, затем Сережка открыл, несмотря на мои негодующие крики, заклеенное на зиму окно и попытался дотянуться до ключей шваброй. В результате он чуть не выпал наружу.

Мы с Юлей едва успели ухватить его за джинсы.

— Хватит, — заявила девушка, — не собираюсь из-за каких-то ключей преждевременно становиться вдовой!

Я была с ней совершенно солидарна.

— Что делать? — метался Сережка по кухне. — В полдень встречаюсь с заказчиком в Капотне!

— Езжай на метро, — предложила я.

— Так оно туда не ходит, — всплеснул руками парень, — а автобус там появляется когда захочет, без всякого расписания. Катастрофа, меня начальник убьет, ремней из спины нарежет, а из зубов сделает ожерелье и повесит на шею.

— По-моему, ты слегка преувеличиваешь, — улыбнулась я.

— Нужно позвонить в Службу спасения, — сказал

Кирюшка, — они кошек стаскивают, им наши ключарики достать — тьфу.

— Почему ты не поехал в школу на троллейбусе? — запоздало возмутился старший брат.

— Ну не мог же я тебя бросить в беде, — хитро прищурился младшенький, роясь в листочках у телефона. — Нашел, звоните.

Примерно через час веселые молодые люди, одетые в красивые темно-синие комбинезоны с буквами МЧС на спине, задрав голову, рассматривали тополь. Пары минут хватило им для оценки ситуации. Бригада действовала быстро и слаженно. Из микроавтобуса достали длинную раздвижную лестницу, и смешливый парень примерно Сережкиного возраста, быстро-быстро перебирая руками и ногами, вмиг добрался до вершины.

— Ловко! — восхитился довольный Сережка, принимая ключи. — Ну прямо как в кино.

ГЛАВА 28

Наконец-то все уехали. Сначала, отчаянно чертыхаясь, умчался Сережа. Кроме него, в машину влезли ворчащая Юля и крайне недовольный Кирюшка.

— Ну зачем к третьему уроку идти? — ныл мальчик. — Ерунда получается, просто дрянь собачья. Ну что я скажу, где с утра был?

— А как ты объяснишь завтра, где сегодня время провел? — поинтересовалась я.

— Записку напишешь классной.

— Какую?

— Да любую. Мол, извините, ходили к стоматологу, а он принимает только с утра, у нас все так делают!

— Сейчас напишу, — обрадовалась я, — еще лучше будет, просто идеальный ученик: и к врачу сходил, и на оставшиеся уроки явился.

Кирюшка прикусил язык, но было поздно. Вооруженный листочком с незатейливым «алиби», он молча пошел к лифту, сопя от возмущения. Такие звуки издает Муля, когда я отнимаю у нее нечто крайне желанное — щетку для одежды или Сережкины носки.

Потом умелась Виктория. До этого она долго обзванивала все московские салоны, выискивая самый-самый. Наконец выбор пал на парикмахерскую «Велла».

— В конце концов, гадкая краска была произведена их фирмой, — причитала гостья, тщательно пряча прядки лягушачьего цвета под платок. — Еще подумаю, следует ли оплачивать их услуги, во всяком случае, добьюсь значительной скидки!

Грозно сдвинув брови, она двинулась к двери.

«Спаси господи салон «Велла» от разрушений, а его служащих от мучительной смерти под обломками здания», — подумала я и кинулась собираться.

Алябьево находится в сорока километрах от Москвы, и, когда я говорю, что дача принадлежит нам с Михаилом, это немного не так. Крепкий двухэтажный дом из отличного огнеупорного кирпича был, так сказать, моим приданым.

В начале шестидесятых годов на моих родителей неожиданно обвалилась огромная сумма, целое состояние по тем небогатым советским временам. Отец получил большую премию за какое-то открытие. Я плохо разбираюсь в математике и, честно говоря, слабо представляю, чем занимался папа. Мамочка говорила о его работе сухо, сообщая посторонним лишь общую информацию.

— Андрей заведует отделом в НИИ, — ловко уходила от прямого ответа на вопрос мамуля, — он доктор наук и профессор.

Только сейчас я догадалась, что скорей всего папочка работал на военно-промышленный комплекс и был связан с ракетостроением. В детстве я страшно боялась странного слова «полигон».

— Меня ждет полигон, — говорил папа, — надеюсь, ничего не произойдет и я вернусь через неделю.

Мамочка после этих слов вздыхала, крестила отца, а потом провожала до машины. Папуля, правда, всегда возвращался. Иногда веселый, пахнущий коньяком, с парой таких же возбужденных приятелей. В гостиной накрывали большой стол, мамочка садилась за пианино, домработница Валя носилась как угорелая по коридорам, подавая всевозможные закуски. Иногда папа быстрым шагом входил в детскую, быстро целовал меня в щеку, кололся ужасно небритыми щеками и бормотал:

— Спишь, Рыжик? Давай просыпайся.

Он вытаскивал меня из-под одеяла, тащил полусонную в гостиную, полную веселых, слегка хмельных людей. Мамочка, всегда трепетно соблюдавшая режим, не протестовала, а только смеялась. Папа ставил меня на табуретку и оповещал:

— Прошу любить и жаловать, Ефросинья, наследница. Ну, Рыжик, прочитай нам стихотворение.

Щурясь от яркого света и поддергивая сползающие пижамные штанишки, я покорно заводила:

— У лукоморья дуб зеленый...

Получив свою долю оваций и пригоршню шоколадных конфет, я, горя от возбуждения, неслась в детскую. Мне было хорошо известно, что там, у кроватки, сейчас лежит подарок. Ожидания всегда оправдывались. Сюрприз находился у изголовья. Один раз — блестящая цигейковая шубка с капором и муфтой, в другой — прехорошенькая плюшевая собачка, в третий — кукольный домик с мебелью, занавесочками, посудой на кухне и даже крохотным ночным горшочком под розовой кроваткой...

— Слава богу, — говорила мама потом, — полигон отпустил.

Но бывали другие дни. Утром, уходя в школу, я находила отца чернее тучи на кухне возле пепельницы, полной окурков. Он даже не здоровался со мной и мог довольно грубо сказать:

— Ну чего уставилась, иди в школу!

Мамочка, вздыхая, застегивала на мне пальтишко и бормотала:

— Не обижайся, доченька, это все полигон...

Иногда таинственный полигон снился мне в виде огромного бородатого грязного мужика, бегущего за отцом. Бедный папочка изо всех сил пытался увильнуть от чудища.

Но оно, размахивая ножом, неслось за ним.

Последний раз слова о нашем враге я услышала на папиных похоронах. Шел 1979 год, мне стукнуло восемнадцать, но, будучи невероятно инфантильной, я так и не задумывалась: а где же зарабатывал папа деньги на нашу безбедную жизнь?

Хоронили отца на Новодевичьем кладбище. Возле глубокой могилы выстроились солдаты, готовые отдать прощальный салют. Стояла жуткая жара, такого невероятно знойного августа Москва до сих пор не знала. Гроб с телом папы установили на специальном гранитном постаменте. Нас с мамочкой посадили рядом, на жестких стульях. Начались речи. «Безвременно ушедший», «светило науки», «генерал от математики»... Слова лились и лились, не имея уже никакого значения... Мамочка изредка глубоко вздыхала, судорожно шепча: «Полигон... Его убил полигон». Потом вдруг она вытянула руку и, указывая на гроб, дико закричала:

— Стойте, он жив, жив! Смотрите — плачет!

Последнее, что увидела я, перед тем как грохнуться в глубокий обморок, были крупные слезы, вытекающие из-под плотно склеенных век того, что еще недавно было моим отцом.

Позже, уже в больнице, милый доктор, взяв теплой мягкой «хирургической» рукой мою ледяную ладошку, пояснил:

— Вы испытали настоящий шок...

— Он плакал, — пробормотала я. — Он жив?

— Нет, конечно, — ответил доктор, — просто тело

подвергалось заморозке, а она на жаре стала отходить.

Но в начале шестидесятых, когда на родителей упали деньги, никто из них не думал о скорой смерти. На семейном совете решили купить дачу, чтобы было куда вывозить ребенка, то есть меня, на лето. Повезло им тогда ужасно. В Алябьеве как раз продавался отличный каменный дом. Место нас устраивало со всех точек зрения. Во-первых, близко от Москвы, во-вторых, участок огромный, чуть ли не с полгектара, засаженный вековыми елями, соснами и дубами, в-третьих, наша будущая дача стояла самой последней в поселке с малопоэтичным названием «Буран-4». Дачный конгломерат принадлежал Генштабу, а военные не слишком горазды на выдумки. Через реку со смешным именем Моглуша располагались владения Союза художников, они назывались куда более приятно — «Земляничная поляна». Но, честно говоря, кроме щита с буквами, у художников больше не было ничего хорошего. Дощатые конурки на шести сотках, у военных же вздымались самые настоящие крепости, а наша смотрела лицом на лес. Мы могли бегать целый день голыми по участку или стрелять друг в друга из автомата, никто из ближайших соседей даже бы не вздрогнул. И не только потому, что вмешиваться в дело чужой семьи считалось в том кругу неприличным. Нет, просто никто бы ничего не услышал. До ближайшей дачи было десять минут ходу через довольно густой лесок. Сейчас родители, может быть, и испугались бы жить в такой изоляции, но тогда, в 1963 году, времена стояли почти идиллические, и мамочка порой забывала закрыть входную дверь. Впрочем, один казус как-то произошел. Белой июньской ночью к нам на участок забрела группка довольно пьяных людей, жгли костер и орали песни. Наутро, протрезвев, пришли с извинениями, оказались художниками, перепутавшими под воздействием зеленого змия берега реки. На память об этом происшествии у нас осталась чудная картина — сирень в хрустальной вазе, подаренная одним из дебоширов.

На гигантском участке находятся два здания. Один — сама дача, двухэтажный особняк под железной крышей. Другой — небольшая сторожка, или, как говорил папа, — дворницкая. Тоже двухэтажная, но не в пример меньше. Внизу пятнадцатиметровая комнатенка, а наверху чердак. Мамочка не разрешала мне в детстве туда заглядывать, но я иногда не слушалась и поднималась по шаткой, дрожащей лесенке наверх. Там было так уютно! Сквозь круглое пыльное оконце проникали лучи горячего летнего солнца, пахло сеном, чем-то душным, а в дальнем углу быстро-быстро копошились бесчисленные мыши.

После свадьбы мамочка торжественно передала ключи от всех построек Михаилу. Надо сказать, что супруг вложил массу денег и времени в переустройство дома. Поставил АГВ, упразднил печи, которые папа топил углем, сделал роскошный камин и сауну. Полы теперь сверкали паркетом, а стены шикарными обоями. Но мне парадоксальным образом дом сразу перестал нравиться, из него ушло что-то родное, милое. И хотя последние годы он не мог считаться исключительно нашим — мамочка сдавала второй этаж разным людям, — все равно где-то в этих стенах жил призрак папы. После дорогостоящего ремонта тени покинули здание, и оно стало мне чужим.

Изменения коснулись и сторожки. Нижняя комната превратилась в настоящий гараж, а чердак оштукатурили и превратили в склад вещей. Таких, которые не нужны, но рука не поднимается выбросить. Среди хлама оказалась и злополучная арфа.

Все эти мысли плавной чередой плыли в моей голове, пока поезд, покачиваясь, мчался в Алябьево. Я много лет приезжала сюда только на машине и даже не узнала станцию. Небольшой домик возле платформы превратился в довольно приличный универмаг, а на площади стояло сразу несколько автобусов.

Один из них, одышливо фыркая на подъемах, довез меня до конечной остановки. Я вылезла и подождала, пока машина уедет.

Воцарилась тишина. День стоял ясный, слегка морозный. Снег, в отличие от московского белый и чистый, просто сверкал в лучах светила, на секунду я зажмурилась, потом вновь открыла глаза. Узенькая дорожка, петляя между деревьями, бежала вниз. На секунду мне показалось, что там стоит папа и довольно сердито твердит:

— И кто же это, Рыжик, разрешил тебе одной выходить на шоссе!

Вздрогнув и тряхнув головой, чтобы прогнать видение, я быстрым шагом пошла по направлению к дому. Идти предстояло минут десять, и мне не встретился ни один человек. Уже тогда, когда рука взялась за калитку, в голову неожиданно пришла мысль.

А кому достанется после развода дача? Я даже выпустила от растерянности жалобно звякнувшую щеколду. До сих пор мне как-то не приходилось задаваться материальными вопросами, но теперь, когда решила разводиться... По документам, собственницей алябьевского дома вроде являюсь я. А ведь еще была родительская квартира, проданная Михаилом, я подписывала доверенность на ведение дел, а потом даже не поинтересовалась, какую сумму супруг выручил за жилплощадь.

Дача глядела на мир закрытыми железными ставнями. Наверное, Кирюшке понравится тут — рыбалка, грибы... Сережка и Юля тоже будут не против, им подойдет вон та угловая комната на втором этаже, бывшая спальня родителей. И уж совсем хорошо окажется собакам. Целый день, задрав хвосты, можно носиться по участку, не дожидаясь, пока тебя выведут на десять минут в пыльный двор.

Представив себе Мулю, Аду, Рейчел, наших кошек вкупе с жабой Гертрудой и тройкой хомяков, наслаждающихся закатным июньским солнцем, я улыбнулась. Странно, что некоторые женщины считают себя на пороге сорокалетия старыми. Для меня жизнь словно начиналась, внутри Ефросиньи сидела восемнадцатилетняя Евлампия. И это она легко перебирала ногами и, не чувствуя проникающего сквозь тонкую замшу холода, побежала к сторожке, вдыхая полной грудью свежий воздух.

ГЛАВА 29

Мы никогда не запирали чердак, но сейчас на двери красовался самый обычный, покрытый ржавчиной, висячий замок.

Сначала я растерялась, но потом нашла подходящий камень и принялась сбивать железку. Дело шло туго, в конце концов замок остался нераскрытым, просто выпало из створки одно из ушек, державших крепление. Я рванула дверку и вдохнула застоявшийся воздух. Пахло почему-то не деревом, пылью, не старыми тряпками, а плохо вымытым унитазом, попросту мочой.

Дивясь на неприятный аромат, я стала вглядываться в очертания смутных предметов. Вон там громадный гардероб, рядом какие-то ящики... Впрочем, тут где-то был выключатель.

Я пошарила рукой по стене и щелкнула клавишей. Моментально под потолком вспыхнула покрытая пылью лампочка. Толку от нее оказалось чуть, но в неверном желтоватом свете я увидела в углу большой черный футляр и присвистнула. Бог мой, совсем забыла, какая она огромная! Я даже не сумею сдвинуть ее с места, не то что спустить с лестницы и дотащить до станции. Сразу следовало действовать иначе, нанять у платформы крепкого мужика с машиной и только тогда ехать за арфой. Ну всегда задним умом крепка.

Чертыхаясь, я все же решила подойти поближе. Но не успели ноги сделать шаг, как ухо уловило стон.

— Кто здесь? — дрожащим от ужаса голосом спросила я, чувствуя, как спина моментально покрывается липким потом.

Стон повторился. Чувствуя, что сейчас грохнусь в обморок, я попробовала передвинуть ставшие пудовыми ноги, но они словно приросли к полу.

— Помогите, — прошелестел бесцветный голос, — помогите!

Словно сомнамбула, я двинулась на зов. Звук шел от гардероба. Я обогнула необъятный шкаф, заглянула в нишу, образовавшуюся между его задней стенкой и сундуком...

Прямо передо мной на какой-то подстилке сидела съежившаяся, грязная... Катя.

— Что это? — потеряв всякий разум, спросила я.

Катя подняла голову, увидала меня, и из ее огромных глаз, выделявшихся провалами на маленьком, с кулачок, личике, полились градом прозрачные слезы.

Минут пять мы с упоением рыдали, обнимая друг друга за плечи. Наконец Катя спросила:

— Господи, как ты сюда попала?

— Вообще-то дача принадлежит мне, но я пришла за арфой, обещала играть у Кирюшки на школьном концерте.

Катя затрясла головой:

— Ничего не понимаю... Как дети?

— Великолепно.

— А собаки?

— Лучше не бывает.

— У вас ничего не случилось?

— Нет, если не считать приезда милейшей Виктории.

— Каша «Здоровье», — ухмыльнулась Катя и окончательно пришла в себя. — Так, давай быстро думать, как меня освободить.

Тут только я заметила, что правая нога Катюши

закована в кандалы. Тяжелая железная цепь тянулась от хрупкой щиколотки к огромному крюку, вбитому в стену. На расстоянии вытянутой руки стояла пластмассовая пятилитровая канистра с водой и валялась пара буханок засохшего черного хлеба. Здесь же помещалось и омерзительно воняющее жестяное ведро.

— Уж извините, — хмыкнула Катя, — понимаю, пахнет не розами, но что поделать! Биотуалет в данном Эдеме не предусмотрен планом. Если не ошибаюсь, вон там, возле твоей арфы, находится ящик с инструментами, я все мечтала до него добраться.

Я ринулась напролом за молотком и ножовками. Следующий час мы объединенными усилиями били по крюку, пытались ковырять стену и пилить цепь. Но с таким же успехом могли расшатывать Останкинскую телебашню. Наконец, утерев пот, я пробормотала:

— Придется бежать на станцию за помощью.

— Не хотелось бы, — поморщилась Катя, — но, видать, делать нечего. Давай — одна нога здесь, другая там, не ровен час...

Но тут в дверном проеме мелькнула тень, и гнусный голос произнес:

— Ну-ну, птички в клетке.

Я попятилась и плюхнулась возле Кати на нестерпимо вонючее одеяло.

— Кто бы мог ожидать столь дорогих гостей, — издевался жирный Слава, медленно приближавшийся к нам, — кто бы мог подумать, что твоя гнилая черепушка, вошь белобрысая, окажется такой крепкой? Жаль, что не дал тебе монтировкой по лбу для надежности. Ну теперь вам конец, мои сладенькие. Пожар в пустом гараже, где сгорели две пьяные бомжихи, никого не удивит! Впрочем, может, и костей не останется.

— Ты этого не сделаешь, — прошептала Катя.

— Отнюдь, моя ягодка, — хмыкнул жиртрест, —

вот только за бензинчиком сбегаю. Впрочем, сначала привяжу эту железноголовую.

И, противно сопя, он попытался приблизиться ко мне.

— Не подходи! — отчаянно завопила я, хватаясь за открывшуюся сумочку.

— Правильно, — одобрил Слава, — возьми платочек, чтобы было чем сопельки перед смертью подтереть, Жанна Д' Арк моя, Джордано Бруно.

Он откровенно издевался, чувствуя свою безнаказанность. Внезапно моя правая рука машинально влезла в сумочку и наткнулась на игрушечный пистолетик Кирюшки.

— Стой, — заорала я, выдергивая «оружие», — стой немедленно, стрелять буду!

Но жиртреста оказалось не так легко испугать.

— Ути-пути, — заржал он еще сильней, — утютюшечки, ну до чего же мы решительные, до чего самостоятельные, да из этой пукалки и воробушка не подстрелить!

Продолжая глупо хохотать, он, разинув рот, подбирался все ближе. Полная отчаяния, великолепно сознавая глупость поступка и ни на что не надеясь, я нажала на курок. Раздался сухой щелчок. Смех оборвался, словно жирдяю заткнули рот. Секунду он простоял с выпученными глазами, потом, не сгибая коленей, с жутким звуком рухнул на пол мордой вперед. Поднялся столб пыли, арфа жалобно застонала в футляре.

— Твою мать, — ошарашенно употребила я впервые в жизни это выражение, — твою мать, эта штука, оказывается, заряжена, а Кирка говорил, шариками стреляет!

— Посмотри у него в карманах, — тонким от напряжения голосом сказала Катя, — может, у него ключи от кандалов с собой.

Опасливо обойдя голову негодяя, под которой медленно-медленно расплывалась темная лужа, я брезгливо принялась обшаривать брюки. Пальцы сразу выхватили заветную связку.

— Сейчас, сейчас, — бормотала я, отстегивая железную манжетку. — Идти можешь?

— Запросто, — ответила Катя, пытаясь встать, — я тут покараулю, а ты быстро за милицией и «Скорой помощью».

— Ты чего? — изумилась я. — Он же хотел нас убить! Бежим скорей.

Но Катя уверенной рукой хирурга уже нащупала пульс на шее Славы.

— Слава богу, жив, давай скорей.

Я пошла к выходу. Нет, правильно говорили, она сумасшедшая! Бежать отсюда надо что есть мочи, а не оказывать первую помощь негодяю и убийце. А вдруг он не один приехал сюда!

Не успела я испугаться неожиданной мысли, как в проеме возникла еще одна мужская фигура. Полная ужаса, я выхватила из сумочки неожиданно опасную игрушку и заорала:

— Ложись лицом вниз, стоять, расставив ноги на ширине плеч, руки за голову, лбом в стену, выполняй, пока тебе третий глаз не прострелили! Ну, живо, я из милиции.

Именно так орали герои обожаемых мною детективов, да и в сериале «Улицы разбитых фонарей» преступники, заслышав подобные речи, мигом, словно кули, валились в грязь.

Этот же даже не шелохнулся и приятным, бархатным баритоном произнес:

— Тише, тише, коллега, что-нибудь одно, либо лежать, либо стоять, я майор Костин, — и он вытащил из кармана красное удостоверение.

Но меня не так легко сбить с панталыку. У самой в кармане лежит похожее.

— Стой, где стоял, — велела я, — такое можно в метро купить!

— Ну, положим, не такое, — засмеялся мужчина и крикнул вниз: — Ребята, сюда!

Через секунду чердак наполнился крепкими парнями в камуфляже и черных шлемах-масках.

— Кто из вас Романова? — спросил майор.

— Я, — в один голос сказали мы с Катей.

— Не понял... — отреагировал милиционер.

— Мы обе Романовы, — пояснила сохранившая остатки самообладания Катюша.

— Сестры, что ль?

— Однофамилицы, — ответила хирург и добавила: — Здесь раненый.

— Паша, разберись, — велел милиционер и обратился ко мне: — Ваше удостоверение.

Машинально, как во сне, я вытащила из сумочки красные корочки. Костин бросил быстрый взгляд внутрь и рассмеялся:

— Страшно рад встрече. А то грешным делом думал, что же это за майор такой Романова, которой нигде в штате нет и которая делом Катукова занимается. Рад знакомству, Евлампия Андреевна, а может, правильней Ефросинья? Пистолетик-то какой славный!

— Ловко стреляет, коли такую тушу свалил, — фыркнул Паша, возившийся возле Славы.

— Похоже, она ему прямо в открытый рот попала, — пояснила Катя, в которой проснулся профессионал. — Думается, там проникающее ранение нёба или горло задето, правда, дышит самостоятельно...

— Ловко, — повторил Паша и завопил в телефон: — Эй, Седьмой, гони сюда медицину, работенка нашлась!

— Лады, девоньки, — неожиданно ласково завел Костин, — вот и познакомились. Кстати, кличут меня Владимиром Ивановичем, можно Володей, я красивым дамам всегда разрешаю к себе по имени обращаться. Пошли потихоньку вниз, коли двигаться можете. Нам о многом потолковать надо. Правда, сначала вымыться не мешает, воняете вы, как солдатский туалет.

— Уж не знаю, как насчет сортира в казарме, — ощетинилась Катя, — я там никогда не бывала, но, думается, вы, милейший Владимир Иванович, тоже не источали бы нежный аромат после почти месяца сидения в подобном месте.

— Все, все, понял, — замахал руками Костин, — пошли вниз.

Мы спустились на снег. Недалеко от ворот стоял микроавтобус. Возле машины толклось штук шесть шкафоподобных парней. Тут же белел «рафик» с надписью «Скорая помощь».

— По коням, мальчики! — велел Костин.

— Нет! — закричала я.

— Это еще почему? — удивился подошедший Паша.

— Я не могу уехать без арфы.

— Без чего? — изумились милиционеры в один голос.

— Без арфы, струнный инструмент такой...

— Ничего, ничего, — забормотал Володя, пытаясь погладить меня по голове, — это пройдет.

— Вот сейчас сядем в хорошенький автобус, — забубнил Паша тем особенно проникновенно-отеческим голосом, которым психиатры разговаривают с внезапно впавшим в буйство больным, — и я куплю тебе арфу, честное слово, давай только до станции доедем. Там целый магазин, и кругом арфы, арфы, чистая красота.

Краем глаза я заметила, как он манит в нашу сторону доктора. От негодования у меня даже слезы брызнули из глаз. Быстро вывернувшись из его уверенных объятий, я произнесла:

— Нечего меня за сумасшедшую принимать. На чердаке в футляре стоит арфа, снесите ее вниз и поставьте в автобус.

— Коля, — велел Паша, — проверь!

Один из парней исчез в сторожке. Через пару минут он заорал в форточку:

— Такая здоровая дура в кожаном футляре, когда трясу, тренькает, она?!

— Она, — радостно закричала я, — она!

— Одному не стащить, — надрывался Коля, — боюсь, поломаю!

— Ой! — испугалась я.

— Леня, иди помоги, — велел Володя.

Спустя пятнадцать минут мы неслись по шоссе, с каждым метром приближаясь к Москве. Обеими руками, не боясь испачкаться, я обнимала пыльный черный футляр, внутри которого жалобно ныла при каждом толчке моя арфа. Омоновцы стащили с голов вязаные шлемы, и их простые молодые рязанские лица с интересом поглядывали в мою сторону. Наконец один не выдержал:

— Это, простите, на что похоже? На рояль?

— Нет.

— Там клавиши?

— Струны.

— Как же на нем играют? — не утихал интересант. — Руками?

— Нет, — рявкнула я, выведенная из себя, — зубами, арфистка перебирает струны клыками, желательно железными!

Больше мне вопросов не задавали.

ГЛАВА 30

Дома наше появление произвело эффект разорвавшейся бомбы. Часы показывали около десяти вечера, когда я тихонько повернула ключ в замке.

— Ты где была?! — закричали домашние.

Потом слаженный хор распался на сольные партии.

— Боже, — завопила Юля, — какая грязная!

— В катастрофу попала! — ужаснулся Сережка.

— Лампочка, — заорал Кирюша, — миленькая, ты жива?

Гениальный вопрос! Разве может труп сам доехать до дома и открыть дверь. Глупее ведут себя только в американских боевиках, когда у вытащенного из потерпевшего страшную аварию самолета, обезображенного, стонущего тела главный герой, сделав самое участливое выражение на лице, осведомляется: «Джон, все о'кей?»

— Все в полном порядке, — забормотала я, проскальзывая в глубь коридора и принимаясь стаскивать потерявшую всякий вид куртку.

Дети разинули было рты, чтобы начать ругаться, да так и застыли при виде появившейся Кати. Первой отмерла Юля:

— Господи, что с тобой?

— Вот, — заулыбалась Катя, — из Кемерова вернулась.

— В таком виде?! Словно из лагеря смерти, — не успокаивалась Юля. — Ты что там, месяц ничего не ела! Да от тебя половина осталась...

— Чем пахнет? — задергал носом Сережка. — Мать, говори честно, прямо немедленно, что случилось?

— Мы с Лампой случайно попали в автомобильную аварию, — заявила Катя и спросила: — У нас прихожая больше стала или мне кажется?

— Не отвлекайся, — велела Юля. — Вы что, договорились о встрече, когда?

— Ну, — выкручивалась Катя, стаскивая то, что недавно было симпатичным полушубочком, а теперь больше всего напоминало шкурку дохлой кошки, — ну она пообещала меня встретить...

— Почему нам не сказала? — сурово поинтересовался у меня Сергей.

— Хотели сюрприз сделать, — вывернулась я.

— Ну и... — начала было Юля и осеклась.

Двое омоновцев, охая и крякая, начали втаскивать

в крохотный коридорчик арфу. Невесть зачем парни вновь натянули на лица маски, а с плеч у них, страшно, судя по всему, мешая, свисали на ремнях автоматы.

— Это что? — прошептал Сережка.

— Всего лишь арфа, — быстренько пояснила я и велела: — Заносите, мальчики, в гостиную.

Омоновцы послушно протопали в комнату, Кирюшка понесся за ними.

— Арфа? — спросила Юля. — Зачем?

— Как зачем? — завопил Кирка, закрывая за парнями входную дверь. — Лампа будет у меня на вечере играть!

— У меня сейчас окончательно съедет крыша, — прошептала Юлечка. — А при чем тут милиция?

— Ладно, — громко сказал Сережка, — пусть эти грязнули моются, а я пока сварганю чай, за столом и поговорим.

И тут в коридор выступила Виктория.

— Добрый день, Катерина, — ледяным голосом процедила она, — поздновато домой являешься и в каком виде! Бомжиха, да и только!

— Здравствуй, Вика, — пробормотала Катя, стаскивая ботинки, — а ты, как всегда, прекрасно выглядишь, прическа новая, очень к лицу.

Виктория кинула быстрый взгляд в зеркало. Ее волосы теперь выглядели слегка экстравагантно, но не более того. Изумрудно-зеленый оттенок исчез, пряди приобрели темно-каштановый цвет. Впрочем, многочисленные кудри исчезли, голову украшала суперкороткая стрижка, такую носит Ирина Хакамада.

— По-моему, молодит, — удовлетворенно заметила дама и принялась долго, с ужасающими подробностями, очень громко рассказывать о своем посещении салона «Велла». Впрочем, ее никто не слушал. Катя ушла в ванную, Юля с Сережкой на кухню, а мы с Киркой отправились в гостиную.

— Как на этом играют? — спросил мальчишка.

— Поможешь достать из футляра — покажу.

Через десять минут я придвинула стул и привычно подняла руки. Интересно, сумею ли извлечь хоть какой-нибудь звук? Мои пальцы потеряли былую нежность, только мизинцы остались без порезов. А вот мизинцы-то как раз и не участвуют в игре на арфе.

При первых тонах Кирка возбужденно захлопал. Окрыленная, я принялась щипать арфу, струны слегка разболтались, но звучала она вполне прилично.

В комнату вошли Юля с Сережей, следом вбежали собаки. Я сосредоточенно дергала за струны. Внезапно в музыку вплелся посторонний звук. Прямо возле моих ног, закатив глаза, покачивалась Муля. Мопсиха раскрыла пасть и самозабвенно подпевала Сен-Сансу, через секунду к ней присоединились Ада и Рейчел. Из ванной доносился шумный плеск воды, из коридора — громкий голос Виктории, рассказывающей о победе над администраторшей «Веллы», собаки выли на разные голоса, арфа бренчала, дети стояли с раскрытыми ртами, и я была абсолютно, совершенно, до одури счастлива.

На следующий день, в десять утра, вымытые, причесанные, пахнущие духами, мы сидели в небольшом кабинете майора Костина. Владимир Иванович окинул нас быстрым взглядом и сказал:

— Ну, милые дамы, следует отметить — сегодня вы выглядите намного лучше, чем вчера, помолодели, посвежели, просто майские розы.

— Завтра мы будем еще лучше, — отрезала Катя и спросила: — Может, сразу к делу?

Костин рассмеялся:

— Вот-вот, именно такой я вас себе и представлял.

— Надеюсь, оправдала ожидания, — фыркнула Катя. — Кстати, что со Славой?

— Жить будет, — заверил Владимир, — вылечат, а потом предстанет перед судом.

— Кто он такой? — не удержалась я.

Костин вытащил сигареты:

— Не возражаете?

— Нет, — хором ответили мы с Катюшей и разом открыли свои сумочки.

— Скажите, Катерина Андреевна, — завел майор.

Я невольно вздрогнула, ну надо же, у нас не только фамилии, но и отчества одинаковые. Наверное, это судьба!

— Скажите, Катерина Андреевна, — завел майор, — вы верите в рок?

— Господи, — обозлилась Катя, — ну к чему подобные разговоры?

— К тому, — вздохнул майор, — что в этом деле все так странно переплелось.

— Вы нам расскажете, что к чему? — робко поинтересовалась я. — Страшно хочется узнать правду.

— С небольшим условием, — усмехнулся Костин, — мы произведем обмен информацией: вы честно ответите на мои вопросы, а я поделюсь своими соображениями, идет?

— Идет, — снова хором ответили мы и уставились на мужчину.

— Тогда слушайте, — сказал Костин. — Основная трудность в данном деле состояла в том, что оно не одно.

— Как это? — спросила Катя.

Костин покачал головой:

— Давайте забудем милую дамскую привычку прерывать собеседника на каждом слове. Выслушайте меня терпеливо, а уж потом вопросы. И начну я с Екатерины Андреевны. Сначала, чтобы полностью разобраться в ситуации, нам придется спросить себя, что за характер у Кати? Потому что вляпалась она в эту историю исключительно благодаря некоторым личностным особенностям.

— Тоже мне, Фрейд нашелся, — прошептала Катя. Но Володю оказалось не так легко сбить с толку.

— Значит, так, — завел он рассказ.

Жила-была в Москве девочка Катя. Папа у нее работал в НИИ, а мама преподавала русский язык и литературу в школе. Хорошие родители, добрые и любящие. Только отец рано умер, а мамуля целыми днями пропадала на работе. Так что Катюша с детства была предоставлена самой себе. Но она не горевала, с семи лет могла разогреть обед и убрать квартиру. Была у Кати мечта — выучиться и стать врачом, да не простым, а обязательно хирургом. Но путь к ее осуществлению оказался тернист. В первый год она не поступила и отправилась на курсы медсестер. В институт попала, только отработав год в Боткинской больнице, в реанимации. На руках уже был один ребенок, Сережка, а за плечами неудачный брак.

Потянулись годы учения, Катюша работала как одержимая, помогать ей было некому, мама к тому времени сильно заболела и превратилась в почти беспомощного инвалида. Катя разрывалась между институтом, домом и больницей, где лежала Анна Ивановна. Другой бы сломался и бросил учение, тем более что в руках уже была отличная специальность медсестры. Кто другой, но не Катя. Она выстояла, получила диплом, устроилась на работу в хорошее место, да еще ухитрялась периодически выходить замуж. Только с семейной жизнью ей катастрофически не везло, все браки рано или поздно заканчивались разводом. Правда, связи с бывшими мужьями она не теряла, наоборот, знакомилась с их новыми женами, детьми...

Основной радостью для Кати была работа, в больнице она торчала с утра до вечера, частенько прихватывая и ночь. Последние годы она стала довольно прилично зарабатывать, но никогда не делала разницы между платными и бесплатными пациентами. Казалось бы, такой ритм жизни должен был выработать у женщины вполне определенный характер: жесткий, даже жестокий, к тому же профессия хирурга не располагает к сентиментальности. Но Катюша оказалась жалостлива без меры. У нее просто щемило сердце, когда очередная бабулька, брошенная родственниками, рыдала в палате. Частенько такие старушки потом оказывались у нее дома, где жили месяцами в ожидании, пока у внуков проснется совесть. Катя могла привести с улицы вконец опустившуюся бомжиху и устроить ту в приют, дать денег в долг малоизвестному человеку и поехать ночью через весь город к подруге, у которой внезапно заболело сердце.

Больные обожали своего доктора, после операции становились ее друзьями и, если им требовалось в дальнейшем лечение, начинали ходить к хирургу запросто, без всякой оплаты. Катя никогда не брала денег со знакомых. И в эту жуткую историю, закончившуюся похищением, она попала благодаря своему характеру и больному Копылову Павлу Семеновичу.

Сначала ничто не предвещало неприятностей. Павел Семенович легко перенес операцию, трудности начались после, на седьмой день. Катя как раз сидела в ординаторской, когда туда влетела жена Копылова с воплем:

— Вы тут чаи гоняете, а Паша умирает!

Катя понеслась в палату. Одного взгляда опытному врачу хватило, чтобы понять: к операции на щитовидной железе нынешнее состояние Павла никакого отношения не имеет. У мужика развилась крайняя форма аллергии — отек Квинке. Когда после всех принятых мер Копылов порозовел и задышал нормально, Катя внимательно пересмотрела историю болезни. Там указывалась довольно редкая форма аллергии — на пищевую соду. Вызванная жена Копылова категорически отрицала даже возможность попадания соды к мужу.

— Слава богу, — тараторила женщина, — не первый год живем вместе, ничего содосодержащего не было.

— Может, приятели принесли? Печенье покупное или пасту отбеливающую «Блендамед»? Там сплошной натрий гидрокарбонат, — констатировала Катя, в глубине души прекрасно понимая, что от такого малого количества аллергена отек Квинке не разовьется. Ну съест Павел Семенович крекер-другой, ну чихнет пару раз, почешется, но чтоб до удушья!..

Однако жена стояла насмерть. Муж употребляет только зубной порошок, а прежде чем съесть продукт, внимательно изучает упаковку, да и не любит он кексы, печенье и готовые булочки.

Но утром ситуация повторилась вновь, как раз после обхода, затем вечером, где-то около шести. Павел Семенович явно брал соду, ел ее два раза в день, а потом утверждал, что не притрагивался к запрещенному порошку. Катя терялась в догадках и подумывала позвать на консультацию психиатра.

Катюша обыскала тумбочку Копылова, но ничего, кроме чая, кофе, фруктов и коробочки витаминов, не нашла. И именно красивая упаковка «Витаформ» привлекла ее внимание. На этикетке стояло: «Наиболее полная, сбалансированная, универсальная и высокоэффективная формула, обеспечивающая суточную норму витаминов и минеральных веществ». Ниже приводился состав, а в углу маленькими буковками указывалось: нет искусственных добавок, формула из натуральных компонентов: не содержит соли, сахара, крахмала, дрожжей, кукурузы, животного жира, молока и соды.

— Сколько раз вы их принимаете? — поинтересовалась Катя у Копылова.

— Дважды в день, — честно ответил мужик, — как предписывается.

— Дайте мне одну таблеточку, — попросила Катюша.

Днем она отнесла розовенькую пилюлю в химическую лабораторию и велела побыстрей сделать анализ. Результат ошеломлял. Дорогое импортное средство, сделанное в США, оказалось чистейшей воды подделкой. Оно не содержало витаминов А, Е, С, Д и В... Не было там ни кальция, ни фосфора, ни йода...

Только краситель и чистый натрий гидрокарбонат, по-простому — пищевая сода.

Рассказав Павлу Семеновичу об анализе, Катя спросила расстроенного мужика:

— Где вы взяли баночку?

— Сосед по палате порекомендовал, — ответил Копылов, — он их давно принимает, очень хвалил. Не слишком дорогие и качественные, да их тут многие пьют!

Катенька не поленилась и обошла отделение. Действительно, примерно у десятка больных на тумбочках стояли знакомые белые баночки. Взяв отовсюду по таблетке, Романова понеслась в лабораторию. И вновь химики сообщили: краситель и сода.

Хирург пришла в полнейшее негодование. Упаковка из пятидесяти таблеток стоила двести рублей, ощутимая сумма для кармана, правда, она была меньше той, которую запрашивали широко известные фирмы «Витрум», «Доктор Тайс» и «Ирвинг Нэчурлз».

Наверное, людей подкупала цена.

Катя не могла оставить без внимания факт подобного вопиющего мошенничества и принялась искать, кто же поставляет в Москву фальшивки.

Сначала она узнала, что «Витаформ» не распространяется через аптеки. Витамины рекламировались в листовках, которые раскладывались по почтовым ящикам; позвонив по телефону, вы получали коробочки, их приносил курьер, за доставку не брали ничего. Пару раз реклама прошла по телевидению, но не на центральных, а на так называемых коммерческих каналах.

И тогда Катя, страстная любительница детективных романов, решила сама разоблачить фальсификаторов. Действовала она просто: заказала для себя «Витаформ», а потом проследила за курьером. Словом, через неделю женщина вышла на небольшой домишко в Красногорске, превращенный в крохотный заводик. В одной комнате штамповались баночки, в другой из соды и розовой краски лепились витамины, в третьей приклеивали изготовленные на цветном принтере этикетки. При всей своей миниатюрности производство поражало размахом — в день получалось несколько тысяч упаковок. Работали на «фабрике» инвалиды. Возле машины, производящей банки, стояли два глухонемых мужика, аппаратом, выплевывающим таблетки, управляли женщины, тоже не умеющие разговаривать, а в «цеху», наклеивающем этикетки, ловко управлялись слепые.

Кате удалось не только найти заводик, она ухитрилась заснять производство на пленку и украсть несколько важных бумаг, четко разъяснявших: дом в Красногорске принадлежит некоему Михаилу Николаевичу Громову и там создана реабилитационная база для инвалидов детства. Благородное дело, полностью освобождаемое от налогов.

— Как Михаилу Громову? — заикаясь, спросила я. — Не может быть, наверное, это просто тезка моего мужа.

— Нет, — покачал головой Володя, — должен вас разочаровать. Именно ваш супруг и руководил данным производством.

— Не может быть, — заикалась я дальше, — тут явно ошибка, Михаил торгует компьютерами...

— Торговал, — поправил майор, — но давно прогорел...

— Не знала, — пробормотала я удрученно.

— А что вы вообще знали о своем муже? — спросил Костин.

Я молчала. Хороший вопрос, похоже, что ничего.

— Ладно, — миролюбиво согласился майор, — об этом потом.

— Значит, Катя добралась до истины и вернулась домой, сжимая документацию и негативы. Тут бы ей пойти в милицию, но, на беду, женщина решает действовать самостоятельно и отправляется в офис к Громову.

Михаил приветливо встречает Катю, мило улыбается, сообщает, что вышла явная ошибка. Он торгует программными продуктами и никаким домом в Красногорске не владеет. Но Катя показывает ксерокопии бумаг. Михаил выдерживает удар и по-прежнему утверждает: вышла ошибка, это не он. Но у Катюши новый аргумент — фотографии. И здесь у Рогова с лица слетает всяческое радушие. Он медленно перебирает снимки. Вот инвалиды у машин, вот готовые банки, вот этикетки, а вот и сам Михаил, стоящий во дворе и наблюдающий за погрузкой готовой продукции в «Газель». На других кадрах виден компаньон по афере — Слава Гоголев, огромный, жирный мужик, возле которого особо щуплыми кажутся слепые тетки из «цеха наклеек». Вкупе с документами на владение дома и записями бесхитростных рассказов нанятых курьеров, впрочем, искренне полагавших, что они разносят отличные витамины, дело выглядит просто убийственно. В случае вмешательства правоохранительных органов Рогову и Гоголеву грозит за мошенничество пятнадцать лет тюрьмы с конфискацией. Понимая это, Михаил моментально спрашивает у Кати, сколько она хочет за молчание. Женщина приходит в полнейшее негодование — она не шантажистка и даже готова передать документы обманщикам, ей нужно только одно: пусть кто-нибудь выступит по телевидению и сообщит, что «Витаформ» подделка, и еще следует дать объявление в газетах и, естественно, прекратить производство...

Услышав эти наивные требования, Михаил сразу понимает, с кем имеет дело. Он моментально принимает все условия. Катя оставляет у него папки, предупреждая: здесь копии. Подлинники и негативы в тайнике. И это так. Бумаги отданы на хранение крайне надежному человеку.

Тут Володя остановился и спросил:

— Пока все ясно?

— Да, — ответили мы.

— Ну ладно, едем дальше.

ГЛАВА 31

— Только за Катей захлопнулась дверь, — сказал Костин, — как Михаил кинулся к компаньону с вопросом: «Что делать?»

Слава успокаивает подельника, предлагает не волноваться и берет дело в свои руки. Сначала он просто водит за нос Катю, сообщая, что на телевидении нет свободного эфирного времени, а газеты берут информацию за месяц. Пока наивная женщина ждет, Гоголев быстро свертывает производство и переводит заводик в другое место.

Время бежит, Катя начинает понимать, что ее попросту дурят, и настает момент, когда она звонит и говорит Громову:

— Все, завтра иду в милицию.

Михаил просит не торопиться и велит ей быть утром возле Останкинского телецентра. Якобы он наконец договорился о записи, и Катя своими глазами увидит, как они со Славой начнут каяться.

Женщина является на встречу и попадает в лапы к Славе. Тот привозит женщину к себе домой и требует подлинники документов, обещая в случае отказа просто убить Катю. Та просит отпустить ее, обещая, что привезет папки через час, но подобная просьба вызывает у Гоголева нездоровый смех, и он велит, протягивая телефон:

— Давай договаривайся с какой-нибудь подружкой, пусть подъезжает к метро «Динамо».

Катя начинает звонить. У нее есть всего две близкие, абсолютно надежные подруги: Лена и Надя. Но одна уехала отдыхать в Карловы Вары, а у другой дома муж сообщает:

— Вечером Надюшкина мать звонила из Тамбова, якобы у нее инфаркт. Врет, наверное, как всегда, но Надя туда в семь утра умотала.

И тогда в полном отчаянии Катюша обращается к Ефросинье...

— Кстати, — поинтересовался Костин, — а откуда вы друг друга знаете?

— Она прыгнула под мою машину, хотела покончить с собой, — буркнула Катя.

— Ага, — кивнул головой майор, — что-то подобное я и предполагал.

Ефросинья едет к Катукову, и тут начинается чехарда и полный бред.

Привезенный портфельчик оказывается пустым. И Слава велит искать документы, определив на все срок в две недели. Здесь следует оговориться. Гоголев выглядит внешне абсолютным бандитом — огромный, наглый, грубый, он похож на отмороженного «быка» из какой-нибудь группировки. Но только внешне. На самом деле Слава трус и никогда не имел дело с законом, хотя усиленно прикидывается авторитетом, используя блатной жаргон. На Ефросинью его вид действует завораживающе, она до полусмерти пугается, принимая Славу за крестного отца мафии, и начинает бестолковые поиски.

— Не верю, что Михаил оказался способен на такое, — медленно проговорила я, — не верю, тут ошибка. Он интеллигентный человек, неспособный на подлость!

— Дорогая Ефросинья... — завел майор.

Но я прервала его:

— Сделайте одолжение, это имя мне неприятно.

— Как же вас называть?

— Евлампией.

— Дорогая Евлампия, — вновь сказал Костин, — вы просто совершенно не знали человека, возле которого довольно долго прожили.

— Все равно не верю, — упорствовала я. — Ну зачем ему, богатому бизнесмену, связываться с сомнительным делом?

— С чего вы решили, что он богат?

— Как! — растерялась я. — Но мы ни в чем себе не отказывали, и потом, он сам говорил, когда нас сватали.

— Именно что сам, — фыркнул Владимир. — Его дело дышало на ладан, когда очень удачно подвернулись вы. Знаете, какое приданое дала за вами матушка?

— Приданое?

— Ну да, насколько понимаю, она мечтала увидеть вас замужем, а женихи все не появлялись. Вернее, появлялись, но не те. Поэтому, когда тетка Михаила предложила вас сосватать, она потребовала за невестой приданое.

Маменька отдала дачу и картину Кустодиева, подлинник великого мастера. Михаил продал полотно и вложил деньги в бизнес, что позволило ему продержаться на плаву. Потом мамочка умерла, а Михаил продал ее квартиру и вновь вложил полученные доллары в дело, ну а потом началась витаминовая афера.

Я удрученно молчала. Это было похоже на правду. То-то супруг взбесился, узнав, что я заказала «Витаформ», теперь понятна его злоба.

Воцарилось долгое молчание. Потом Володя мягко сказал:

— Понимаю, вам сейчас тяжело, но нужно осознать — Громов никогда не любил вас.

— Почему же тогда он был столь внимателен, выполнял любые капризы? — тихо поинтересовалась я.

Володя с жалостью поглядел на меня:

— Знаете, какое вам досталось после смерти родителей наследство?

Я пожала плечами:

— Дача, квартира, ну мебель и еще, оказывается, картина.

Майор так и подскочил на стуле:

— Господи, да вы жили словно в колбе. Ну вспомните кабинет своего отца, что там было на стенах?

Я напряглась:

— Какие-то пейзажи, портреты... После папиной смерти мамочка все убрала куда-то, говорила, будто не может смотреть на них, постоянно плакала.

— Ваша маменька, — медленно произнес Костин, — была уникальная женщина, редкого трезвого ума, да еще обладала расчетливостью, ей бы не в опере петь, а Сбербанком руководить. А пейзажи и портреты, которые вы не можете припомнить, составляют одну из лучших в нашей стране коллекций русского искусства. Ваш отец собирал ее всю жизнь.

Я разинула рот. Ну и ну!

— После кончины мужа, — продолжил Володя, — ваша мама убрала картины, но не потому, что они вызывали тяжелые воспоминания. Она боялась воров. Полотна отправились к ближайшему другу семьи — Геннадию Ивановичу Юровскому. Знаете такого?

Я кивнула:

— Конечно, дядя Гена, только он жутко старый.

— Ну не настолько жутко, — хихикнул Костин, — ему всего восемьдесят. И притом сохранил полный разум, мыслит четко, быстро и даст фору любому молодому человеку.

Ольга Петровна передала картины Геннадию Ивановичу сначала просто на сохранение. Лучшее место трудно было придумать. Юровский — крупнейший специалист в области ракетостроения, мировая величина, и в доме у него постоянно находится охрана. Незадолго до смерти, уже в больнице, Ольга Петровна попросила ближайшего друга:

— Гена, после моей кончины ни за что сразу не отдавай всю коллекцию дочери.

— Почему? — удивился Юровский.

Ольга Петровна вздохнула. Она до беспамятства обожала своего ребенка и сделала все, чтобы девочки не коснулись жизненные тяготы. Результат не замедлил сказаться. Любимая дочь в тридцать лет оказалась инфантильным, абсолютно не приспособленным к жизни цветком, болезненным и глубоко ранимым. По счастью, Ольге Петровне удалось выдать ее довольно удачно замуж, но молодому зятю она все же до конца не доверяла, потому что сказала ему:

— Миша, Фросенька обеспеченная девочка. Даже если станет продавать по картине в год, всю жизнь проживет безбедно, в свое удовольствие. Но доверять сейчас детке капитал нельзя, она слишком молода и неразумна. Поэтому всем станет распоряжаться Геннадий Иванович.

Четкие указания получил и Юровский. Во-первых, давать только по одному полотну в год, во-вторых, иметь дело лишь с Михаилом, в-третьих, рассказать «неразумной девочке» правду только тогда, когда та достигнет подходящего возраста. А он был определен Ольгой Петровной в сорок лет. В день сорокалетия дочь должна была получить из рук Юровского оставшиеся картины и могла делать с ними что захочет.

Ольга Петровна убивала сразу нескольких зайцев. Естественно, что супруг, знающий, каким капиталом обладает жена, поостережется плохо относиться к ней и никогда не затеет бракоразводного процесса. А инфантильная девушка будет жить припеваючи, лишенная возможности потратить все деньги сразу на какие-нибудь глупости. Было только одно «но».

— А вдруг я умру? — спросил Юровский, быстренько посчитавший, что в день сорокалетия Фроси ему самому должно уже стукнуть восемьдесят три.

Ольга Петровна нахмурилась:

— Ты этого не сделаешь! Никогда! Имей в виду: Андрей тебе подобного никогда не простит и на том свете к ответу призовет.

— Понял, — рассмеялся Геннадий Иванович. — Разрешите исполнять, товарищ генерал?

Шутки шутками, но он благополучно проскрипел до восьмидесяти одного года, выдавая Михаилу портреты и пейзажи. Тот продавал вещи, и они жили с женой безбедно.

Громов постарался сделать так, чтобы супруга, не дай бог, не превратилась в самостоятельную личность. Сначала он предложил ей отказаться от концертной деятельности, мотивируя свои действия полной бесталанностью жены. Ефросинья, не слишком любившая арфу, легко соглашается. Кстати, коллеги по филармонии вспоминали, что Романова играла не так уж плохо, только всегда была зажата и испуганна.

Посадив жену дома, Михаил начинает вкладывать в ее голову мысли о невероятной болезненности. На первый взгляд подобное поведение кажется заботой. «Дорогая, не пей холодной воды, заболеешь!», «Милая, не ходи сегодня на улицу, помни о своих слабых легких», «Очень прошу, носи с собой лекарства, вдруг приступ астмы приключится». Как все артистические натуры, Фрося была крайне внушаема, да еще в детстве и юности мама чересчур берегла ее. Результат налицо — женщина начинает болеть по-настоящему, редко высовывается из дома, практически ничего не делает и чувствует себя без Михаила абсолютно беспомощной. Супруг доволен, он может распоряжаться деньгами по собственному усмотрению. Фрося, не глядя, подписывает всякие бумаги, например, на продажу родительской квартиры.

Сделав фактически из жены инвалида, Громов сам живет полной жизнью: заводит любовниц, ходит по ресторанам, встречается с приятелями... Фросю не знает практически никто. Для всех существует версия — супруга Михаила смертельно больна.

Неизвестно, сколько бы продлилось данное положение вещей, но однажды Михаил знакомится с бойкой и цепкой Таней Молотовой. Разгорается бешеный роман. Милая Танечка, естественно, не знает, на чем строится благополучие любовника, и решает избавиться от ненужной дамы.

Действует она просто. Посылает больной жене видеокассету с записью любовных свиданий. Таня надеется, что Фрося разозлится и даст Михаилу развод.

Но женщина совершает невероятный поступок, абсолютно немыслимый в структуре ее личности: пишет предсмертную записку и убегает из дома с твердым желанием покончить с собой.

Говорят, наши судьбы записаны господом на скрижалях. Но иногда он любит пошутить, и он решил позабавиться с Фросей, потому что из сотен, нет, тысяч проезжавших мимо машин она выбирает именно «Жигули» Кати. И здесь начинается новый виток этой запутанной до крайности истории.

Фрося, простите, Евлампия начинает поиски папки. Она методично обходит любовниц Катукова и тычется во все стороны, бестолково и суетливо, как слепой щенок. Но женщина не одинока в своих поисках. Напуганные донельзя отсутствием бумаг и негативов, Слава и Михаил тоже начинают обход дам Катукова. Мыслят они так же, как Евлампия, — скорей всего актер отдал папку кому-то из своих баб.

— Значит, это они убили Костю, — протянула я. — Только кто? Вячеслав или Михаил?

— Ни тот и ни другой, — ухмыльнулся майор.

— Тогда кто? — не утерпела я.

— Терпение, немного терпения, — улыбнулся Владимир, — я же говорил в самом начале: в этой истории в тугой комок сплелось сразу несколько дел, причем не связанных друг с другом. Итак, по порядку.

Расследование ведет Слава, Катю он привез в Алябьево и спрятал на чердаке гаража.

— Почему они ее не убили? — поинтересовалась я.

— Ну, говорить об убийстве и на самом деле уничтожить человека — разные вещи, — пробормотал Володя, — не у всякого получится. Сначала они просто побоялись, потом решили оставить хирурга в живых до того момента, пока документы наконец попадут к ним в руки.

— Слава все время требовал рассказать, где спрятана папка, — вздохнула Катя. — Пару раз даже ударил меня, но я тупо твердила: спросите у Кости. Честно говоря, я была просто в отчаянии и не понимала, куда все подевалось. Мне-то не говорили, что Катуков мертв.

— Ага, — буркнул Володя, — сами они узнали о смерти актера моментально и действовали крайне оперативно. Одного дня хватило Михаилу, чтобы найти контору, ставившую дверь в квартиру Катукова, и раздобыть там универсальную отмычку, которой мастера открывают квартиры нерях, теряющих ключи.

Связку они дали Тане Молотовой и велели обыскать квартиру. Ни Михаил, ни Слава не хотели светиться в доме у Катукова. Женщина же, отпирающая своими ключами дверь в дом к Косте, не вызовет никаких подозрений у соседей, ведь к актеру постоянно шляются разные бабы.

Молотова, которую Михаил чуть не убил, поняв, что жена убежала, соглашается, боясь потерять любовника. Она идет к Константину, но ей там неуютно и попросту страшно, она не криминальная личность, просто разбитная бабенка, желающая поскорей отвести любовника под венец.

Татьяна входит в квартиру, судорожно роется в письменном столе, тут на лестничной площадке хлопает лифт. Девушка безумно пугается, боясь, что ее застанут в квартире покойного, звонит Славе, сообщает, что ничего не нашла, и убегает.

Слава в отчаянии, но в еще большем шоке Михаил. Пропавшая супруга — это не просто сбежавшая жена, а исчезнувшее благополучие. Заявлять в милицию он не хочет, решает представить дело так, будто Фрося поехала лечиться за рубеж, в Америку, например. Впрочем, никого из его знакомых отсутствие мадам Романовой не волнует, ее ведь никто толком и не знает. Родители давно скончались, а подруг женщина не завела, никто не хватится Фроси. Есть только одна загвоздка. Первого декабря будет звонить Геннадий Иванович Юровский, он всегда сначала беседует с Ефросиньей, осведомляется о здоровье, а второго числа вручает Михаилу очередную картину. Впрочем, старика можно обмануть, у телефона посадить, к примеру, Таню Молотову. Пожилой академик общается с Фросей всего несколько раз в год: приезжает на день рождения и звонит Восьмого марта, на Новый год и первого декабря. Родилась Фрося летом, у Михаила полно времени, чтобы что-нибудь придумать. Думая сначала покончить с ужасно нервирующей ситуацией, возникшей из-за Кати, Михаил полностью переключается на проблему. В смерть жены он не верит, да и близкий знакомый, связанный с органами милиции, сообщает ему, что никакой женщины, похожей на фотографию, данную Громовым, среди неопознанных тел в моргах нет. Но на всякий случай он нанимает частного детектива, который активно принимается разыскивать даму.

Тем временем Слава ищет бумаги. Мысли его работают в том же направлении, что и у Фроси-Евлампии. Нанятые им два уголовника вскрывают квартиры Лены Литвиновой, Нины Никитиной, Яны Михайловой и Риты Волковой, чтобы, имитируя кражу, произвести обыск. Но тут случается непредвиденное.

— Большинство женщин оказываются дома, и их пытаются убить, — встряла я.

— Нет, — покачал головой Костин, — ЭТИ никого и пальцем не тронули.

— Как же так! — возмутилась я. — Риту Волкову, кассиршу из супермаркета, убили, Яну Михайлову избили чуть ли не до смерти, досталось и сестре Лены Литвиновой, Женя чудом осталась жива, а вы говорите — никого пальцем не тронули!

— Помните, — спокойно спросил Володя, — я произнес такую фразу — в этом деле сразу несколько дел?

— Ну, — нетерпеливо сказала Катя, — и что?

— А то, — пояснил майор, — что подручные Гоголева и Громова никого не тронули.

К кассирше они явились, когда та была в ванной.

Пока женщина, напевая, мылась, они обшарили комнату и кухню, разбросав вещи. К Нине Никитиной забрались, когда та щелкала ножницами на работе, Яну тоже посетили утром, зная, что она учительница младших классов, и только у Литвиновой их ожидало непредвиденное. Квартиру кто-то ограбил до них, а на диване лежал завернутый в одеяло, как они подумали, труп хозяйки. Негодяи протерли дверные ручки и убежали.

— Кто же бил и убивал женщин? — в голос спросили мы с Катей.

Майор вздохнул, обращаясь ко мне:

— Ну что, «коллега», не додумались?

Я развела руками:

— Теряюсь в догадках.

— А ведь были в двух шагах от разгадки, когда явились в Инюрколлегию, — пояснил милиционер. — Впрочем, всему свое время.

В конце концов Евлампии улыбается удача, и папочка попадает в ее руки. Очень вовремя, потому что на «Динамо» ждет уже потерявший всякие надежды Слава. Документы перекочевывают в его карман, но он совершенно не собирается отпускать Катю. Гоголев ни минуты не сомневается, что, оказавшись на свободе, женщина тут же побежит в милицию, и он предлагает Михаилу убить хирурга. Но подельник жутко пугается, он согласен на все — похитить, избить, напугать, но не убивать. Слава настроен более решительно, но пока тоже хочет решить дело мирно. В голову преступникам лезут совершенно невероятные идеи — обколоть Катю наркотиками и вывезти в другой город, продать чеченцам в рабство... Ни Михаил, ни Слава не готовы пока перейти черту, отделяющую человека от убийцы. И первым совершает этот путь Гоголев, просто выкидывает из машины назойливую бабу, то есть Фросю.

Сначала они с Михаилом ликуют, уничтожая документы, потом призадумываются. Как же поступить все-таки с Катей? Не может же она всю жизнь просидеть на чердаке в Алябьеве. И тут Слава предлагает: он поедет на дачу, заставит Катю выпить бутылку водки и подожжет сторожку. Смерть пьяной бомжихи никого не удивит, скорей всего никакого следствия заводить не станут. Несколько дней Михаил колеблется, а потом дает «добро». Дальнейшее всем известно. Гоголев едет в Алябьево, где натыкается на Евлампию и получает ранение.

— Кстати, — поинтересовался Владимир, — можно взглянуть на эту, с позволения сказать, игрушку?

Я полезла в сумочку и достала пистолетик.

— Зачем вы носите его с собой? — строго спросил майор.

— Кирюша попросил купить к нему пульки-шарики, продают в «Детском мире», — принялась я бестолково объяснять, — но их делают разного калибра, вот и пришлось прихватить «наган», чтобы не ошибиться... Да все никак не могла заехать в магазин.

— Ладно, — нахмурился Костин, — пока побудет у меня, а впредь советую не приобретать для ребенка столь опасных забав. Если подобная пулька попадет в глаз, и в колонию сесть можно.

Я тихо спросила:

— А что со Славой?

— Ничего, — ответил майор, — трещина в нёбе, перелома нет, и, конечно, болевой шок и шок от неожиданности. Он никак не ждал, что робкая женщина выстрелит, думал, пугает игрушкой. Честно говоря, я сам удивлен убойной силой этой штучки. Теперь все ясно?

— Нет! — закричали мы с Катей. — Нет! Кто убил женщин и Костю?

— Это никак не относится к вашему делу.

— Ну, пожалуйста, миленький, — заныли мы, — очень интересно.

Володя улыбнулся:

— Женщины всегда вьют из меня веревки, в особенности такие красивые, как вы. Так и быть, только скажите, Евлампия, как вас зовут дома?

— Лампа, — хихикнула Катя.

— Очень мило, так вот, Лампочка, с чего вы решили, будто Костя убит?

От подобного вопроса я даже оторопела:

— Видела на диване тело, жуткое зрелище, руки отрублены...

— Вот-вот, — настаивал майор, — неужели вам подобное поведение убийцы не показалось странным? Сначала стреляет в лицо, убивает Катукова. Дело сделано, можно уходить. Зачем уродовать руки? Такое делают только в одном случае, когда хотят затруднить процесс идентификации тела.

— Вы хотите сказать, — забормотала я, чувствуя, как в голове быстро-быстро выстраивается в законченную картину гигантская головоломка, — вы хотите сказать, что на диване лежал не Костя?

— Ага, — подтвердил Володя, — не он.

— А кто?

— Ох, девушки-красавицы, душеньки-голубоньки, — запел милиционер, — что мне будет за то, что нарушу должностную инструкцию и разболтаю вам тайну следствия?

— Я тебе самым лучшим образом прооперирую щитовидную железу, — пообещала Катя.

Я отметила, что она перешла с майором на «ты», и быстренько добавила:

— Придешь завтра в гости и получишь свинину, запеченную с чесноком, картошку с сыром, а на десерт пирог с клюквой.

— Так, — потер руки Володя, — договорились. Впрочем, с операцией пока подождем, а вот свининку откушаем с удовольствием, кстати, пирожок лучше тоже с мясом, а не с ягодой. Для меня лучшее пирожное — котлета.

ГЛАВА 32

Мы пообещали выставить на стол только мясо и превратились в слух.

— В начале шестидесятых годов, — завел Володя, — жила в Москве семья Катуковых. Мама — Анна Федоровна, директор школы, доченька Марьяна да годовалый Костик. Отец семейства Сергей Катуков скоропостижно скончался. Впрочем, Анна Федоровна недолго горевала. Муж, честно говоря, был никудышный, жуткий бабник, трахал все, что шевелится. На какие ухищрения только не шла директриса, чтобы хоть как-то удержать мужа. Даже родила еще одного ребенка, Костика, наивно полагая, что сын удержит мужика от гулянок. Куда там! Сергей вел себя как обезумевший мартовский кот. Анна Федоровна даже вздохнула свободно после его кончины, решив, что сама сумеет вывести детей в люди. Жизнь ее потекла спокойно, но недолго наслаждалась женщина тишиной и размеренным бытом. В апреле месяце восьмиклассница Яна, рыдая, призналась матери в беременности. Делать аборт оказалось поздно. Анна Федоровна подумала, подумала и решила взять грех на себя. Пошла в роно и, запершись в кабинете у начальницы, поведала историю: она тяжело больна по дамской линии, требуется срочная операция, а вводить в курс дела коллег не хочется. Станут шептаться по углам.

Заведующая пошла навстречу и якобы отправила Анну Федоровну на курсы повышения квалификации.

Катукова забрала из школы Яну, прихватила Костика и съехала на дачу. В августе дочь благополучно родила мальчика, названного Славой. Рожала она дома, вернее, на даче, и Анна Федоровна сама приняла внука и только потом вызвала «Скорую». Врачи, замороченные вызовами, увезли в роддом директрису с младенцем на руках. Яна осталась на даче. В роддо-

ме, увидав роженицу с готовым ребенком, моментально отправили Анну Федоровну в палату. Осматривать ее не стали. Женщина сообщила, что великолепно себя чувствует, а кругом орало с десяток баб,
между которыми как угорелые мотались две акушер-
ки и один врач. На шестой день выписали справку на
имя Катуковой Анны и отправили «мать» домой. Так
Слава стал «сыном» своей бабки. Анна Федоровна отлично продумала дальнейшие действия. Она отдала
ребенка сестре покойного мужа — Наталье Катуковой, сказав, что родила сына, а денег и сил на воспитание нет. Анна Федоровна усиленно напирала на то,
что мальчик зачат покойным Сергеем, но Наталья от-
считала девять месяцев назад и поняла, что брат тут
ни при чем. Однако она взяла мальчика, так как давным-давно мечтала о сыне.

Яна и мать возвратились в Москву. Анна Федоровна ликовала. Честь и репутация дочери спасены, в
школе никто ничего плохого не заподозрил. Единственное, что не нравится директрисе, так это то, что
отец Славика и любовник Яночки, молодой красивый циркач, живет рядом с ними в соседней квартире. Он, конечно, был в курсе, что Яна родила мальчика, знал, как назвали сына, но особых отцовских чувств
к ребенку не испытывал и даже был рад, что того отдали на сторону и не потребовали с него алиментов.
Кстати, Анна Федоровна могла пожаловаться в милицию, и Федулову пришлось бы плохо. Растление
малолетних, так называл Уголовный кодекс связь с
девочкой, не достигшей восемнадцатилетия. Но директриса больше всего боялась дурной славы и не об-
ратилась в правоохранительные органы. Только попросила Василия оставить дочь в покое.

— Федулов! — закричала я, подпрыгивая на стуле. — Василий Федулов!

— Да, — кивнул Володя, — именно он. Но тут
судьба благоволит к Катуковой. «Зятек» остается во
Франции и исчезает из поля зрения!

Тайна раскрывается только после смерти Натальи Катуковой. «Братья», кстати, похожие как две капли воды, начинают общаться. Летят годы, из уголовника Слава Катуков превращается в респектабельного богатого бизнесмена. У Кости дела идут не столь хорошо, хотя он тоже достигает определенного благополучия. Но Костя страстный бабник, наверное, получил в наследство от отца любовь к бесконечным романам, и почти все его средства уходят на романы. Актер любит красивые жесты, дарит охапками цветы, презентует дорогие подарки, букеты, конфеты, духи...

Словом, он постоянно в минусе и отчаянно завидует Славе.

Тут умирает Федулов. Семьи у него нет, и мужчина завещает капитал Яне, Анне Федоровне и своему сыну. Наверно, из сентиментальных чувств, может, в награду за то, что Анна Федоровна не посадила его за решетку, а может, просто не хочет, чтобы капитал отошел государству. Про Костю он просто забыл, не знал и того, что его малолетняя любовница и ее мать давным-давно живут в другом месте. Завещание поступило в Инюрколлегию, и начались поиски. Анне Федоровне и Славе отправляют официальные уведомления. Бывшую директрису и бизнесмена находят в два счета через Центральное адресное бюро, а вот с Яной было труднее. Компьютер выдает, что женщина с подобными данными в Москве не проживает. Это и понятно, мать Славы на самом деле зовут Марьяна, но Федулов то ли забыл, то ли просто не знал данного обстоятельства.

Дальше события летят, будто ком с горы. Костя приходит навестить мать, и сиделка отдает ему конверт со словами:

— Для Анны Федоровны какие-то бумаги прислали.

Котя чуть не лишается рассудка, увидав, какую сумму получают его родственники. Злоба и зависть просто переполняют актера. Он-то не упомянут в завещании, ну зачем Славке подобная сумма! Моментально в его голове рождается план — убить брата и занять его место. Для такого дела ему нужен помощник, и Котя рассказывает все жене Славы, своей бывшей любовнице Акулине Евгеньевне. Та, жадная и расчетливая, с радостью соглашается помочь и вовремя вытаскивает из почтового ящика бумаги, пришедшие на имя бывшего уголовника.

Наступает кульминационный момент. Слава приходит в гости к «брату», получает чай с изрядной долей снотворного и, не заподозрив ничего плохого, укладывается спать.

Костя стреляет ему в лицо, потом отрубает руки. На пальцах у Славы вытатуированы перстни. Кстати, Катуков сразу идет в тату-мастерскую и просит сделать ему наколки. Отрубленные кисти Костя бросает в Москву-реку. Затем приступает к следующей фазе операции. Он уже побывал в Инюрколлегии, принес туда сфабрикованные отказы Анны Федоровны и Яны. Впрочем, служащая, работавшая с делом, ничего не заподозрила. Костик — плохой актер на сцене, но в жизни он просто гениален, никакой фальши. Тем более что Котя приходит со Славиным паспортом, «своей» супругой Акулиной и предъявляет все необходимые документы, включая ксерокопии паспортов Яны и Анны Федоровны. Препятствий для получения наследства нет никаких, и в Инюрколлегии советуют покупать билет до Парижа.

— Теперь понятно, — процедила я.

— Что? — спросил Володя.

— Когда я пришла в дом к лже-Славе, Акулины не было, она явилась позднее, с порога заорала: «Котик, принесла твои любимые котлеты!» Он тогда весьма грубо ответил: «Сто раз просил не звать меня дурацкими прозвищами — котик, зайчик, пусик...» Я еще подумала, чего это он так вызверился? Впрочем, никаких подозрений у меня не возникло.

— И правильно, — хмыкнул майор, — тысячи женщин зовут любимых — котик, только в данном случае слово следует упоминать с большой буквы, и это было не ласковое прозвище, а имя собственное, вариация от Кости — Котик.

Я удрученно молчала. Надо же! Столько раз слышала, как актера так называли люди, и ни о чем не догадалась.

— Преступники уже готовы были праздновать победу, — продолжил майор, — завещание оформлено, билеты в кармане. Костя, преспокойно убив Славу, поехал по магазинам покупать вещи перед поездкой в Париж. И тут происходит непредвиденное. Утром следующего дня он сталкивается на Тверской нос к носу с Ритой Волковой. Женщина чуть не лишается чувств, увидав любовника, которого она вчера обнаружила мертвым на диване. Пообещав ей все объяснить, Костя заходит к женщине на квартиру и убивает ее острозаточенным ножом, который схватил со стола. Бросив бывшую любовницу, он уходит, никем не замеченный.

Дома ему в голову приходит мысль — весь идеальный план может пойти к черту, если какая-нибудь из его же баб опознает его. А особо опасна для него — сестра Яна, Котя так и не знал, что она на самом деле мать Славы. Потом Лена Литвинова и Нина Никитина — словом, те, с кем он жил последний год. Особняком стоит в этом списке Вера Мартынова, и Костя хочет в первую очередь избавиться от нее. Только женщина уехала с Рифалиным на Барбадос, и приходится заниматься другими.

К Лене Литвиновой он попадает элементарно, у него просто есть ключи от ее квартиры. Входит, видит на диване мирно спящую женщину, бьет ее в спину и убегает. Правда, сначала вываливает вещи на пол и прихватывает деньги. Катуков надеется, что милиция примет случившееся за банальное ограбление.

Убить человека нелегко, во всяком случае, для простого обывателя. Тем более что у Кости уже была одна неудача. Яну он так и не смог убить, несмотря на то, что пустил в ход нож и молоток. Михайлова выживает, правда, балансирует между жизнью и смертью, и Катуков искренне надеется, что чаша весов склонится в пользу последней.

— Почему она мне сказала, что ее бил Слава! — недоумевала я.

Володя вздохнул:

— Яна была в тяжелом состоянии и скорей всего пыталась сообщить что-то другое, да вы не поняли, решив, что она называет имя изувечившего ее бандита.

Во всяком случае, неудача с Яной обозлила убийцу, и Лену Литвинову он ударил сильно, ножом с длинным острым лезвием. Но на диване спала, завернувшись в одеяло, Женя, двоюродная сестра Лены. Окончательная уверенность в том, что фортуна отвернулась от него, поселилась в душе актера после того, как он узнал, что Нина Никитина попала в больницу.

Тут его опередили уголовники, нанятые Гоголевым, и перевернули квартиру до прихода актера. Парикмахерша же впала в истерический припадок, и ее брат быстро поместил Никитину в больницу. Ехать в клинику Костя опасается, ему остается только ждать и скрипеть зубами от злобы.

Наконец возвратилась с Барбадоса Вера Мартынова, она и стала последней жертвой.

Володя примолк. Молчали и мы. А что тут скажешь? Действительно, в тугой клубок сплелись сразу несколько дел.

— Как же вы вышли на Михаила и Славу Гоголева? — прервала тишину Катя.

— Здесь нам помогла Евлампия.

Откровенное изумление отразилось на моем лице, поэтому Володя добавил:

— Невольно, конечно. Она явилась на квартиру к Волковой и налетела там на оперативника. Недолго думая, назвалась работницей супермаркета Татьяной Павловной Молотовой и дала телефон Михаила. Глупый, даже дурацкий поступок. Мы, естественно, узнав, что в продмаге нет никакой Молотовой, заинтересовались ложной информацией и начали следить за Михаилом и Татьяной, потом вышли на Славу, ну а уж затем размотали клубок и сообразили, что толстяк кого-то прячет на чердаке на даче Михаила. Наружное наблюдение доложило — приезжал в Алябьево, взял из багажника канистру, пакет, из которого высовывались буханки хлеба, а через десять минут вернулся с пустыми руками и уехал. Это показалось подозрительным, вот и решили проверить.

— А как вы догадались, что я — Ефросинья? — выпалила я.

— Ну, к тому моменту мы знали все: про завод, витамины и про исчезновение жены Громова. Понимали, почему он скрывает сей факт от всех, и, когда вы мне ткнули под нос липовое удостоверение с фамилией «Романова», на меня как озарение нашло: да вот же она, Ефросинья! Есть еще вопросы?

Мы покачали головами.

— Тогда ответьте, Лампочка, как вы вышли на Риту Волкову?

— Случайно прихватила в прихожей с вешалки забытую ею сумочку. Ваши сотрудники, когда осматривали место происшествия, наверное, не заметили вещичку.

— Головотяпы! — в сердцах сказал Володя. — Руки им оторвать.

ЭПИЛОГ

Прошел почти месяц со времени описываемых событий. Михаил и Слава сидят в Бутырке. Я заперла квартиру Громова и не взяла оттуда ни одной вещи, не хочу, чтобы что-нибудь напоминало мне об Ефросинье. До суда еще далеко, пока ведется следствие. Жалостливая Катя велела мне отнести мужу передачу, но я отказалась и подала на развод. У меня к Михаилу особый счет. Впрочем, надеюсь, они со Славой получат по заслугам, и мне еще долгие годы не придется общаться с бывшим супругом.

Костя и Акулина тоже оказались на нарах. Женя, сестра Лены Литвиновой, выздоровела. Очень медленно, но все же поправляется Яна. Мне страшно хочется, чтобы она оправилась до судебного процесса и сидела бы в первом ряду, глядя на брата. Катуков чуть не упал замертво, когда майор Костин сообщил ему имя настоящей матери Славы.

Словом, всем в этой истории пришлось тяжело. Лишь бывшая директриса Анна Федоровна Катукова никогда не поймет, что произошло.

Геннадий Иванович Юровский, бесконечно ахая, передал мне в руки очередную картину. Мы посовещались и решили пока ее не продавать, денег на жизнь нам хватает. Катя по-прежнему оперирует, Сережа и Юля бегают по делам, я веду домашнее хозяйство. Но Катюша уже присмотрела мне место работы, впрочем, об этом как-нибудь в другой раз. Кирюшка учится, собаки толстеют, кошки наглеют, хомяки делают запасы на зиму, жаба Гертруда мирно впала в спячку.

Уехала домой, опустошив магазины, Виктория, и мы рады, что она убралась до Нового года. Этот праздник лучше встречать в кругу семьи.

28 ноября мы все в полном составе, кроме животных, явились к Кирюшке в школу на концерт. Сережка и Кирилл втащили арфу. Давно мне так не аплодировали, даже подарили цветы.

— Может, тебе вновь начать концертировать? — спросила Катюша, когда наши мужчины поволокли арфу вниз.

Я покачала головой:

— Кому сейчас нужна арфа, да и время ушло, на пороге сорокалетия поздно начинать карьеру на профессиональной сцене.

Катя хотела возразить, но тут со двора донеслось:

— Эй, ключи от машины забыл на столике!

Я увидела лежащую на столике связку, машинально швырнула ее в окно и сказала Катюше:

— Пошли.

Во дворе стояли понурые дети.

— Что случилось? — удивилась Катя.

Кирюшка без слов ткнул указательным пальцем вверх. Мы задрали головы. На верхушке дерева покачивались ключи.

— Придется опять спасателей вызывать, — вздохнул Сережка.

— Нет, — заорал Кирка, — только не во дворе школы, да надо мной завтра все потешаться начнут!

— Не кричи, — велела Юлечка. — Как их, по-твоему, достать?

Не успела она закрыть рот, как налетевший порыв ветра качнул тополь. Связка, тихо брякнув, свалилась к моим ногам.

— Здорово! — завопил Кирюшка.

— Ну надо же! — восхитилась Юля. — Как по заказу!

— Судьба, — сообщил Сережка, подбирая отлетевший в сторону брелок сигнализации, — карма. Что ни делай, будет так, как решено свыше.

Я тихо пошла к машине, вспоминая все произошедшее со мной за ноябрь. Что ж, Сережа прав, от судьбы нельзя уйти, убежать или уехать, не спрятаться от нее и за семью замками.

Донцова Д.А.

Д 67   Маникюр для покойника: Роман. — М.: Изд-
во Эксмо, 2004. — 352 с. (Серия «Иронический
детектив»).

ISBN 5-04-008171-5

Вот уже тридцать лет мои дни скучны и однообразны. Нет
подруг, нет близких. И вдруг моя жизнь в одночасье изменилась. Судьба подарила мне подругу — Катю! Но... спустя день
ее похитили. Неизвестные требовали документы, которые
хранились у какого-то Кости Катукова. Найти Катю и вернуть ее в лоно семьи было моим долгом! Недолго думая, я
поехала к нему домой, но хозяин квартиры был мертв. Мне
так и не удалось найти те злополучные документы! Знать бы,
что это стало началом моего кошмара...

УДК 882
ББК 84(2Рос-Рус)6-4

Оформление художника *В. Щербакова*

Литературно-художественное издание
Донцова Дарья Аркадьевна
МАНИКЮР ДЛЯ ПОКОЙНИКА

Ответственный редактор *О. Рубис*
Редактор *Т. Семенова*
Художественный редактор *В. Щербаков*
Компьютерная графика *Н. Кудря*
Технический редактор *Н. Носова*
Компьютерная верстка *И. Ковалева*
Корректор *З. Харитонова*

Подписано в печать с готовых монтажей 21.04.2004
Формат 70x90 $^1/_{32}$. Гарнитура «Таймс»
Печать офсетная. Усл. печ. л. 12,87
Доп. тираж 50 000 экз. Заказ № 1950

ООО «Издательство «Эксмо».
127299, Москва, ул. Клары Цеткин, д. 18, корп. 5.
Тел.: 411-68-86, 956-39-21.
Интернет/Home page — www.eksmo.ru
Электронная почта (E-mail) — info@ eksmo.ru

Отпечатано с готовых диапозитивов во ФГУП ИПК
«Ульяновский Дом печати». 432980, г. Ульяновск, ул. Гончарова, 14